谨以此书献给那些曾经为新中国农业机械化、工业现代化事业创新创业而奋斗的人们！

喜蓝传媒
Hi-Link Media Production
出品

红帮

张宁麟 著

中国广播影视出版社

图书在版编目（CIP）数据

红犁 / 张宁麟著. -- 北京 : 中国广播影视出版社，2023.3
ISBN 978-7-5043-8977-0

Ⅰ. ①红… Ⅱ. ①张… Ⅲ. ①长篇小说—中国—当代 Ⅳ. ①I247.5

中国国家版本馆CIP数据核字(2023)第014370号

红 犁
张宁麟 著

责任编辑 张 頔
责任校对 张 哲
装帧设计 王 崴

出版发行 中国广播影视出版社
电　　话 010-86093580　010-86093583
社　　址 北京市西城区真武庙二条 9 号
邮　　编 100045
网　　址 www.crtp.com.cn
电子信箱 crtp8@sina.com

经　　销 全国各地新华书店
印　　刷 北京博海升彩色印刷有限公司

开　　本 710 毫米 ×1000 毫米　1/16
字　　数 270（千）字
印　　张 21
版　　次 2023 年 3 月第 1 版　2023 年 3 月第 1 次印刷

书　　号 ISBN 978-7-5043-8977-0
定　　价 78.00 元

再版序

中国共产党经过二十八年艰苦卓绝的革命斗争在取得全国胜利的前夜，毛主席在七届二中全会上提出了“使中国由落后的农业国转变为先进的工业国”的任务，长篇纪实小说《红犁》讲述的正是新中国第一家农业机械厂——华北农业机械总厂建厂创业的故事。今年适逢中国共产党建党一百周年，又逢小说《红犁》再版，作者张宁麟邀我为再版作序，我欣然接受。

一九四九年，土改后的农民渴望尽快恢复生产。那时，我国的农业生产遭受连年战争和反动统治的破坏，不少地方使用的还是两千多年前秦汉时期的旧式农具，而且大多损坏严重。这个工厂的工人和知识分子在党支部的领导下，决心改革旧农具，为农民制造物美价廉的最好产品，先后创制并生产了八十多万部各式新农具，其中“20号”步犁被农民兄弟亲切地誉为“北京红犁”。

随着我国在“一五”计划时期农业生产合作化的兴起和国营农场的建立，那种“面朝黄土背朝天”用镰刀弯腰收割的劳动形式已远不能适应农业发展的要求。当时，我国在外汇储备短缺的情况下，仅一九五三年一年就进口了九百五十多台联合收割机。当这个工厂的工人们知道了国内还没有一个厂家能够生产联合收割机时，都坐不住了，他们克服了许多困难，攻克了技术难关，终于制造出了我国第一台联合收割机，填补了我国工业产品的空白。以后，工人们响应国家要十年解决农业机械化的号召，不等不靠，敢想敢干，决心用先进技术改变千百年来只靠人力畜力的农业生产方式，进而持续生产出优质的柴油、汽油发动机，为拖拉机、汽车及多种机械提供了成百万台、上亿千瓦时的现代化的动力——内燃机。这个工厂的创业故事只是新中国成立初期在党的领导下，千万个工厂为使我国实现社会主义工业化，实现四个现代化的一个缩影。

当年这个工厂的红犁艰苦创业精神鼓舞了几代人。讲好“红犁”故事，有助于当代青年了解那个时代青年的艰苦创业历程，为人民无限奉献的坚定信念，为坚决改变落后、追求先进、贡献最现代化的产品的艰苦奋斗精神。回想起当年工厂艰苦创业及以后不断发展的动人场景，内心久久不能平静。如今时代不同了，任务不同了，但是新一代青年为建设祖国而创新奋斗的精神是相同的。为了让更多年轻人了解那令人难忘的、热情劳动的火红年代，而不断焕发出艰苦奋斗的创新精神，我们更要不忘初心、牢记使命，为中华民族的伟大复兴而不断努力！因此特作此序。

祝《红犁》再版成功。

沙叶

二零二一年一月十日

沙叶，男。1924年4月14日生，1946年加入中国共产党，1957年任华北农业机械总厂（后改名为北京内燃机总厂）副厂长、厂长兼党委书记。1982年调入国家经济委员会，历任企业管理局局长、纪检组组长（副部级），兼任中国企业联合会副会长、顾问。

作者序

《红犁》讲的是在新中国成立初期的一家农业机械厂里，人们创造并传承了红犁艰苦创业精神的故事。

故事内容源自一九四九年初，北平刚刚和平解放，华北人民政府农业部在北平东郊建立的华北农业机械总厂。故事讲了这个厂是如何在一片废墟上建起，从改革旧农具、创制新农具起家，又是怎样经过人们的努力，用了十七年的时间，于一九六五年开始批量生产现代化产品——内燃机，建起了一个国营大型企业的内燃机专业厂。

书中讲这个工厂的故事用的是虚构厂名、人名，但故事中的每一个人也许代表了当时厂里的很多人，为了在有限的篇幅中能够更好地反映工厂发展中具有重要意义的内容，该书以时间发展为主线，在写作中既选择了虚中有实的手法，又以工厂真实发生的主要大事件为基础，同时，也融合了相关人和事的各种活动，最终加工、串联编成故事。

这本书是二零一四年版《红犁》一书的增订版，时间跨度从一九四九年到一九六六年，比初版一九四九年到一九五七年的时间跨度加长了。它的增补内容更集中在着重表现有关工厂的生产活动上，主要讲述这个工厂的人们，为国家工业化、农业机械化事业的奋斗经历。

建厂伊始，人们凭着建设新中国的炽热激情，把“农民需要什么农具工厂就有什么农具”作为工厂生产产品的方向。由于产品与实际需要不符，造成过“退货事件”，摔了一个跟头后又找到了正确的路。认识到必须从我国农业生产落后的现实出发，再适时抓住机遇，一步步把先进工业技术带进工厂生产中。于是，他们把现实农业生产仍在使用的，与两千年前秦汉时期几乎一样的耕犁作为重点，改革旧农具，创制新农具，从铁柄犁到木柄犁，再从五寸犁到七寸犁，一路走来，直至七寸犁受到农民欢迎，供不应求。但是，他们知道，犁的耕深翻土功能还有很大潜力，而要把这种潜在的功能充分发挥出来，那么造犁就必须用到先进的新技术，这种新技术在国内还很少有人用，在工厂当时还是作坊生产方式的落后生产条件看来，就更是根本不可能的事。但他们抱着完全彻底对农民负责的工作态度，克服了种种的困难，硬是用上了新技术，制造成了新的“20号”步犁，农民使用后，赞扬它是最好的马拉犁，亲切地称呼为“北京红犁”。

这种犁在地里耕作时，犁头深扎入土，翻土干净彻底，遇有任何乱石头、杂草根，只听咯巴咯巴响，却挡不住它一直前行，有歌唱道：

用这把红犁来开荒
新犁翻新土壤
十寸步犁轻又稳
耕出趟儿来直又长

职工们议论说：红犁这种头拱地一往无前的表现，正是我们决心改旧、敢于创新、造出了红犁的大无畏精神的写照。从那时起，随着工厂里的产品不断更新，现代化生产技术及管理水平的逐步提高，每一次进步都始终体现着红犁艰苦创业精神的促进力量。

工厂的生产活动讲究规范、科学，一般说不会有什么曲折离奇、引人入胜的故事，然而这个厂的故事也并不是那么平淡。那时，我国已经“迅速恢复了国民经济并开展了有计划的经济建设”，但这个厂没有安于过按部就班的日子，厂党委和领导班子不等不靠，团结带领全厂职工，为早日给国家生产出更加需要的产品，任务不等上级布置，自己主动提出来，即使困难到连工厂“吃饭”都成问题时，也决不给国家增添负担，坚定地实行早在建厂时就定下的“以厂养厂”的办厂方计，任何时候都坚持自力更生、艰苦奋斗。

工厂生产要发展，就经常会遇到是激进还是保守的两难决定的问题。每到这时，他们总是选择服从国家利益，走创新争先的路。

工厂的生产活动也并非一帆风顺，他们在压力、阻力面前，从不气馁，始终心怀党和人民的事业，那种积极奋斗的初衷从未改变。

这个厂和当年我国千百万国营工厂企业一样，在国家“逐步建立了独立的比较完整的工业体系和国民经济体系”中，自觉担当起一颗发挥积极作用的螺丝钉。

本书书名的红犁，不只是一个技术成果，一个产品，它更是新中国成立初期那个时代工农合作的结晶，自然也带有了那个时代精神的印记。书中主人公们经历了那个时代的光辉岁月，他们以工厂的真实生活为音符，谱写了一个个传承红犁艰苦创业精神的感人乐章，为我们今天了解那个时代、了解那个时代的国营工厂，留下了很有意义的素材。

好故事，写得能否如愿，期待大家批评指正。

张宇麟

二零二一年十二月十二日

目录

红犁

上篇 迎解放 红犁诞生

一九四九年，北平和平解放。

中国共产党领导人民推翻了三座大山，人民当家作主，掌握了自己的命运。

为响应党和毛主席的号召：变落后的农业国为先进的工业国。工人们深刻理解党的任务和人民的需求，以长远理想和雄心气魄，人们自觉、积极地投身于新中国的社会主义建设事业中。

在一片废墟上创建工厂，开工生产，华北第一家农业机械厂诞生了。

国家百废待兴，人民放手建设新中国。

红犁的故事，就从这个时候开始了……

第一章 解放

二十世纪四十年代的最后一年，是北平人民盼着变化与实现和平的一年。当真的获得了解放的时候，工人和军管组的同志一见如故，有了共同语言。虽说眼前看到的还是一片废墟，但人们都认为，这是建一个人民工厂的宝地，也许还可以修一个工人花园呢。

但当务之急是生产！生产！还是生产！

街头看变化

一九四九年元旦。雪后，气温下降，天色还是阴沉沉地笼罩着人们压抑的心情，但似乎又有一丝生机和暖意在空气中酝酿着……

临近傍晚，暮色苍凉，一股西北风袭来，吹散了街上的一切，小贩们的地摊刮飞了，商店提前关了门，有几个行人匆匆而过。

入夜，风声更紧，零下十几度的气温，胡同里早已冷冷清清，空巷中似有人影晃动，人们担心是露宿的乞丐在徘徊。

天气变化多端，围城下的百姓生活更是今天预报不了明天。

清晨起，德胜门外、广安门外的前线传来消息，国民党军队和人民解放军又发生了战事，枪炮声乱了一上午。有时，听到几发引起对方警觉的炮声过后，会从扩音器里传出喊话声："和平！""放下武器！"

在郊外，一家工厂的旧厂房内，原来的厂长带着几名国民党士兵正在抢运设备和物资器材，仓皇撤离，慌慌张张地厉声催喊道："快，今天晚上都要搬干净，能装的都装车上，实在装不走的都砸了。"

在城里，物价天天涨，传说城里即将断粮，人心惶惶不安。

居民大院里议论纷纷，有人说："听说蒋大总统退位还乡了，也不知是不是就不再打了？"有人又说："听说和谈代表出城了，也不知道什么时候才能谈成？"

正说着，一男一女两个青年人进来了。大妈大婶你一句我一句地："小梁、小兰，你们俩一大早上哪去了？外面兵荒马乱的，真让家里人担心。""外面情况什么样？都看见什么了？"

梁光幼说："我们也就是想看看外面到底有什么变化，其实大街、小胡同还那样，就是人少，小兰你说是吧？"

肖小兰说："也有个大变化，长安街头上有兵把守着呢，不让人走了。"

小梁忙说："大妈大婶儿，你们也别害怕，据说是要在长安街上修飞机跑道，准备巷战，要不就是准备逃跑用的。”

一个年长的呵斥他说：“你小子见过什么？这打仗的日子我们经得多了。”

肖小兰紧跟着说：“还有一件事，大街上一个解放军也没看见，可中国人民解放军要接管城市的大布告却在街头贴着，你们说神不神？”

大家催着问布告上都写了什么，两人你说一句，我接一句地：“记得有一条，‘凡属国民党反动政府经营的工厂，均由民主政府接管，所有在工厂供职人员都要负责保护机器、资料，听候接管。有功者奖，破坏者罚。’”

大家听了都觉得这和平有希望了。

田景义说：“如果能把我那个厂接管了就好了。”

其实，北平军管会为接管这个厂已经组织了一个军管组，鲁梓原为组长，还有文君生和方乡等人，他们正认真地学习党的接管城市工作的政策指示。

讲到具体任务时，领导同志说：“依靠工人阶级尽快开工，恢复生产是当前的主要工作。建厂后，希望能把这个厂办成一个农业机械厂。”他还动情地说：“在南泥湾大生产时，大家靠的一把铁锹一个镐，那时同志们就说，全国解放了，一定要建一个农业机械厂，把农业搞上去，让全国人民都吃饱吃好。”他又着重地说，“这在中国历史上，可能是从来还没人干过的事，苏联就有了拖拉机城。”

几个人听了都觉得有些问题想问。方乡说：“这么有历史意义的重要任务，不是打仗，也不是种地，咱们能干什么呢？”

文君生给她解释说：“工厂里有工人，有工程师，这就需要你好好向他们学习。”

“那又不是上学校？”方乡还是想不明白。

鲁梓原说：“回答你的问题，到了工厂就知道！”他这么说，自己又何尝不是。对到这个厂的工作，既觉得陌生，又感觉十分新鲜，要让农民都用上机械种地，那是什么情景？他怀着一种跃跃欲试的心情，只想立即走上新的工作岗位。

领导同志接着说："当年我们组织人民群众'一手拿枪，一手分田，搞好生产'，如今，给你的任务是接管一个工厂，我们要把党的'延安精神'带到新中国的企业中，发扬革命战争年代敢打硬仗的光荣传统。未来新中国的建设工作中肯定困难不少，我们要带领工人们一起面对一次全新的、艰苦的创业。"

鲁梓原自信地说："我们一定团结带领工人们向党交上一份优秀的成绩单。"

一月三十一日，解放军举行了入城式，北平宣告和平解放。街道上拥挤着欢天喜地的人群，家家都在忙着迎接、安排新的生活。

二月初的一天，立春节气过了，天上却又是一直飘着雪花。

胡同里，人们在家门口扫雪。

刘大妈端着一个小碗从油盐店里走出来，跟李婶儿招呼道："今儿个打点儿芝麻酱，咱家小宝可爱吃窝头蘸芝麻酱了。平常舍不得，有时就是棒子面粥就咸菜，真担心这孩子长不结实。还听说一千元一斤的白面落到八百五啦，再便宜点儿我豁出去也称它一斤，给小宝烙两张饼，他得多高兴啊。"

李婶儿说："可不，要是物价一天三涨的日子再下去，真不知道活成活不成了。"

王大婶儿边扫雪边跟李老师打招呼："李老师，早啊，也扫雪那。门前不扫扫，一结冰，刚出门就滑一跟头，可不是玩儿的。"

李老师笑着说："自己的事就要自己干。听说了没有，这胡同里要选举居民委员会，住户大家的事，也要自己管理。"

王大婶儿回答："听说了，说是要撤了那些保长甲长的，是真的吗？"

李老师说："没错，那天解放军在会上说的。看起来，这管制了老百姓的办法，换了多少朝多少代都不变，今儿个也要废了，这可是千年的大变化啊。"

街面上，文君生、方乡从两位正在打扫着门前积雪的老人身旁经过，文君生笑着拍打着老人身上的雪："看您身上落满了雪花儿啦，大爷，当心着凉啊！"

方乡跟着笑笑说道："下雪不冷化雪冷啊，大爷。"

两位老人一边顺手拍打着身上的雪，一边回道："啊，是吗？没事儿，不冷。"

田景义走上前说："你看，我刚才说什么来着，见过这样当兵的么？还能想着怕咱着凉。"

梁光幼也跟着说："我爷爷说打小看着八国联军进北京，大半辈子了，见过外国的、中国的军队，一拨又一拨，哪个对老百姓不是横眉立目的。可看这进城的解放军，待人诚恳，说话和气，没见过。"

田景义感慨着说道："老百姓盼的就是这种把人当人看的社会啊。"

说话间，文君生和方乡二人忙着走过去了。

丨 相见恨晚

春节过后，文君生和方乡踏雪走在出城的路上。到了北平郊外，文君生拿出一张图，指着远处一座高高的水塔说："你看那边，那个带尖顶的厂房应该就是我们要去的地方了。"

方乡向远处看了看那些隐约的矮墙，和文君生一路走过去。

在郊外的一间破旧的机械厂房周围，黄时普和纪雨正在无所事事地交谈着，看着缺门少窗的厂房，纪雨指着一个个大窟窿说："哎，你瞧这儿，连一扇窗户框都没剩下。"

黄时普看着一个个大窗口："你看这都张着嘴，好像都有话要说啊。"

两人走过一段一段残垣断壁的矮墙。

纪雨边走边低头找着，然后说："一大早就出来了，什么也没发现啊。"

黄时普说："是啊，里外转悠一大圈儿，有用的东西连个螺钉也没看见。”

纪雨说道：“算了吧，坐下歇会儿。别费劲了，现在有东西也卖不出去，五金行掌柜的都不敢随便收货了。”

两人各自找了块砖头、木板坐下。

黄时普说：“说的也是，你猜怎么着，听说没穿军装的解放军早就进城了，而且遍北平城贴了大布告。那天我去东单，你记得东南角有个点心铺么，出铺子往东拐的墙上看见了，嗬，一大张《中国人民解放军布告》，好多人围着看，我挤了过去看上面写着凡是工厂都要接管。”

纪雨说：“可是进城都一个多礼拜了，怎么一点儿动静都没有呢。”纪雨打了个冷战，一阵风带着飘起的雪花透过窗口吹进来，他站起来，把身上有点发硬的旧棉袄对襟掩了掩，紧了紧扎腰的绳子。“再坚持几天看看。”

黄时普叹道：“怎么坚持？我刚才听见你肚子咕噜咕噜叫啦。”

纪雨来了兴趣：“你这话让我想起来听人唱过的一个小曲，你愿意听吗？”

纪雨不等搭话就低声哼起来：

走，走，走，努力向前走，
你要什么前面都有，
肚子饿了，你吃得饱不饱？
身体倦了，你睡得好不好？
假如你吃得不饱睡得不好，
你就一直向前走
……

然后继续叹了一声：“哎，一直向前走？我现在真不知道要向哪儿走？”

黄时普说：“前些日子，老家来人说土改啦，想叫我回去，有了地需要人干活。后来，因为路上不安全，又听说北平快解放了，继续当工人也好。”

纪雨说："你是怎么都好，我是无家可归。当工人好不好？还不知当成当不成呢。"

黄时普知道他是个孤儿，母亲是被日本鬼子飞机炸死的，他爸爸让蒋介石军队抓了壮丁，没了音信，也许早已不在人世。想了想，又安慰他道："全国早晚都得解放，常师傅说，到时候工厂开工，工人当家作主，咱们你我他就是一个大家。对了，常师傅还说呢，让咱们准备好好干呢！"常师傅是这个厂多少年来最受人信赖的老工人，上个月因病重不幸去世，可他的话总是能给大伙儿以信心。

黄时普又说："你说解放军能管咱这荒郊野外的事吗？说凡是工厂都接管，可这儿一面整墙都没有的厂房，连个有用的螺钉都找不到的工厂，接什么？管什么？能惦记得上吗？"

纪雨说："是呀，解放军入城式这都十来天了，也没个动静儿，我想是不是进城里看看，也许城里已经有开工的地方了呢。"

两人正说着，文君生和方乡走了过来。

黄时普和纪雨打量着眼前这一男一女解放军，两人一身棉军装，头戴灰棉护耳帽子，腰扎皮带，十分精神。男的二十三四岁，戴近视镜；女的不到二十岁，齐耳短发。

文君生和方乡看到有人，兴奋地走上前来。

文君生说："同志，这里是原来的北平机械厂吧？你们是工厂里的工人吧？"说着，文君生主动上前握手，"我们是北平军管会派来的，我叫文君生，她是方乡。"

方乡微笑着点头示意："北平的军管会要接管这个厂子了，派我们先来联系一下。你们都贵姓啊？"

黄时普说："我叫黄时普。"

纪雨说："我叫纪雨。"

方乡："那就是黄师傅、纪师傅啦。"

纪雨忙解释道："哎，不行不行，我还只算是帮匠，连技工都算不上，师傅就更不敢当了。"

黄时普问道："你们找谁联系啊？厂长早就逃跑了。"

文君生说："就是找你们工人联系啊！今天先到厂里看一看，了解一下大概情况。"

四个人又在厂区转了一圈，能用的东西一点没看见，没用的东西乱丢得遍地皆是。看着全厂空荡荡、寂静无声，四人相对无言。

文君生又问道："现在厂里还有多少人在呀？"

纪雨回答："也就不到十个人吧。"

黄时普补充说："还有些到城里投亲靠友了。"

文君生说："这样好吧，就请你们二位帮助通知一下人，我们后天早上9点钟来，开始进行接管工作，军管组长也要来的。"

纪雨犹豫着，看了看黄时普："向我们工人办接收？我们什么也没有，你们收什么？"

文君生说："不是向你们接收，是和你们一起接管，后天我们会详细说的。"

黄时普和纪雨又犹豫着对视了一下。纪雨问："我们通知人时，怎么称呼你们二位呢？长官。"

文君生笑着说："不兴那么叫了，就说是两个解放军同志，军管会的，一个老文，一个小方。"

黄时普和纪雨点着头，看着离开的两个解放军，纪雨对着黄时普说："这一声儿同志，叫的我心里热乎乎的。"

黄时普也说："还有，他们跟咱们握手了，好像从来没人这么跟咱平等过啊。"

纪雨说："是啊。走吧，回去还得通知那几个，准备后天开会啊。"

黄时普说："住厂的几个人好说，通知住城里的人可费了劲了。偌大个北平四九城的，哪儿的都有，最远的一个人在石景山，从东到西，这两条腿非跑断了不可。"

纪雨说："得，我们俩分分工，分头儿找吧。"

第二天一早，黄时普、纪雨，加上陈贵海、田景义和找到的一些人一共有二十来人陆续来到厂院里。差几分钟9点，人们看到厂外三个穿军装的人一起走了进来。文君生和方乡先是走向黄时普和纪雨握了握手。文君生介绍另一位：“这是军管组组长鲁梓原同志。”

工人们看着眼前这位，三十出头，中等身材，双目炯炯有神。

鲁梓原快步走上前和人们一一握手。

文君生说：“今天来和大家见面，商量一下接管工厂的事情。师傅里，哪位是老大哥呀？”

方乡说：“在我们乡下，叫工人都是老大哥。”

众人笑着，都推陈贵海：“陈师傅吧，他是我们的老大哥。”

陈贵海近三十岁，圆脸，肩宽，个子不高不矮，体态敦实有力，是一名车工，因为技术好，又乐于助人，很有威信。他向前迈出一步：“我叫陈贵海，我不算年纪最大，担当不起啊。”

众人推说：“你行，你行。”

文君生说：“那就请陈师傅带头，大家一起，领我们先在厂区看一看。”

人们由北向南走过锻工场、机工场、铸工场，还有些破旧的修理棚、工棚、库房、伙房、办公室。

锻工场里，几个烧铁炉膛里黑洞洞的。锻工师傅杨成泰说：“就这几台蒸汽锤和压力机的水泥底座了。”

机工场里，房梁下面有两根横贯厂房东西的天轴，还耷拉有被扯断的传送带悬吊着。陈贵海指了指地上一个个直冲朝天的地脚螺钉说道：“一台机床都不剩了。”

铸工场里，一片黑砂子，有几个残破的砂箱，门外一个表皮锈蚀的化铁炉里残留着许多破碎的耐火砖。铸工焦俊生说：“还有几个人都回家了。”

办公室更是四壁如洗，有些破桌椅，货架子东倒西歪地散落着。

田景义问道：“就在这废墟上，还能恢复生产吗？”

鲁梓原对大家说道：“在市军管会里就听说，他们要逃跑时，抢运走好多机器，没想到是如此抢劫一空。”

陈贵海答：“是啊，包括小砂轮机、虎钳子，还卷走了很多常用的工具、刀具。”

邢师傅说：“可能还没出北平城，那时已经围了城，他们跑不了。”

田景义接过话来：“据说那个厂长就在城里呢。”

鲁梓原肯定地说：“对，他跑不了。”

军管组后来找到了那个原来的厂长，叫他交出了工厂的文卷、档案以及抢运走的机器和物资清单，又说出了设备藏匿的地点。

大家继续往南走，看到一个高高的水塔，塔身剥落。于师傅说：“关键是没有水泵，到哪儿去弄一个大电机带水泵呢？”

跨过一条小路，有一间小房子，门口挂着一个旧木牌：变电室。几个人探身进室内，电线东拉西扯，遍地破碎的瓷瓶，被砸坏的变压器。黄时普：“不知这还能不能修好？要干活儿没水没电可不行啊。”

朝东看，迎面是大、中、小三个山包，全是土石堆成，最小一个也就像个大土堆。正面一个有五、六层楼高，比较陡峭。东南面那个高有八、九层楼高，山脚周围开阔。朝东过去上斜坡，环绕多半个山有一塘水，结着的薄冰中镶嵌着一只残破的小船。

陈贵海说：“这一带地名叫东龙山，也许是因有这几个山头的缘故吧。传说是前清时的一个亲王看上了这块地，风水好，打算在这里建个花园王府，后来因为朝廷内部矛盾的压力，被迫停工了，留下一个故事，这三座假山也留在这了。”

鲁梓原说：“别说看这儿有山有水，真有点诗情画意，将来修个工人花园，还真是好地方。”

大家都笑了，忘了刚才看到的破败景象。

陈贵海补充道：“围城时，这里曾经是国民党军队的前沿阵地，你们看，沿山坡还挖了掩体壕沟，摆着两排铁蒺藜架子。”

汪师傅说：“为修这些工事，拆走了厂里许多门板、木柱、铁料。”

黄时普说：“为了在碉堡里取暖，把好多门窗、桌子、凳子都拿去当柴烧了。”

陈贵海感慨道：“现在再看见这些碉堡、工事，想起过去那些揪心的日子，就感觉这和平真是来之不易，怎么才能做到永远和平，不打仗，那多好啊。听说这块地，日本人和国民党曾经想搞过什么烟草厂、制药厂、纺织厂什么的，都没成功。”

鲁梓原说道：“那就申请都划给咱们厂，将来这个厂要建成面向华北、面向全国的农业机械厂，小了肯定完不成任务。这块地是人民的了，要咱们来接管，绝不能让它再荒下去，一定要尽快把生产搞起来。同志们说对不对？”

众人听了他对厂子的前景这么一展望，不由自主地鼓起掌来，但又你看看我，我看看你，犹豫着。

纪雨急忙问道：“什么设备、工具都没有，搞什么生产？”

鲁梓原坚定地说：“对，工具设备是前提，工欲善其事，必先利其器嘛！但是，毛主席说，进城无论办什么事，依靠工人阶级。就凭我们这些人，总会有办法。我先出两个题目：一是被抢走的设备怎么弄回来？二是被破坏的厂房怎么修复？包括工人宿舍也得维修一下。”

方乡跟鲁梓原耳语：“得吃饭啊。”

鲁梓原拍了下头：“哎呀，最大的前提是吃饭问题，忘了说，真该检讨。上级决定，从今天起每人每天四斤半小米儿生活费，不能说就解决了生活问题，但先应个急。刚才看伙房地方还有，大师傅还在吗？”

众人齐声：“有老李师傅。”

人群中一位红脸膛、矮胖身材的老工人点头微笑。

鲁梓原说：“老李师傅，咱们第一个恢复生产的就是您了。”

众人兴奋起来。

老李师傅笑呵呵地看看身边的几位：“没定干活儿，先定生活，这可是从来没听说过的事儿啊。”

大家高高兴兴地你看看我、我看看你，情绪激动，都觉得这日子有了奔头。

待到人们平静下来，鲁梓原招呼大家集合一下，然后说：“我郑重宣布，现在这个厂属于人民的了，接管工作已经开始。上级决定，将派一个班的解放军战士驻厂担任护厂任务，还要组织一个工人护厂队。全国人民把这个厂交给了我们，我们要怎么干呢？”

工人们异口同声道：“赶快生产！”

鲁梓原说：“咱们想到一块了，党中央正是这样要求，新中国成立后，中心任务是生产，首先是依靠我们工人阶级搞好生产。这既是支援全国解放，也是全国正要进行和平建设的大事业。大事业，人少了不行。有一件事拜托大家，联系一下咱们原来厂里的老工人，能来的都请回来，今后厂里有的是要干的活儿，有个百八十人也不多。然后，大家都想一想，我们开工以后，干什么产品？要干多少才能满足国家需要？这得有多少人来干？”

工人们表示说干就干，现在先把整治工厂的事干好，做好准备迎接新的任务。

原来工人们急切地盼着解放军来厂接管，又看到军管组的同志怀着跃跃欲试的心情，只想立即走上工厂的新工作岗位，今日一见如故，分外亲切，随即就有了共同语言，那就是：

生产！生产！生产！

第二章

恢复生产

我国农业机械界老前辈说：“我知道，要正经办一个农业机械厂不容易，不过，我可以帮助你们多请些人来一起干。”他历数了在国内外从事农机工作专家十余人。工人们冒踏雷危险，抗风寒天气，已经为恢复生产做准备工作。

凝聚人才

鲁梓原和他的同志们的艰辛工作让人们看到了一个事业和前途都充满了希望的新厂，也吸引了更多的人来厂工作。在接下来短短的一两年时间里，这个厂聚集了几乎是建厂需要的各方面人才。到一九五二年，仅在技术工作方面，工厂就建起了一支基本能力过硬、具备高水平农业机械技术的队伍，全厂职工中有工程技术人员三十九人，其中大学毕业以上工程师占百人之七十，留学美、英、法等国家的专家九人，还有一支涵盖所有工种的技师级老工人队伍八十多人，合计占全厂职工百分之十左右。当年这个厂配合国家农业生产发展，改革旧农具，创制新农具受到广大农民欢迎。后来，工厂迈向现代化，走上农业机械化道路，主要就是依靠这支“三结合”的技术力量为基础。

鲁梓原一直想着跟工人们一起察看东龙山的情景，心里还惦记着为工厂扩地增人的问题。第二天他跑到市军管会，直接提出申请要把现在厂区东一块地划给这个厂。理由是：组织上把建中国第一家农业机械厂的任务交给我们，就得有个新工厂的样子，出了产品要对农民负责，就需要有个试验农场。

领导同志笑笑说：“人无远虑必有近忧，你有长远打算我支持你，等我与有关部门了解一下，那块地是不是已经有人用了。”他又说，“我更关心你把当前工作做好，你今天来正好有两个好消息：一个是考虑到你当前最需要聚集人才的工作，华北人民政府从地方工作中专门调派一位叫刘为民的同志到厂协助你做好人事组织工作；二是地下党组织里一位叫余大地的同志，他主动要求到你那个厂工作，是清华大学机械系毕业留校任助教的。他们俩都正在办手续，待会儿我给你们介绍认识一下，自己约谈工作吧。”

和刘为民见面两人寒暄了几句话，直接就谈上了工作。鲁梓原介绍了工厂现在接管工作情况：“当前建厂最主要的是需要聚集各方面人才。我写了一篇稿子——《发展我国农业机械的重要性和设想》，希望能在报上登出来，引起有志人士重视，愿意来厂工作。这件事就委托你了，请报社同志给予帮助。同时，也请他们在报纸上为我们厂登一个招聘启事。”鲁梓原一再表示：“你还没进厂门，我就跟你说这么多杂事，真是有点不太友好……”

刘为民很真诚爽直地笑了：“这样才好，人事工作就是这样，许多看起来平凡的工作，可能有大作用。”

跟余大地一见面，鲁梓原就说：“厂子刚刚在筹建，就缺少专业技术人才，你这一来可说是‘及时雨’。”

余大地说：“我一毕业就想到工厂工作，北平一解放，就听说有你这个厂，就积极向组织提出申请，批准了，我正要去厂里报到呢。”

鲁梓原忙着向他讲了这个厂的前景和建厂设想，真想多有些工业内行人来一起干。余大地听了犹豫了一下说：“咱们是农业机械厂吧？我知道清华大学有一位刘教授，是我国农业机械界的老前辈，你的问题是不是可以找他请教请教。”

鲁梓原愣了一下说：“那好请吗？”

余大地说：“我想也许得你愿意三顾茅庐。”

二话不说，第二天两人就直奔清华大学，找到刘教授家，说明了来意，鲁梓原一再表示突然来访的歉意。刘教授很热情地接待了他们，耐心地听了鲁梓原的建厂设想和求教的意愿，高兴地说：“你们今天来和我谈建农业机械厂的事，实际上，也是给我带来了我心里想要的好消息，中国多么需要有农业机械厂啊！”他说话慢下来，好像要在回忆里寻找过去曾经发生过的事。“当然你们这个厂刚是一个设想，可在过去，从来没有人说过要这么正经地办一个农业机械厂。我知道你们要干这个事不容易，要一步一步走。不过我可以帮助你们请些人来一起干。”他历数了在国内外从事农业机械工作的专家十余人，又分别以师生或好友关系给他们写了邀请信，后来有大部分陆续来厂了。他又提到我国第一届农机专业大学生，他愿意与该中央大学农业工程系主任联系，表示欢迎他这班毕业生来厂工作。他又和二人谈到对中国农业机械化前景的认识，言语间充满着期望。然后，他们又一起分析了农机工业的特点，提出了有关生产发展的建议。

这次造访的收获，让鲁梓原喜出望外，极大地增强了建厂的信心。

一个新兴的农业机械厂为人们向往建设新中国施展抱负的机会，人们来到这个厂工作，又为厂子的发展贡献了力量。工厂正在建设，来自五湖四海的人越来越多地参加进来。经刘教授推荐邀请，海外留学归国的农业机械专家李中功、铸造专家陶百谦等人都先后来厂了。

经住厂工人多方联系原厂里的老工人已在陆续返厂。铸工吕振华师傅得知建了新厂的消息，连夜从老家泊头出发，火车尚未畅通，一半路靠步行赶到厂来。

原中央大学农机专业应届毕业生仅五人，有甄宇柱等四人都到厂来了。国立高级工业职业学校机械系毕业生冯治生，终于等来了适合自己专业的工作机会，主动来厂自荐要求工作，受到热情接待。

经人们之间相互介绍，有的看到报上鲁梓原发表的文章，还有的看到社会招聘启事的宣传，各方面的专业人才齐聚工厂。另外，还招收了第一批青年学徒工，具有小学、初中文化的社会青年，在工人队伍中增添了新生力量。全厂形成一支一心建设新中国、想干事、有能力的职工队伍。

差点儿踏上地雷

食堂李师傅带着几个人打开水塔下面的水泥盖子，挑出井水。

有人捡回来大量的枯树枝。

鲁梓原来到临时伙房：“老李师傅，这没有水没有煤的困难，您找到解决办法了啊。”

老李师傅：“放心吧，保证三餐不误。”

木工岳廷端着一个粥碗走过来："以前啊，吃了这顿，保不了下顿，老是担心喝粥的饭碗也可能被砸了，所以总觉得脑子里迷迷糊糊的。现在顿顿不发愁，还有实实在在的窝头。别小看这窝头，底盘大，尖冲上，吃了它，往后的日子天天往上走，干起活来底劲儿足啊。"

老李师傅对着鲁梓原说："这孩子，从小就围着看父亲干活，练就了一手儿好手艺，就是不好好干，得空就在墙角依偎打瞌睡，人称'小迷糊'。自从解放军进了厂，听说的看做的，他觉得这周围环境不一样了，搞得他这个人也变了。这次，他主动带头修复厂房，说自己木匠、瓦匠都能干。先是带人彻底清理了全厂犄角旮旯的废弃物，集中了许多可以用的木板、砖头，修好了那些损坏的窗户，又上房铺瓦修漏，残墙补缺，填土平路，使厂区整齐了好多。"

岳廷说："可是大量严重损坏甚至栊骨不全的门、窗、工具柜等，都得重新做，没有木头，这可愁啊。"说着说着，岳廷趴在饭桌上睡着了。两个工友走过来。

郁清问："怎么了？小迷糊，又打瞌睡呢，别睡了，明天怎么干啊？"

岳廷揉揉眼："本来快有办法了，让你这一拍给搅了。"

小高说："别胡说了，你都打呼噜了，哪来的办法啊。"

岳廷说："真的，刚才做了一梦，梦见东龙山山神了，看见我正发愁，就说，小伙子，过去国民党军队能把厂里有用的木料弄到山上修碉堡，你就不能为共产党把它拉回来修厂房。我说对呀，可又想，做厂房大门什么的，还得有更多宽的木料才行啊！那山神说，你这小迷糊，忘性不小，你到山头上四下望一望就……就怎么着？还没说出来，让你们给拍醒了，误了大事不是。"

三个人愣了一下，岳廷站起身来说："走，去山上看看。"

小高说："别去了，明天再说吧，外面冷着那，天又黑。"

岳廷说："不行，这事不弄楚心里不踏实，你们俩不是睡不着觉才来叫我的吗？"

三个人点着一盏小煤油灯，走出去了，因为天气冷，端灯的手一会儿就冻僵了，三个人轮流端着。接近山头的地方，影影绰绰看到些东西。

岳廷看到了木料："有了，有了，木料有了，他们砍了树，咱们正好用。"那是当时国民党军队修碉堡后发现前面有几棵树，影响视线，就用斧子和锯，把它们撂倒在这了。

小高说："慢，听说那一块布置过地雷，危险。"

三人一时无语，闷闷地返回了宿舍。

第二天一早，岳廷找到工友说："昨晚我们三人探山情况，你们一大部分人上山拆碉堡和铁蒺藜架子，把木头拉回来。我们三个再去看看怎么把大树弄回来。"

郁清说："找解放军先排雷。"

岳廷说："行，我们先去看看具体情况。"岳廷边说边往外走，带上两个工友又来到东龙山。"你们看，这儿有一条人踩过的路，估计没有什么雷。我在前面走，你们两顺着我的脚印，拉开距离，远一点，能看见就行。"

小高说："还是别冒险，咱们知道了前面有木头，不怕等两天。"

岳廷说："人家解放军也挺忙的，说不定哪天能来，怎么等啊？"他手持一根长棍，边走边向前敲打地面，在快接近目标的时候，回头示意二人暂停下来，自己则匍匐前进，当他小心翼翼地拉动一棵树时，屏住气息，往回拖了十几步，一下子站了起来，两个人也跑了上来，三人兴奋地一路小跑把树拉到了山脚下。岳廷喘着气说："一共是四棵树，我们三个人一鼓作气都拉回去。"

山顶上的人拆碉堡、架子，木头全露出来了。

午饭后，大家一起把两处的木料都拉到了厂区。岳廷看着木料："几棵树剖成板，做几个厂房大门有富余，山顶上拆回的木头，除了配各处窗户，可以做工具柜、桌椅板凳什么的。"

老李师傅、岳廷和工友们高高兴兴地围着一桌就餐，一人端着一碗熬白菜，正在碰杯，鲁梓原走了进来笑着对大家："大家辛苦了，碰杯应该有酒，今天以汤代酒，先记上一笔吧。厂房修复得怎么样了？有什么困难吗？”

郁清回答道：“基本上都修复得差不多了。”

鲁梓原说：“这些天大家忙坏了吧，为了恢复生产创造条件，大家贡献不小啊。”鲁梓原转向岳廷：“听说今天你自己作主，冒着踏雷的危险拉回了急需的木材，是不是应该表扬你呀？”

岳廷听出这话里的口气是批评自己，不服气地说：“这不是把木头拉回来了嘛，也没出事吗？”

鲁梓原说：“没出事是侥幸，出事就晚了。你勇敢，但现在工作还没到需要你去牺牲的时候。”

岳廷委屈道：“我根本没想牺牲不牺牲的事，只想把厂房快点修好。”

鲁梓原深沉了一下说：“岳廷同志，你要知道，革命需要你做的事情很多，你自己认为可以做的，要考虑从革命全局看允许不允许这么做。你现在不是一个单个的工人，是我们集体中的一员，工人阶级在大生产中最讲组织纪律。今后工作里要觉悟到对自己的要求。”

岳廷小声道：“知道了，今后一定注意。”

夜晚，岳廷辗转睡不着。躺在床上问工友：“头一次听说这道理，一心把活干好，还受批评，要在过去，东家看你能拼命去干活，一定是鼓励你。还说什么工人阶级、集体、大生产、组织纪律，这都是什么意思？”

郁清说：“不太懂，但肯定是瞧得起咱工人，所以要咱工人做事多从大的方面去想想呗……”

岳廷思来想去，自己嘀咕了好一阵，好像迷糊了一会儿，天就亮了。

拉回丈二车床

铁匠铺学徒的杨成泰正带着几个人用滚木连滚带推倒换运着蒸汽锤底座，过了关厢，到了郊外。大伙儿在刺骨寒风中，单薄的棉衣被磨破，露出了棉絮，赤裸着的双手冻得红肿了，没有人督促，没有人喊苦，所有的人都在默默地干着。丈二车床床身，采用倒滚木的办法，即地上前后排开五根滚木，机器架在上面，人在两侧往前推，机器往前滚一根，后面空出一根，有人负责移到前面，一步步倒着滚木走。

方乡自愿参加这组一起干，负责在前面平地开路，捡砖抛石，铲土平坑，两手一会儿就冻得连铁锹把都握不紧了，不断地在嘴前哈气嘘手。

杨成泰："我早就说，你别上这组来干，这不是女人干的活。"方乡不服气："这么冷的天，大家都没戴手套，你们说实话，谁不冷。冷是冷，干是干，我就是要参加干苦活累活的。"杨成泰："你别生气，我是说男的吃得多，火力壮，抵抗力强。"方乡："能力有大小，都是劳动。二万五千里长征不比这困难？！女同志照样走过来了。"杨成泰看她那要强的精神："听说解放军行军时，有宣传队沿路演出，可鼓劲了，你也来给咱们鼓劲鼓劲，好不好。"

大家都嚷着："对，好。"

方乡不好意思："我试着把快板换个词，说到哪儿算哪。"方乡拍着手就说起来。

打竹板听我说，
解放军打仗英雄多，
向前、向前是军歌。
逢山就开路，
遇水搭桥过，
谁敢来阻挡，
把他消灭没得说。
胜利的钟声已敲响，
全国早日得解放。
后方的责任也很重，
咱们工人有力量。
建设新中国，

就把责任挑，
今天把机器来搬运，
明天生产效率高。
不怕天寒和地冻，
不怕坑洼路不平，
有绊脚石就铲掉，
崎岖小路成大道。
滚木一见哈哈笑，
驮着机器往前跑。
轱辘辘辘一个劲儿，
一头钻进厂房里头了，
人人见了齐鼓掌，
开工生产，
你来得早，
来——得——早。

众人大笑起来：“听这么唱，好像推这床子不费劲了。”

天渐渐黑下来。杨成泰说：“看起来今夜必须加紧干。这不，接班的人也来了，我看白班的再留四个人连个班，其他人回去休息。”

一拨人抬机器走，休息的人负责在前面平平路。走了一段后，都觉得不跟脚，这人刚抬脚迈步，机器却压住了，因为别人脚正要落地，那人脚还没落实，就感到机器要往前挪，走着又别扭又累人，都喊说不行不行，得走齐了。

杨成泰跟大伙儿说这活儿要喊着号子走。

到了晚上，几个回去吃饭的人又回来了五个人，包括方乡，还带来了伙房李师傅拿被子裹着的还热乎乎的饭。

杨成泰生气地问：“你怎么又来了？这夜里不比白天，会把你冻坏的。再说，下面这活也没有你干的。”

方乡说：“没关系，我又加了件棉衣，我给自己找好活了，你看，煤油灯，我就给大家提灯照路。”

小柳说：“灯也倒是正需要，而且让她一人黑灯瞎火地回去也不放心啊。”杨成泰嘱咐道：“那你要照顾好自己啊。”然后转头跟大伙儿说：“我记得这种活，多人抬着重物走，要小步慢移，喊号是两拍一步，声调平，帮助用力均匀，咬字准，促使整齐有力。抬活的人总是唱一个词，可能枯燥，领号的人声音要大，词要能给人鼓劲，又吸引人，让人忘记疲劳。我先领号试试，别人也可以想想词，换着人来。”

这样喊着号子走了一段，大家都认为好多了。

方乡说：“有两句词我建议改一改，开头一句‘师傅们’可以叫‘同志们’，显示我们大家是同心合力的一个集体。后面有一句‘日子好，神保佑’应该改成‘日子好，靠劳动’，国际歌里唱的就是‘不靠神仙皇帝，幸福全靠我们自己’。”杨成泰不好意思地说：“小时候，我爸每天下矿井，我妈总念叨菩萨保佑，也没保住不出事，可倒传给我了。”小柳接话说：“小方同志的意见好，还是从解放军有学问。”

杨成泰挺了挺腰板喊起号子来：“来，咱们不靠神仙皇帝，走起咱们自己的路来。都做好准备，开始了。”

杨：同志们！	**众人**：有。（每个人都站好了抬杠的位置）
杨：杠上肩哪！	**众人**：好——咧。（都半蹲的姿势把木杠放肩上）
杨：抬起来呀，	**众人**：哎——哟。（一齐用力站起身来）
杨：齐——步走啊！	**众人**：嘿——哟！（整齐的迈出第一步）
杨：眼——向前哪！	**众人**：嘿——哟！
杨：脚下——稳哪！	**众人**：嘿——哟！
杨：嘴里——唱呀！	**众人**：嘿——哟！
杨：有板——眼啊！	**众人**：嘿——哟！

杨：人心——齐呀！　　**众人**：嘿——哟！

杨：泰山——移呀！　　**众人**：嘿——哟！

杨：累不——累呀？　　**众人**：嘿——哟！

杨：还用——问嘛！　　**众人**：嘿——哟！

杨：山——都搬啦！　　**众人**：嘿——哟！

杨：出点——汗呗！　　**众人**：嘿——哟！

杨：再加把——劲儿啊！　　**众人**：嘿——哟！

杨：就到——家啦！　　**众人**：嘿——哟！

杨：进——食堂啦！　　**众人**：嘿——哟！

杨：吃——热饭啊！　　**众人**：嘿——哟！

杨：日子——好啊！　　**众人**：嘿——哟！

杨：靠——劳动啊！　　**众人**：嘿——哟！

杨：新中国——建设！　　**众人**：嘿——哟！

杨：做——贡献喽！　　**众人**：嘿——哟！

天已经黑了，夜空布满了星星，月亮跟着号子走。

方乡望着天空，心想着：连里的战友们都好吧，现在是正在休息，还是也正走在夜行军的路上，他们又解放了哪些地方，已经打到了哪里……

杨成泰也望着天空，回想起过去帮叔叔推排子车上一个斜坡，只顾使劲儿，不小心踩翻一块砖头摔倒了，还崴了脚，自己竟掉了眼泪。叔叔赶忙过来，抚摸着自己脚踝说，大小伙子了，不兴哭。那年自己十四岁。想起那情景，情不自禁地笑了……

机器运到厂里。

有工友提议："趁咱们手里有杠子、绳子，干脆把它一直抬进厂房里吊练架下面，明天陈师傅一来，就可以考虑安装了。""有道理，再加把劲儿，把好事做到家。"杨成泰说道。

走出厂房，人人都裹紧棉袄，抄起手来。

杨成泰跟大伙儿边走边说："饿了吧，走，到伙房去，老李师傅可能已经起来准备早饭了，能不能先给咱们弄点吃的。”

这时，天已经亮了。

献器材

第二天一早，陈贵海走进厂房，看见那台丈二车床床身，抚摸着，自言自语道：“老伙计，你到哪里去了，今天才回来？”

文君生走进来，看到陈贵海正带领大家擦洗安装着车床，问道：“昨天还没有这台床子，过了一宿，今儿个怎么就开始干上了？”

陈贵海说：“肯定是杨成泰他们连夜干了好事，本来说好他们把机器弄进厂就行了，往厂房里搬是我们的活儿。你看厂房里机床之间狭窄，他们一定费了不少劲，可给我省了好几个人大半天的工夫。”

文君生赞叹道：“工人同志之间自觉地协作，看到是一种集体主义精神，你们这里工作进展得不是也很好嘛。”

陈贵海说：“是啊，大家都很主动，开始因为没有汽油，所以没法清洗，后来都把自己有的点灯煤油拿来了。”

文君生说：“听说，还是你带的头啊。”

陈贵海说：“哎，本来都担心老打仗，停电，现在都相信电灯会亮的，大伙儿都感觉有前途，干活也特别起劲儿。前些日子厂房没有门窗，在煤油里清洗零件。好多人手都冻裂了口子，昨天好，岳廷他们给我们机工房配齐了窗户，把大门也装上了，这就好一些了。”

文君生说：“最近，厂里给伙房弄了些煤，李师傅惦记着你们，说是要分给你们一些，并且不知从哪儿找了个汽油桶砌了个炉子，说这一两天一块儿送过来。”

陈贵海说：“那太好了。”

文君生说：“机工房机器试车成功，是全厂恢复生产的关键，还有什么困难吗？”

陈贵海说："眼下，传送带只够一半多床子用的，只能采取这台试完拆下用在那台上，串换着试车还可以，开工生产就不行了，再就是，正试生产起来，工具、刀具、量具等都缺。"

文君生说："这都是必须在外面购买的，不知申请的拨款最近能不能批下来。"

文君生转眼，看见纪雨在那边正为试车机床接传送皮带，右手指上缠着白纱布，就走了过去。

文君生惊讶地问："哟，小纪同志，怎么光荣负伤了？"

纪雨回答："咳，陈师傅一再嘱咐，现在机器表面是冰冷的，手是热乎的，摸上就会粘住。其实，你说我能不知道吗？可那天不小心，光着手翻动一个工件，一下子粘上了，一着急一抽手，撕拉下一层皮，血跟着流出来了，还是驻厂解放军给上的药，包上了。"

文君生嘱咐着："干活要注意安全啊，看来工厂要建个医务室才行。"

午饭时，一个青年工人找到文君生，自我介绍叫程志强，要求他一起来到厂房外边，指着一个手推车上的东西说："这是我和另两人一起，前些时从厂里拿走的东西，厂子开工等着用，现在把它交出来吧。"

不少人围过来看，手推车上有游标卡尺、钢板尺，成卷的传送带及皮带卡子，整盒的刀料及板牙、丝锥，整套的活扳子及克丝钳子等。一个工友："这可真是'及时雨'，都是开工生产缺不了的好东西。"另一个工友："怎么说是从厂里拿的，就是偷的。"

程志强低声嘟囔着："谁谁也偷了，谁谁也拿了，当时也是没办法。"

大伙儿议论纷纷，程志强干脆蹲在地上等待处理。

文君生面对群众，用商量的口气说道："这件事是不是应该这样看，围城期间，厂长跑了，一连几个月不发薪水，工人和家属怎么活？拿了厂里一些东西去换点粮食，是一时生活所迫，应当是可以理解的。这和国民党军要逃跑抢劫物资，绝对不一样。本质也是不同的，国民党兵抢走东西无非是要继续打内战，自己去发财。小程他们就是为了吃饭，今天看到生产需要，又主动送出来，证明他们不是为了发大财，更不是为了去打内战。”

说得大家都笑了，连刚才说是“偷”的人，也点头表示佩服这说法。

文君生继续说道：“从今天看，解放了，工厂是人民自己的了，为了早一天复工生产，他们这是当家作主自觉性的表现，应当表扬。”

鲁梓原推着自行车走过来：“其实，这两个多月，同志们不声不响地克服了许多困难，做了那么多无米之炊的事。累，不叫苦；伤，不下火线。你帮我、我帮你，团结互助，表现了高度的自觉性。我从中体会到了毛主席说要依靠工人阶级的深刻含义。有我们这些同志在一起努力，一定能把这个人民的工厂办好。”鲁梓原又举了一下手里的资料：“我刚从市里开会回来，会上专门谈了全市工厂恢复生产的情况，领导认为，我们厂复工的各项准备工作做得好，进展快，着重给予表扬。”

几个人小声议论着，把纪雨推出来。纪雨说：“我们都觉得，您就赶快说说我们厂干什么吧。”

鲁梓原说道：“快了，快定下来了。前些日子布置大家提意见，大概有七、八种意见，我们归纳了一下，都如实上报了，结合国家形势，上级已经研究了，最近就能批下来，到时候，我们生产的准备工作也完成了，可以正式开工了。”

听说马上就要复工生产，人们都很兴奋。

黄时普对纪雨说：“你问的问题，上边已经考虑了。我是觉得对工厂要干什么这样的大问题，还考虑了工人的意见，这可是从来没有的新鲜事。当时，让大家提个意见，就七嘴八舌地说了，没想到是当真的，又是归纳、汇报，又是研究。我觉得这是信任，也给了咱们一份责任。”纪雨接道：“你是说，咱们不能只当工厂的机器人，是不是？”黄时普：“是啊，不能只管干活，也要关心怎么办好工厂的大事。”

第三章

开工啦

“说是国营工厂，那东家是谁呀？”

“当然是全国人民！”

……

在这个工厂的人，就是全国人民的驻厂代表，干什么事，怎么干，都要想到作为国家、工厂的主人翁的责任。

我们是国营工厂

人们为了尽早开工生产，行动得快，时间也跟着跑，进到了四月。

两个月来，所有参加厂区整治劳动的人，这时眼看着自己的劳动成果，早把昨日的破败景象连着为收拾它的苦累抛在了脑后。工房的红砖墙，绿色的门窗，纵横的土路经过夯实又加了一遍净水泼街，路旁新栽的小树，枝叶争先长出来，尽情地吸收着这里的新鲜空气。

鲁梓原和军管组的同志们来厂前，那时对工厂陌生的感觉，很多原来想过和不曾想到的困难，如今都被这整治厂区、类似一场战役的胜利所覆盖。工人们直爽朴实、积极热情，自觉主动克服困难的精神，一件件事都在眼前闪过，依靠工人阶级建好工厂的信心也与日俱增。

人们像迎接新生儿诞生那样，怀着兴奋的心情召开了第一次全厂职工大会。参加大会的职工七十三人，会场设在两间拆去隔墙的平房里，十多排长凳，一张讲台桌，都是岳廷和木工们赶制出来的，还散发着原木的香气。会场没有挂横幅、贴标语，工人们穿着才洗干净的衣服，欢声笑语。方乡领唱了大家刚学会的两首歌:《解放区的天是明朗的天》《咱们工人有力量》。显示出这里正在办喜事的气氛。

会上，鲁梓原首先请上级领导同志作指示。领导站在讲台桌前，看了一下整个会场，注视着所有的人，好像要从这些人身上看出什么不寻常的地方，他动情地说：“接管这个厂时我来过，才刚过两个月，变化太大了，这还是那个荒凉废墟、破烂摊子吗？奇迹！今天有了厂房、设备，通了电，你们是少数几个第一批可以复工的工厂，你们的行动是对全国解放的支援，为即将展开的国家建设事业带了头。”人们情不自禁地鼓掌，因为他们从来没听人说过，自己的劳动有全国意义。人们交头接耳地议论着。于是他接着说：“我们知道大家关心这个厂干什么？已经正式决定，把干农业机械的任务交给这个厂。考虑到广大解放区土改后，农民正在积极恢复生产有需要，我们革命的胜利，靠广大农民支持，农民兄弟有需要，我们义不容辞。具体说，这个厂就命名国营北方农业机械厂。军管任务结束了，军管组的同志全留下，已经任命鲁梓原同志为第一任厂长，和大家一起建设这个工厂。”

原来大家担心厂子正式复工，军管组干部要撤走，两个来月建立起来的深厚感情，真有点舍不得，听说都留下一块干，会场上响起了一阵热烈的掌声。有人着急地问：“说厂子是国营，那东家是谁呀？”上级领导同志笑笑说：“国营工厂主人当然是全国人民，现在的行政工作由华北人民政府农业部领导。在厂内，你们大家都是工厂的主人，也可以说是全国人民的驻厂代表。工厂要公开建立党组织，实行群众路线，考虑建一个工厂管理委员会，由工人、工程技术人员和干部共同组成，讨论解决工厂的重大问题。”他看群众里又有人悄声交谈，就又说道：“也许同志们还有些问题想讨论，不过我想许多问题在这个会上讨论不出什么结果来。我们这个完全在废墟上建起来的、由华北人民政府领导的、专门为农民服务的国营工厂，这样的国营工厂过去没有过，因此遇到的很多问题大都是第一次，也就只能在干中想办法解决。你们做这个工厂的主人，任务光荣又艰巨啊！”他大声笑起来：“我相信你们一定不会辜负全国人民的期望。”

鲁梓原强调了领导同志讲话的重要意义，并表示我们一定要把这个只有在新中国才有的国营工厂干好，完成全国人民交给的任务。

大会散了后，很多人仍然不愿离去，兴奋之余，总觉得还有话想说，只说是农业机械厂，到底干什么产品还是没说，人们心里还是不踏实。大伙儿你一言我一语：

“农活儿里，耕、播、锄、浇水、收割都需要农机具，都可以干。”

“咱们一个厂能什么都干吗？”

“怎么不能？”

“这个你们别担心，到时候领导会给你交代任务的。”

有人说：“你们别急，现在就是有产品叫你干，也干不了啊。大炉等着修，没有耐火砖。不管干什么产品，都得用生铁，没有钱不行。”

机工车间的人抢着说：“不说缺刀具少量具，机油少一点，床子也开动不了啊！”

还是几位老工人沉得往气。陈贵海说：“前些日子大伙献器材，还是可用的，虽然也不多。”

“不多就省着用，过去的日子，还不是三顿饭改两顿了。”

“大伙儿还真是不当家不知柴米贵，刚说是工厂主人，就想着要买这买那的了。其实，这个还用不到你操心，我听文君生同志说，已经打报告申请拨款了。”说这话的是钳工师傅周耕有，性格直爽，是个乐观派。

想办法自筹资金

文君生跟大家聊起来：“刚接管时，军管会带来三千万元，两个月来用得差不多了，上级一直说，还要再拨一笔建厂费用，一直没定下来，可能要用钱的地方太多，有困难。前两天有人介绍一批零活，问咱们接不接，有些是小铜铸件，有些是铁皮活；另外，造纸厂同志找上门来，他们为了尽快开工生产，有几部设备的订货希望咱们厂能承担下来。大家商量一下，如果凭现有的条件，能把这些活拿下来，光造纸厂的货款就有五十万公斤小米呢。”

众人很兴奋，只要是机器活，哪怕上天入地也能把它干出来。

文君生指着旁边一直没发言的余大地：“我给大家介绍一位同志，就称余工程师吧，原来是清华大学毕业，正巧那天造纸厂来人接洽，马上就派他去了该厂，现在让他把了解的情况给大家说说。”

余大地站起来：“我叫余大地，除了上学时实习，还没在工厂工作过，那天刚来就派我这个任务，可能是对我的考验试工，我是尽了最大努力，也不知道任务完成得行不行。”

文君生：“他在人家厂待了一天，详细了解设备的技术要求，反复测量了旧设备的尺寸，记录数据，弄得陪他介绍的人说，晚饭都没吃踏实，从人家厂子出来都晚上十点多了。”

余大地轻轻摆摆手：“现在我就把情况汇报一下，首先是他们厂说，这几个设备要得很急。全国解放的地方越来越多，公文办事，教育培训，商业往来需要的纸量越来越大，很多地方造纸厂又被破坏得厉害，所以要求他们早点开工。可以说这批活的原材料都有了，要求我们的主要是加工。他们在市里找了一两个地方，不是条件不行，就是正做恢复生产的准备。听说咱们这里要开工生产了，就找上门来啦。”余大地从一个书包里拿出几张纸，根据设备要求画的几张图。图被放在讲台桌上，机工车间的人立即围了上去。

大家一边看图一边议论，这批活的难点在那根打浆机的大轴，看它的形状、尺寸和精度要求，即使用厂里最大的丈二车床也加工不了。反复研究后明白，要干就必须把车床改造一下，需要两次装卡、掉头，分两次加工，都是有高精度要求的活儿，大家认为这事非陈师傅莫属。

陈贵海琢磨了一下说：“不只是只有一两处有要求，咱们一起下功夫，精工细作，一定能干下来。不过，车床一改造，原来的走刀传动系统就用不上了，怎么办？”

大家也想出了一些主意，但眼下还真是没有好办法。于是决定，采用多人轮班定时上岗的方法，最大限度地缩短定时，确保精力集中，要求手动像秒表一样均匀进刀，达到工件表面看不出和机动加工的区别，就是人工操作也一定把活儿干出来。

终于，用一个“小马拉大车”的措施，完成了打浆机大轴的加工任务。其他外接活儿，一个问题一个措施地解决。大家看有了自筹资金，开工有望，非常高兴。

鲁梓原说：“我也有两个好消息说给大家，上级决定再拨一笔建厂费十三万公斤小米；另外，批准把现厂区周围，原来国民党、日本准备过要搞的什么烟草公司、制药厂等单位的土地，也划给我们厂，做扩建准备，并要求建一个实验农场，厂区占地面积比现在扩大了十几倍。”

站在一旁的周耕有看着眼前工厂要发展的前景，想起国民党军队撤走时一个当官的话：你们还是赶快各奔前程去吧，别等共产党了，共产党只会打仗，这个工厂肯定开不起来了。他又慢慢地回忆说："我爹一辈子给地主干活，总想着自己也能有几亩地种，够吃饭，可至死一分地也没有。现在看给厂子这么大一块地，估摸得有上千亩，打粮食得够多少人吃了。咱们厂得干出什么成绩，才对得起国家这块地呢？"鲁梓原也点头："我也是这样想，这块地是革命先辈流血牺牲换来的，人民的土地，政府把它交给了我们厂，要求我们不仅是现在要把工厂开起来，还必须有长远工作准备，随着农业发展，扩大生产，不断试验研究出新的好产品。我感觉工厂面积越大，肩上担子越重，对人民的责任也更大了。"

冲天炉出铁水了

全厂为了尽快开工生产，进行着一个又一个的试验和改造，距离可以开工的条件越来越近了。这时再看，从原材料进厂到产品出厂，从毛坯生产到成品装配，整个工厂的生产流程还处于衔接无序、无章可循的状态，亟待建立生产管理工作秩序，同时，对影响生产正常运转的某些生产环节，大小"瓶颈"问题，也必须马上逐个解决。

这时，鲁梓原得知，说十一月在天津要举办一个工业展览会，同时，有参观展览会的全国农业劳动模范和代表，要到北平来厂参观，他认为这是一个宣传推广农业机械，密切工厂和农民联系的好机会，就积极向全厂职工宣传动员，争取到时候能有更好的产品送展，展示我们厂为农民兄弟服务的决心和能力。

当下最关键的薄弱环节，也是对全厂生产影响最大的"瓶颈"问题是冲天炉还不能用，铸件供不上，通常农业机械的百分之七十以上零件都是要靠铸造出来。当外接活生产的时候，零件毛坯是用坩埚化出铁水造出来的，小坩埚的容量才一百公斤，且燃料耗费多，显然不能满足即将开始的多品种大量生产的需要。但是遭到严重破坏的五吨冲天炉还没有修复，不能正常熔化铁水，成了全厂一个让生产卡壳的问题。

文君生来到铸工车间想了解一下问题，看看为什么解决不了？

焦俊生说："主要原因是意见分歧。原来准备是大炉哪儿坏修哪儿，抢时间，尽快点火化铁，但当要动手时，我和几个人又认为不如推倒了重建。细看一下炉子被破坏的情况，比想象厉害得多，就像需要配帮换底的旧鞋，等于是做新的。再说，都记得这炉子原来就吃料多，铁水温度低，重建的时候可以改进一下，比如在加大送风上想想办法。"可还有人说："建新炉肯定得多用材料，也一定会耽误功夫，而且时间也不能等你去研究什么改进，还是先解决现实问题吧，全厂人的生产都等着咱们。"

一个工人说："听说厂子来了个工程师，是机械专家，在铸造上有一套，不如请他来拿个主意。"

另一工人说："算了吧，据说这位还是国外留学回来的，那天我看见了，穿得西服笔挺，头发梳得倍儿光，我看徒有个专家的名，找他解决个实际问题，是瞎耽误功夫。"

小谢："让人家来说说看嘛，也不浪费什么。"

正在这时，鲁梓原带着一个人走过来。

鲁梓原说："刚才你们谈得挺热闹，讨论什么事啊？"

焦俊生说："大家对修复冲天炉有不同意见，现在车间里砂箱造型所有工作都准备好了，就等铁水浇注了。"

一个工人说："鲁厂长您说句话，怎么干都是为了能出铁水，别让我们老争论了。"

鲁梓原说："我听明白了，大家的想法都是既要省工省料，又要提高效率，对吧？"鲁梓原看了看身边的陶百谦。继续介绍："给大家介绍一下，这位是陶工程师，今后就担任你们铸工车间的主任。"鲁梓原转向焦俊生："这几位都是车间老师傅，焦师傅是组长，你以后工作上有什么事就和他们一起谈吧。”

陶百谦上前握手道：“本人姓陶，陶百谦，前天刚到厂来，今后一起工作还要诸位多予协助。”

陶百谦围着大炉看了看，又登上上料平台，看了里面炉壁的情况。

陶百谦说：“看起来，两种意见都有它的道理，不过炉子本身已很陈旧，又破坏得很厉害，比较起来，可能焦师傅的办法更利多一些，是不是多方面再详细考虑一下。”

晚上回到宿舍，陶百谦在翻阅资料，画着方案。

第二天，陶百谦在车间里给大家详细讲解了他的意见：“昨天晚上，我根据大炉实际情况和各位的意见，设想了这样一个方案：把旧炉拆掉，可用材料约有百分之二十，全用上，不论重建还是修补，都只能这样多。原来这个炉比较陈旧，建新炉时采用些新措施作必要的改进，主要是两方面的：一是如焦师傅说的加大进风，具体做法可以将一排风口送风改为三排风口送风，同时在送风管道中加入氧气，增加鼓风含氧浓度，估计这样可提高铁水温度五十至八十度，节约燃料百分之二十以上。二是给炉体加个冷却水套来保护炉壁，可延长冲天炉的连续熔炼时间。鲁厂长跟我说，这个厂很快就会大量生产，延长炉衬寿命可以适应新的要求。当然，这样可能比原样修复要多用些工时，但相比今后生产中可以提高效率，还是值得的，请大家商量一下，看是不是这样？关于多费些工的问题，也请大家预计一下需要几个工来完成。”

大家听了都觉得道理很清楚，不但考虑得全面，具体办法也有了。

焦俊生说：“我估摸这活大概要一个礼拜，至少五天时间。”看看没有不同意见，又说道：“陶工，您是不是还要具体设计一下，特别是那些新措施。”

陶百谦说：“是的，那么这件事就这样定了。我回去就把该设计的图画好，焦师傅您就布置准备开工吧。”

焦俊生说：“好，需要的主要材料早就预备了。不过，陶同志，我看你先回去睡一觉，你看你现在眼圈还红着呢。”

陶百谦说："没关系，上学时经常开夜车，特别是在国外，见到新东西，一定得把它弄懂，装进脑子里，才能踏实去睡觉。回国这两年倒是想干事，又没得干，现在忙一点正好。"

说着，他显得很轻松的样子，匆匆地走了。

工人们实际上只用了三天时间，新的冲天炉就建成了，具体说那是三天三夜。

当第一炉铁水缓缓流出炉口时，人们欢呼鼓掌，兴奋，欢笑，脸上映射着铁水的红光。

陶百谦和焦俊生都显出了得意的样子，看着浇注工人端起铁水包，将铁水对准砂箱浇口注入进去，既要缓急得当，保证分布均匀，又要分秒必争，保证不失铁水温度。几名工人接力赛似的连续进行浇注，很快一炉铁水注满了车间地面上所有的砂箱。

机工车间的人一直在这里等候，有人静心等待不说话，有人急不可耐地大声嚷着什么，有人不安地走出车间又立即转回来，所有的人两眼看着一个个冒热气的砂箱，都急切地盼望着这第一批诞生的铸件。

又经过很长的时间，焦俊生说道："凭我的经验，时候差不多了，毛坯在砂箱中已经凝固冷却，招呼吧。"几名工人一起动手扒箱，然后进行一系列的落砂清理工作，机工车间的人也都忙不迭地下手。清理好的铸件被装车搬运的时候，手上感觉还是温乎乎的。

劳动大合唱

"五一"劳动节过后，鲁梓原召集厂里的共产党员开会，此时，党组织尚未公开，市委指定他担任厂党支部书记，以加快开展支部工作。接下来再根据统一部署，在适当的时候进行正式选举，公开建立党组织。当前工作要求是已经正式建厂的单位，要抓住解决关键问题，不失时机，尽快使工厂走上正规生产之路。从厂里情况分析，已经具备了基本的开工条件，生产什么产品是当务之急。

鲁梓原说：“经过部里帮助联系，已经派人去哈尔滨接洽购买一批苏联农机样品，问题是不知什么时候能回来，我们不能等。”

其实，生产什么产品的问题厂里一直都在积极研究，工人们也议论很多，大家认为，华北地区十年九旱，应该选一种浇水灌溉的东西生产。

于是，文君生转向余大地问：“那次你不是说书上介绍过一种水泵，使用省力方便，效率也高。你就试试干一台。”

余大地不好意思地说：“书上讲过，也只是几句话一个示意图，我从来没干过……”

“是怕搞不好不成功吧？”文君生说道。

老刘同志说：“我接待的来厂有几位技术人员了，谈话间说起搞农业机械来，可以搞的产品很多，可这些日子没听说有什么动静，是不是都有这种情况和顾虑？”

同志们用各种理由和语言，鼓励余大地把设计制造水泵的任务担起来：“将来厂子发展，无论生产什么产品，设计这一关早晚要过。”

“你是现在厂里技术人员中唯一的共产党员，一定要带头站出来。”

“无论你遇到什么困难，支部全体党员支持你，相信全厂职工都会支持你。”

余大地接了党支部交给的任务，要设计这台水泵，首先遇到如何确定水泵流量等性能参数的问题，没有任何依据可参照。他向许多在老家种过地的同志请教，挑水浇地一亩地大概要用多少桶水，算出它的容量。大概一次要用多长时间等有关因素，综合反复考虑，这台水泵比较适用的流量应该是一百六十立方米／小时，还要计算出相关的扬程、功率以及结构设计中零件的尺寸设定和配合关系，在纸上反复计算各种数据，记满了一个数十页的笔记本。又在周耕有师傅的协助下跟有关车间、工人研究，在确保产品性能的基础上，确定选择材料，保证生产工艺可行性。

由于精心扎扎实实地的工作，水泵试制成功了。厂里为此专门修砌了一个水池，当有水从水泵出水口第一次突然大量喷射出来时，围观的人一起鼓掌欢呼，这是全厂自行设计制造的第一台产品啊！

当选购的苏联农机具样品到厂后，陆续来厂的工程技术人员也多了，有的作为参照自行设计，有的测绘仿制，一个多种农机具生产的高潮在厂里迅速展开。

鲁梓原在动员会上说：“咱们农业机械厂，要做到农业生产要什么农机具，工厂就有什么。”

一个一个产品投入生产，逐步在厂里形成了一个热火朝天大生产的局面，有他们自创的歌词为证：

炉火通红
机轮转动
歌声响亮
我们愉快地劳动
不再受反动派的压迫
我们是新中国的主人翁
努力把农业机械多生产
要让那工农联盟万年青
……

这支歌是只有小学文化程度的锻工车间工人杨成泰写的，他也许算不上什么诗词，简单朴实的几句话，描写了全厂生产的场景，唱出了全厂职工内心的呼唤，这是他天天面对炉中燃烧的烈火，挥动铁锤，迸发出来的真情。文君生见到这首词，有感而发，凭着他在部队生活里革命歌声熏陶的音乐“细胞”，以及几个月来工人们乐观向上的劳动热情激励，他连夜为词谱了曲，后来，这首歌在全厂里传唱开来。

几个月来，看着全厂上上下下忙忙碌碌，实际是工作正在一步一步取得成功。党支部总结这段工作时，同志们的发言，说不完全厂职工积极奋斗的事实，问题一个又一个不断出现，困难一个又一个被克服；道不尽的体会，共产党员起带头作用，群众的力量是工作成功的根本保证。

鲁梓原说："我们之所以能在整治了废墟的基础上，在既无产品，又没有资金，开不了工的情况下，现在可以正式开工生产了，有两条工作经验：一是工厂干什么产品，任务不能等布置，要自己主动提出来；一是克服困难，不能只靠现成的条件，自力更生，'以厂养厂'应该是我们的办厂方针，要自己善于创造条件。总之，不等不靠，自觉主动，这是一个国营工厂的责任。"

第四章

与共和国同行

中华人民共和国成立，开启了国家工业化、农业机械化的伟大事业。一个农业机械厂应运而生。

共和国在前进，青年人向往参加新中国工业的建设。

这个厂里，人们的思想觉悟在进步，建设本领天天在提高，从他们手中诞生出了第一批农机产品，农民们看了赞不绝口。

我们被录取了

城内，梁光幼和几个伙伴在卖报。北方农业机械厂招工发榜公告栏外，人头攒动。梁光幼和小伙伴紧张地挤进人群中，他兴奋地看到了自己的名字：“有咱们，有咱俩。”梁光幼拼命地往家跑，冲进家中喊着：“妈，妈，我被录取了。”

梁母嘱咐着：“到工厂可要听领导和师傅的话，不比在家也不像在学校，干活勤快点儿，别愣头愣脑的，注意点儿，别出事……本来你还应该去上学，但你看你爸这两年也没个正经事儿，你弟弟妹妹又小，委屈你了。”

梁光幼说：“这是我自己愿意的，我都长这么大了，也该挣钱顾家了。”

梁母说：“那也不比在家啊，毕竟是要出门在外工作生活了，处处都要小心点儿好啊。”

梁光幼一边嗯着，一边收拾着行李，开门出去碰见同院的王大妈。

王大妈：“光幼啊，这就去学徒啦，三年零一节啊，到时候你王大妈不知老成什么样了……你干活可得小心那飞锤走电的呀，听说那学徒合同上写的可是不讲理呀……”

梁光幼：“您别瞎说了，现在是新社会了，星期天放假，我还回家来呢。”

梁光幼一脚跨出了大院门。

王大妈：“噢，那好，那敢情好。”

街坊李老师鼓励着：“年轻人到哪儿都得努力学习。少壮不努力，老大徒伤悲。在学校学知识，工厂学徒重在学手艺，可以后这工厂现代化了，工人也得有知识。农业机械厂，在咱中国还没听说过，好好干，有前途。”

梁光幼应着：“哎，好嘞。一定一定。”

梁光幼背着小行李卷儿，出了胡同，路上到处有车辙、石子，走过大街，来到城外。他边走边回忆起原来的学校教室，嘴里念起学校写作文用过的几句词：蔚蓝的天空，飘浮着朵朵白云，郊外一望无垠的土地，一片片的野草也绿青青的，一阵鸽哨声从头上掠过，四周和平宁静，不觉心旷神怡。梁光幼遇上个一丈多深的窑坑，他从这边咚咚几步跑下去，又从那边蹭蹭几步爬上来，耳旁又听见一阵水流声，他快步跨过了河上的小木桥，一路奔跑。

来到机械厂门口，报到的有人比他早就到了。一位身穿灰色制服负责人事工作的人，介绍工厂情况，讲了几条应当遵守的厂规，每个新徒工办理进厂手续，梁光幼填写登记表。

梁光幼问：“参加革命工作日期？这一栏怎么写？”

工作人员答道：“当然是写今天的日子。大家今天进厂当工人，不只是自己为了吃饭，更是为了建设新中国，革旧中国贫穷落后的命，这就是参加革命嘛。”

梁光幼笑笑说：“头一次听说工作就算干革命了，就是说这工作不能是只为自己呗。”

余大地工程师领着大家参观工厂，在一个厂房里看见几盘炉，火烧得红红的，有人在敲打着砧子，有人抡着大锤。来到机加工的车间，接近房顶上方横着一根转动的轴。余大地指着它：“看这根天轴，通过一条条宽宽的皮带，带动着地面上一台台机床，正在进行的是零件切削加工。”余大地带着大家继续往前走，有个高高的大烟囱：“那是冲天炉，专门用于熔化铁水，浇注铸件毛坯。”

紧挨着的厂房里，只见每个工人侍弄着一个铁匣子，周围遍地都是黑砂子。余大地：“这是为制造毛坯在做造型，这里是翻砂车间。”

梁光幼新奇又自信地看着。

余大地：“先看这几个生产车间吧，咱们到宿舍和食堂去看看。”

梁光幼问：“余同志，厂子还有大机器吗？不是说大工厂是原料从这头进，成品就从那头出来了吗？”

余大地笑了笑："这不是吗？生铁钢材从厂外进来，经过铸锻毛坯，再经加工，最后装配就出厂了啊。你是想要多大的机器呀？"

梁光幼不好意思了。

余大地手指一边："你们看那边棚子里进行的就是装配，马上要给它盖一个砖木结构的装配车间，将来新的农业机械就要在那里组装出厂。"

回到宿舍里每人有一副铺板，两条长凳，梁光幼走到自己靠近门口的床位。一位师傅："门口风大容易感冒，小同志刚来不习惯，这靠窗的床给你吧。"老师傅把梁光幼的小行李卷抱了过去。

梁光幼感激地看着他。

收拾好床铺，梁光幼来到食堂。一位师傅说着："这个是每天早、午、晚的开饭时间，如遇加班，可通知伙房老李师傅给留饭。"老李师傅看着热气腾腾的蒸笼："我蒸的窝头好吃，管够。"

他笑着，大伙都笑了。

梁光幼脑海中想起了家里的母亲曾经的话：棒子面不多了，明天吃什么？

晚上，梁光幼躺在床上，翻来覆去，透过窗户看见天上的月亮。他又想起了学校教室里的老师正在讲课，"床前明月光，疑是地上霜"，这是李白的诗句。教室同学跟着念，梁光幼的课桌空着。

近处农村苇塘里，传来有节奏的蛙鸣声，呱——呱——呱。

他又想起自己卖报的场景……

他一会儿又幻想着车间里的大机器，想着大厂房，想象着人们大建设的样子，慢慢地，睡着了……

师傅的话

车间内其他工人在忙碌，梁光幼和其他三个伙伴分别认了师傅，小梁的师傅是田景义。

这一天，小组读报时，纪雨边念文章边认字儿。

田景义微笑着说："看你磕磕巴巴的，让小梁来试试。"

梁光幼顺顺利利地读着一份早报。

田景义笑道："还是大学生行。"

梁光幼慌忙说："我，我，我连大学的校门都没进过呢。"

纪雨说："大家说的是指你们几个人上的学最多，最有文化，而这车间的工人里小学毕业的都没有，更甭说初中了，上过三两年学的就不错，有的人斗大的字还认不了一升呢，你们是咱新一代的车工。"

田景义说："这还得要你们争气啊。"

梁光幼帮师傅送走干完的活儿，取来要干的新活儿，去工具室领要换的工具。给师傅正在加工工件的刀具上冲冲水，冷却。

田景义试探着说："你试试，摇摇把。"

梁光幼犹豫着："嗯，我再看看，我看不出这里有什么可学可试的。"下班后，梁光幼擦了机床，把铁屑撮走。

田景义："要按顺序干，从上往下，先扫后擦，小心别划伤床面，否则影响加工精度。"

梁光幼自言自语着："小题大做。"

田景义白天在车间看出了小梁的心思，晚上，他来到宿舍找梁光幼谈心。

田景义："今天天气有点儿热，我们去大庙走走。"

树上蝉鸣。

田景义和梁光幼走出房间，来到附近一座看坟用的房子，里面有摆供品用的砖砌桌，田景义拉梁光幼到庙旁的小树林，找了个地方坐下。田景义问道："小梁，你来厂也好几天了吧，对这里学徒生活感觉怎么样？有什么想法？"

梁光幼说："学徒不都是这样吗？也没什么。"

田景义说："我看你上班心不在焉，总像有什么心事，是不是想家想学校了？”

梁光幼赶紧回答：“没有，没有。厂里师傅和同志都对我非常好。”

田景义问他：“为什么几次叫你上床子试试，你总是说再看看？你看一块进厂的小王他们都上过手了。要知道，过去学徒，半年一年也不会让你摸摇把的。”

梁光幼说：“田师傅，您放心，这活儿不用试，我能干。您放心，您教的徒弟准行。”

田景义点头笑了笑。

梁光幼犹豫着问：“……咱们车工都是这么干活吗？”

田景义问：“你想车工应该怎么干活？”

梁光幼说：“咱们不是机加工车间吗？应该用机器加工啊。”

田景义看了梁光幼一眼，又轻轻一笑：“你不是把咱车工看成孙悟空了吧？”

梁光幼笑了笑：“那怎么能呢。”

田景义严肃耐心地：“那好，你应该知道，还没有一种机器，人可以毫不出力，只按电钮就能出活，吹口气就金箍棒到手的。如果你想的是一种自动化的机器，也许外国有，我们将来会有，但现在没有……怎么办？我让你去看看陈贵海师傅干的大轴，看了吧？有什么想法？”

梁光幼说：“陈师傅说，没有大机床，这是没有办法的笨办法。”

田景义激动地说：“只有聪明的人才会用这小马拉大车的办法，如果有人脑子发呆，手下犯懒，只等有大机床才干，这根大轴现在还只能是躺在地上的一根毛坯。陈师傅的笨办法，正显出他的高明，这个你看出来了吗？军管会刚进厂时，发现有些工人自卑，旧社会总有人瞧不起‘臭工人’，自己也觉得一手一脸油泥，挺不起腰杆来。鲁梓原同志给大伙上课时讲，那是受了反动宣传的骗，是剥削阶级故意颠倒是非。共产党认为，是劳动创造世界，工人是劳动的主力军，正如歌里唱的：咱们工人有力量，改造世界变呀变了样。工人阶级伟大，是靠劳动不是靠空想，是去改造世界，不是坐等现成的。”

田景义又看了下梁光幼，更加认真地说："话说回来，你们赶上新社会，到工厂学徒当工人，工人现在是工厂的国家的主人，可以有、也应该有大理想。不能像我们学徒时，那会儿明天活不活得下去都不知道，还谈什么理想。可是，你光想的好，眼前的活瞧不上，也不学，这要是旧社会早把你打出厂去，还得让你赔饭钱呢。什么社会也不能白吃饭。现在条件这么好，应该踏踏实实地好好干才是。"

听了田景义的话，梁光幼惭愧地低下了头。

第二天上班，田景义横刀架挂上自动走刀，开始用车床加工零件。

田景义嘱咐说："小梁，你用手搬摇把均匀地一下一下进刀啊，试一下。"

梁光幼不情愿地试着，干完的工件表面刀纹粗细不平。田景义修整一遍，且见工件表面平极了："你要练到手搬摇把儿的快慢像机动那样均匀，这样手劲儿就掌握了机器的一种脾气，才能得心应手地使机器干活。"

这次，梁光幼带着兴趣，开始练习起来。

黄时普走过来通知说："田师傅，刚才办公室通知您去开会。"

田景义嘱咐梁光幼："你先把车外圆的工序干了。"

梁光幼信心满满地换刀，加工起来，伸手推皮带，皮带运转急速下行，眼看手就要被辗压进塔轮底下，吓得梁光幼立刻抽回手来。

黄时普正巧从身后走过，平静地嘱咐了一句："换挂皮带不能硬使劲儿，要顺势用巧劲。"黄时普演示两遍，梁光幼心存后怕又不好意思不干，硬着头皮试着。

黄时普继续说："如果慢速变快速可能稍难一些，但道理一样。只要弄清要领，多练就行。"

梁光幼继续做挑扣的工作——转动刀架，挑扣刀对准工件，定了定神，开车—进刀—扣闸，只见丝扣的纹路在工件上清晰地显现出来，眼看挑扣已到螺杆尽头，梁光幼退刀—抬闸，车床没有停，使劲抬，刀架仍继续行进，只听"吭"的一声，刀架撞在车头上。黄时普站在旁边，抬起闸，车停下来。卡盘上划了一道坑，工件被顶弯了，刀尖不知道崩到哪儿去了。梁光幼愣愣地站在那里，好多人围过来。

田景义过来后，黄时普解释道："我看出小梁是想干又不敢干，在犹豫，不想打扰他，就在一旁看着，他开车后，一步步操作都很正常，我本已经放心了，忽然发现他不知道什么时候把手放在了光杠闸把上了，就快步走过来，已经晚了。"

田景义说："幸亏你赶过来抬起了丝杠闸，不然还不知要发生多大事故呢。小梁这些日子干了一些车外圆的活，就知道走刀用光杠。"

人们慢慢地散开。

田景义严肃地问他："平常干活时眼睛都注意什么了？没看见挑扣和车外圆用闸不同吗？今天这事是不幸中的万幸，要不是黄师傅给停了车，刀尖崩进眼睛里，问题可就大了。事出了，吸取什么经验教训，你自己先冷静想一想，今天是星期六，不多说了。"

周末的宿舍内只有梁光幼一人，他揉揉睡眼，起身穿起衣裳。楼道内小王和几个人招呼人们周末去义务劳动。梁光幼急忙脱鞋，拉过一条被单盖在身上，假装睡下了。

工友："昨天晚上就看小梁不舒服的样子，他睡就叫他睡吧。"

人声渐渐走远，梁光幼起身，绕过一排房子，避开义务劳动的人群，快步走出了宿舍区的大门，往回家走。

他高高兴兴地跑进家门。

梁母："我还以为你今天也许不能回来了。听说现在工厂、学校、各个单位都挺忙，星期天还得开会、加班什么的。这不，你爸有工作了，单位新开业，要求大家今天去整治环境卫生，一早就走了。过来，让我看看。"

梁母拍着梁光幼的手："我看那铁匠的手都是黑乎乎的，你手这么干净，是不是干活净偷懒了？"

梁光幼笑笑："没—— 有，厂子每人每月发一块肥皂，还有碱面放水池边随便使。一次，帮师傅拆修机床，手上油泥洗不掉，有师傅还拉我到厂房门外用细土先搓一遍，再用肥皂，让水一冲，洗得特干净。师傅还跟我说，如果用煤油、乳化液当然也特管用，但那会给厂子造成浪费的。”

梁母说：“对，你得多听人家教导，往好处学。”

梁光幼妹妹凑过来：“你看，妈要是参加了工作，一准是好样的。”

梁光幼惊喜地：“妈，您也有工作了？”

梁母撇了一下头：“咳，这小妮子嘴快。这事刚是那么一句话，区里布置各街道、各家凡有条件又愿意出来工作的人都可以先登个记，有机会就通知。”

梁光幼高兴道：“那可好了，咱家就更不发愁了。”

梁妹妹抢着说：“登记表上要填本人有何特长，还是我给妈填上的‘针线活’，你身上这褂子还是妈给你做的呢。”

梁光幼说：“你别只会嘴贫，咱家就是你，吃了饭就知道玩，全家都为你操心。”

梁妹妹一脸正经不服的样子：“哥，那你可错了。学校说了，我们现在的任务是好好学习，天天向上，将来建设新中国还靠我们。现在真让爸妈操心的是你。对了，我们老师还说，现在工人阶级是领导阶级，你可要当个好工人啊。知道不知道？”

梁妹妹得意地对他做个鬼脸，笑着跑出去了。

再回到车间，田景义对梁光幼的要求越来越严格：“小梁，每天下班后，擦机床的顺序必须坚持，而且只能在下班铃响过后才可以动手，上班前要记住为机床注油，必须把几个油孔的位置背下来，工作时，工具、量具不得在床面子上乱放，用后必须放在一定位置上，这些看起来的小事，是学好技术必须养成的好习惯。”

梁光幼答道：“是的，田师傅，我多留心观察，多用心琢磨，多下功夫苦练。”

田景义说：“真正要精通一门技术，主要还得靠自己专心啊。”田景义先后拿两把粗车尖刀。田景义：“你看看这两个刀有什么区别？”

梁光幼盯着："也没有多大不同啊。"

田景义又说："再仔细看看。"

梁光幼又看了看后："可能是一把的刀头顶面明显有个凹下的角度，另一把则不明显。"

田景义说："这个通常叫翘角，干活时你注意看，切屑能否顺利出来，它的作用很关键。今天的活属于软钢件，翘角需要相对角度大些，而车硬脆材料，如青铜黄铜类的工件，它的角度甚至可以小到近于零。要多练，过几天还要再考考你呢，试着操作一下，一点懈怠不得。"

从那天起，梁光幼似乎懂了很多事，也长大了。

参加开国大典

近几个月，人民解放军以秋风扫落叶之势，追歼蒋介石反动派的残敌，四月南京解放后，又先后解放了武汉、上海、长沙、福州等许多大城市，八月甘肃兰州解放，九月青海、新疆解放，九月二十一日召开了中国人民政治协商会议。

这天晚饭后，大家围坐在一台收音机旁，七点钟政协开幕。毛泽东主席的讲话从收音机里传来。

有人站了起来，似乎是要欢呼，然后又静静地坐下来，用耳细听，眼睛一直注视着收音机，像是从中看到了毛主席正在讲话的情景。

周耕有说："新中国成立后，咱们一直说建设新中国，我就觉得这新中国应该有个合适的名字，那会儿我想，最好就叫伟大的新中国。"

陈贵海说："新中国是伟大，但不是写在名字上。刚才毛主席宣布要成立中华人民共和国，这个名字好。"

李中功说："对，我们本来是中华民族，孙中山领着打倒了封建皇帝，成立了共和国，共产党领导革命胜利，现在建立的是真正属于人民的共和国。"

李中功把“人民”两个字特别加重了语气。

陈贵海说：“我就是这个意思，人民共和国就是说这国家是人民当家作主的，真正是老百姓的国、老百姓的家。”

纪雨动情地说：“爹妈死后，我一直认为自己无依无靠是个孤儿，这一回我有了依靠，共产党给我安了个大家。”

工友们同情道：“其实谁家都一样，老百姓没有人民自己的国，谁家也保不住。”

工友们一边念叨着：国——家，国—— 家，一边逗乐地学着陈贵海的口气：“‘我就是这个意思。’咱陈师傅不但话说的在理儿，也是有亲身感受的。听说厂里正想办法盖几间房子，给几位老工人把家眷接来，陈师傅，有您家大嫂子吧？”

陈贵海微笑自语：“真是过去想都没敢想过的事儿。”

众人哄笑着：“到时候一定得去新家祝贺祝贺。”

政协连续几天开会，北平要改名北京，首都定在北京。

经过一个炎热的夏季，工厂生产形势一天比一天好。这时一个特大的喜事更给全厂职工带来了新的动力。

十月一日，厂里组织了百人的队伍，由两个人举着“北方农业机械厂”的横幅锦旗作前导，三人一排列队前进，跨过通汇河木桥，绕开大北窑窑坑，一路唱着歌：

没有共产党就 没有新中国……

咱们工人有力量……

进了建国门，各路队伍从四面八方赶来交织在一起，行进速度显然慢了下来，视觉中，街道两旁旧时印象，凸显出来，触景生情，一些人想起过去。

有人指着一个大门：“这里曾经是一个日本人的什么单位，站岗的小日本鬼子，见有中国人走过，非要你鞠躬不可。”

到了东单路口。

焦俊生：“你们都记得吧，那时美国兵的吉普车在大街上横冲直撞，人走道儿都得小心躲着点儿。”

有人插话：“那真是无法无天，四七年在东单大操场上美国兵的暴行，中国人不能管，结果愣是放走了，说是回去美国审判。蒋介石㞗包蛋，不敢管啊。”

大伙儿越说越气愤。

队伍走进了长安街，平时不怎么爱说话的周耕有，这时也憋不住压在心底的气愤。他看着路南一溜墙：“那年我和一个师兄弟，从这里往西城去，他拉着我说千万别靠墙走太近，墙里面是外国兵营，有人走近了，里面开枪打死人白打。他还说，那后面东交民巷有好几个帝国主义划的租界，中国人的地界儿，中国人不准随便进去走，那年月，上哪儿说理去？”

纪雨紧接着：“半年多前，这条街还是重兵把守着，国民党军队修了飞机跑道，不让人走路呢。”

方乡应了一句：“那是准备打巷战时好逃跑的。”

纪雨抬头挺胸迈开大步：“看，现在这条大街，任我随便走。”

大家都笑起来。

文君生以肯定纪雨心情的口气：“那是当然了，你们看这浩浩荡荡的群众队伍，都和小纪一样，自由自在地走在自己的路上。毛主席这次在政协会上说了：中国人从此站立起来了，我们再也不是一个被人侮辱的民族了。”

说着话，全厂职工兴高采烈地走进了天安门广场。

梁光幼：“看，我们的队伍离旗杆很近，这是一个能看见毛主席非常好的位置，这下满足咱们的心愿了。”

站在广场上，余大地问梁光幼：“知道你现在站在这儿——天安门广场，历史上发生过什么大事吗？”

梁光幼想了想：“知道，在这儿有过上千的北京学生开会，反对日本侵占中国青岛，还进行了示威游行，是吧？那是哪年来着，大概我还没出生呢，您说那是怎么回事？”

余大地神情专注地说：“那是整整三十年前的事了。”文君生说：“对，一九一九年，第一次世界大战结束后，本来中国作为参战的战胜国，要求取消袁世凯和日本签订的二十一条卖国条约，可是操纵和会的英美帝国主义不仅不予讨论，而且还把战败国德国原来侵占我山东青岛的特权转让给了日本。消息传来，激起广大人民的愤怒，五月四日那天，北京五千多学生，就在这天安门前集会，举行了示威游行。”

梁光幼急切地问：“那后来呢？”

余大地说：“在全国人民抗议斗争的压力下，中国在会上的代表拒绝了和约上签字……”

大家沉默了一会儿。

余大地：“你可能又要问再后来呢？再后来，帝国主义对中国的侵略行径，始终压在中国人民头上。只是有了共产党、毛主席领导的革命，才有了今天的胜利。”

梁光幼沉思了一会儿，又认真地问：“那毛主席是怎么领导革命就胜利了呢？”

文君生笑着说：“看咱们小梁还真有个认真劲儿。这个问题可不是一两句话能说明白的。过些日子，厂里有个党史课，欢迎你也去听。”

余大地说：“你不是看了方志敏同志《可爱的中国》的书吗？”

梁光幼轻轻地点了点头。

余大地说：“共产党领导革命，是经过无数革命先烈奋斗牺牲才有今天的胜利的。就是毛主席自己，他的两个弟弟，一个在战斗中牺牲了，一个被军阀杀害了，他妻子杨开慧也是被国民党反动派杀害的，而且在她被捕后，他们的孩子曾因此流浪在街头，卖过报，推过人力车，捡过破烂，过着非人生活的日子。”

梁光幼听得入神，泪已经在脸颊上滴下来，周围的人听着也不觉眼睛都湿润了。

大会宣布开始，时针指在下午3时。

天安门城楼上挂着大红布横幅：庆祝中华人民共和国中央人民政府成立典礼。

人们注视着，亲耳听见人民领袖毛泽东主席庄严宣告：中华人民共和国中央人民政府今天成立了。第一面红底五个金黄色的五角星的国旗在高高的旗杆上升了起来，礼炮齐鸣二十八响，军乐队奏起代国歌——曾经激发全国人民奋起向敌人冲锋的《义勇军进行曲》。广场上回荡的歌声、炮声，让全世界都知道，旧中国灭亡，新中国诞生了。

职工们都目不转睛地向天安门城楼上的毛主席望去。

梁光幼对身旁的黄时普说："黄师傅，你说毛主席这会儿是不是会想起他的两个弟弟、妻子和孩子，如果他们也听到这声音，看到这情形，该多好啊。"

黄时普不加思索地点点头："那当然，肯定会想起他们的……不过，毛主席一生干革命，这时他最先想到的可能是南方还有一些地方的人民正在盼望早一天解放呢。"

"是啊，干革命。"梁光幼想起了进厂第一天，老刘同志那句话：参加革命工作就不是为自己。

黄时普说："他们那一代人革命，为了救中国，牺牲了那么多人。现在建设新中国，咱们也得有那种革命精神。这也是他们的希望，你说是不是？"

两人说着话，不觉旁边兄弟工厂队伍里人群涌动起来，人们纷纷往长安街东望过去，解放军受阅部队走过来了。步兵部队方阵迈着整齐的步伐，英姿勃发。坦克部队、炮车部队等距离等速度稳步前进，威武雄壮。有人专注于一个个战士一辆辆战车，目不暇接；有人则欢呼雀跃，合着解放军进行曲的响亮节奏拍手。人民空军的战机飞临天安门广场上空，给人们带来惊喜，几十万双眼睛同时望向天空，几十万人激动地把帽子、手巾在头顶上挥舞。

程志强站在周耕有旁边，兴奋地说："周师傅，不是说八路军靠小米加步枪打胜仗吗？敢情这陆海空军什么都有，以后，看谁敢再欺负咱中国人。"

周耕有说："那是，其实中国人比谁也不差，现在有了人民政府，从无到有，从小到大，什么都会有。”

李中功说：“过去不是中国人不能干，是想干什么都让你干不成。现在，毛主席说让那些总想欺压我们的敌人，去说我们这也不行那也不行吧。往后，如果我们放手去干，一定能把中国建设得强大起来。”

受阅的骑兵部队过来了。一队白马全一身白，又是一队红马，全一身红，五匹马一排并跑，骑兵在马上向右行注目礼，马头高高仰起，齐刷刷地，踏着一个节拍的马蹄声，嗒嗒、嗒嗒、嗒嗒，跃过天安门前，人们的视觉听觉为之一振，激起广场上一阵阵热烈掌声。

傍晚，长安街上华灯齐放，广场上的人群涌向天安门城楼，一队队游行群众高举红旗提着红灯，纵情欢呼：“中华人民共和国万岁！”“共产党万岁！”“毛主席万岁！”口号声此起彼伏。天安门城楼上，毛主席探身栏杆外，不停地向群众挥手，在扩音器前大声高呼：“同志们万岁！”“人民万岁！”

北方农业机械厂的职工们心潮起伏，浮想联翩，向往着明天。

参加开国盛典后上班，人们比往常都来得早些，穿着整齐，精神饱满。

梁光幼穿了一件背带工装裤，引得一些人特别是青工的称羡。

纪雨略带惊讶道：“哟，这回小梁真像个工人了。”

田景义像往常一样，任何时候都不放松对小梁的要求，有时甚至有点儿苛刻。“光看穿戴没有用，是不是个工人，还得看怎么干活，干得怎么样？”

梁光幼说：“师傅您放心，这是我求我妈做的，也是为了干活利索。她找了块旧布，做了个带兜儿护胸和背带，接在我平常穿的这条蓝裤子上，一晚上就做得了。她一边做一边说我：别尽追赶外面光，现在工人不比以前，都说是领导阶级，穿个工装裤，没真本事，也不算好工人。您说我敢不好好干吗？”

陈贵海：“说起穿着啊，新中国成立前，一些有钱的阔人，遇上和工人擦肩而过，总要掩住口鼻，哼出一句‘臭工人’。在开国大典那么重要的大会上，工人队伍被安排在了最前面。咱们怎么才能对得起国家的重视呢？看人家解放军，步兵走得整齐，炮车开得整齐，飞机飞得齐，连马都跑得那么齐，那工作做的。让人看着就是提气鼓劲儿。”

黄时普说：“那天队伍走到三座门，人拥在一起等着慢慢过。正赶上旁边有站岗的解放军战士，我跟他搭话问：部队上的马怎么那么听话，跑得那么齐？他逗笑说：马也知道步调一致才能得胜利呀。又正经地说：这是要经过有计划刻苦训练出来的。而且，连吃什么料，喝什么水，多大的量，间隔多长时间，也都经过精心计算反复试验。还说：你再看，马从一早进城来，到阅兵结束，长安街上不能留下一点脏东西，全靠的是科学地训练。我真回头看看天安门前路面上，真看不出有马队经过的一点儿蹄痕，真是神了。”

大家你一言我一语。

田景义又补充说：“咱们要真想学解放军的工作，是不是先把车间环境整一整，也订几条都必须遵守的规矩。”

大伙儿齐赞成，说干就干。

丨 天津工业展览会

“十一”过后，全厂各项工作加快进行。这一年，用了十个月时间，边建厂边生产，全厂生产了十多种各式农机具三千多部，为即将召开的天津工业展览会做了准备。

送展产品全部完成后，整齐地排列在厂院里，每台农机具按把手、机身、轮子等不同部位，分别上了绿、红、黑、白相间的颜色，围观的人越来越多，评头论足，指指点点。

有的工人说：“这个件儿是我干的。干那件活时可费劲儿了，改进了不少次。在我老家从没见过这么漂亮的家伙什儿。”

李中功、周耕有与有关主管设计人员和鲁梓原等厂部同志一起，对送展产品一一做了巡视与清点，不少群众都兴致勃勃地跟随着听，他们对每台农机具的用途和效率做最后肯定的述说。

每个送展产品的标牌上面分别写着：

耕地用的单柄犁

七寸步犁（均为自行设计）

单畜十行播种机（仿苏设计）

中耕用的解放式耘锄（自行设计）

三齿中耕器（测绘试制）

灌溉用的五英寸水泵（自行设计）

收割用的畜力割草机（测绘试制）

加工用的玉米脱粒机（自行设计）

轧花机、搂草机、铡草机均为测绘试制

方乡和小王几个青工，把准备好的纸做成大红花，挂在了每台机器的显著位置上。

老刘同志抚摸着自己下巴笑着说："在解放区送子弟参军也是这个样子。"

焦俊生颇带感情道："这每台机器都包含着全厂职工的心血汗水，也可以说是我们培养的'子弟'，这次送展是一次出征前的检阅。"

鲁梓原听着大家的议论，兴奋地站上了一个台阶，挥挥手对众人说："同志们，几个月来大家辛苦了。十月一日那天中华人民共和国成立了，今天我们交出来十一种新产品，这是我们给新中国的献礼。我看出来了，大家都有掩饰不住的高兴。刚才焦师傅和老刘同志说得好，这些新农具就像是我们的子弟一样，送它们去参展，就像是送它们去参军出征前的检阅。它们是要去参加为新中国农业机械化事业的一次长征，改革已经使用了两千多年的旧农具，可以说也是一次革命，所以，在这次展会上，我们的产品，不单是去给人观赏的，也不是只求多订货。农民兄弟看了，可能有赞扬，有订货，这当然好，也可能有不满意，听取意见和批评，也是我们去参展的目的，它让我们知道今后工作应当做什么、怎么做，从长远看，这更重要。因为我们不是做的一锤子买卖，我们着眼是发展我国农业机械化的伟大事业。我们希望新式农具在广大农村的使用，不久就会传来好消息，相信将来总有一天，农业机械化一定会在我国大地上实现。”

所有在场职工不约而同地拍起手来。

鲁梓原继续大声道：“同志们，我们亲手培养的这批‘子弟’，明天就要启程出发了，我们大家鼓掌，预祝它们出征的成功。”又是一番更加热烈的掌声，在北京东郊晴朗宁静的上空，北方农业机械厂职工们的掌声清脆响亮。

召开的天津工业展览会是华北地区工业生产的一次大检阅，专门设有一个北方农业机械厂产品展区，参观的人群川流不息，农民们看过赞不绝口，不少人感叹地说：“想不到除了老祖宗留下的犁啊锄啊的，种地还有这么多好家伙。”

展会后，来厂参观的几辆大汽车准时来到工厂，车上走下来各种装束打扮的农民。他们里面有五六十岁种田经验丰富的老农，有老解放区农村生产劳动英雄，有土改新区正在谋划生产发展的农民代表。厂里数十名职工早已在厂大门口等候，鼓掌欢迎。

鲁梓原厂长等人上前一一握手，文君生接大家到临时辟出的一间大房子里，简单介绍了情况。车间里的工人也从窗口微笑地探出头来招呼，参观访问开始。文君生组织人员，分组引导到各车间参观。

在锻工车间，一台蒸汽锤正在打造犁刀，一块从炉里夹出的红铁，经几锤锤下来，拍扁—抻长—成型。

一个农民兄弟说：“一块铁在工人师傅手底下，就跟揉面似的，那么听话，机器干活真是了不得。”

在铸工车间，工人正在造型：搬箱起箱、放模拔模、撒粉加砂、装实刮平、涂料合箱，忙得一会儿也不得闲。

陶百谦说：“农业机械上，三分之二的零件都是铸造出来的。”他同时指着一旁的冲天炉：“不过各位不用担心，这化铁炉子是五吨的，不怕来活多，你们需要多少新农具，尽管提出来，保证能供得上。”

农民代表们放心地笑起来。

走进机加工车间，二十多台各类机床分三排排开，看着天轴传下来的皮带，带动一台台机床，发出有节奏的转动声。

农民代表喜不自禁地问：“没想到给我们造农具，竟用到了这么多机器。看到不一样的铁屑被从工件上切削下来。这里干的活都是铁的吗？”

李中功回答道：“都是，但因钢铁材质不同，所以下来的铁屑不一样。”

农民代表感叹道：“真是削铁如泥啊。”

纪雨多次用卡钳测试正在加工的一根轴。农民代表问：“他这是做什么呢？”

田景义说：“他是正在加工水泵轴，因为这根轴要在泵体孔中转动，它的轴径尺寸不能大不能小，不能有误差，所以他要精心测量。”

纪雨怕人听不明白，插话：“一根头发大概就是七八丝吧。”

农民代表相互赞叹地笑着：“种地也用这种劲儿，精耕细作没问题了。”

在装配场地看了以后，大家一起去看各种试验，周耕有忙着介绍新犁比旧犁的特点，许多人都争着要扶犁把体验一下。有人用手推着，笑嘻嘻地：“这可是个好东西，又轻又稳。”

周耕有在三齿耘锄前详细地边操作边讲解：“锄地是个繁重的活儿，使手锄，一个全劳力一天锄上两亩就不错了，可是谁都知道，多锄一遍多一分收获，用这个新式三齿耘锄，拉力轻，家里妇女或半劳力使，也没问题，一亩地多锄它几遍，增产可容易多了。”

听的人围了过来，摸摸这儿，又问那儿。

忽然有人说：“看着好是好，就是垅太宽，恐怕不好用。”

周耕有赶紧过去，一边操作着调节器一边说：“看，摆弄这个东西，垅宽垅窄可以调节，就连深浅也能调节。”

许多人笑笑，连声说好！

农民代表赞叹道："老师傅，您对这庄稼活还挺在行啊。你们厂生产这耘锄，替种地人想得真周到。"

周耕有高兴地说："我本来就是个种地的，十六岁那年家里闹水灾，才跟着人出来学徒了。不瞒大伙说，我厂出的新农具，我都经手装过，看着你们都那么认真，大家欢迎，我特别高兴，有什么问题，随便提，我一定尽力回答，让大家满意。"

一位农民拿着个小本子，正在记着什么。

农民问道："这三个锄齿看着挺单薄，是不是不耐磨呀？磨坏了怎么办？"

周耕有说："锄齿是钢板做的，经得住磨，另外每部耘锄还附给一套三个锄齿，可以调换。"周耕有边示范边说："您不用记，这换法很简单。"

农民说："我这是一举两得，去年上了村里识字班，老师说，要多认字多写字，才能巩固……你看，锄齿的'齿'字是怎么写来着？应该是和牙齿一个字吧，学过，想不起来了，老师傅，您给填上这个字吧。"说着，就要把小本子递过来。

周耕有怔住了，自己别说写这个字，就是"齿"字摆在眼前也不认得呀。

正巧这时，那边的文君生喊："周师傅、周耕有周师傅过来一下。"

周耕有赶忙叫来程志强："志强，你帮助把这个字写上吧。"周耕有头也不回，从尴尬处境中逃了出来，到文君生那里。

文君生对周耕有说："大家对你讲的很感兴趣，但周围的人多听不清。这儿摆一张桌子，把犁或锄放在高处，你再把它的用途、使用方法对大伙儿讲一遍。"

周耕有的心情却平静不下来，脑子里翻来覆去地出现锄齿的样子，不断追问自己那个"齿"字是什么样呢？周耕有的讲解总是前言不接后语，一个意思的话老是重复说，多次都需要李中功一旁解释和补充。

中午了，鲁梓原带领大家到食堂用餐。

一位五十多岁的农民代表凑过来，人称李大叔，是太行解放区著名劳动英雄。

李大叔说：“要说看，都说没看够。北京刚解放，就开了这么大一个工厂，专为咱农民造机器，这是老几辈子没有的事，过去有个铁匠铺就不错了，还是共产党替咱想得周到。这儿的工人老大哥才几个月，就生产出这么多好东西，看着车间里干活，没眨眼的工夫，拍拍几下，一个犁刀打好了，那个车间里是论吨出活，一个零件的粗细按头发丝那么细抠，这种劳动的精神值得我们学习。听了你们的产品说明，好多人都记下了，什么农活儿有什么农具，连价钱都算计了，一家买不起就联合几家、联合全村。总之，一定要用新农具种地，多打粮食多增产。今天的参观还让我们看到了农业生产发展的前景，农业机械化的路走定了。再一次谢谢工人老大哥。”

工人们赶紧地说：“我们工人也得谢谢你们啊。”

另一位工人站起来：“今天和农民兄弟见面，让我想起一件事，那是今年三月份，听说厂子要开工，我从老家就往北平赶，路上看见老解放区农民赶着送粮马车，日夜兼程地奔向北平，我到厂后得知，还没开工，就给每人发了粮，在城里工人即将断顿的时候，是你们送来了粮食，咱们工农真是心连心啊！”

鲁梓原走过去，紧紧握着老英雄的手：“在解放区，我就知道您劳动英雄的大名和感人的模范事迹。在抗日战争中，我们就是同生死共患难的老战友，现在新中国建设，为发展农业，我们又一起走上了农业机械化大道。这个工厂就是为你们建的，有什么意见要求尽管提，我们也会不断改进工作，经常派人到农村去听取意见，也欢迎你们常来工厂看看。”

工厂职工和农民代表相互叮嘱今后加强联系，紧紧握手，恋恋不舍。

鲁梓原说：“咱们工人农民团结起来干，让全国人民吃得饱，穿得暖，一定能建设一个美好的新中国。”

报社的记者把那天这个参观活动的情况都记在了本子里，摄入了镜头中，就像是一幅工农大团结的图画啊。

第五章 走党指示的路

凭着炽热的激情，想建一个“农业生产需要什么农具，工厂就有什么农具”的工厂。

由于未做调查研究，脱离了实际，摔了一个跟头，跌倒后爬起来，从党的指示中找到了正确的道路。

退货事件

转过年来，一九五〇年元旦，那天报纸上发表了《中共中央告前线战士和全国同胞书》。新华社社论这样写道：农业生产要比一九四九年增产粮食一百亿斤，增产棉花四百七十万担。

机加工车间小组读报时，纪雨从梁光幼手里抢过报纸来说，今天的读报员由我来。他近来学习进步很快，也想表现一下自己的识字水平。他大声念道："帝国主义和国民党在中国的反动统治已被永远推翻，中华人民共和国已被巩固地建立起来。中国人民解放军和中国人民一九五〇年的伟大任务，就是解放台湾、海南岛和西藏，完成统一中国的事业。"接着他又一字一顿地读起来："中国人民已经可能并且必须把主要的力量逐步转入和平建设，克服战后财政经济困难，恢复工农业生产和交通，获得比一九四九年更大成绩。"

报读到这里，陈贵海说："目前国家急需克服经济困难，恢复生产，党中央说我们不能满足于去年的成绩，我们要看看咱们的生产工作还有哪些缺点，是不是有些地方应该再做得更好一点。"

实际上，年前全厂上下反复讨论已经决定："一九五〇年计划生产各式农具三万部，是去年的九倍。这时，在厂内，你挑战，我应战，你提前，我超额，全厂形成人人争先不甘落后的生产竞赛运动。一月份，大部分的产品计划都是提前两到三天完成的。厂部考虑到，一些新解放区刚完成或正在忙于土改，虽然也都在备耕，但还不知道新中国已经有了一个专门解决农具问题的新厂，于是在《人民日报》上登了一则广告，欢迎选购。

现有出品目录

单柄犁，解放式耘锄，七寸步犁，打稻机，双轮单铧马拉犁，玉米脱粒机，拖拉机犁，稻麦两用脱粒机，单畜十行播种机，铡草机，五寸灌溉水泵，皮辊轧花机。

地址————电话————电报挂号————

过了一些日子，出现了人们没有预料到的情况。农民对购买回去的产品，提出了疑问、不满，以至要求退货。开始一两件，厂部当作是个别发生的事，予以答复或作了具体解决。很快，又陆续收到这样一些信、电，就不能掉以轻心了。

一封来信说：前已购贵厂七寸犁，各方面比旧犁都好，只是铁柄铁辕，在使用时把不稳，不习惯。因此，后来又订的几部，请暂勿发货，打算再研究一下。另，不知能否改木辕柄，价钱也再便宜些。

另一件看似紧急发出的电报，只有一句话：耘锄尾刀杆已断裂，怎么办？

又一天，来人的板车上载着两台五寸水泵，随身带来一封信，信上说：“我乡购买的电力水泵，因经办人考虑不周，不能用——目前我们这里除个别地方有电灯，大部分地方别说开动水泵用电，连照明电都没有。现派人到你厂，请求办理退货，添了麻烦，实不得已。”来人一再说筹集这笔钱的困难，希望这就能把退货款带回去。

另有一信，显然有些埋怨和不满：订货时，说明是单畜播种机，接到你厂发货来，这么个机器，原来拉着竟然如此沉重，现一头驴根本拉不动。如果贵厂能给运回，也许别处还有用处。如不能退货，放在这里，日久锈蚀，结果可想而知。

职工们都不相信，农民在展览会上看了，不是都说好吗？面对不满意要退货的事实，大家怀着不安的心情，担心下了这么大功夫，生产了几千部各式新农具，弄得这么个结果，这工厂的生产还怎么干？有自责的，有埋怨的，也有出各种主意的，人们把这段时间出现的问题，称作“退货事件”。

这些情况很快引起了厂领导的重视和不安，因为经过初步分析，所有信电反映，大多并非在个别一件产品上偶然发生，很可能是某种产品普遍存在的问题。首先意识到应当及时采取措施，对生产安排做出调整，避免扩大影响。

鲁梓原在多个场合郑重表示："造成退货事件，完全责任在我厂长，主要原因就是不调查研究，盲目决定生产了这么多种产品，给国家造成不可挽回的损失，很痛心，我们一定接受经验教训，在哪儿跌倒就在哪儿爬起来。"

厂部初步整理分析，问题有两类，全部如实地向全厂作了公布。一类是基本没人要的产品，已经停产。如：生产了电力水泵，大部分农村连照明电都没有。生产了仿苏十行播种机，拉力重，行距窄，在苏联是拖拉机牵引，我国是以人力畜力的中小型农具为主。另一类，农民需要积极购买的产品，但反映有意见：好看不好使，不禁用，坏了不好修，买不起，觉得不值。对存在问题已抓紧做改进，正积极安排组织生产。如七寸犁、三齿耘锄、玉米脱粒机等。总之经验教训是：今后无论生产什么产品，应遵循一个宗旨——好使耐用、物美价廉。

鲁梓原知道，对这次"退货事件"，不能只是就事论事做个处理。他召集了支部会，又召开了工厂管理委员会议，经大家讨论作出两项决定：（1）认真听取农民意见和要求，坚持完全负责的工作态度。对需要修理的产品，立即派人前去修理；需要退货的毫不迟疑地予以退货。（2）组织下乡调查研究，贯彻实事求是思想，深入全面地了解农业生产现状及对农具的需求。这时清华刘教授推荐的农机专家，已有李中功等几位到厂，以他们为主，与有关工人、干部一起组成了几个小组，即日分赴京郊及华北一带农村进行用户访问。

在这期间，鲁梓原专门到市委作了一次汇报，检讨了自己工作的错误，承担责任，说明厂里正在做的改进工作。领导同志仔细听了他的陈述，肯定了他对问题的认识——主观主义，也肯定了正在采取的工作措施，特别是组织下乡调查研究。然后，领导同志一边回忆一边思考着说："我还记得，去年你接受了要去接管一个工厂的任务，要建的是有着重要意义的新中国第一个农业机械厂，你是那样充满了信心。经过这一年，竟然出现了这所谓退货事件。为什么？今后又应当怎么做？只是想到产品物美价廉还不够。我知道你今天要来谈工作，我就想起去年在这里，大家学习党的七届二中全会上毛主席的报告。也曾联系到你们厂的工作，你发言一再用到毛主席的一句话：‘我们不但善于破坏一个旧世界，我们还将善于建设一个新世界。’当时大家的决心都是一样的，问题是不是做到了善于。昨天晚上，我又认真地反复地学习了毛主席的报告。报告中，提出了党在全国胜利以后，‘要使中国由落后的农业国转变为先进工业国’的伟大任务。还说‘我们已经或即将取得使我们的农业逐步地向着现代化发展的可能性’。但是，在今天，在今后一个相当长的时期内，我们的农业还是落后的，和古代没有多大区别的。”

鲁梓原在静心地听。

领导同志把话停顿了一下继续说：“梓原同志，你读过毛主席这段话吗？”

鲁梓原说：“读是肯定读过，今天听您这一读，又觉得好像是第一次，我国农业落后的情形竟然是和古代没有多大区别。我知道，您的意思是让我明白，错，错在不了解我国农业落后的状况，工作严重脱离实际。”

领导同志又说：“不只是这一点，我是想建议你再好好读一读毛主席的报告，想一想，你主张农业生产要什么农具，工厂就有什么的做法，已经知道是不对的了，怎么做才是对的呢？你总是说，要为我国农业机械化而奋斗，这个工作是要等到有朝一日才开始行动的吗？实际上，这是一个历史转变的过程，要走一段相当长的路。”

来汇报前，鲁梓原做好了准备，认真检讨，不论怎样严重的批评都能接受。他心里想的是厂里生产的重新安排和下乡调查的事，回厂后要把这些工作抓紧落实。做好了，工厂就会好起来。现在他开始觉得，工厂里的事不是想得那么简单。他在脑子里反复思考，要再好好读一读毛主席的报告。毛主席提出来，党在全国胜利以后，要使中国由落后的农业国转变为先进工业国的任务。农业机械化事业是这个任务的一部分，也就是说走在由落后农业向先进工业转变的路上，岂能是等到有朝一日才行动。作为一个农业机械厂应当怎样做呢？当然不能脱离实际，产品一定要适合目前落后农业的需要。但是，毛主席还说，我们的农业已经有了向着现代化发展的可能性，有什么含义？应该是在现实工作中做好那些现在可以做，也是为现代化需要做准备的工作，到一定条件，就能够转变为现代化，这是一个相当长的过程，不是一下子就能做好的。像自己那样，农业生产要什么，工厂就有什么，不调查研究，急于求成是不行的。哪些工作是现在就可以做的？的确要认真想一想。

下乡访问调查的人已经陆续回来，几个小组都认真做了总结，共同的收获是加深了对农村农具需求的认识。首先认识到，退货不是不要货，是要好货，而且是急需要、大量地需要新农具。经过连年战争破坏，可以说大部分农户基本上没有可用的农具。在一个县，十二户农民才有一把犁。另一个县，每户平均只有零点八把锄，所有农具没有一个没毛病的。土改后，现在家家忙于恢复生产，要求我们送到农村的农具必须是马上就适合用的、耐用的、售价不高的。这些问题都要求我们加强紧迫的责任意识，抓紧研究解决。另一个问题是，在征求需求什么样农具的意见时，我们知道农业劳动的农具有几十种，但普遍的意见都集中在犁、锄等两三种上，特别是说纵有良田千万顷，收成多少在于耕（犁）。

李中功说："农民这种要求，不是没有原因的。用犁耕地是种地劳动的第一步，而且关系到后续环节的劳动效果。农民有一部好犁，耕后可以提供一个土壤松细的苗床，种子才好扎根、发芽、生长，也有利于蓄水保墒，它把农作物生长的几个基本条件——土壤、阳光、水、肥的能效都调动起来了。"他接着说："旧式犁不能很好地发挥犁的应有作用，经过我们改革后的五寸犁、七寸犁受到了农民欢迎，这次我们对农民兄弟提的一些意见，又做了改进，都反映比旧犁强多了，但年产几百不到一千部，肯定远不能满足要求。"

文君生说："是这样，从目前订货要求看，订购七寸犁的越来越多。"

李中功说："看趋势，如果我们把七寸犁作为一个主要产品，提高生产能力，形成规模化生产，年产几千台、几万台都会有人要。"

陶百谦紧跟着说："规模化生产，必然要求我厂技术工作跟上。现在厂里的生产，没有正规的图纸，没有工艺要求，主要靠职工凭经验和手艺，可以说还没有脱离作坊生产方式。随着生产规模化扩大，应该逐步建立一套相应的工艺规程，当然是要从基础工作做起。”

李中功说：“这是一个相互促进的作用。生产规模化，促使厂建立健全工艺技术工作，制造工艺水平提高，又会推动产品的进步，提高产品产量及质量，开发新产品。七寸犁还是畜力农具，当前把马拉犁作为主要产品，实际可以起到引导工厂向前发展的作用，也可以说它是主导产品。”

余大地说：“有一个好犁作主导产品，有一套好的工艺，也就给生产管理实施科学管理提供了条件。”

李中功说：“更是提出了新要求。”

余大地既兴奋又在深思地说：“是啊！最近我看到一些苏联企业的管理资料。一个现代化工厂，规模化生产，必须加强计划管理，还说，计划在工厂就是法律。我理解它是强调工厂的生产活动必须有一个良好的秩序，各方面工作必须步调一致才能得胜利。这里有许多科学管理方法要学习。”

大家越谈越热烈，也越具体。

鲁梓原高兴地说：“大家下乡的收获说得好，我对退货事件的经验教训看得更清楚了，原来那种农民要什么农具咱们就有什么的做法行不通了，现在让我们看到了一条正确的路。我们把马拉犁作主导产品，形成规模化生产，从农业机械化角度看，马拉犁属于落后的东西，但我们采用比较先进的技术和管理进行生产，当然是从最基本的开始，这样的技术、管理在生产实践中，逐步提高水平，就为更新产品提供了条件，新产品又会促使我们采用更为先进的技术和管理手段，这又将推动产品向更高级发展。如此技术、管理水平提高与产品更新相互促进，互相转化，在工厂通过提高技术、管理水平，迈向现代化的进程中，产品更新也将为我国农业机械化不断做出更大更新的贡献。我认为这就是工厂今后要走的路。”

同志们听了都觉得思想豁然开朗，消除了退货事件的困惑，继续生产工作，有了新的意义、新的要求，那就是为农业机械化奋斗，不再只是未来才去实现的目标，现在就有实在的工作，掌握在自己手里。接着，鲁梓原进一步把从市委汇报回来的收获和思考，详细地向同志们做了叙述。着重说到，在党的七届二中全会上，毛主席的报告提出，在全国胜利以后，要使中国由落后的农业国转变为先进工业国的任务。农业机械化正是这一任务的重要组成部分，我们为农业机械化而奋斗，正是走在为实现党的这一任务的道路上。

余大地理解得快，马上说：“要走好这条路，关键是工作不能脱离实际，不要像以前那样，想一天把好事都做到家，但又必须根据需要和可能，抓住从落后向先进转变的机会，积极主动做好工作。”

陶百谦说：“无论是技术、管理工作，还是产品更新，都是由低向高走，这里每一步都要脚踏实地，把基础工作做扎实。”

李中功说：“我们说的这条路，是从马拉犁形成规模化生产说起的，规模化生产不只是扩大产量，而是要求工厂的生产工作全面进步。”

文君生说：“这一点提醒很重要，咱们厂的人都习惯于追产量。不过，最近车间生产小组都在学习东北马恒昌小组，工人里那种你提前、我超额的竞赛形式有了转变，学习马恒昌小组经验，开始在小组里实行民主管理、团结互助，生产上比、学、赶、帮，技术问题共同研究，效果很好。”

鲁梓原说：“这不只是生产小组的事，全厂各方面的工作，技术、管理能不能落实，基础都在生产小组，搞好班组建设，大家都要关心、支持、帮助。”又说：“我们最近应该召开一次工厂管理委员会议，既然我们对工厂生产形势和今后要走的路有了新的认识，对有些重要问题的解决，具体工作怎么做，都必须经过讨论尽快做出决定。”

为了加强工厂的设计、技术、管理以及生产组织工作，党支部研究，拟对工厂组织机构和人员进行调整，提出了如下建议：

成立设计科，李中功任科长，技术科陶百谦任科长，生产科余大地任科长，文君生任厂部办公室主任。任命焦俊生为铸造车间主任，陈贵海任机加工车间主任，周耕有任装配车间主任。

这个建议报告很快就得到了上级领导的批准。

丨 双薪风波

六月，美帝国主义挟持联合国名义发动了侵朝战争，同时，悍然派兵侵略我国台湾省，引起了全国人民极大愤怒，北方农业机械厂职工与北京市数万人一起举行了示威大游行，和沿街夹道声援的市民一起高呼：“打倒美帝国主义！”

八月下旬，美帝飞机竟然侵入我国领空，沿鸭绿江岸，扫射我建筑物、车站、车辆及平民，伤亡情形极为严重，以后又多次深入我国境内侦察。进入十月以来，美军越过三八线，到达平壤，继续北进。我国政府多次发表严正声明警告美帝，中国人民绝不能置之不理，美帝认为我软弱可欺，咄咄逼人，我忍无可忍。党中央决定，派出中国人民志愿军赴朝参战，支援朝鲜人民，于十月下旬，雄赳赳气昂昂跨过鸭绿江。同时号召全国人民开展了伟大的抗美援朝保家卫国运动。全厂职工响应党中央号召，同仇敌忾纷纷表示：工厂机器就是大炮，工具就是枪，要用增加生产的实际行动支援中国人民志愿军，党支部根据群众中高涨的情绪，及时提出：搞好抗美援朝运动，开展爱国主义生产竞赛。

黄时普的车工二组，所有的加工零件天天超额完成任务，没出过一件废品。他意识到响应党的号召，全厂所有车间小组都已经行动起来，抗美援朝爱国主义的生产竞赛，不只是争小组先进的事，他在和车工一组田景义师傅商量以后，又找到木工岳廷、铸工吕师傅、锻工陈守瑞等同志串联起全厂几十个生产小组，共同决定把各小组竞赛公约更名为爱国公约，同时，建议厂部十一月份再增产一千部七寸步犁，并提前半个月完成一九五〇年全年生产任务，全厂各生产小组都以此作为爱国公约里共同约定的第一个爱国主义行动。

全厂职工热烈的爱国主义情绪让鲁梓原深受鼓舞，他在支部委员会上提出来，要搞好宣传工作，帮助群众及时了解正确认识当前形势，提高觉悟，引导职工积极支援抗美援朝的实际行动持续发展。他在全厂职工大会上作了《抗美援朝形势和爱国主义行动》的报告。

党支部在各车间科室选聘了三十多名宣传员，文君生整理自己在市里听的报告，并搜集报刊等有关资料，不定期地向宣传员们宣讲抗美援朝战争和国内运动情况，再由他们分头以不同形式宣传到职工。市总工会下厂同志举办了多次演讲，向职工讲了第二次世界大战后，朝鲜国土上的三八线，以及美帝发动侵朝战争的来龙去脉。

为了让青年职工更好地了解一定要解放台湾的意义，方乡跑到新华社，热情邀请来记者同志，讲述我国领土宝岛台湾的历史地理知识，和我国人民为了维护国家主权抗击侵略的斗争事迹。各车间的读报组、黑板报、班前会学唱革命歌曲活动更加活跃。老职工回忆起个人经历过的事情，控诉帝国主义对我国的侵略罪行，更激发了大家保家卫国的坚强意志。

北京大学下厂师生与厂工会一起组织起临时指挥部，用喜闻乐见的形式，直接参与或进行辅导，开展多种多样的宣传活动，演出活报剧《反对美帝武装日本》，展出“抗美援朝漫画墙”，等等，由此组建了合唱队、戏剧队、美术组多个文艺团体，也给活跃工厂的文化生活打下了基础。在这些群众宣传活动中，青年职工是积极分子。团支部在全厂团员中进一步落实了每个团员必须做好一项社会工作的要求，成为队伍中的骨干力量。大多数青年职工原本只知道在工厂就是做工，一些人在宣传活动中显露出潜在的文艺天赋，更多的人由不自觉到自觉，都参加到文艺活动中来了。

市劳动人民文化宫的同志来厂，打算帮助排练一个舞蹈《我们一定要解放台湾》。两个女演员林静芸、何希竹因为在学校跳过秧歌舞，很快入选了，两个男的缺少合适的人，最后认为纪雨和小王两人的个头身材还算可以，不管二人如何不情愿，在“任务”的名义下还是被赶鸭子上架了。还有自称嗓子赛破锣的人也参加了合唱队，有的从未当众讲过话的人也上了演出的舞台。青年们自己参加宣传，自己也受教育。全厂生产高潮中，引出了文化活动热潮，推动了全厂轰轰烈烈的抗美援朝爱国主义运动的开展。

在抗美援朝运动中，青年团支部要求每个团员在生产上，社会工作上，都要积极主动出色完成任务，梁光幼在红五月劳动竞赛中，继小王之后加入了青年团。这时作为团组织分配的一项社会工作，他担任了读报员。他不满足于只是每天念几段报纸，总想让大家从天天的新闻中有多一些收获，自打美帝发动侵朝战争以后，他就细心留下每张报纸，打算可以做些综合分析。

这一天下班，别人散去了，梁光幼把积攒的报纸拿出来，心里特别惦记的是美帝侵犯轰炸我东北边境，记得读报时不止一次讲到过这样的事，至今已经多少次了？造成了我们多大伤亡、损失？他一边翻看着报纸，一边拿笔在纸上做记录，一直聚精会神地伏在工具箱上，肖小兰走过来，开始没引起他的注意。

肖小兰星期天进城从家回来，两天来，一直想有机会单独和小梁说说话，这时看见他又看又写精神集中，轻声说：“小梁，你干什么呢？人家都回宿舍了。”

“啊，小兰，你怎么也没回去？”梁光幼抬起头来，并没有放下报和笔：“我这儿想把报纸上的一个报道归纳一下。你看，美国飞机从八月二十七号侵犯我东北领空，扫射轰炸，造成我人员伤亡和物资损失严重，到现在两个月已经十二次了，这里报道可能不全，仅八月二十七日一次就造成我国工人牺牲三人，伤十九人。”

小兰说：“是啊，你看这事儿是不是又要打仗啦？星期天你说团支部开会，还排练节目，没回家。城里传说，天安门石狮子流泪了，要打第三次世界大战，要改朝换代了。”

小梁略带忧虑地说：“不可能，石头狮子怎么会流泪，肯定是谣言。”

小兰说："是，街道上已经辟谣了，说是因为要扩展一下广场上的路，便于群众国庆游行，把石狮子向后挪了一下，工人师傅技术非常平稳，一点没有损伤。这是坏人故意造谣惑乱人心。"

小兰解释后又说："对啦，你妈让我给你捎句话，关于打仗不打仗的事，不要胡听乱想，一切听组织的，再说，你已经是组织的人了。"

小梁说："我知道，我只是想最好别打仗，就我家来说，这生活刚刚才安定下来……你说是不是，不过，小兰你也一定要注意，团支部开会说，咱们青年阅历少，遇事要学会分析。"

肖小兰点头"嗯"了一声，又说："唉，这打仗可真不是个事儿。小纪师傅是孤儿你知道吗？他爸他妈都是在战争中去世的，他妈是被日本鬼子飞机轰炸死的，他爸是让蒋介石军队抓去当兵，没有音信，可能早已不在人世了。"她回想着转述纪雨的话："那天，他说，过去想，我命里就注定是孤儿。新中国成立后，我明白了，光认命不行，必须把那些好战分子打趴下，老百姓才能过平安日子。对付美帝国主义也一样，你越怕他打仗，他越欺负你，就得大伙团结起来，狠狠揍他。你看，纪雨把打仗的事儿算是看透了。"

"是，我也挺佩服他的，还有和他一起的黄师傅。"小梁说。

"毕竟他们比咱大几岁。"小兰说。

小梁同意地说："也许是年纪关系吧，你看咱车间老师傅，虽然都上学不多，像陈师傅、田师傅，凡有个什么事，却显得特有见识，说话在理儿，直截了当，不藏着掖着，让人觉得特实在、可靠。"

小兰说："对，我看他们处事都挺有主见的。"

"那叫有原则。"小梁纠正她的用词说："不论什么事儿，都能从大处着眼，有觉悟。"

两人沉默了一会儿，梁光幼说："有个事儿，今天跟你说吧。我曾经想要是真打起来，咱们打得过老美吗？我一直不好意思说，怕人说我恐美思想。那天，余大地余工来车间了解生产情况，我一直对他特别信任，就悄悄问了他，他没批评我，说这要看谁打，怎么打？蒋介石的军队厉害吧，武器是美国的，兵是美国训练的，还有美国参与指挥，那时候，看着解放军小米加步枪，结果解放军却胜利了，建立了新中国，完全美式装备的蒋介石八百万军队，被我们人民正义战争打败了，我们也一定能打败原装的美帝国主义。他这么简单地一说，让我真的信服了。”

“那是，余工是党员哪！你说他做人处事怎么就是不一样？”小兰以肯定的口气问：“党员学习的多，要求严。”

小梁想表示自己知道的多，又说：“听说共产党员都要有无产阶级世界观。”

“什么叫世界观？”小兰问。

梁光幼想了想那次政治课上是怎么讲的，说：“世界观就是人对世界上一切事情的看法。比方说，做人，共产党讲为人民服务，遇事，要做阶级分析，咱听讲社会发展史不是也说，现在还是阶级社会，社会上的任何事情，都要用阶级眼光去看，才能看清楚。”

“道理是这么说，可我就是不明白，美帝国主义为什么非要发动战争不可？都过平平安安的日子有什么不好？他干吗要捣乱？听说，他不是也讲什么博爱吗？”肖小兰总是疑问不解。

“我也是自己这么问过。”小梁说：“可是想想，刚才你说小纪师傅算是把打仗的事看透了，为什么他爸他妈都叫战争害死了，他还能相信那些人说的 什么博爱吗？”

“也是。”小兰说：“不能光听说的好听，真讲博爱，小日本别跑到中国来扔炸弹呀！”

小梁像是忽然想起什么来，说：“我想起来，北京沦陷那些年，市民棒子面吃不上，吃混合面，可我记得大街墙上写着什么‘建设大东亚共荣圈’。那会儿只认得字，不知什么意思，后来听老师说，那时小日本把大米白面都抢走，不让中国人吃，还从中国拉走一船一船的煤、铁等好东西，反过来让中国人跟他讲什么‘共荣’，你说他有多坏。”

小兰说：“看起来，还得经历过事儿，把他们说的做的比着看，才行……咳，不想那么多了，还是你妈说的对，一切听组织的吧。”

“咱们自己遇事也要多分析，团支部开会说了，也得学着多动动脑子。”小梁说。

小兰答应着说：“行！多动动脑子，现在该先填肚子了。”

两人一起走出了车间。进了食堂，梁光幼看见装配车间的两三个人正边吃边说，声音不大，他从旁边走过，只听说“……你问怎么个打法，美国一颗原子弹全玩完”。

小梁端着买好的饭凑了过去，又听了个半句：“……双薪，谁还能不赞成？”

“程师傅，也刚来吃饭？”小梁看见程志强也在，礼貌地问了一句。转而又向两个青年徒工问道：“你们嘀咕什么哪？什么双薪？”

“你装傻呀！双薪就是年底那个月发双份薪水，你是真不懂还是假不懂？”一徒工解释说。

“那为什么呀？”小梁心想真是有这好事，但故意表示无所谓的样子边吃随便地问一句。

“让你安心先好好过个年……要打第三次世界大战了，你知道吗？”一徒工说。

这时小梁警觉起来，刚还和小兰议论怎么看打仗的事，战争还真就要来了，他筷子在手里停了一下，眼睛看着对方顺口问：“谁说的？”

“别听他俩胡说，这可能只是个传言，不一定是真事。”程志强说。

一个徒工辩解说：“消息倒不是国家公布的，也不是报纸登的，但确实是……”另一徒工用胳臂碰了他一下，意在提醒：“告知这个消息的人曾嘱咐过，不要说谁说的，你们知道就行了，也别跟外人说。”可是他不愿意让人看自己是在瞎吹，又想小梁也不算外人，就继续说：“甭管谁说的，他这消息确实是有些根据。”

程志强插话说：“怎么说，我觉得这事不太靠谱，如果真是因为要打仗，国家应该是集中力量做准备，也不会让大伙先吃喝一通。”

“这事也不是已经定下来了，说是厂部要派干部到下面来征求职工意见，大多数人都赞成才发呢。”一徒工说。

刚才一再辩解的那个徒工说："这就是一个根据，是不是真的，就看厂子有没有派人来车间听意见了。"

第三次世界大战？发双薪？在小梁脑子里转来转去，他在想应当怎样去分析。

第二天，一到车间，田景义就说："小梁，你把这些日子读报后，大家议论的情况回忆回忆，厂里要来人了解一下群众对志愿军出国、党中央号召抗美援朝有什么反应和意见。"

"这都是现成的，也给黑板报和广播写过稿子了。"梁光幼痛快地应道："总之，美帝国主义打到家门口了，完全拥护抗美援朝，这些日子咱们小组以生产实际行动支援志愿军的事也不少，您也都知道，有的是可以汇报的。"

"不光是这些，大家思想上还有什么不明白的，提过什么问题，比方你小子不就是担心打起来怕打不过老美吗？"田景义说。

"这问题，我已经解决了，您就别老提它了。"小梁故作不高兴的样子说。

田景义说："不单是指你这个问题。据说是鲁厂长要作时事报告，先听听群众反映和意见，好给大家讲一讲。"

小梁又说："那行……"小梁犹豫了一下说："有个事想问一下您，刚才您说厂部要来人听取群众意见，是不是包括双薪的事儿？"

田景义一怔，心想自己怎么没听说过，就问："你听谁说的？"

梁光幼把昨天在食堂听到的情况叙述了一遍："他们不肯说清楚，不知道是怕世界大战，还是发双薪高兴，只说厂里要派人听群众意见。"

"那发双薪的事，你还跟谁说过？"田景义问。

"没有。"

"你可别到处去乱说。"田景义担心地嘱咐小梁。

"您担心什么呀，发双薪是好事啊。"小梁不在乎地说。

"好事？好事为什么党支部和领导没有公布啊？再说，全厂发双薪不是小数，怎么能轻易瞎传？"田景义严肃地说明道理。

“有那么难吗？像我们学徒工不过是二百来斤小米的事儿。”小梁说。

“这不是你一个人、几个人的事儿，反正不许你到处去说。”田景义命令式地说。

“好，好！您不让说，不说就得了。”小梁只好答应。

田景义疑问的事，还真是存在的，当他把情况跟陈贵海一说，陈贵海又在车间主任开会时，得知别的车间也有这种传说，并且说得有鼻子有眼的，确有厂部干部到单位听取群众意见的事儿。这件事，半明半暗地在全厂传播开来，有相信确有其事的，有不信的，也有持观望态度的人，这些日子成了人们半公开的议论话题。询问到底是怎么回事的，要求尽快有个统一公开说法的，各样的有关意见都反映到了党支部。

党支部很快明确表示：厂领导从未研究过发双薪的工作。但是，经过车间科室大会小会的说明，事情并没有平息，究其原因，流传的说法是：厂领导是好心，但因要发双薪并非国家规定，必须是大多数人有要求，才能向上级申请。厂领导是没有研究过，是等着群众表态呢。职工中有人不愿意表态，双薪的事，不反对也不要求；有些人想促成这件事，对此讽刺说，别自己不说话，等现成的，到发的时候就伸手。于是引起了一个不大不小的争议“双薪风波”一时弄得人心浮躁，不可避免地影响了生产。

党支部研究认为，这事有点蹊跷，不能让问题继续暗地传下去，必须把事情拿到桌面上。让全厂职工在公开讨论中求得统一认识，才能彻底清除谣言，相信在正面的从思想上阐明道理，群众是有觉悟的。于是决定召开一次大座谈会，除有车间科室中层干部，每个小组选派一至两名代表，整个会有五六十人参加。这么多群众中有一定威信的生产工作骨干，占用生产时间开这个会，不少地方形成了半停产状态，足见厂部对这一问题的重视和依靠群众解决问题的信心和决心。

座谈会由鲁梓原主持，开门见山。他说：“最近大家很关心能不能年底发双薪的问题，今天请同志们来只讨论这一个问题，不谈别的，首先我要澄清一件事，厂部从未提出过要研究双薪工作，更不存在因为要打仗，发双薪先好好过个年的说法，当然所谓征求意见按多数人意见办的传说，也不是事实了。”

尽管这一说法是不少人已经想到的，但经鲁梓原这么明确地说出来，仍使人思想不解。那么这些不存在的事，是怎么传开的呢？

鲁梓原看到一些人的疑惑神情，不待有人发问，接着说：“厂部没有提出来的事情，不等于不能研究，现在既然有职工提出双薪的要求，也有些不同意见和矛盾，我们就一起来讨论一下，看怎么办好。”

他看没有人想先发言的意思，动员说：“同志们平常讨论生产时都那么热烈，职工生活方面的事也是工厂大事啊！”

厂工会的同志发言，打开了会场上的话匣子：“根据我们了解，有些同志认为现在工厂生产刚上去，先不要要求多发薪水的事。希望发双薪的同志也有一定理由，过去，临到年底，哪怕只是最后一批活儿赚了钱，老板也想着犒劳一下工人，发个双薪什么的……”

有人插话说：“我就曾经赶上过。”为了证明自己的话，面向陈贵海说：“陈师傅你见得多，说说是不是有双薪这种事儿。”

陈贵海本来还没想好怎么发言，被他这一推，又不便驳他，想了想就说：“新中国成立前，我是大工厂、小铁匠铺都经过，不是每个地方都一样，往往是要来年还用得着这帮工人干活，是会搞个什么犒劳的，发双份工钱的事也有，那要在他有特别大赚的时候，一般也就是多发俩钱儿，请去澡堂洗个澡，或给吃一顿饺子。”

有人接过话来：“现在新社会了，不能那么小气吧，就循个发双薪的老例儿，也不算为过。”

又有人说：“再说现在咱厂形势不错，让大伙高兴高兴。”一时没人言语。

余大地说：“说到生产形势，我把情况简单说一说，今年生产预计完成一万四千部各种产品是没有问题的，特别是二季度以来，生产成绩一月比一月好。那天，我们科里同志大概算了一下，国庆节后，四季度任务完成后，预计人均生产总值可以达到一千零六十五万元（旧币），劳动生产率等于比二季度提高近一倍。”

有人故意逗他说，要比一季度呢？

余大地笑着反问：“一季度不是特殊情况吗？那段时间，停产的、待产的产品占了一半，怎么比？”

会场上有人小声交谈：“这要是比旧社会，遇上这种不利的特殊情况，当时也许就辞了你。”

“不是也许，是肯定让你走人，不会让你白吃饭，等着形势好转。”

原本就对发双薪的事持保留态度的田景义，这时碰到了话茬儿，也就说：“就算这是过去有过的老例儿，今天看也是不能用的，那年月，可能碰上这个工厂那个老板发一次双薪，别的事他管吗？现在谁有个头疼脑热的有医务室，大病送医院。那时他管吗？再说有多少工人过去大字识不了几个，甚至连自己名字都不会写，现在工厂请老师办夜校。过去他们管吗？”

田景义越说气儿越足，喘了口气正想说：“还有……”

有人抢着说：“老田，你就别再举例子了，咱们都知道，还有那吃上穿上的大变化，都是过去没法比的，你意思就是新社会这些新事，那件事都比发个双薪值钱，过去的老例儿，现在不适用，这意见，我完全赞成。我再打个比方说，旧社会，咱们工人生活在苦海里，给你含上一个糖块，还是在苦水里泡着，没什么可以拿到今天说事儿的。”

众人又你一句我一句地说起来，刚才说循个老例儿的人在对话中，不自然地笑着摆摆手，自觉着不占理，也就没人再提了。

周耕有说：“田师傅刚才说到厂里办业校，可真是触动了我的心，我就是那个连自己名字都写不好的人。我知道，你说得完全对，一年多来，现在我磕磕碰碰的也能看个报写个字了，这要不是厂子请老师办学校，还分派青年来帮助，大概将来，不！是肯定，将来把我埋土里的时候，也还是个睁眼瞎。可是就在车间里有人为了要求发双薪，统计赞成人数时，我也表态同意了。当时只是想好多年没回家了，旧历年回家看看，能多有个钱正好，只想的是自己合适……”他说着说着自觉惭愧，不知道应该说什么，只是说：“解放了，党又这样培养我，我真是……”

鲁梓原劝解说：“老周同志，你这不用自责，只是希望多发点工资没什么不对。”

老刘接着说：“周师傅，我知道你家也是长工出身，新中国成立后土改了，家乡有了变化，想回去看看，回去时能多带几个钱，改善一下生活，这很正常。说实话我跟着八路军出来干革命，也不懂什么共产主义。就知道跟党走能过上好日子。”

“对，跟着共产党没错，听党的，甭讨论什么双薪不双薪的。”好多人一起说。

黄时普站起来又坐下说：“我来开会时，纪雨让我代表他的意见，也是这个意思，他说现在不愁吃不愁穿了，想的就是怎么把技术练好，把活儿干得更棒，不想别的。”

方乡说：“你说纪雨让我想起第一次见着他时，面黄肌瘦的，腰里系根麻绳，现在有吃有穿了，所以是他不想别的。”

岳廷说：“这个小纪我了解，都知道他是个没家的孩子，现在是个真正的工人了，但也还是一个人吃饱一家不饿的人。他不想别的，只想工作，我理解，不过，是不是所有人都跟他一样，为什么有人同意赞成发双薪，还不是想生活再好点儿。鲁厂长说这想法没什么不对，那该怎么办？”

有人提出来，可以向上级申请发双薪，批准就发，不批准就不发。对此有赞成的，有不赞成的，两种意见都有道理，相持不下。

文君生说：“我拿老刘的事举个例子，老刘同志你不会介意吧？刚才他说，他也是想过好日子的，这次盖了两排家属宿舍，本来他也是可以把家属接来的，当他看到有些老同志也需要，而房子不够时，就坚决放弃了，说以后有房再说。”

冯治生理解得快，接着话说：“文同志的意思是申请不申请发双薪要看其他工厂的情况，比较一下，是不是？”

“不只应该和周围工厂比，还必须看全国情况允许不允许。”陈贵海这样说，刚才他被人推着问过去有没有双薪这种事，心不在焉地应付了一句，脑子里却不停地问自己，对发不发双薪的事，究竟应该有什么意见，这时，思路似乎忽然打开了。他说：“我一直记得，建厂那天会上，上级领导宣布，这个厂就命名国营北方农业机械厂，当时有人问，国营，谁是东家？大事谁说了算？他说，工厂的东家当然是全国人民。现在，这个工厂的事搁在我们这些人身上了，我们是这个工厂的主人，但我们不能像资本家那样，把工厂看成私人的，想怎么办就怎么办，做什么事都要站在国家角度看一看，在全国情况里可行不可行，才能提出，才有权提出处理意见。”

会场上沉静了一会儿，都在想陈贵海这个话，焦俊生争先谈起了自己的体会：“要说全国细账，咱说不上来，但从大势上能看得出来，今年年底我回老家一趟，火车上的人，那个挤，还走走停停，我问铁路上的人，怎么回事，他说他们的口号是多拉快跑，可火车头、车辆都不够，路基需要加固，过的桥要修。”

冯治生跟着强调说：“全国九百六十万多平方公里，现在才两万多公里的铁路，好多地方还不通车呢。”

焦俊生接着说：“是啊，这都得投钱，再说回到村里，那阵儿正热闹着春耕，缺少农具担心旱涝，这先不说，乡亲们都愿意听我说咱北京的工厂的事儿，聊着聊着天黑下来，点起了个小油灯，对咱这儿晚上有电灯，干活的机器有电力，羡慕死了，一想到村里要用上电，先要有电线架到村里，那头得有发电厂，发电厂得烧煤，煤得开矿采出来……”

想着想着，都觉得希望是希望：“国家得什么时候有力量顾上咱们这事啊？”

众人根据自己所见所闻，举出一个个事例，说明国家建设有很多要办的事情，于是有人就说：“陈师傅的话意思就是如果工厂生产有点成绩，都想要发双薪，国家建设再急的事也得少办，咱们不能提这种要求。”

李中功面前放着一张写着提纲的纸，看了一下会场的情况说：“我同意这种意见，情况就是这样，同志们知道了，朝鲜战争打起来，现在又给国家建设增加了困难，很多要办的事办不了啦，听说周总理在政协的一次会上说，我国政府拟了一个明年的经济计划，总想减少军费，以全部概算的百分之七十投入经济建设、文教、文化事业等，但是敌人不让我们建设。咱们知道，鸭绿江一千多里防线，不加强兵力不行。我天天注意报纸，近两个多月，美国飞机已经十多次袭击我鸭绿江沿岸，造成很大损害，还不知它哪一天打进来，这让我们怎能安心生产。”他想了想又说：“上个月，我志愿军已经出国，支援朝鲜人民，从各方面条件来看，他们作战打得会非常艰苦，当想到这里，我就想近来咱们厂生产是不错，上月报纸上两次报道我厂生产成绩，如果没有志愿军抗击美帝国主义的侵略，我们能在这里照常生产吗？我们应当抓紧这宝贵时间，把工作做得更好。”

一向不爱说话的陈守瑞，这时不紧不慢地说：“生产上刚有点成绩就想多拿，那还叫共产党吗？就是给国家有了大贡献，不是还得想想给子孙后代留点什么呢。”

这话说得不少人笑着点头，有的人在凝神深思，黄时普说：“我觉得陈师傅这话说到了根上，共产党干事，不会有点成绩就想多拿，也还要为了子孙后代留点什么。今天会上，大家说的都让我很受教育，可是小组里传来要求对年底发双薪表态时，我当即表示了赞成。光想是好事，就没去想国家，没去想抗美援朝和志愿军，让个人利益迷糊了眼睛，回去后，一定详细向小组同志传达这次会上的收获，也要做一下自我批评。”

鲁梓原说：“你不要为这事做什么自我批评，想好事，算什么问题？”

黄时普说：“我们小组爱国公约里有一条，自己有了缺点错误要自觉自我批评，一事当前，光想个人好事，没去想国家利益怎么样，肯定是不对的。爱国公约首先从思想上得爱国。”

鲁梓原说：“你这个认识对，爱国主义首先要从思想上爱。今天的会，大家从新旧对比上，更加热爱我们的新中国，从看国家大局，懂得了个人要求应该服从国家利益，因此，是不是可以说，我们取得了不宜要求发双薪的统一认识。”他用征求意见的语气和眼光，看了看大家反应的态度，没有不同意见。他接着说：“这也说明，有些同志曾经同意或赞成发双薪，主要是认识问题。只要对事情做了认真分析，就一定会得出正确结论。”又说：“同志们有改善生活的愿望，过年回老家看看多带几个钱，想把老婆孩子接来团聚，甚至对白馒头加炖肉的午餐一星期只有一次，嫌少，这些都是正常的，党支部一定向上级反映，相信领导在大局允许的情况时，会考虑的。”

鲁梓原有意把话停下来，环视了一下会场，说：“这里，我想请大家一起想一个问题，本来是一个正常的愿望和要求，怎么不是在公开的会上提出来的，搞得神秘兮兮，口口相传呢？为什么要说这是领导有意等群众表态呢？凭空出来了这么一个谎言。”他以强调的口气问道：“为什么？”接着以肯定的态度解释说：“情况表明，它根本不可能是真心要解决发不发双薪的问题，它在厂内引起了思想波动，意见分歧，耽误了生产这是我们都不愿意看到的情形……”看着没有新的发言时，对这一场双薪风波总结说：“党支部研究认为，问题是厂部领导见事迟，如果在事情发生苗头时，及早召集大家分析研究，是可以避免许多损失的，这件事告诉我们今后无论什么事情、问题、意见，都要把它摆在桌面上说，不让自由主义干扰我们的工作，影响我们的团结，让我们把这作为一条大家共同遵守的纪律。”

座谈会散了，人们当走出会场时，近些日子让人烦躁压抑的心情，也随之散去了，眼前还是昨天那个厂区，但是，厂房显出了与往日不同的雄姿，一条条道路看着更加宽阔畅通了。

黄时普心里想着怎么向小组同志传达会上的感受，一定要建议把爱国首先是思想上热爱我们的新中国，个人利益服从国家利益，写进爱国公约里。

陈贵海、焦俊生等一些同志更感觉到今后担子是更重了，除了生产、行政工作，还要担起党的工作任务。

座谈会上，鲁梓原谈到了支部的工作责任。同时还宣布为了更好发挥基层党组织的战斗堡垒作用，根据我厂发展形势，经市委批准，工厂组建党委，各车间建立支部，在正式选举前，机加工支部书记由陈贵海同志担任，铸工支部书记由焦俊生同志担任……青年团组织，同时做相应的组建工作。

男友的牺牲

双薪风波过后，为了把耽误的时间夺回来，全厂上下齐心努力，终于在十二月中旬，提前半个月完成了全年一万四千部各种农具的生产任务。眼下人人最关心的是抗美援朝，志愿军出国后的情况怎么样了？正好前天文君生在市里刚听了一个这方面情况的报告，党支部决定原订的时事报告，就由文君生作这个报告的传达。报告会在机加工车间进行，新建的厂房里，现有设备安装以后，有一块预留的发展余地。会场正上方，在两个柱子间挂了一个横幅：抗美援朝保家卫国。前面放一张三屉桌，大家自带板凳。由于听说要讲志愿军在朝鲜前线的情况，人们都很积极，晚饭后，都抓紧赶来了。早到的人学唱雄赳赳气昂昂的歌，在远处已经听见，催人加快了脚步。个别人还未坐稳，会就开始了。

文君生一开始说："我要传达的，做报告的是一位随志愿军入朝的同志。两个月来，他的经历和见闻很多，因时间所限，我尽量把同志们最关心内容讲出来。首先说，志愿军过了鸭绿江以后，朝鲜战场的情况。当时，以美帝为首的侵略军，先头一部已经到了鸭绿江边。敌人的目的很明显，它是要走日本帝国主义的老路，灭亡朝鲜，进攻中国。那时候，美帝嚣张得很，扬言要打到鸭绿江，回去过圣诞节。志愿军很快就与美伪军不期遭遇，我军灵活机动，迅速调整原先的行军部署，这一仗消灭敌军一万三千人，重创了美军有名的开国元勋师。敌军是机械化部队运动，很快退至一地集结，构筑野战工事，期待与我进行一次阵地战，我们并没有跟踪追击，故意示弱纵敌骄傲，仅以小部分兵力与敌保持接触，而在离敌三十公里处，利用有利地形隐蔽构筑反击阵地。到上个月，也就是十一月下旬，敌向我发起猛烈进攻，志愿军即以小部队节节抗击，以引敌增骄傲气焰，至云山龟城一带，在我预定反击阵地前沿，时近黄昏，乘敌立足未稳又是一天疲劳的时候，我军以排山倒海之势冲入敌阵，用手榴弹、刺刀与敌短兵混战，使敌优势兵力不能发挥，志愿军战士奋勇冲杀，打得敌军人仰马翻，车辆横七竖八。这种打法，敌军从未见过，也是出其不意，这次战役一共报销美军汽车六千多辆、坦克炮车千余辆。敌人狼狈逃窜，放弃平壤向三八线溃退。当然还有许多大小战斗。这两次战役，志愿军站稳了脚跟，打下了抗美战争的胜利基础。据说，目前我军正在乘胜追击。大家看，两个月前，妄想圣诞节回家报喜的美军，现在大概要想一想怎样报忧了，活生生一只纸老虎。”

众人热烈鼓掌笑了起来，这一笑是解恨，是蔑视，也是多日来担心打不过老美的人开心的一笑。这胜利可是来之不易啊！

文君生说着接下去，话语严肃地转述了报告人讲到的一些事例。这个报告结束时，从听众里传上来两张字条，他看了一下，微笑着大声念道：“向志愿军学习，我要参军怎么报名。”“看，有同志等不及了，下面就请方乡和老刘同志说说有关参军的事。”

文君生一边这样说着，一边示意坐着的方乡上前面来说。方乡则扬手表示：“你就一块儿说吧。”文君生摆摆手，并指向台桌，坚持让她快点。

方乡站起来走上前，文君生朝她低声说：“这件事很重要，你一定要提起精神啊！”她看见人群里许多熟悉的青年同志的面孔，正在期待着、注视着，振作了一下自己的情绪说：“抗美援朝以来，很多青年同志积极要求参军。最近中央革命军事委员会和政务院决定，招收青年工人、学生参加军干校，培养对象是空军、海军和特种兵，也是自愿报名，青年团中央为此发了通知说，抗美援朝的严峻形势告诉我们，保卫祖国不受敌人侵犯，是新中国青年的光荣义务和神圣责任，并且号召我们要在战斗中成长，永远从胜利走向胜利。关于报名条件，报名手续，会后同志们找老刘同志，请他帮助办理。”讲了这些以后，如果是在往常她会有一些动员鼓动的话，今天则没有。

有人注意到方乡今天的表现好像与平日不同，故意大声说：“书记，你也给大伙唱一个。”想以此看到她仍是那个爽快开朗的样子。

纪雨轻声问旁边的文君生：“她今天怎么啦？好像不高兴的样子。”杨成泰也凑过来，很想知道她为什么情绪不高。

文君生说：“今天上午部队有个同志来，给她带来一封信说是该部队一位战士写信给她的，那个战士牺牲了，在写好这封信的第二天。信封上，收信人地址、姓名一个字都还没有写，信内开头也只有小乡两个字，可能是信正待发出，因任务紧急，第二天即随部队进山追剿一小股残匪，不幸被匪徒暗枪击中胸部，当即牺牲了，部队领导从遗物中发现了这封信，辗转寻找半年多，才从他们的老家知道了方乡这个人，并且知道比那个战士晚些时候也参军了，又找到小方所在部队，得知已转业到北京，又从市军管会了解分配在我们厂工作。据他们老家人说，两人从小青梅竹马，已经不是一般老乡关系了。”

这时好几个青年高声嚷着：“不用准备，就唱最熟悉的二小放牛。”

方乡听到二小放牛几个字，不免心头一震，又拗不过大家的要求，慢慢地重新站起来说：“那好吧，就唱二小放牛郎。”这时，凌乱的思绪，逐渐清晰起来，她的思念，随着她的歌声在远方回荡。

牛儿还在山坡上吃草

放牛的却不知哪儿去了

方乡眼前仿佛展现出那封信，可是写信的人你到哪儿去了？伴随着歌声，她心底一直在这样呼唤，你到哪儿去了？信里头说，你正在执行紧急的战斗任务，从粤桂边境追歼残匪，未曾休息，即疾驰滇南，每天一百多里的急行军。常常要跨过高山峻岭，有时整个队伍要在山上露营，还有一次连续两天激战中只吃了一顿饭，如此昼夜奔袭，目的要在滇东南元江地区布下天罗地网，截住并歼灭企图逃往越南的匪军。现在这个战斗任务完成了吗？你又行军到了哪里？

莫不是他贪玩耍丢了牛

放牛的孩子王二小

我知道，你早已不是贪玩的小孩子了。信里头你还问我，记得小时侯一起去放羊的事吗？你说，为找不到够羊吃的草，你急得掉泪，我竟也跟着哭了，现在想起来好笑吧。你还说，随军到了南方，看见山坡上连石头缝里都长草，要是再赶一群羊来，准让它们吃个够。那么，现在你在哪儿？也许我去到放牧羊群的山上能够找到你。

秋风传遍了每个村庄

它把这动人的故事传扬

秋天里你曾来过一信，说你经过这段时间，感觉自己又长大了，不单可以吃得了饥寒露宿的苦，在枪林弹雨中战斗也不害怕。想不到原来自己也是这么坚强的人。还高兴地告诉我，你的入党申请已经批准了。你现在在哪儿？我写信向你祝贺，你收到了吗？

每一个老乡都含着眼泪

歌唱二小放牛郎

我知道你不愿看到我流泪，但是你应当告诉我你在哪儿？来信里你说，这一仗下来，完成任务后，首长让你选择，去当海军，还是去学炮兵，是你曾表示过的愿望，现在我应当到哪儿去找你？海军舰艇上？炮兵学校里？信里的每一句话，始终萦绕在方乡脑海里，深情融进了她的歌声。

方乡唱完最后一句，径直走回刚才的座位，她完全沉浸在要找到当年一起放羊那个童伴的感情里，歌声似乎有些颤哑，人们感觉和过去听她唱这首歌时不一样，好像在听讲这动人的故事。

纪雨和杨成泰注意到方乡眼里噙着泪水，两人走过去，杨成泰在桌上暖瓶里倒了一杯水递给她说：“喝点水吧。”

方乡接过水杯点点头喝了两口，相对无言，然后随众人一起向厂房外走去。

外面，月亮已经从东边升起，又难得今天无风，厂区十分寂静，毕竟已是寒冬腊月，干冷逼人加快了回宿舍的脚步。杨成泰是第一次单独和女同志并行在路上，他想说几句安慰小方的话，也不知说什么好。还是方乡说："你们团支部要搞个节约活动倡议，怎么样了？"

"有的节约活动已经在做，倡议书，支委会研究过了，我想在支部大会上通过一下，这样执行起来更有群众基础。"杨成泰具体回答说。

"党委准备在明年生产中，进一步落实物美价廉的要求，节约是很重要的。"方乡侧脸对杨成泰称赞了一句："行，你工作做得还比较细，不过你们那个倡议书最好发出前拿来让团委同志都看一看，发出去全厂能否行得通？"

"好，我保证下星期把这件事办好。"

用心赶制手推车

各车间及科室都以不同方式、不同主题进行了忆苦思甜活动，进一步激发了职工的爱国主义思想，和为建设新中国做贡献的干劲。这时，市里布置的政治任务，为支援志愿军抗美援朝，制造一批手推车，调拨的材料到厂了，一场特殊的生产战斗开始了。

春夏之交的北京，风和日丽，北方农业机械厂的厂院里，挂出了三条横幅的大标语：

支援中国人民志愿军，争取抗美援朝早胜利！

志愿军的困难就是我们的困难，他们的需要是我们的光荣任务！

全厂职工齐心努力，把手推车早日送到前线去！

人人心情振奋，摩拳擦掌，各车间根据先前接到的图纸要求，对有关自己的任务，已经做好劳动组织人员分工安排，工艺技术及设备工具的准备。余大地进一步在生产例会上明确了此项任务的几项规定，技术科的同志在会上表示，对准备阶段所作工艺技术安排，以及实际生产过程中发生的新问题，技术科每天有人到车间随时进行技术服务。加工手推车车轴，是机加工车间的一项主要任务。用裁好的钢料，在两端打中心孔，粗车、精车、挑扣，黄时普小组拨出三台车床，六个人分早、中班，两班倒。

第一天，纪雨干的最多，出六根轴，小兰干的最少，延长下班时间才出四根，第二天产量也差不多，两天总共出了六十多根轴，尽管进度允许开始时有个熟练过程，但这两天的产量，才比平均日产量的要求多一些，不免让人心急。

车轴出不来，手推车车架装不起来，总装无法进行，余大地、陈贵海都来到小组与黄时普研究，和纪雨几人商量，及时按工序分工作调整，用一台车轴，由肖小兰等二人两班倒，专干粗车（包括打中心孔），另两台车床由纪雨等四个人专干精车（含挑扣），情况明显好转，日产量能达到四十根以上，但要达到日均衡进度五十根的要求仍然没有保证，何况前几天亏了的进度必须尽快补上。

按照小组爱国公约制度，黄时普召开了技术研究会，有人提出了改进卡具的想法，有人建议试验高速切削。经过大家分析，认为这些主意虽好，但真正用于生产上，都需要时间。当下时间是分秒必争，现实的办法，应在组织互助，有效利用工时上下力量，一致决定：一是六个人要相互配合，做好交接班，个人早来，做好接班准备，准时开车，保证当日进度要求，中班不完成当日产量不下班；二是全组同志在完成自己生产任务后，早来晚走，利用业余时间帮助上下活儿、换刀具及各种辅助工作，有磨刀经验的邢师傅负责对肖小兰等刚独立操作的青工协助修磨刀具。黄时普自己更是自觉地早来上班，与中班一起下班，利用完成自己生产任务后的时间，也投入了车轴的加工，不论粗车、精车，哪里是短线，干哪种活儿，经过全组同志齐心努力，几天日夜奋战，终于赶上了计划进度。

车间里最先跟上进度生产的零件，是田景义小组加工的大螺母，因为在准备阶段，田景义就研究自制了一种简单夹具，在车内孔，挑扣工序时，比使用普通卡盘，上下活儿可节省时间百分之五十以上。梁光幼和小王担负加工大螺母的另道工序，钻孔，切料，投产后，两人都想加快切活儿的速度，但都感到切刀不跟劲，不敢吃刀，技术科冯治生来了，带来一根白钢，他们一起用它磨成切刀，田师傅走过来，又帮助做了修磨，经上车床一试，吃刀深度或说进刀速度都大大提高了，二人高兴之下，都想知道原因。

小梁说："刚进厂那年，师傅曾拿一个刀坯，带我去了锻工车间，烧红打造成形的尖刀，还在水里淬火，后来用买来的叫兰牌钢，不需要自己打造，去年又用上了叫油钢、锋钢的刀，一次比一次好使，今天这刀就更好了。"

小王说："看着都是车刀，我们只知道怎么磨里有技术，这刀料上有什么不同吗？"

冯治生想了想说："几种刀料主要是含金属成分不同，制作方法不同，小梁说的前两种刀通称碳素工具钢，后两种叫合金工具钢，今天这个看起来也像钢，实际上是一种合金，它有个英文名，一般叫它'白钢'。"

田景义说："这种刀以前我只见过一回，知道磨它的时候要特别注意，不能图快，磨得不好，表面容易裂，据说它很贵，是吧？冯治生同志。"

冯治生谦虚地说："您就叫我小冯吧，我也只是从书上知道这些，对于怎么用也没经验过。"

田景义说："小梁、小王，有工夫咱们请他给讲讲好不好？小冯同志，你看行吗？"

冯说："我正想和你们一起试验呢，还有如书上标有车刀的各种角度，怎么磨出来，又有怎么样的不同作用，正想向田师傅请教呢，你们肯一块儿研究太好了。"

小梁、小王高兴地齐声说："那咱们就这么说定了，据说，当一个好车工，刀上的学问多着哪！"

一番交谈，几个人首先是小梁、小王，对学习新知识、新技术产生了极大的兴趣，应该说，这也是他们平日劳动热情的自然发展，是生产技术进步的客观要求，反过来，他们对工厂的发展进步又将会起着积极的推动作用。

小组加工的大螺母在车间加工零件中，按进度要求，走在了前面，小王本想写篇稿报道一下，起个促进作用，又觉得宣传自己小组不太合适，就在黑板上用大字写了一条醒目的问话：

同志，手推车做好了吗？志愿军那里急等用，快！

车间里充满了催人奋进的气氛，一面墙上，挂着多张生产进度表，每个手推车零件加工的个人进度，以象征捐献飞机或大炮多少的形式公布。这是在车间工会授意下，车间记工记时员林静芸在手推车任务投产那天连夜画出来的。

这一天她按当日实际情况，把每个人完成进度象征的飞机大炮做了相应移动后，走到纪雨机床旁边，因为他们曾一起参加过宣传队舞蹈排练演出，算是车间里比较熟的人，就说："小纪师傅你行啊！这两天你的飞机蹭蹭地往前飞，都快到朝鲜了。"

纪雨看着正在加工零件飞溅出的切屑，笑呵呵地说："我这叫急志愿军所急，想志愿军所想。"

林静芸真诚地说："别光唱高调，说说有什么经验，我给你写篇报道宣传宣传。"

小纪说："不用宣传，你看，全车间的人也都是这样干。"

小林说："我就想知道你是怎么干的。"

小纪说："想知道啊？这是技术是手艺，不像跳舞时候，你搬着我胳臂纠正姿势那么简单。"他看着小林有点不高兴的样子，故意想激她一下，说："要真想学，得先拜师，这是规矩，团委书记方乡来学车工也是这样。"

小林说："别吹牛了，在宿舍我听小方说过，人家是来拜邢师傅为师，跟你有什么关系，再说，我不是刚才叫你小纪师傅了吗？"

纪雨趁正要卸活上活的间隙作了一个鞠躬姿势，表示应该这样："说纪雨师傅在上，徒弟这边有礼了。"

小林显然有些生气，说：“别神气，我不过就是想问问，你精车时，怎么两次吃刀，就一准合格了，为什么从来没用第三刀，你倒端起架子来了。”

小纪赶紧解释说：“你别生气，这个问题……有多方面原因，说了你也不懂。”

小林说:“你要说得清楚，我就一定能懂，你要不能把我说懂了……”

这时车间办公室那边有人喊：“小林快回来，陈师傅有事叫你。”林静芸应声转身，故作正经地对着纪雨说：“你要不能把我说懂了，就别想给我当师傅。”

小纪说：“你这是还没拜师，倒先考起师傅来了。”

小林笑着说：“好好想想，考试不及格，当不了我的师傅啊！”随着笑声快步向办公室走去。纪雨看着他的背景，想起平时她不戴帽子时两条辫子的样子，暗自想：原来没觉得她说话这么咬理儿，倔强，真有意思。

林静芸回到办公室，立即拿出写好的生产日报表，陈贵海看了，在车间主任一栏签上字，同时说：“生产科刚来电话催了，你赶紧把这个表送去，快回来，待会儿我要去找上田师傅一起到锻工、装配去一趟，有事你给记下来。”

这些日子，原有的生产计划，加上手推车这项紧急任务，陈贵海确实更忙了起来，不过他对完成手推车任务并不担心，他相信机加工车间的这些人，无论有多难，都一定会想办法完成。他最关心的是质量，也最下功夫，除了安排专人负责检查外，他自己每天至少要巡检一遍，他不是拿起零件重复验合格不合格，而是有自己一套办法。看一个人能不能干出合格的活儿，有三看：一是刀具的准备和使用情况；二是操作稳而不乱，认真执行自检规定；三是工具和加工零件码放有序，工作地面整洁。从手推车件投产以来，车间没有一件废品，也没有出过一次返工活儿。他不但要忙里，也还要忙外，这期间，兄弟车间遇有什么需要加工的活儿，他总是积极配合，保证及时完成，现在他和田景义去锻工车间，就是为了要看一个弯管工具使用情况，锻工车间为了减小手推车把弯形处的折纹，改进了弯管工具，是由机加工车间制作的。

二人走出车间，田景义说："按他们意见做这个活儿的时候，我看它的方法是热弯，就给加了个喷水装置，还不知道用着怎么样。"走进锻工车间，就看见几个人围着弯管台架忙着操作，烧火、弯形、搬运分工配合有序进行。杨成泰看见他们二人走来，一边递送煨红的管子，一边主动介绍说："弯管器改进后，非常好使，特别是田师傅给加个喷水装置，对弯形接触面既可冷却，又起清洁作用，更有利于弯管处的平滑了。昨天，我们车间还说要去向你们表示感谢呢。"

陈贵海、田景义二人忙说："说什么谢谢不谢谢的，都是为了一个任务，以后，我们也短不了有活儿麻烦你们呢。"

互相又说了点其他事，陈贵海说："你先忙着，不多说了，再有什么事就直接说吧！"

接着他们又去了装配车间。一来是昨天因为加工件上的飞刺，把一个青工的手扎流血了，去看一看；二来也想了解一下近日装配对所有加工件的反映，有什么问题。一见面，陈贵海大声说："哎呀，真对不起，那小同志扎手不碍事吧，怎么样了？"

周耕有大笑说："二位老兄光临，我当是什么大事呢！小题大做了。"又表示歉意地说："咳，昨天是一个新来的徒弟不小心，飞刺扎手流点血，当时清洗一下，抹点紫药水，就没事了，本来一点小事，他那个组长一急，就给你们车间打电话，听说话里还不干不净的，太不应该了。"

陈贵海正经地说："不，这是我们的失职，余科长一开始就说，不能把加工的问题带到装配来……这么说，一定还有过这种事吧？"

周耕有说："有飞刺这种事，我们顺带手就清除了，你们不用操心了。"

陈贵海说："你看，让你们增加了工时，又不安全。昨天，我们在车间里就明确规定了，今后谁干的活儿谁负责把飞刺去除干净，以后，不会再出这种事了。"

周耕有说：“这么点事，你还这么认真。”

田景义说：“我和陈师傅来，还想了解一下，这些日子加工件还有什么问题。”周耕有平着手一摆说：“看吧，一切正常，可以说，这批手推车装得特别顺利。”

陈贵海、田景义二人放眼看去，一共四组，每组两个人装一部，全神贯注，操作娴熟。汪师傅走过来，正对一部部即将装好的车仔细查验，尤其对车轴与车轮、车把与车架等接合处，要看它安装的相对位置和松紧度是不是正确。田景义看看表示赞许之意：“汪师傅，你真是一丝不苟啊！”

汪师傅回应露出自信之情：“不瞒你说，车间这些小伙子，一接任务，就拼命，弄不好就把质量给忘了，咱干这活儿，就是不能放过‘万一’。”

周耕有进一步肯定说：“汪师傅管着车间成品检验，工人里都叫他红脸关公。不过他不是三国里拿着大刀闯五关的那个，而是严格把关的现代关公，谁的活儿哪怕有一点毛病也红着脸打回去，他自己说，我这是出厂产品的最后一关了，一出去，可就是代表着北方农机厂了。”

陈贵海说：“我们都应该向您学习，如果您发现加工件质量有什么问题，一声招呼，我马上就到。”

汪师傅说：“那是，这批活儿到今天，还真没发生过什么事！”

周耕有说：“这批手推车任务最后完成那天，请各车间同志一起来总检查。”

陈贵海和田景义高兴地说：“约定好，一定来。”

又过了十几天。这一天眼看到午饭时间了，齐集在装配车间门前的人心，都集中等这第一千五百部手推车最后一部的出现，每个人心里都在暗暗数着，第一千四百九十八、第一千四百九十九，第一千五百部手推车推出了车间。人们欢呼鼓掌声中，周耕有拍着余大地肩膀说：“现在你可以正式宣布了。”余大地也高兴地向大家挥挥手，说：“同志们，上级交给我们厂的任务，也是志愿军同志要求我们的，一千五百部手推车，我们提前两天，用三十八天完成了。在这三十八天里，大家出大力，流大汗，团结协作，而且搞了许多技术革新。做到了：一、生产效率一天比一天高；二、每部手推车，每个零件都是百分之百合格，没出一件废品；三、严格用料计划，上级拨下来的材料，百分之百用在了手推车上。总之，这次完成的任务是，产品质量好、物美，用料省、价廉，可以说，我们配合志愿军打了一次成功的战役。”

这时，文君生从厂部办公室跑来，接过话来就说：“鲁厂长正在市里开会，刚才打来电话，说上级领导同志听说咱们提前完成了手推车任务，向我们全厂职工祝贺，同时，也要求我们抓紧时间做好后续的包装交货各项工作，先前我们已经交了两批货，要争取在今天晚上把这最后一批手推车送到火车站，有车皮早已停靠在那儿，时间紧迫，装车完毕，连夜就要出关北上，跨过鸭绿江在那抗美援朝的战场上立即投入战斗，有志愿军同志正在那里等候。”他缓了一下口气说：“同志们，让我们祝这批手推车帮助志愿军同志再立新功，打击美帝侵略者，取得新胜利。”

人群里有人带领高喊：“支援中国人民志愿军，打败美国野心狼。”“抗美援朝，保家卫国。”

有人自觉地大声唱起来：

雄赳赳，气昂昂——

跟着响起了众人一片洪亮歌声

——跨过鸭绿江……

第二天，锻工车间黑板报登了杨成泰写的一首诗，题目叫《友谊对话》。

我把手推车看作好朋友，他走了，将和志愿军一起投入抗美援朝的战斗。

我说：手推车你慢走，三十八天难忘的友谊，

怎么说走就走？

他深情对我说：

重任在身不敢久留。

命令今夜立即北上，出关、过江，

在那硝烟弥漫的战场上，
志愿军战士正在那里等候。
我梦见：哪吒脚蹬两只风火轮自天而降，
望半山腰，
是你们驱动双轮列队前进，
我大声呼喊：
誓做你们的坚强后盾，
山顶上传来嘹亮的冲锋号声。
他来信：
说战斗说生活，
说不尽的思念，
句句激动人心的话凝结成六个字：
一切为了胜利！

随后几个车间的黑板报上，都转登了这首诗。

第六章 走出作坊生产方式

部里召开一九五二年生产工作会议，指出农业生产发展要集中力量，提高单位面积产量，要求这个厂今年生产各式新农具十万部。人们担心管理工作跟不上，会给正常生产秩序带来许多问题。厂党委研究认为，这是工厂走出作坊生产方式还不适应规模化生产的必然现象，要求借鉴已经名声在外的“新仓库管理法”的经验，树立科学管理意识，学习使用科学管理方法。

变电室出事了

时间一天天过去，离年底的日子越来越近，人们都有一种紧迫感。几个月来，全厂职工为了完成全年生产计划一直都在日夜奋战，机加工车间更是忙得不可开交。

陈贵海走出车间，正想去锻工车间，请他们为一项工具改进，打造几种锻件。他手里拿着几张锻件图纸，下意识地看了看，不免地想这竟然是纪雨搞的一项工具改进，他自己画的，虽然不怎么正规，以前他可是连看图都不会，甚至连一张图纸都没见过，进步可真快，这让他联想起车间正在发生的变化。

秋末冬初，厂院道路两旁树叶已在飘落，天气的寒意已经悄然袭来，对此，他全然没有意识。周围，各车间的工人们都在岗位上，气锤在击打，炉火在燃烧，机器在转动。在这熟悉的环境中，他随着有节奏的悦耳和声想起来，党委征求他的意见："鉴于车间工作日益繁重，打算配备一名技术副主任。"让他从车间里提名。田景义，技术经验丰富，若他调出后，谁可以当组长？黄时普，组织能力较强，年轻。他出来后，纪雨完全可以胜任组长工作。他想起，自己看着这个从前的孤儿是怎样成长的经历，最近他又申请入党，可以说自己对他是钟爱有加，但在讨论他入党问题的时候，党内外都承认他工作积极肯干，热心为群众办事，就是对他有骄傲的表现都不太满意，他怎么会骄傲的？陈贵海正在想，车间林静芸跑出来说："陈师傅，您果然还在这儿哪。刚才余科长来电话，请您抽时间到生产科去一趟，有事商量。"

陈贵海立刻转而想到了眼前的工作，说："知道了。你抓紧把前十个月的生产完成情况统计出来，如果按当前加工进展情况，预计一下，看年底前，能不能提前几天完成全年六万台生产任务。"他估计，余科长找他也是要研究这个事儿。

小林说：“您放心吧，我早有底，今儿晚上就给您整理出来，明天一早交卷，行吗？”说着，就回头走进了车间。

陈贵海这边想，脚下已向锻工车间走去。

突然，眼前不远处一亮，紧接着，不断的闪光，随着发出噼噼啪啪的爆炸声。“是变电室出事了！”陈贵海马上想到，变电室就在铸工车间东面。

说时迟，那时快，只见从西面出现一个人，一个箭步跳到变电室门前、开锁、推门，不顾一切地冲了进去。“于师傅，危险！”一个随那人跑过来的新徒工急喊。陈贵海凭直觉想，那里面正在燃烧爆炸，怎么还往里面跑？

陈贵海大声呼应着，“是，危险！”心里想，可能要出大事，里面究竟发生了什么？快！进去看看，想法制止。眼前的情景，不禁让他大吃一惊。高压保险上的两个瓷瓶崩坏了，断了的保险丝垂挂在变压器表皮上。他心里十分清楚，这种情况继续下去，可能变压器被烧坏，可能引起火灾，可能全厂几百人要停工，这是绝对不能容许的事情。眼下唯一的办法是，拉下高压油闸，切断电源。不大的变电室内，燃烧的火花四溅作响，蓝色火光耀得人睁不开眼睛。

只见于师傅不假思索，熟练的把手伸向高压油闸。他知道，这一出手，很可能触电牺牲，但是在死前一定要把闸把拉下来。当右手紧紧攥住闸把，咬紧牙关，用力下拉的刹那，手立刻被烧焦，全身肌肉收缩，酸麻疼痛，心快要碎了，一阵剧烈的抽搐，失去了知觉，摔倒在变压器前面。油闸关闭了，电源切断了。

全厂一片寂静，没有了电，一切活动都停止了。

人们从四面八方都拥到了厂院里，最先目睹事故发生的陈贵海，最先赶到了变电室。正当那个新徒工手足无措的时候，他一个大步迈进去，把于师傅背了出来，急步奔向厂医务室。知道二人经历的人，望着他们的身影想起来：陈贵海，曾经代表在苦难中留厂的工人，迎接解放军，迎来了光明。于师傅，曾经几个昼夜守在变电室，把国民党军队逃跑时肆意破坏的变压器修好，送出第一路电，把全厂照亮。这时，两人胸背紧贴在一起，陈贵海心里只有一个念头：好兄弟，好同志，你可不能死啊！ 在医务室，打了强心针，施行了临时救治措施。医生说："可能是由于于师傅处置事故果敢坚决，可以说他的动作赛过了电流，抢了千分之一秒的时间，切断了电源。只是神经中枢受到震击和麻痹，肺脏暂时停止呼吸，心脏尚无大碍。同志们，放心吧，在这儿多观察一会儿，如没有大问题，就可以送医院继续治疗。"

稍许，于师傅慢慢苏醒过来，厂部早已派汽车在外面等候，由文君生、陈贵海陪同，立即赶往城里大医院。厂里的人们开始相互打听情况，议论起来。

鲁梓原召集余大地和有关工程师以及电工小组同志一起，对这次事故作了分析研究。这是一台新从上海购置的变压器。于师傅和小组同志一起安装，送电还不到一个月。这一天，是于师傅带着徒工来进行例行检查，当马上就要走到变电室时，事故发生了。从现场看，初步可以认定，事故是由瓷瓶崩坏引起的，原因尚不清楚。变压器外表看，已有部分被烧坏，需做进一步深入检查。临时决定：一、派专人陪同于师傅，密切与医院联系，争取他尽早恢复健康。二、由主管电气工程师负责，电工小组全力进行变压器检修，争取尽早恢复供电。三、停电期间，凡用电岗位，积极做好设备工具维护保养和辅助准备工作。四、彻查事故原因，发现新问题，随时报告处置。

文君生从医院打来电话，经过医院全面检查，于师傅已经完全脱离生命危险，正在按确定的方案进行治疗。右手指的烧伤非常严重，可见裸露的手指骨头，大夫说，完全恢复也许已经不可能了。他，人已经完全苏醒，经常是紧闭嘴唇，可想见是忍受着十指连心的疼痛。偶尔说的一句话就是："变压器没有烧坏吧？"再就是念叨："我是完全按技术规程安装的，怎么就会出事了呢？"

鲁梓原和厂里同志去医院看望于师傅，把情况和厂里工作安排告诉了他。鲁梓原对他说："经过对事故的分析判断，完全排除了安装问题，进一步的原因在查，看起来，还是可以修复，你为护厂立了大功，全厂职工都感谢你。希望你安心休养，盼你早日恢复健康，胜利回厂。”

变压器出事，全厂停电，抢修三天。没有人想因此减少生产计划，年底前要完成六万部新农具的目标，这时进入了最后冲刺阶段，已经预见胜利在握，各项收尾、总结和明年初的开门红准备工作也同时正在进行。

学习科学管理

鉴于工厂生产规模发展很快，生产技术工作日益繁重，为加强技术工作和生产管理的集中统一领导，上级批准任命李中功为总工程师，陶百谦为副总工程师，余大地为副厂长。车间科室机构和中层干部也作了充实调整。

厂部接到部里通知，召开布置一九五二年生产工作会议。鲁梓原和余大地前去报到时，各地农业厅局和直属厂的同志早一两天已经到京。

部里召开生产工作会议，会议上部领导同志讲了全国农业生产形势。经过两年多的恢复工作，大部分地区已经接近或超过了抗日战争以前的水平。一九五二年，就全国范围来说，继续发展农业生产的方针是集中力量力求提高单位面积产量，多打粮食，这是新中国经济建设、抗美援朝、改善人民生活的需要。他分析了农业生产存在的潜力，要求做好使用新农具、兴修水利、防止病害等方面的工作。

大会后，主管部门领导专门对他二人说：“要求你们今年生产十万部新农具也许高了一些，但你们听了部领导讲话，推广使用新农具是提高单位生产面积产量、多打粮食的一大措施，而你们的产品在农村又很受欢迎，所以就应该多承担一些吧。”他又笑着说：“产品做得越好，要的人就越多，就更要多干，是不是？当然，部里支持你们，你们有什么要求尽管提出来。”

鲁梓原和余大地二人虽然觉得十万部的任务超过了来开会前的预想，

但是道理摆在那儿也就不再说什么困难，表示回去想办法。

回厂后，厂领导班子研究问题时，余大地说："去年的新农具生产计划一下子就订到了五万，实际又完成了六万多，产量如此猛增，生产管理跟不上，今年还要干十万。我最担心的就是生产上的前松后紧，带来了许多问题。有时是全月工时已用去三分之二，只完成生产计划的百分之五十，月底为抢任务赶进度，造成工时浪费，质量难保，而且毛坯半成品存量长短不一，又使下月月初不能正常开工。"

文君生说："我知道，你说过，想要一个各方面工作步调一致得胜利的生产秩序。"

鲁梓原说："实行作业计划以后，应该好一些，情况怎么样？"

余大地说："现在是作业计划到班组，具体小组里的生产是由组长安排。"

鲁梓原说："不能只是组长心中有数，必须让每个工人都知道作业计划对自己的要求。"

余大地说："我们最近正在准备推行一种新的生产管理方法，李总积极推荐的'按指示图表组织有节奏生产'，把全厂作业计划层层分解到小组里，每个零件的投入产出进度画成图表贴在墙上，工人谁干哪个活儿，看着一目了然。"

鲁梓原说："好，这就是一种群众参与的科学管理方法。"

余大地说："问题还在计划的执行，只说目前开始实行工艺规程，一方面是有人不习惯，一方面是群众技术革新积极性很高，无论是工具还是操作方法的改进，都会打乱原来按工艺安排的作业计划。"

鲁梓原说："还会有别的因素影响，这很正常。正常生产秩序只能在解决问题中形成。"

余大地说："这我当然知道，但这是工作中现实存在的问题。"

鲁梓原说："怎样处置这类问题，不要只是就事论事，要注意积累总结经验，形成可行的办法或制度，逐步提高管理工作水平。"

几个同志举例说："年前开的那个学习马恒昌小组经验交流会上，一些评选的先进小组，如机加工车间的黄时普车工二组，锻工车间的陈守瑞小组，他们对怎样保证完成生产计划都有些办法，还是不错的。”

鲁梓原说：“总之，一是群众路线，一是科学管理。一方面推行‘按指示图表组织有节奏生产’的先进管理方法，一方面搞好学习马恒昌小组经验的活动，两方面工作结合，这样好。我觉得，解决生产前松后紧，提高生产管理水平，不是一个部门一个办法就行了。”

文君生插话说：“前年，你就提出了学习苏联企业管理经验，积极在厂里实行了管理专责制，对建立正常生产工作秩序起了重要的作用，但现在也不能说专责制已经十分完善了。”

鲁梓原接着说：“你说的对，学习科学管理不是一次性的工作，也不是一个部门的事，全厂一盘棋，我们还要继续努力。今年十万部新农具的任务，我们是已经接下来了，一定要不折不扣地完成，而且还要在不断改进工艺技术、改进生产管理中完成。同志们都再想一想，对今年生产任务的事，还有些什么问题，咱们党委会、工厂管委会要开会正式研究一次。”

| 新仓库管理法

就在这时，一场全国范围的“三反”运动开始了。市委和农业部都发出指示，这是切实执行党的七届二中全会决议的要求，是抗美援朝爱国增产节约运动的进一步深入。要求做到生产与运动两不误、双丰收。厂党委认真做好运动发展阶段各项工作。一方面做好动员，讲明运动意义和政策，组织群众学习讨论，检举揭发问题；另一方面为使运动深入，组织检查队对管钱管物部门进行重点清查。黄时普被选为仓库检查队负责人。开始他不愿意去，说自己只是领工具材料时去过仓库，一点不了解，文化低，写算也不行，他要陈贵海师傅为他去党委说情。

鲁梓原说：“这是党委经过认真研究决定的，就是要选平时实际使用仓库东西的人，在各车间工人中都选了一名对工作认真负责、又有对事情较真的工作态度、且精力充沛的年轻人。各车间选的几个人，据说在业校学习都不错，你的语文算术成绩优秀，算术的四则运算都会了，怎么还不能写写算算？”

黄时普的仓库检查队一共五个人。在仓库内表面看，各项物品摆放整齐，但具体查对一件东西甚至要找到几个货架，翻到不同账本，账上有，实际无货，也有货在货架上，账上已领出去了。

管理人员说：“仓库的工作是来料就收，码放保管，有领就发。这种只是收、管、发的工作态度，对库内各种物资余缺、账目混乱现象并不关心。混乱现象也表现在收发过程中。收发工作有制度规定，但在实际中，一揽子的管理方法，看似人人有责，实际谁都收，也谁都发，手续不能严格执行，无从监督，等于货物进出仓库大门敞开，无人把守。”

几个检查队的检查情况都有类似不同程度的管理混乱、职责不清的问题。厂党委研究认为，管理工作上的严重问题，要在运动中不失时机地采取解决措施，当即决定各检查队留下部分人员，协助该部门进行清理整顿工作。黄时普被留了下来。过了两天，情况让他觉得检查不易，整顿工作更难了，产生了申请回车间的念头。他开始曾经想整顿就要重新建账，像小组订爱国公约那样，实行分工责任制。谁知说了建议，没人答话，你看我，我看你。事后还传出话来，说什么一个摇摇把儿的车工，来仓库挑点毛病容易，还真就想当家了？瞧他整顿能整出个什么样来？这话是那个库主管说的，其他队也有类似情况。

经党委研究认为，清理整顿实质上是要按新要求改变原来旧的一套工作，检查队必须有职有权才行。而仓库那个主管对运动、对工作一直采取消极态度，予以免职。决定新的仓库主管就任命黄时普同志担任。党委这个决定，所有人都没有想到，一个普通工人要去管这么一大摊物资，这个信任让人们都感到兴奋，对黄时普话多话少都是鼓励。

黄时普的工作和生活真的要发生重大变化了，此时他感到已经没有退路，一阵不知所以的压力油然而生，明天去仓库上班，会碰到什么问题？第一件工作从哪里开始呢？夜里黄时普躺在床上，把白天遇到的事和同志们一个人一个人的话都想了一遍……什么叫不懂？不懂就学。什么叫不知怎么干？就从发现的问题下手，有什么问题解决什么问题。他想明白了。

闲话不说，黄时普到任仓库的第一件工作，自然又说到重新建账实行分工责任制的事，这是仓库整顿工作的基础，虽然没有人明确反对，还是有人说，有事都伸把手，团结互助有什么不好，干吗你的我的责任分那么清？个别人背后说，以为搞个模范小组，搬过来就能管大仓库呢？黄时普听了很生气，就要在会上顶他两句，团小组里批评了他这种急躁情绪，并帮助分析这也是只坐着“收管发”的旧习惯养成的“撞钟”思想，上班来下班走，不求有功，但求清闲没责任，改变旧习惯势力得准备花大功夫。

黄时普会上会下和大家交换意见说：“同志们都希望仓库工作团结互助，遇事都伸把手，可如果手没伸到呢，岂不误了工作。有了分工就有责任，人人钻研业务，提高工作水平，工作上去了，互学互帮更有了内容。”他的一番话说得人们对分工责任制的好处不同意也得同意了。

几个青年人更是说：“谁都想进步，你主管敢把一摊工作交给我，我愿承担一切责任，把它干好。”

仓库每天有许多收发的事情，怎么处理？这是黄时普开展工作面临的实际问题。接下来就说说他遇到的一个一个问题，都是怎么处理的小故事。他认为仓库工作不应该只是看仓库的，而是管理工厂物资的，一心要做到物尽其用。

有一次，木工车间来人领了钻头，库盘点时发现发错了，木工用水钢钻头，发了价格贵几倍的锋钢钻头，别人都认为批准的申领单写明的是钻头，发的是钻头，没有错。黄时普却检讨说：“这是大材小用了。”

还有一次，机加工车间来人，一次要领四把圆锉，黄时普是从机加工车间出来的，知道肯定用不了，是多领，硬是说服人家，只领走了两把。有人告诉他，人家走后就说你，刚当两天官儿就用权，要叫我，有批条就给，干吗得罪人。黄时普跟库里人解释："工厂设个仓库，是为生产用的，所以我们的工作着眼是保证生产需要，不能只看批条。"

有一次来了一百二十斤洋钉子，要进库，发现库存有三百四十斤呢。有人就说了："有领导批条的东西，你抗着不发，发错了、发多了，你心疼，这回可好。根本用不了的洋钉子进来了，你能不收吗？积压浪费你管得了吗？"可黄时普并没就此罢休，他顺着进货手续往前捯，查明原来这批货确实是生产要用的，但是在计划申请，有关部门批准采购过程中，谁都不了解库存情况。于是，他找到有关方面领导，商议决定，以后申领物资计划，加上"需经仓库根据库存情况同意"这一条，这样就从厂部工作制度上控制了今后进货不发生物资积压问题。

库里有一个所谓废品库，他动员库内职工对它"开刀"。让人把三把坏钳子上的好零件拆下组成了一个可用的好钳子，他就号召大家向这种反浪费的精神学习，自己带头利用工作空隙时间，把大量废砂轮砸碎磨细，代替一部分金刚砂，能解决需要量的百分之五十。

后来，人人都参加了这种修旧利废活动。人们愿意这样干下去，高兴地说："废品库翻身，今后改名叫'再制品库'了。"

黄时普在工作中不搞坐等"收管发"，始终心系生产，为生产服务。

这一天，黄时普开生产例会回来，听说机加工车间来领三爪卡盘，他知道这是刚才生产会上讲到的，为加工一个急件要用。然而，虽有这项进货计划，却因各种原因货没有到，急得他直跺脚。同事们都说："难道你能从地里跺出了卡盘来？这又不是咱仓库的责任。"

这时有人笑着说："库里老章正在上海探亲，说是明天回来……"

黄时普没等他说完话，马上说："对，这就给老章发个电报，叫他到上海工具厂买个卡盘直接带回来。"大家都说，一天时间老章根本办不成。他却说："事儿要办就能办成。"转身看有小柳同志在，就说："这个大事就交给你了，快去把给老章的电报发了。生产上的事，救急如救火。"

说来也巧，老章同志接到电报，立即赶到上海工具厂说明来意，正好人家有一批货要赶下午一趟去北京的火车，二话没说，帮助办了购货手续，提取了卡盘，老章也跟着上了火车，补了车票，次日清晨就到了北京。当小柳抱着崭新的三爪卡盘来到机加工车间往桌上一放，众人一阵惊奇：昨天去人到仓库领，没货，难道是从天上掉下来的？经小柳把事情经过来龙去脉这么一说，大家都说多亏了上海工具厂的同志热情帮忙，真得好好感谢他们。有人故意又问："你们库里那个主管，是从哪儿调来的老党员、老干部，这么关心生产，急群众所想？"小柳说："还不就是从你们车间调去的黄时普嘛。"

"到底是娘家人，对车间的事老惦记着。"有人说。

小柳说："其实，他也不只是关心你们车间。上个月，木工车间按计划该换大锯的锯条，可到日子没来领，他就派人去了解，原来他们正着急呢，拿着批准的申领单的人出差去东北了。黄主管决定先送去，写个暂收条，让生产及时用上。"

经常给黑板报写稿宣传生产上好人好事的小王紧跟着说："这叫送货上门，像这样主动为生产服务的事还有吗？"

小柳不假思索地说："有，原来库里给铸工、锻工发焦炭，是按称重量发，黄主管决定改为库里给砸好，分成四类，铸工二号炉用大块的发大块的，五号炉需要中块就给中块，锻工用小块的就领小块的，这事仓库受点累，车间皆大欢喜，这是'麻烦留给己，方便让车间'。还有，他请老工人、技术人员到库里，对着实物讲工具、材料的使用知识，这是为提高管理人员精准服务生产的业务水平。"

小王马上说："这叫为搞好工作不耻下问。"又穷追不舍地问："还有吗？"

小柳说："你以为你写'不耻下问'四个字这事就成了？就这事有人还说怪话：'干了干不了，还得现学啊？干不了让位！'你看，要干成一件事，没那么容易。你要真有心知道其中奥妙，晚上回宿舍给你慢慢讲。"

黄时普管理工厂物资不只着眼于仓库，不分分内分外，敢担当。

有一次，铸工车间的上料车修理，需要两个球架，库里缺该种型号，经与一个一个车间工具室联系，在一个车间工具室找到了，调剂解决了铸工车间的问题，由此他想，如果仓库组织一下让各车间工具室之间物资交流起来就好了。库里的人都不赞成，说这样会有人说手伸得太长，落埋怨。此话一出，果然有人反对，说这是狗拿耗子多管闲事。黄时普没有灰心，认为这是增产节约的正事，他逐个车间征求意见，听取大家担心的问题，商量解决的措施，在厂领导的支持下，找到了各车间都同意可行的办法，由仓库统一负责各车间工具室的业务领导，形成工作制度，让存在于各车间的物资得以交流，充分利用。

库里有人逗他说：“黄主管，你跑了半天，只为减少点物资积压，方便了车间生产，结果把一摊子事弄到自己头上了，没事找事，你不觉得后悔吗？”

黄时普说：“这正是咱们应该干的事啊，全厂上百亿的东西，怎么能只是看（kān）着，管理就是要把所有物资都使到用得着的地方，责任大，要干的事还多着呢。”

几个月来，仓库工作的变化，成了“三反”运动中的热门话题。黄时普在仓库工作里不放过任何物资浪费积压问题，在群众中没有不说好的，他能够不顾各种怪话，坚持物尽其用，更是让人佩服。但是，也有人说，他能做这么多好事，是“三反”运动的机遇，是新官上任三把火。

鲁梓原想借仓库这个好经验，推动一下工厂的管理工作，在干部会上说：“黄时普的仓库工作确实是初步的，但《人民日报》上可不只是介绍他做了多少好事，而是说这是‘仓库工作新方向’，是在改变旧仓库的一套工作中，用一个一个行动创造出‘新仓库管理法’。主要经验就是急生产所急，为生产服务，而旧仓库的工作只是坐等‘收管发’。同志们想一想，咱们现在的管理工作中有没有类似的问题，比如给自己科室的业务工作画个圈儿，多一事不如少一事，有没有？我们讲要搞科学管理，不能只是形式上、方法上，最根本的要求是自觉主动为生产服务。厂里各部门管理工作都不能只搞自扫门前雪，一定要服务到车间生产，讲全厂生产一盘棋。”他停住话，听大家议论，然后又说：“现在咱们厂正在从作坊生产方式向工厂现代化迈进，管理工作必须跟上。借学习‘仓库工作新方向’的经验，党委决定开展一次‘三查一定’工作。”

文君生对“三查一定”工作做了具体布置。查好，就是总结好的工作经验；查问题，是发现问题采取纠正措施；查原因，是从思想、作风、工作态度的根源上提高。定制度，就是以制定完善规章制度的办法，推动管理工作前进一步，整个工作以自查为主，择机组织经验交流。

时间过得真快，就在“三反”运动结束不久，全厂提前超额完成了全年十万部新农具的生产任务，实现了双丰收。

第七章

红犁之歌

七寸犁虽然还算不上最好的，但已经供不应求。

是坐享安稳生产的日子，还是千方百计造出农民兄弟要的最好的马拉犁，他们选择了后者。

他们是怎样做到的？又受到了农民们怎样的欢迎？

迎新

年底进行工作总结，评选先进、模范，讨论来年生产计划，做好开门红准备，各项工作正在全厂紧张进行。忙碌中迎来了一九五三年。

《人民日报》发表元旦社论：迎接一九五三年的伟大任务。厂党委会和工厂管理委员会的成员一起，组织了一次学习。鲁梓原说，事前已经通知了，个人先看两遍想一想，做个准备，现在就开始讨论。社论说，我国胜利地结束了经济恢复时期，进入了大规模建设时期。同志们可以谈谈自己的认识，当然还要说说我们怎样迎接一九五三年的伟大任务。

周耕有打头炮，第一个发言：“我是笨鸟先飞。报纸一来当天，我是一个字一个字地念，连带查字典，算是学了一遍，昨天晚上又读了一遍。夜里，开始怎么也睡不着，翻来覆去地想，国家的经济，没想到这么快就恢复了。三年多以前，物价飞涨，工人没活干，农民地里不打粮食，那是什么样，现在是什么样，变化真是太大了。再想，今后又要建成什么样，伟大！伟大到什么样？ 我还真是想不出来。就说咱们厂吧，新中国成立后建起了这个厂，生产了一二十种新农具，帮助农民多打粮食多产棉花，这是为国家经济恢复的贡献，也许这只算是个开始，还要让全国人民都吃好穿好，还要让农民兄弟的劳动得到解放，这任务可就是伟大了。”

提起变化来，打开了大家的话匣子，有些人用各种事例来说新中国成立前后的对比。有些人说艰苦建厂的不容易，那时厂里没有一块铁，没有一分钱。有人说起厂子最初不知道干什么，产品从不适用到能用到好用，经过了一番奋斗的经历。

余大地说：“去年我们提前超额完成了十万部各种新农具的任务，今年，全厂职工正在讨论的计划，预计是十二万五千部。我每天只知道忙，不觉过了一年又一年，回头一想，我们厂已经给农村送去这么多东西了，我厂产品已经销售到了全国大部分省、市、自治区。自己有时工作感到很累，但一想到祖国大地上，到处都在用咱们的新农具，精神就来了。”

老刘说：“我觉得咱们厂的人都有一个心气儿，给农民的东西，不单是要多，还必须物美价廉。七寸犁已经是供不应求了，全国农具会议上也给了好评，还一定要做最好的马拉犁。又经过这一年，五龙腾飞八仙过海的攻关，八寸犁（20号犁）不是已经通过鉴定了吗！”

李中功补充说：“算不算得上最好的犁，还得农民说了算。最近正打算再带上20号犁到农村试验，听取农民意见，也可以说农民点了头，那才是最后的鉴定。”

陈贵海说：“我理解厂子恢复生产是国家经济恢复的一小部分。但是对恢复生产要看怎么要求，农民用旧犁旧锄干活了，也可以叫恢复了生产。去年部里布置任务时说的是，农业生产要在恢复中发展，关键是提高单位面积产量，重要措施之一，就是推广使用新农具，我们提供的马拉犁，必须是最能增产的。”

岳廷似有同感地说：“现在说经济恢复时期结束了，我就想起四九年的时候，也是说‘恢复’这个词儿，那时心想的目标，只是争取早一天开工。”

方乡紧跟着说：“我记得那时，全厂只有几十个人。岳廷师傅带着人冒着危险找木材修厂房，杨成泰一些人不怕天寒地冻，日夜抢运机器，想的就是尽快让炉火烧起来，机器转起来，恢复生产就是要早一天干出活儿来。这几年陆续来了几百人，建起了这个厂子，要讲发展了，要进入大规模建设了。”

陶百谦说：“别小看这段恢复生产的历史，是过去想写写不出来的历史。我回国后，就听说有个中国农业机械公司，但是被美国的一些所谓顾问所控制。公司的工程技术人员曾设计试制过十几种农机具，由于美国人的无理阻挠，始终未能投入生产。有个美国人讲，中国不必自己制造机械，需要什么，一个电话到美国，很快货就到了，就是要使我们为推销美国产品服务，工厂成为他们的组装厂或修理厂。甚至，有技术人员为了提高公司生产的锄头的质量，对美制油压机作了一些改革，美国人就给扣上破坏美国机床的罪名，而要开除……社论说是胜利地结束了经济恢复时期，的确是一个大胜利，是我国人民被压制的生产力得到恢复得到解放的胜利。从我们一个工厂来看，恢复生产不只是有了厂房、机器，出了产品，从根本上说，在建厂过程中也锻炼了我们这些人，设计能力制造能力不断提高，今后可以做更多更好的农机具。”

李中功说：“我同意陶工说的，生产的恢复和发展不是截然分开的，恢复中，也为发展积累、创造着条件。去年厂子新农具产量达到十万，这是四九年恢复生产以来，从无到有，从小批量到大批量生产能力积累的结果。另一方面，农业生产规模大了，厂里正准备生产双轮双铧犁，耕宽比步犁增加了一倍，而其关键部件犁头，通用的是20号犁成功使用的犁头，不需要重新设计了。同时，有了生产步犁的经验和条件，双轮双铧犁很快就可以批量生产了。”

周耕有接着说：“双轮双铧犁装配的生产准备，也是总结了步犁生产的经验，在技术科、生产科一起努力下，打算采取封闭式流水作业线的生产方式，这在确保质量提高效率上，都是在步犁生产基础上的进步。”

说起新产品，有同志提出来，收割类的农机具该提上日程了，国家进入大规模建设，农业生产的规模大了，解决这个问题需求更迫切了。这是经常和农村用户接触的人，一些家在农村有亲朋好友经常联系的人，共同的心声。他们说：“收割麦子这事，现在不只是活儿苦活儿累的问题，随着农业合作化，还是原来小块土地上那样，手持镰刀割麦子，越发不适应了。”“每年一到夏收，许多地方都要展开龙口夺粮大战，咱们厂到时候也都要派人去支援，这大家也都有体会。”

焦俊生问：“生产收割机的事是怎么定的？如果决定了生产，要早做准备，尤其铸件要做模型，生产准备时间长，一定得提前安排。”

李中功说：“去年试制了三台马拉摇臂式收割机，经地里试验有些问题，现在改进设计工作已经完成，正在厂内做试验，如果没有问题，我建议可以抓紧小量试制二三十台，赶上今年麦收下乡试验。”

鲁梓原说："对于开发新产品的事，李总是早有准备。"

李中功说："这也是全厂的支持，现在有了试制车间，就有了专心开发新产品的好条件。"

鲁梓原说："我们是不是有这样的体会，现场做着手里的产品，同时要准备着下一步的产品，不能事到临头才动手，那样各种矛盾、损失就大了。成批大量生产的工厂有个连续性，不能像修理厂一样，干一件说一件。"

陶百谦说："技术工作的规范性要求也必须注意，这也是机械制造厂的特点。"

鲁梓原说："是，是的，这个问题老陶同志提醒不止一次了。"

余大地说："我想强调一下，就我们这样成批大量的生产，全厂从上到下、左右之间都要树立整体观念，工作中，这方面体会太深了。"

文君生说："我知道大地想的是什么，生产规模大了，相互之间联系复杂起来，生产管理上经常出现扯皮现象。不过，去年学习黄时普仓库管理经验，开展'三查一定'活动以来，也已有了许多进步，各部门在主动为车间生产服务方面，都取得一定成绩，黄时普的仓库工作也有了新进展。原来定的今年年初搞一次总结交流，还没安排。本来我想让几位同志结合社论学习先说一说，看起来今天时间也来不及了。"

就工厂管理问题讨论起来，头绪多、矛盾多，许多问题的认识也不完全一致，大家各抒己见议论起来，争辩的问题，一时还难以打住。

鲁梓原最后归纳了一下，说："这次社论的学习，同志们对我国取得经济恢复时期的胜利，对它的重要历史意义都清楚了。对大规模建设时期，建设任务的伟大，也有了一定认识。伟大到什么样？老周师傅说，还真想不出来，通过学习讨论，可以说，起码明白了在这个伟大的任务中，我们厂的那份责任，也明确了今年任务的具体要求。"对当下的几项工作，他安排说："生产上，今年十二万五千部新农具的计划，全厂职工正在讨论，看起来不会减少。大地，你的分季度计划，特别是一季度的月计划，可以具体组织落实了。关于双轮双铧犁投产工作，还有马拉摇臂收割机小批试制问题，也可以与李总、陶工研究做具体安排了。关于去年定下来的，‘三查一定’管理工作经验交流会，可以结合最近要召开的一次工厂管理委员会（扩大）进行，君生同志你就准备吧。关于20号犁的下乡试验，我同意尽快去，认真听取一下意见，请农民做个最后鉴定，回来抓紧很好总结一下经验，也完善一下需要解决的问题，这也和双轮双铧犁顺利投产有关系。我这样想，在这两项总结基础上，把厂子的技术和管理工作再向前推进一步。我们自身强了，就敢接、就能接国家大规模建设给我们的重要新任务。”

真是个好犁

20 号犁的下乡试验工作，由李中功、余大地、鲁梓原分别组织了三个小组，前后脚都出发了。李中功一直惦记着要到老倔头那个村去，赶在天气还未完全转暖以前就得去。土改时，老倔头在村里多分到一块地，在一个小土坡背阴后面，见阳光少不说，遍地乱石杂草丛生，别人都不要。他想，就凭自己这把子力气，一定能把它拾掇出来。去年李中功到这个村搞试验，村民对七寸犁虽提了一些问题，总的都说比旧犁好使多了。

老倔头拉着李中功说：“来，到我这块地上试试你的新式犁。”那时也正是才开始春耕，大部分地面刚刚解冻，他这块地，太阳每天照顾一小会儿就转移走了，冻的还硬着呢。犁走了一趟，犁尖磨秃了，才深下去不到一拃（长度单位），碰上石头草根，就推不动了。老倔头叹了一口气说：“也是不行，算不上什么好犁。”

乡亲们说：“行了，老倔头，谁家造犁供你这荒地使唤？你瞧着多得这块地是个便宜，你就自个慢慢收拾吧。”

李中功对这件事一直放心不下，好像欠谁一笔账似的，厂子下决心要造最好的犁，可这还算不上是好犁。这天，他和甄宇柱、程志强又来到这个村。村干部一见，他们扛着的犁样子和去年差不多，就笑着说："怎么还要试啊？上次试的结果不是都说了，你们那个七寸犁不错，村里都商量着要买呢，到时候你们保证供货就行了。"

李中功正经地说："上次提的问题已经做了改进，今天再请给鉴定鉴定。"

村干部说："咳，哪有十全十美的，那几个意见，问题不大，不碍事。"

李中功说："全厂委托我们来，再听听意见，一定要让农民兄弟满意才行。"

他们边走边说，在一个公路旁边，看见有个村民正在耕地。村干部想，就在这儿找块地试一试，完成接待任务就得了，就说："李同志，咱们就在这儿试试行吗？"李中功说："可以！"他转身看了看跟着走过来的人群，说:"是不是把老倔大叔找来一块儿试？"村干部说:"甭找他啦，他一来又要扯上他那块荒地。"李中功说："是啊，咱们这儿试完，就到他那块地里去。"二人意见不一。村干部笑笑说："您一定要找他来，可别怕搅了您的试验工作。"说着，在人群里指派一个毛头小伙子，"去！把你倔大爷找来。"

这边，那个村民解下旧犁换上新犁，在地里耕了一个来回，开始，人们还叽叽喳喳的议论，后来就都眼睛盯着看，鸦雀无声。只见犁镜前面的土垡被平整的铲起来，把它像拧油条一样的翻扭一下，将阴土翻上来，连带使一些害虫虫卵暴露在地面，也把地面阳土连带杂草翻下去，埋得严严实实。犁停下来，人们围了过去，注意到犁镜是个曲面，锃光瓦亮，再把耕过的土扒开，下面硬土面是平的，说明每一寸土都耕透了。那个村民转身走到自己用的旧犁和刚耕过的地面上，一些爱研究个理儿的人也跟了过去。他蹲下来，仔细对比看，像是自言自语，又像是向人宣布什么发现："看！区别在这儿：咱这犁犁镜是个斜面，土垡冲到它上面，冒起一尺多高，然后摔下来，靠这一冲一摔，土垡在地上一滚，原来阳土有的仍然朝上，阴土仍然朝下，翻土不彻底，害虫晒不死，杂草也不能闷死变肥。”不等他说下去，有人急于说出自己的观察：“人家新式犁，土垡经过犁镜曲面，有个翻扭的劲儿，让阳土阴土完全翻了个个儿。”还有人说：“土垡进入新犁犁镜的时候，好像手掌握挤了一下，都被挤碎了，碎土的功夫特别好。旧犁不行，想着它这一冲一摔能碎，实际上是碰运气，还留有好多土坷垃。”人们越说越有劲儿，那个村民站起来说：“刚才都看见了，新犁犁镜前面的土垡是平整铲起来的，也看见耕过的松土下的硬土面是平的。为什么？大伙再看，它这犁铧是平底，咱们旧犁犁铧是三角形的，犁底是尖的，耕过地下面的硬土地像锯齿一样，有沟埂，它没有耕透，不能深耕，也不利蓄水保墒。”还有人抢着说：“苗株出来还高低不齐呢，肯定影响庄稼生长。”

李中功向大家解释说：“这位兄弟看出来了，旧犁铧犁底是尖的，新犁犁铧是平底，为什么反倒拱地更有力呢？因为用上了新材料，材料经过了技术处理，硬度和韧性都提高了。”又说：“大家还看到了土垡经过犁镜有个翻扭和握挤的力量，翻土彻底碎土也细，因为它是个光滑的曲面，旧犁镜是个斜面就不可能。其实七寸犁犁镜也是有曲面了，但是曲度多大多小，效果大不一样，为了犁镜有个理想的曲度，我们经过了一次又一次试验，才有了今天这个效果。”

人们都笑了，鼓起掌来。有人问：“现在这犁不是七寸犁，叫什么犁呀？”

李中功回答：“叫20号犁，意思是耕宽20厘米，也就是八寸。”

人群里有的小声说：“记住，买犁时要20号犁。”

李中功一抬头，看见老倔头正站在那里，听大家说话，不时点点头，他忙走过去说：“老倔大哥来了，我这样称呼您，是不是不合适啊？”老倔头摆摆手说：“没事儿，村里都这样招呼我，我承认自己倔，好认个死理儿。多少年了，坏毛病改不了。上次我说话不中听，您可别介意，其实，我应该称您大哥才对。”

李中功说：“不，不，看起来您长我几岁，理当为兄。”

老倔头说：“不是这么说，你们从北京工厂来，工人阶级就是老大哥。”

李中功说：“咱们不客气了，说说您那块地怎么样了？”

村干部说：“李同志还非要去你那儿试试这改进后的犁不可。”

老倔头说：“当然欢迎了，不过那块姥姥不疼舅舅不爱的地，就让我自己鼓捣吧。加上去年这一年，过去三年我收拾出一小块来，不管庄稼长好长坏，反正今年下种试试。再有三五年全给整治好，功夫不怕有心人不是！你们工厂大事多，就别为它操心了。”

李中功说：“厂党委说了，农民有块地不容易，你们的困难就是我们的任务。”

老倔头说：“我懂，这就是共产党说的工农联盟，你们也不用着急，重要的活干了，有空就帮助想想办法。”

李中功说：“一次不行，咱们再改进。”说话间，来到老倔头那块地上，围观的人都跟着过来了。这时春分节气刚过，寒意还未完全消退，这块地又在背阴处，人们都在想，碰上这冻硬的地面，会有麻烦。老倔头亲自扶犁，走了一二十步，挪出犁头来看，没有明显的磨秃现象和裂痕。他心里想，这块地是自己整理过的，不应该有大问题，他有意识地移到了一块未经收拾过的地方，把犁放下去，才几步，犁头就被茅根顶出来了，再放下去，又顶出来了。有些人愣愣地看着，老倔头扶着犁把想，继续？还是停住？不知如何是好。

李中功走过来，他心里有底，在厂里农场试验碰上过这种问题，他把导轮提高了一些，又把调节板向上移些，眼看着牲口一拉，犁辕前端被压低，犁铧顺势斜插下去，耕深慢慢增加，约有一拃二指多深，还能保持前进。正当老倔头和人们担心这样深可能要耕不动的时候，只听得喀巴喀巴响，把所有的茅草连着老根混着杂石都翻上来了。又这样走下去……小孩子开始欢呼起来，接着好多人都喊好，村干部跑过来和李中功等人握手。

老倔头连声说：“好犁！真是个好犁！”又说，“这块地长粮食，不用再等三五年了。”他捡起一串刺叶，和李中功分析着说：“你看，这东西的一根粗根埋在地下可结实了，加上跟乱石头土疙瘩缠在一起，旧犁切不断它，扎的再深，犁不到，每次耕过就跟剃头一样，过些时，又从下面老根上长出来了。你们这犁耕得深又克硬，连老根都掀出来了。这旦有学问，你们总结总结，种地就需要这样家伙什。”他突然拉过李中功和村干部的手，举起来，大声说：“谢谢工人老大哥！”

李中功想说感谢农民兄弟，感谢乡亲们，最后还是习惯地说：“谢谢同志们，这成绩的取得和你们也分不开。我们不止一次到这个村来，每次试验，都从你们这里得到许多宝贵的意见和建议。上次来，正是老倔大叔说算不上什么好犁，将了我们一军，才会有今天，先得谢谢老倔六叔。”

众人都笑起来，老倔头说：“不提了，过去的话不提了，现在说说，你们几个人在这儿住一天，歇歇脚？”

李中功说：“不了，约好了还有任务呢。”村干部一再挽留，拉上老倔头一起，到他家吃了午饭。金黄的玉米面贴饼子、玉米渣粥。吃饭间，聊起这庄稼上的事。老倔头说：“从耕播到收成、整地、浇水、上肥，样样活都得上心，差一点，它就在打粮食上给你找齐儿。可现用的家什，有几样你们的新农具，不少还都是用老年间留下的东西。李大哥，这事可就得靠你们国家大工厂了，光有好犁还不够……”村干部也说：“看电影，苏联集体农庄的人，开拖拉机，坐着就把活儿干了，咱们不知什么时候能赶上那种日子。眼下，合作社搞起来了，地界面越来越大了，用不上拖拉机，能用什么呢？”

李中功说：“咱们想到一块了。先还说耕地的事，厂里已经研制了一种双轮双铧犁，比现有这犁效率提高了，耕宽加了约一倍。”

村干部高兴地说：“好呀，出厂的时候，您可要想着我们这儿。”

老倔头说：“不用等出厂，你们还到我们村来试。”他得意地笑起来。

李中功说：“好，就这么定了。”

饭后，老倔头一定要送他们，赶着一辆大车，走了十来里，一直把他们送到车站上。

在候车的时候，看见不远处一个广场上，车水马龙，人声嘈杂。一问得知，是地区农具站人们正在购买新农具的热烈场面。

走近只听喊："我要那个八寸犁。"提货人要求。

"七寸、八寸都一样，也就是犁耕宽一点。"发货人说。

"不是，是要新名叫20号犁的，那种红颜色更红的红犁。"

"都是红犁，你们就别挑了，我知道你们想要什么。"

有等着提货的人还不明白，见有提了货的人走过就问："都抢着要红犁是怎么回事？"

那人说："你们还不知道？这个红犁是工厂新改进的一个品种，叫20号犁……"他停了话，想了想，"它怎么个好法儿，一两句话也跟你说不清楚，这么说吧，大伙儿一般犁耕有多深，再加深耕二指，人不用扶把，犁仍可以平稳前进，一往无前。"他抬起右手向前方一指："这犁能有多好，你们去想吧……"他说着笑着赶着车走远了。

发货人的门前，要"红犁"的声音不断……

李中功这个试验小组在其他两家的试验都取得了成功。

余大地试验小组，有意识的选了两类试验地点。一种是大多还是互助组的村子；一种是基本上建立了合作社的地方。试验结果，对20号犁都非常满意，但是也遇到一些应当注意的问题。在一个村里，那天正赶上几个互助组的人围着一个七寸犁发愁。听说又来了新改进的犁要试验，都不愿意搭理。原来是他们听宣传说七寸犁怎么怎么好，互助组里凑钱买了，可是一下地，犁身左右倒，犁后踵不着地，扶着费劲，犁过的地凹凸不平，就埋怨干部的宣传净是卖嘴。余大地等人一边解释，一边请大家一起到地头上做了示范。怎样使用犁前端的导轮、犁刀，人扶着就稳当了。又介绍演示了怎样使用深浅调节板，调节入土深浅，怎样使用左右调节板，调整犁地的宽窄。一试，果然有效，完全解除了大家原来的疑虑。余大地征得他们同意，把带来的20号犁换上，大家看着翻土碎土更不一样了，效果更好了。余大地看见旁边站着一个十二三岁的小男孩，就让他过来扶犁看看，照样能行。又让他把手挪开，没有人扶把的犁，仍然可以平稳前进。一下子，人们围上了这个犁，前看后看，围着余大地几个人问这问那，议论着说，正发愁家里缺全劳力呢，这可好了。余大地由此想到：新犁是好，可因为结构复杂了，要让农民学会使用才行。

在两个合作社的试验，人们看到20号犁不仅比七寸犁提高了效率，使用也更便捷了，更适用了，黏土地里也好用。当下就提出要购买，希望赶上春耕就能用上。唯一的问题是，犁再好，总有磨损了坏了的时候，在使用过农具的经验里，都碰到过麻烦，要换个零件可难了，不是买不到就是装不上。余大地的人当场给20号犁换了一个犁头，螺丝螺孔位置完全对应，换装毫不费力。这一来社员都信服了，说买这样的犁使着心里踏实。

余大地对大家说：“犁的零件都标准化了，大家尽管放心。至于提出零件不好买的问题，提醒了我们，在排产时只重视安排成品计划，对零部件缺乏按合理比例安排配件生产，我们今后工作一定会解决这个事。”

鲁梓原带人去的地方是几个特约用户，去年已经把犁发送给他们了，请他们协助试验。经过一个作物生长期，可以看看总体效果如何。特约用户们都很认真负责，大都做了20号犁与其他犁的对比试验。

山西一个特约用户地里种的是棉花，开始因为天气干旱，棉苗刚出土，新旧犁区的苗株没有多大区别，有人就说，新犁也新不到哪儿去。到后来的雨季时，新犁区棉株有五十多厘米高，平均每株有二十多个棉桃，叶色黑绿。旧犁区棉株只有四十三厘米高，平均每株最多只有十六七个棉桃，棉叶发黄萎靡。

山东一个特约用户在一块地上划出两亩来，新旧犁各种一亩，种的是谷子。每亩地都下了一斤半种子，上了十斤豆饼，锄草浇水都一样。都说新犁耕地里苗长得好。秋收前发现谷子得了白发病，但是在旧犁耕地里占百分之七。新犁耕地里只占百分之一，收获后每亩产量，旧犁区打一百五十六斤，新犁区是一百七十二斤，增一成多。

鲁梓原等人每到一地，都先到试验地里去，就地向参与试验的农民询问耕地及其后庄稼生长的变化过程，同时也了解到目前春耕的准备，有什么打算？ 邀请用户的老农们座谈，认真听取他们对20号犁使用情况的评说。

特约用户的试验结果，都说明20号犁各项功能的优势明显，最让人满意的是提高了单位面积产量，能增产。这是完全符合当前农业生产发展方针的，鲁梓原想起部里领导同志分析全国农业生产形势的讲话。而且，普遍反映，在抗击病虫害、增强肥力和保墒能力，以及适应不同性质土壤等等方面，也都比七寸犁或厂子生产过的其他步犁效果更好更完善。

鲁梓原想，去年在全国农具会议上，七寸步犁被称赞为“中国式的农具”，这20号犁大概可以算是中国的好农具了。全厂职工决心要造最好的马拉犁，看起来，这个目标可以实现了。想到这里，他感到一种如释重负的愉快，不只是因为一项重要任务的完成，而是在事业追求的道路上更有了信心。

全心全意造红犁

三个马拉犁试验小组回厂的时候，全厂正在为完成三月份生产任务紧张奋战。一季度工作日少，赶上元旦、春节放假，去了四天，二月又是小月。全季安排了三万部新农具，接近年计划的四分之一，是去年同期的百分之一百二十，加上其他因素的影响，这时距离月底只有五天时间了，完成总装任务还差三千多部呢，哪里出现薄弱环节，哪里的人就加班突击。余大地一脚刚迈进工厂大门，立即投入了繁忙的生产调度工作中。在全厂职工努力下，装配车间连日连夜的工作，终于在三十一号傍晚，完成了一季度计划。

工厂管理委员会（扩大）开了一次会，按年初安排，对去年学习仓库管理工作经验，开展“三查一定”活动情况进行了总结交流。结合最近生产上出现前松后紧的情况，大家在讨论中有了新的认识：工厂管理工作好坏，不只是看一个部门一个单位，科学管理不只是有条理、有章法，大规模生产的连续性、协调性，都要求有整体意识，仓库管理积极主动为车间生产服务，实质反映的也是一种全局观念。有了这种统一认识，认识到工厂生产也是“步调一致才能得胜利”。一致的意见，除了每个同志都要提高自觉性，必须加强计划管理，要在现有计划工作基础上，逐步地由粗到细编制实施作业计划，争取使生产秩序能很快好转，克服前松后紧，实现均衡生产。

马拉犁攻关总结会于四月中旬召开。会上，三个下乡小组分别作了试验情况的汇报。

鲁梓原说：“这次20号犁下乡试验，取得了圆满成功，等于是得到了农民给予的最后鉴定。我们三个小组十几个同志座谈总结了一下，认为马拉犁攻关成功的基本原因有三个。第一是，共产党、新中国让我们得以有这样的好条件，是敞开思路、放开手脚、坚持创新的结果。第二是，全厂职工决心要为农民生产物美价廉的新农具，三年多奋斗的经验积累是攻关成功的基础。第三是，几年来近二十万部犁在农民手中使用，他们反馈的意见、批评或建议，是我们设计制造最好马拉犁的重要依据。今天我们一起回顾总结一下，具体工作是怎么干的？好犁是怎样造出来的？还是先从设计工作开始，先请李总发言。”

李中功想了一下说：“我认为，这应该从厂里把犁作为主导产品说起，我们在农民最关心、最需要的事情上下最大的功夫，就一定能得到农民的积极支持，这是造好犁的前提。多次下乡，听到农民这样一些俗语：‘纵有良田千万顷，收成多少在于耕。’‘土改分得一片地，打粮首靠一张犁。’‘儿要亲生，地要深耕。’这说明农民多么看重犁的作用，多么需要一部好犁。我们为了做出这样的好犁，经过了曲折反复的努力，我有两点体会：一是自己要弄清它的原理，克服仿制的盲目性，才能掌握最佳设计要求。二是自觉搞好设计工作中几个相互结合的关系。”

他还回忆了“退货事件”。有了光靠仿制行不通的教训以后，为了自己掌握犁的原理，曾翻阅了能够得到的国内外资料，并且从旧犁包括古代犁的好经验中，认识到犁的耕地功能，最有效的状态是翻土要彻底碎土，要细密耕深耕透，直接实现这一功能，主要靠犁头。他把带来的一个犁头部件放在桌面上指点着说，重点是它的犁镜和犁铧两个零件。相比较，旧犁所以效果不如新犁，主要因为它的犁镜只是有个斜度，而新犁犁镜有一个曲度。这在前面汇报的农村田间试验中有了对比的说明。

他说："这个问题在我们现在生产的犁上已经注意了，七寸犁犁头就是个曲面，但是曲度不理想，达不到翻土碎土彻底的细密的要求。我看到的美国资料，说明了犁头曲面的性质，但不能画出图来，苏联的一本机械百科大全，列有公式能解决曲面设计制图的方法，但要找到最适用的最佳曲度，就必须针对我国农村情况自己解决。20号犁的成功，正是这样做的。这就是说，掌握了犁的原理，设计工作要和田间耕地实际相结合。"他接着说："为了有一个理想的犁头曲面，没有捷径可走，只有一次一次的修正犁头曲面，从田间地头试验中去寻找。最初我们设想的一个曲面，是剪一些铅板，用小锤子慢慢敲打，经过一个多月，才弄出一个粗略而极不准确的样子来。如此做法，显然不能完成一次又一次的试验工作。于是，我提出对其犁镜制作模型的两种方法：第一种按角度和胫刃曲线，把木块层层叠起，然后把面刨光，把后边按弯度挖空；第二种是用整块木料按样板雕刻。而模型师傅提出的做法是，先制样板，再用和犁镜差不多厚的小木条，一根一根地按样板粘起来，然后把外形一锯，两面刨光，这样做，既准确又省工省料，为必须反复试验的设计工作提供了条件。这个事说明设计人员的设计工作，也要和工人实践经验很好地结合。"

由此，他提到了另一件事："尽管经过多次试验修正犁头曲度的设计，但下地耕作时经常会发生土黏、拉力大一类的问题，翻土的有效作用仍是不能顺利发挥出来。研究发现，问题是犁头表面不光滑造成的，而这种不圆不平的曲面在磨床上干不了，光洁度应当怎么样确定呢？开始是工人抱着十几公斤的犁头，放在腿上，顶靠上砂轮磨，由于工件不稳定，不仅表面粗糙，甚至曲面被磨走了样。后来工人和技术人员共同研制了一种犁头架子，双手握把端起，可以随犁头表面曲度活动，在普通砂轮上磨一遍，再在自制的布砂轮上抛光一遍，这样，顺利通过了在地里的耕作试验，使光洁度设计有了可行的理想标准。可是这样的劳动，工人双手一直处于剧烈的震动中，件件犁头如此磨，天天生产这样干，造成十指指端发白，血流不畅，握住双手的感觉始终处于冰凉的状态。就是这样，为了满足不断增加的产量，工人之间还展开了竞赛，不断创造新纪录。”

他深情地说：“在乡下试验时，农民看见了犁头锃光瓦亮，说明它不只是设计的成功，实是这里面包含着工人同志多少无私奉献的牺牲精神啊！有了理想的曲面，加上磨光，还没有彻底解决问题。”他说，“试验中发现，耕后的地面成锯齿状，原因是旧犁铧为三角形，犁底是尖的，于是新犁铧的设计改进为平底，耕后扒开上面的松土，下面的硬土面是平的，没有了沟埂不平现象，每一寸土都耕透了，也使翻土时土垡是被平平整整铲起的。这才做到完全最有效地发挥了犁的关键功能。当然，只是这样说，还是有疑问的，我在乡下时向农民解释了，新犁铧是平底，还要它比三角形的旧犁铧拱地更有力，就要有相当的硬度和韧性，这是因为我们在制造过程中采用了新技术。怎么采用的？待会儿请陶总和铸工车间同志来讲。这个事实说明，马拉犁攻关的成功，是和设计与工艺技术结合密不可分的。至于犁的其他方面设计工作，就工作经验来说，主要都是如此，不去细说了。”

陶百谦站起来，顺手从桌上把犁头拉近自己，手摸着犁铧说：“设计提出了对它的硬度和韧性要求，我们知道它的重要性，犁在耕地时，犁铧起着开路先锋的作用。”

一般常识知道：犁铧是一个铸件，在普通铸件里，灰口铁的韧性好，不易断裂，白口铁的硬度强，耐磨。他说：“有一种新技术——冷铸，可以满足犁铧的需要，使铸件表面似白口铁硬，骨子里有灰口铁的韧性。要用这种技术制作犁铧，有几个影响的因素：原料配比、化学成分、铸型和铸件的壁厚、熔炼及浇注的温度等。为了掌握冷铸技术的要求，自然会遇到许多问题，但是我们坚信试验、研究、改进，总能成功。最大的困难是试验结果只能靠锉磨、目视来判断。大家知道，厂里当时没有必要的测试手段，拿不到准确数据，就达不到试验目的。于是，只能到清华大学请人帮忙。这个任务具体都是由冯治生和车间小谢来完成的。他们每次都要带着沉重的铸件，从北京东南蹬车到西北，几十里地，为了及时拿到试验数据，不管刮西北风还是下大雪，从没有耽误过，大冬天流汗湿透了衣裳，自行车带补了又补，半年多时间，新车带就换了六七条，克服了种种困难，我们终于试制成功了冷铸的平底犁铧。不仅地耕的透，沙土地里也耐磨。”他笑着说，“正如李总下乡试验的情形，即使碰上石头、茅草老根，喀巴喀巴响，照样能耕。”

这里插说一个情况：在改进了犁的设计后又克服种种困难用上冷铸新技术，实现了犁铧内部有韧性、外部硬度强的要求，解决了造好犁的关键问题。部里在表扬鼓励同时，在国家外汇紧张的情况下，设法为工厂进口了万能材料试验机、金相显微镜等最急需的基本测试仪器和设备。

“这里我要讲另一件事。”陶百谦说，“刚才李总着重讲了犁头问题，其实，他们在设计中对犁的其他部分也是很重视的。比如，犁柱是连接犁头与犁架并起着重要支撑作用的零件，耕地时，经常受到震动和冲击，吃力很大，出现过裂缝或扭断的质量事故。我简单说明一下这个问题，那时是用普通铸铁做犁柱，普通铸铁主要由铁和碳两种元素组成，相对说，它含碳较多而且分布不匀，在显微镜下看，可以看出它里面石墨（也是一种碳）的形状是一片片、一条条的，要想加强铸铁强度，关键在于改造这些分布不均匀的石墨片条，使它们变成均匀的颗粒微小的球墨。这种球墨铸铁的抗拉强度，最高可以达到每平方毫米八十公斤，在这个范围内完全可以满足犁柱的设计要求。我们决心采用球墨铸铁做犁的铸件，我们知道它的原理，也有了一定的测试手段，但也不会是一帆风顺的。咱们请焦主任谈一谈车间试用球墨铸铁的经过。”

焦俊生接过话来：“球铁的试验方案和试验过程中问题的处理，主要都是陶总出主意。采用球墨铸铁做铸件，是要在铁水中加入一种球化剂。

最初我们是用铜镁合金作球化剂。每次要把铜和镁熔化铸成块，再砸成小块，才能往铁水中放。如果一天化五吨铁水，就需要两个人来准备铜镁合金块。这种做法浪费铜，成本高，而且操作麻烦，苏联的经验是用纯镁作球化剂。我们的人也想用纯镁作球化剂，但因厂子设备不完善，而镁遇见铁水容易爆炸伤人。好几个同志自告奋勇要做这个试验。吕师傅说，不入虎穴焉得虎子。小谢说，黄继光为了部队的胜利，义无反顾地冲向敌人碉堡，咱们一定要把纯镁这个碉堡拿下来。有勇还得有谋，大家想了个办法，拿根三尺多长的铁棍，棍头上安个铁钟罩，罩里放着镁，加镁时，人拿着铁棍把镁放到铁水里，镁遇铁水爆炸时仍是有危险。后来，改成把铁钟罩放在一丈多长的铁棍当中，两人抬着加镁，这个办法只是人离爆炸比较远了一些，还是不安全。再后来，集思广益研究出一个办法，改进了钟罩的形状，使镁缓缓进入铁水，又在铁水包上加了铁板，防止铁水溅出来。经过几次改进试用，解决了加纯镁防爆炸伤人的问题。这样，结合如何合理配料掌控温度等方面的一次次的试验改进，终于取得了球铁试验成功。犁柱完全可以放心大量生产了，同时还有一大收获，用纯镁比用铜镁合金按每天化五吨铁水计算，一个月可以节约一亿三千万元（旧币）。”

听了介绍，会上不同人受到不同启发。

余大地说：“球墨铸铁攻关成功，可以大量生产了。但是犁柱在大量生产中，可能有各种原因影响质量，我知道铸工车间同志还创造了犁柱扭力强度检具，非常简便，对犁柱进行百分之百的扭力检验，不合格的决不进装配，保证了农民在使用中可以完全杜绝断裂事故。”

李中功赞同地说：“的确是这样，一个攻关项目的成功，也需要相应的辅助保证措施。在犁镜曲面设计试制时，我们设计科还搞有测验犁镜曲线的‘简易测犁仪’。在各种畜力机械设计中，要测验所需拉力时，还搞有‘拉力仪’。这是甄宇柱他们青年同志在机加工车间协助下制成的。”

陈贵海说：“都是相互协助，在试制半自动套扣机时，曾遇到一个难题，自制弹簧的强度和弹性掌握不好，一直影响自动控制部分不能正常进行。是锻工车间热处理小组想了多种办法才解决的。他们小组刚刚成立，犁刀淬火也是马拉犁攻关项目，也正在调试的时候，但还是不怕麻烦的帮助了我们。”

陈贵海的发言，打开了众人热烈的话题，马拉犁攻关成功是五龙腾飞八仙过海，也把群众技术革新的兴趣和劲头带起来了，于是“窍门满地跑，看你找不找”这句话就风行了起来。

文君生插话说：“去年劳动竞赛的情况统计中，技术革新方面，不算日常生产中随改随用，所说的小窍门和有经济价值的合理化建议就有一百八十多件，大部分已经实现或正在研究试验中。”

陈贵海又说：“群众的热情不能小看，一项技术改进，不管大小，总会有些困难，关键要自信，不能瞧不起自己。我们这些人，过去哪儿自己搞过设计制造机器呀！车间田景义师傅和技术科同志一块儿，为了研制套扣机，经常为了一个问题，整宿睡不着觉，眼睛都熬红了，就凭着这股一定要搞成的劲头和信心。”

这时，鲁梓原说：“大家总结的比较全面，为做这个犁，都做了什么工作，怎么做的，都说到了，我们花了差不多一两年时间。是什么力量促使我们一定要把这个好犁造出来呢？七寸犁不是已经供不应求了吗？我回想了一下，‘退货事件’后我们吸取了经验教训，工厂的工作走上了正确的路，马拉犁产量增产很快，质量也不错，在五一年全国第一次农具会议上被誉为‘中国式农具’。可是，当会议代表来厂参观时，得知咱们铸件的机械性能测试，还是靠目视和经验，就说这么大厂的农具质量比小铁工作坊也好不了多少。还有，李总在农村做七寸犁试验时，一位老农曾经感叹地说‘也是不行，算不上什么好犁’，这两次的将军，让我们不得不好好想一想。李总说，就犁的主要功能要求耕得深、翻土要细来说，无论是理论上，还是和美国农业生产比较，咱们的犁都存在一定差距，还有潜在功能没有充分发挥出来，的确不能算是最好的犁。”

他环视了一下周围的人，接着说：“大家还记得吧，当时同志们都说，如果是农民从我们厂买走的犁，我们知道它是个功能还不完全的，心里一定会觉得不安，对不住农民兄弟。大家决心不管有多大困难，也一定要造出充分发挥了潜在功能的马拉犁。”

这时有人抢着说：“当时大伙儿就是这个思想，后来就把决心变成了行动，造好犁要用上冷铸新技术，没有必要的测试手段，就做一次试验跑几十里去清华大学拿到一个实验数据。”

还有人说：“为了提高犁柱的抗拉强度，要用球墨铸铁新技术，虽然有了试验仪器，但因为试验设备不完善，不怕冒着可能伤人的危险，也要千方百计做试验，用上球墨铸铁新技术。”

人们一个一个地说，为了确保耕犁翻土顺利，是怎样把犁头磨得锃光瓦亮。为了确保犁柱百分之百合格，是怎样创造了犁柱扭力检具的。

鲁梓原说：“正是因为大家有这样一心一意对农民完全负责的决心和意志，才有了刚才大家总结工作里那些成绩。把七寸犁变成了20号犁，变成了最好的马拉犁，变成了北京红犁！可以说，这是我们大家全心全意为人民服务思想的胜利。”

艺术家带来文化生活

鲁梓原从市里开会回来，有两件要做的工作，让他想了很多。一是组织学习党在过渡时期总路线[1]。二是传达中央关于实行粮食计划收购和供应的决定。总路线明确了，现在的工作，是正在走向社会主义的道路上，社会主义——共产主义的初级阶段，作为一个共产党员，意识到这一点，他非常兴奋。总路线提出的“一化三改”的任务，让他感觉到了责任：国家要工业化，机械工业是工业的心脏，农机工业应能直接为农

1 中共中央提出的党在过渡时期总路线，即：“从中华人民共和国成立，到社会主义改造基本完成，这是一个过渡时期。党在这个过渡时期的总路线和总任务，是要在一个相当长的时期内，逐步实现国家的社会主义工业化，并逐步实现国家对农业、对手工业和对资本主义工商业的社会主义改造。”

业提供现代化技术装备，这就要求工厂必须有先进的技术和管理，自己所在的这个工厂还有很大差距。粮食要统购统销，表明农业亟须大量增产，作为农业机械厂，应当为此作更大贡献。

他想到，20号犁大量生产送往农村后，普遍反映是个好犁，订货日增，农民亲切地叫它“红犁”。

想着想着，一进厂就走进了装配车间。

周耕有看见鲁梓原走过来，对他说：“你看，最近车间忙得有点乱，步犁产量一劲增加，这不，眼看‘十一’国庆节到了，预计前三个季度完成十万，年底只要零件供得上，十二万五千的计划肯定要超额。”

说起完成任务来，他就止不住兴奋。两个新产品也开始上场了，新厂房窗户没装齐，墙没刷白，生产线已经开始干活了。

“这么忙，你可得注意保证质量啊！”鲁梓原专心地嘱咐。

“没问题，双轮双铧犁的封闭生产流水线，完全按规范要求布置，线上只有待装零件和必需的扳手等工具，我把什么榔头、锉刀都收起来，工人们都订好了规矩，彻底克服干修配活儿的旧习惯。这儿是装配车间，不是修活儿作坊，对不对！”周耕有说话时，显示着决心。

鲁梓原知道，随着制造最好马拉犁的成功，厂内的技术工作的规范化和技术革新活动也得到了促进。他一边想着一边走向热处理车间，要去看看犁刀淬火新工具。当他欣赏着增效九倍的劳动成果，看得入神时，忽然有人在背后碰他一下，又推他出了车间，并且说：“鲁厂长，您怎么到这儿来了，让我好找，于师傅不是跟您说好了吗？国庆游行仪仗队排练，请您去看看，已经练好半天了。”

来人是厂工会干部，他说的于师傅正是去年抢救变压器那位电工，现在担任厂工会主席，去年因为焦俊生、文君生本职工作越来越忙，不宜再兼任工会工作，于师傅作为厂工会委员，群众威信好，又是建厂元老，委员会上大家推举他任专职的工会主席。这时，鲁梓原忙说忘了忘了，表示歉意。跟着二人快步来到厂区的主干路上，远远就听见“一二一、一二一”节奏的哨音，伴随着整齐的步伐声。

走近后，只见最前面是八人一排，四排三十二面红旗。接着是一边两人、四人抬着的伟大领袖毛主席巨幅画像。后面有两块横五米多的大幅标语，同样是一边两人四人抬着。

一幅是：伟大的光荣的正确的中国共产党万岁！中华人民共和国万岁！

一幅是：为农民制造物美价廉的新农具，为提前完成一九五三年国家计划而奋斗！

跟着，一个装饰鲜艳大方的平台，装有车轮，由人在下面推着前进。平台上，前面摆有一台步犁、一台耘锄，后面放着双轮双铧犁、摇臂收割机。

平台前沿横板上的文字是一九四九至一九五三年完成新式农具三十万部。平台裙围四周画着各种农具，最引人注目的是，行进时将朝向天安门的一面，在画着一望无际金灿灿的麦田里，一台谷物联合收割机正在前进，既表示祝贺农民兄弟丰收，也是全厂职工为农业机械化奋斗的心愿。最后是男女八十人组成排列整齐的腰鼓舞队。

于师傅、文君生等人以及一些下早班的工人已经在那里。鲁梓原来到时，正值刚走练完了一遍，队伍组织指挥者正在鼓励大家：“十一”那天，全厂一千多人队伍走的齐不齐，精神不精神，要看我们仪仗队了，尤其腰鼓队，鼓点儿一定要齐，声音再大一点儿。

有人嚷道：“那就再来一遍，让书记看看合格不合格。”

鲁梓原笑着朝人群按按手示意说：“好！同志们先休息一会儿。”转身看着红旗、平台、标语、画像，他问：“谁画得这么好，毛主席像画的和天安门上的差不多。”

于师傅说：“是工会宣传委员老辛同志画的，还有那幅联合收割机收获麦子的图画。”

鲁梓原说：“啊！看了就好像自己站在麦田里。”

于师傅说：“有些青年人看了想跟他学学，咱们准备办个业余美术班。”

鲁梓原说：“对！培养些美术人才，把厂里美化起来，今天的劳动明天的远景。”

仪仗队又走了一遍，大家更加兴奋，集中精神，相互之间关注步伐整齐。高举红旗哗哗飘扬，腰鼓敲的震耳欲聋。

鲁梓原表扬大家说：“同志们辛苦了，你们是引导咱厂游行队伍的样板，声势浩大，威武雄壮，毛主席一定会看到我们的。”

时间的限制，队伍要解散了。下班的人走过来，看到了自己车间小组排练的人，交流着各自的情况，打听着关心的消息，欢声笑语不绝于耳。

鲁梓原随着一些人走向食堂，他知道那里正在改扩一个舞台，去看看。方乡也正在那里，看见他就说：“你看，舞台往前扩出大约两米，是大了一点儿，可是观众的地方更小了，还不说吃饭时人更挤了。那天歌舞剧院来演出，演《小二黑结婚》里小芹的兰老师，一句‘清凌凌的水蓝格莹莹的天’唱得站在食堂门口的人拼命往里挤。演荷花舞时，本来十个人的荷花，出场了八个，后面两个人出不来了，台子太小。”方乡说着观众地方小，又说起舞台小。“你还跟人家表示歉意，兰老师说是没关系，但是没法演呢。可老师傅们都说，不只是没见过，想都没想过世上还有这么好的歌舞，希望厂子能多邀请呢……”

鲁梓原听方乡嘀里嘟噜说起来，只好笑着说：“知道，以后咱们盖一个大礼堂。”

方乡说：“你总是说先生产后生活，这后到什么时候才能排上队啊？”她继续说起实际要求的迫切性：“我得向你汇报，歌舞剧院的演出后，青年们的劲儿憋不住了，自己也要演，有两个会几句评剧的挑头说，咱们也配合宣传婚姻法，就演‘刘巧儿’。于是凑了一拨人，自己进城买票，看人家剧院怎么演的，又求人家给了一个剧本，晚上看完后一边哼着曲唱着词儿，一边集体从城里走回来，你看积极性多大。”

食堂吃饭的人多起来，两人一边和见着的人打招呼，也买了饭边吃边说。鲁梓原耐心地听方乡诉说，方乡则抓住机会希望让他支持：“我知道这段时间你特别忙，可是今年以来，厂里青年们也不闲着，除了上班干活，下班开会、上学，说的、唱的、跳的热闹着呢！心气可高了。厂里把最好的马拉犁造出来了，马拉犁之歌也创作出来了。”

听到这里，鲁梓原插话问：“是吗？谁写的？”

方乡说：“词儿是锻工车间杨成泰起草，合唱队集体修改的。我复写了几份，准备再征求一些同志意见，找文君生看看是不是配个曲。”

说着，拿出一张递给鲁梓原：“我这儿带着有，给你也审查审查，看行不行？”

歌词不长，鲁梓原看了一遍说：“不错，从词的内容看，也可以编个小歌舞，像延安的《兄妹开荒》那样。”

听了鲁梓原的建议，方乡高兴地说：“最近文化宫有位音乐老师，下厂来辅导工人文化活动，可以请他帮助试试。”

正说着，食堂热闹起来，有人喊，师傅们快点吃啊，对不起啦，这儿要开始排练节目了。已经有人把空下来的桌子凳子搬向两边，集中起来的人分两摊，合唱队占一头，排练舞蹈的占一头。合唱的声音洪亮，舞蹈队只能靠手势比划着指导动作。要不然就交替着，一方休息时另一方活动。

鲁梓原问：“你刚才说要演评剧的人在哪儿排练呢？”

方乡说：“在大庙那边，你知道的。里面有一间教室那么大，现在成了厂里唯一一块业余活动场地了。咱这就去看看，好吧？！”

二人还没进门，就听里面唱着：“那一天劳模会上我爱上人一个呀……”“我和柱儿不认识我怎能嫁他呀。”

进了门后，碰上几个男青年冲着林静芸开玩笑问：“你爱上的是哪一个呀？”有人接话：“那还用问，但不是劳模会上，是去上学啦。”在场的人都哈哈大笑起来。

小林挥动手里毛巾，向男青年们打过去：“不好好排戏，篡改剧本，再捣乱把你们轰出去。”她眼朝门口看去，赶上鲁梓原和方乡进来，不好意思地但又正经地说：“看，书记来检查了，看你们谁还敢捣乱。”

鲁梓原趁空儿轻声问方乡：“这指的是谁呀？”

方乡低声说：“就是去年去专科学校上学的纪雨。”

鲁梓原心中一动，若有所思。又大声向着大伙说：“排练的不是挺好吗，怎么会有人捣乱？”

两个男青年趁机辩说：“是啊，说的都是正事。”

众人一阵嘻嘻哈哈。

方乡面向正站在旁边的一个人，就势拉鲁梓原过来介绍说：“这是时老师，正在辅导我们排练。”

只见此人一米七八的个子，修长匀称的身材，方圆脸庞上两眼透着精神。

鲁梓原上前与他握手，一边说：“时老师，是不是这帮孩子调皮，让你指导费心了。”

时老师忙笑着摆手：“没有，没有！我本来也不能指导评剧。我是人民话剧院的，最近院里要排演反映新旧社会劳动人民生活变化的剧，领导叫我来工厂体验生活，向工人同志学习。”

几个男青年说：“他就住在我们宿舍，是我们的老大哥。”

时老师接过话来说：“在车间干活，他们都是我师傅。”

林静芸和几个女青年也凑过来说：“开始，我们一到演的时候，总是紧张，总是想人家演员是怎么演这个人的。后来老师说，不要想别的，就想自己就是剧里那个人，遇到那种情形，是什么思想感情，就怎么说怎么唱，试着练了几次，果然就自然了。”

一个男青年插话说道：“那是当然，有艺术家一指导，就是不一样。”

大家还要继续排练，二人又看了一会儿，就出来了。

天色已晚，今天大概是农历十五，晴空中，月亮高高挂在天上，星光点点闪烁。鲁梓原的心情也是不能平静，他跟小方说：“看这些青年，什么都想干，也什么都敢干，还真敢排演整出的大戏。”

方乡说：“青年们称时老师和兰老师，还有文化宫的音乐老师是艺术家。他们一到厂里来，就激起了这些青年们想展现自己文艺才华的积极性。其实，这也调动起了全厂职工对文艺活动的兴趣和要求。咱们党委是不是研究一下，对这种积极性给以鼓励引导，多给些具体支持，让厂里的文化生活更活跃起来。何况咱厂这儿远离城里，附近连一个公园、一个电影院都没有。”

二人分手后，鲁梓原毫无倦意，打算回办公室把各方面工作仔细考虑一下。受青年们展现才华歌唱生活的热情感染，他理解方乡建议的意思，工厂的确需要更丰富的文化生活。

鲁梓原漫步走过游行仪仗队排练的那段路，仍能感觉到那种热烈的气息，以及群众中热爱新中国、建设新中国的炽热情感和奋发进取的精神。当经过下午去过的车间时，一幅幅当时的情景重现眼前：没有人在最好的马拉犁前停步，所有的人正在为提高生产效率，提高产品质量，为新产品投产，为工厂技术、管理工作的进步继续努力。

群众里正在想什么做什么都告诉他，工作千头万绪一句话：再接再厉，就像“红犁”那样，头拱地，一往无前。鲁梓原清楚地知道，这样的精神就应当发扬光大！对这一切，党委和厂长的工作更应该走在全厂职工的前面。

工农联欢 唱响“红犁”

工厂推出了20号马拉犁后，在农村引起了争先求购“红犁”的热潮，继一九五二年生产以20号犁为主的新农具十万部以后，一九五三年，又超额完成了国家计划，达到十三万多部。今年，两种中型农具双轮双铧犁、摇臂收割机正式批量投产，考验着新产品的生产准备，从毛坯到加工、装配都提出了新的工作要求。然而，犁锄等农具的生产任务也没有轻松，由于20号犁名声在各地传播的“红犁”效应，订货仍非常踊跃，新年一开始，全厂生产形势就紧张起来。

这时，广大农村在党的总路线宣传教育中，一边忙于备耕，同时掀起了扩大互助组，成立农业生产合作社的热潮。农机具，是备耕和扩组建合作社离不开的重要内容，因此，农村和农业机械厂的联系也更加热火起来。近郊区县经常有农民组织到厂参观，有的合作社来信，邀请工厂职工到他们农村做客访问。这一天，工厂组织部分职工到郭庄农业生产合作社访问参观。为了便于给全厂没有去的职工同志汇报情况，指定了专人跟随全程写了如下报道。

清晨，我们分乘两辆大卡车前往，老远就看见许多农民已经在路边等候。车未停稳，只见院墙外一块黑板上写着：好消息！今天有北方农机厂工人叔叔来。几个明显带有小学生稚气的字，说明我们的到来已经是老少皆知、家喻户晓。一下车，社员们迎过来，一双双手紧紧握在一起，一片相互问候的欢笑声。

社长致辞表示欢迎，他首先介绍了生产合作社的情况：“全社现有三十多户，七百多亩土地。去年，花生、老玉米都获得了丰收，谷子和白薯也都增产了。大都比本乡平均产量高约百分之十到百分之三十，社员每户收入增加都在五成以上，有近二十户的收入比前年增加了一倍。全社社员，去年把两万多斤余粮卖给了国家。”他一再说，这里面有北方农机厂新农具带来的好处。说着话，有人抬出两大袋子花生和玉米，他笑着说请工人老大哥尝个鲜吧。

鲁梓原厂长也讲了话，感谢农民兄弟多年来使用新农具，对工厂的支持。介绍了工厂目前生产情况，向合作社赠送了一面锦旗，上写：工农联盟，万古长青！并赠送了一部双轮双铧犁，以及农具纪念册等，随后，大家一起参观了合作社的新种植项目：密植麦地，以及场院、供销社、子弟小学。

在农具棚，社员们夸起马拉犁来，话特别多，早先那会儿，用笨犁（指旧犁）套上两头牲口，耕的又浅又不平，没雨就种不了春苗。新犁只用一头小毛驴，耕的又快又深又平整，春天有雨没雨也能种上庄稼。

社长满意地说起三齿耘锄来：“过去耘地用豁子，草除不净，还得耪一回，自打用上这耘锄，耥过一遍，地里一根草也不剩。”有人接过话来说："使着又轻快又不伤苗，工人老大哥怎么想出来的，造出个这么好的家伙。"

在牲口棚，我们厂的人说起即将生产的马拉摇臂收割机，效率不错，一天能收割六十多亩麦子，立即引起了社员们的兴趣，说过去割麦子用镰刀，一人一天最多三亩，还累得腰酸腿疼。

社长说："我们正为这事发愁呢，今年要试行播种小麦密植，成功了，收割就成了大问题。这回好了，赶明儿我就和人到你们厂去看看，商量买一台。"咱们厂的人都说非常欢迎，到时候一定给您作详细演示。接着，厂里去的人分成几个组，在社员引领下，分头到社员家里去看望。

工人农民彼此不分，盘腿坐在炕头上聊起来。姑娘们把刚沏好的热茶、煮花生、蒸白薯一盘盘端上来。

在一位洪大娘家，她一再让大家敞开吃，一边说："不怕各位师傅笑话，这要搁过去，我可不敢这么摆出来，有点吃的得藏起来。前年，有了点儿余粮，儿子说卖给国家，我不让，都是饿怕了啊！"她情不自禁地自己笑起来，接着她把跟儿子的对话告诉我们。"儿子问我，您那余粮是哪儿来的呀？我说你别考我，入了社使上新农具，增产了呗。儿子又问我，工人造新农具为了谁？能吃机器吗？我就没得说了。今年娘儿俩算了算账，可以比去年再多卖二百斤余粮。"

厂里的同志就跟她说："我们工人就多造更好的机器给合作社送来，都是为了增产粮食，把咱工人和农民的心拴在一起了。"

越说越热乎，有说不完的话。

"联欢会就要开始了，各家都请客人一起出来了。"外面有人喊。

联欢会就在场院开，双方都演出了精心准备的节目，天气还是比较冷，可大家的兴趣不减，有时热情鼓掌，有时逗得乐不可支。

压轴的节目是厂里编排的小歌舞《红犁之歌》。

歌曲分两部分：一、新犁翻开新土壤；二、我们工农好兄弟。（歌曲见附录）

演出由第一部分开始，从"台"的一侧，随着"幕"后传来"哎"

的一声呼唤“来哟、来哟、来哟”的歌声唱起，一位农民打扮的青年倒步走出来，手里象征地牵着牲口拉着一个步犁，跟着出来一位青年妇女，做推犁耕地状。与此同时，一群男女农民大约十人左右从台的另一侧围上来观看。接“来哟、来哟、来哟”合声唱起：“马拉犁那么拉起来，来来、来来来来、来来，看那马儿走得快。”

此时，耕地的农民二人绕台快步行走。随“农民兄弟见了都喜爱呀”的合唱声，逐渐行至台中间，踏步做推犁拉犁动作，与围观合唱人员共同唱道：“用这把红犁来开荒，新犁翻开新土壤，十寸步犁轻又稳，耕出的趟儿直又长。”随着演员哼唱乐曲的过门儿，歌声有力地“来来来、来来，拉起来”（渐弱）表现拉犁欲向远处耕去。这时，五六名身穿工装的工人，从台两侧上来，与农民汇合一起，共同走近台前方，鼓掌齐唱曲二“我们工农好兄弟”。

我们工农好兄弟，
紧紧团结在一起，
哎嘿，建设祖国多生产，
你帮我来我帮你，
今天创造新步犁，
明天再造拖拉机，
拖拉机千千万,千千万，
咱们工人带头干，带头干，
跟着敬爱的毛主席，
幸福生活多美丽，
啊更美丽。

在嘹亮的歌声中，我们和农民依依不舍地挥手告别。访问过程中，有的生产小组和社里生产队相互保证在生产中展开竞赛。装配车间工人师傅应他们之约，谈好业余协助检修农具。厂里一些工人，曾经就是农民，想起自己当年的遭遇，再看今天农业生产合作社的兴旺景象，兴奋的感觉里，只想伸手为它添上一把火，增加一分力。

这次访问活动结束了，由于对来信和来厂的很多农民不可能一一回访，厂部和工会以全厂职工的名义，借助报纸刊登，给全国农民写了一封信。

信中说：高兴地知道你们学习党在过渡时期总路线，正在开展农业互助合作化运动。祝贺你们去年农业生产获得了丰收，积极售卖余粮给国家，做出了重要贡献。多年来，你们大量使用了我厂制造的产品，并对20号犁等新农具给予了很好评价和鼓励，在此十分感谢你们的支持。我们决心进一步开展增产节约运动，为农业生产提供更多物美价廉的新农具。告诉你们一个好消息：得知你们生产规模逐步扩大，仍然主要靠人力进行收割作业，我们生产了一种马拉摇臂式收割机，一人操纵，用两头牲口拉着，一天可以收割麦子六十多亩。

你们对我厂产品有什么意见，还有什么需求，请来信告知。希望咱们加强联系，互相帮助，工农携手团结一起向社会主义前进。值此新的一年开始，祝你们今年农业生产获得更大丰收。

给全国农民的信发出去了，回来的消息是对新农具的需求激增。库存的步犁，年初一开门就全部销售出去了。为迎接春耕，一季度又生产了20号犁三万二千部，为赶上夏锄做准备，生产了三齿耘锄九千部。两个新产品双轮双铧犁和摇臂收割机，今年刚刚正式批量生产，就遇到农村互助组转建农业生产合作社的高潮，计划产量赶不上订货量，已经是供不应求。

第八章

我国第一台联合收割机

我国农业生产出现了合作化高潮，国营农场相继建立，需要大量的联合收割机，却一直从国外进口。

在设计图纸、专用设备、材料品种、技术能力都不具备的情况下，农业机械厂不等不靠，自力更生，用不到一年的时间，试制成功了我国第一台联合收割机，填补了一项工业产品的空白。

干更需要的产品

在这期间（一九五四年），黄时普、李中功二人当选了第一届全国和北京市人大代表，履行代表职责，开阔了思想境界，也为工厂工作带来了更宽广的视野，增强了为国家需要的服务意识和动力。

一九五四年部里召开了新式农具工作会议，交流了经验，组织了一次产品标定工作，统一型号、质量标准和设计图纸。由于这个厂设计制造的农具性能较好，步犁、三齿耘锄、双轮双铧犁、摇臂收割机等八种产品，是以这个厂设计的图纸作基础进行标定的，这也就增加了这个厂对农机事业的责任感。

秋天正在悄悄走过，厂区道路两旁的树叶开始飘落。这一天，鲁梓原走出办公室，习惯地先向装配车间走去，到那里看产品总装计划完成情况，通常也能从中发现全厂生产过程中的一些问题。耳边传来声音，知道是冲天炉在燃烧，气锤在击打，机器在转动，这熟悉的环境告诉他一切正常，听着这有节奏的、均匀的悦耳和声，使他一直紧张工作的心情自然在放松。当他走过技术科晒图室时，眼前的情形让他平静的心又收紧了。只见三个晒图员手脚不闲地忙碌着，旁边放着复制好的蓝图已有好几大摞。他知道，前些日子部里组织产品标定工作，北方农机厂的步犁等八种产品的设计图纸，被作为标定产品的基础，想必这是要求厂里将有关图纸技术资料发给兄弟厂使用。他看着这些图纸，似乎是看见兄弟厂大量生产的各式新农具正从四面八方不断运往广大农村。他在问自己：工厂应当在这供货潮流中平分用户吗？他想起前几天听报告说：全国已有约半数农户建立了初级农业生产合作社，多数省市正酝酿成立高级形式的合作社。来自农村反映，土地连接成片，需要大点的农机具，这些农机具有人生产了吗？

鲁梓原把自己的想法告诉了厂部几个同志。李中功说：“在人大会时，认识了远郊农场一位同志，说起麦收的事儿，问我们厂生产不生产收割类的机械，我给他介绍了咱们厂的马拉摇臂收割机，他听了就摇头，说用你这样一台收割机，还得养上两匹马，一小时才收割八亩，我现在用一台斯大林六号谷物联合收割机，一小时三十三亩，而且连脱粒都解决了。可就是每年一到麦收时就紧张，一台不够用不说，最怕的是趴窝，就盼着有咱自己国产的东西，可以多有几台用就好了。”几个人听了都是说这个事可以考虑，从厂子发展看，应当未雨绸缪，多有一个准备。

鲁梓原说：“农业生产硬是这么急着要，还等什么？事不宜迟，说干就干。”

第二天，他就到部里汇报了这个意见，领导同志说：“联合收割机正是农业机械产品里的缺门，农业生产很需要，但还没有人干，你们可以到农场去看，必要时测绘、研究一下，看你们能干不能干，然后讨论明年计划时定。”同时给开了去远郊农场的介绍信。

鲁梓原、李中功和设计科同志去农场作了调查。随后，设计科派甄宇柱等三个人去做了测绘，并组织全科设计人员按照产品试制工作规定，集中力量，很快就高质量地完成了产品设计图纸。厂里有关人员共同研究后，一致赞成试制联合收割机。

厂部于是决定列进明年“一九五五年全厂生产计划”中，试制三台，报请部里批准。

敢不敢自己干

鲁梓原和李中功是志在必干，已经在着手试制联合收割机的准备工作。可是没想到，部里在批准的一九五五年年度计划中，却要求试制联合收割机的工作暂停，测绘资料完成后，妥善保存。按照通常情况，部里通知不干，就不用干了，何况正常生产任务已经很重了：部里扎准明年的生产计划，虽然步犁等新农具产量减了百分之十五（九万→七万六千），但是要求双轮双铧犁增加百分之五十（三万两千→四万七千），摇臂收割机增加百分之二十（一千五百→一千七百八十）。因此，一般人认为，听从部里安排，没什么说的。

但因为还是有人要干联合收割机，在厂内引起一番争论。不少人认为应该向上级再争取一下，明年试制联合收割机的计划不要变。首先是设计科的人，觉得产品设计图纸有了，不干可惜。特别是甄宇柱几个人说，在那么冷的天里，几乎是露天作业，一个零件一个尺寸，一笔一画完成了测绘，联合收割机在脑子里已经启动，停不下来了。还有职工想起，每到夏收，为了虎口夺粮，厂里总要派人去农村支援收麦子，体会了农民手持镰刀弯腰割麦子的艰苦，都说试制联合收割机既然已经动手干了，就不要停。工会和青年团都召开了座谈会，讨论来讨论去，意见各有利弊，最后一致建议：这件事，只要厂党委一声令下，有什么困难，克服什么困难，干起来就是了。

在工厂管理委员会会议上，李中功说："其实我认为部里不是不想干，是因为顾不过来。如果我们能把联合收割机干成了，填补了国家这项空白，何乐而不为。但是，上级领导的精力，还有资金、材料的分配都放在了一百五十六项重点工程上，已经够忙的了。我们厂经过这几年的奋斗，锻炼出了一支技术过硬的队伍，有条件接下来这个试制任务。不是说可能碰到的困难不算什么，而是说我们能在克服困难中经受考验，在争取成功中得到进步。如果今天不干，将来作为新任务，困难不会更小，只会更大。"

鲁梓原心里知道，干填补国家空白的事，绝非易事。听了李中功说有条件干，让他心里有了点儿底，但他还是想了解都有些什么困难，有没有办法克服？于是他说："从农业生产发展需要来说，我们应该干这个联合收割机，不过有同志说生产经务已经很重了，要再加上试制联合收割机，重上加重，会有些什么问题呢？"

说起问题来，大问小题当然不少，全厂人都共知的所谓生产"瓶颈"

当是铸工车间的厂房面积问题，产量连年增长，车间面积就那么大，每天造型的砂箱都铺得满满的，想多干，没地方了。有人说："是不是不要一个一个数什么具体问题了，现在是只有产品设计图纸，制造工艺都还没研究呢。再说，联合收割机这种大型复杂机械，咱们谁都没有干过，这里头肯定存在有干了干不了、干好干不好的问题。"

文君生听着大家说的一些事，觉得自己不应沉默，应当把真的难题摆出来，就说："别的不用说了，最主要的是部里叫停，许多问题就没法解决，比如联合收割机要用大量的薄钢板（铁皮），材料是国家统一分配的。许多问题的解决要用钱，资金是统收统支的。厂里既不会生产钢材，又不能印钞票，好多事根本办不了。"

老刘同志紧接话茬就说："君生说的这个问题最大，没有上级领导支持，硬要自己干，只能出力不讨好，干不出来，让人笑话逞能，再说你不听指挥，给厂长、书记来个批评处分，对厂子一点好处都没有。"

鲁梓原深有感触地说："是啊！如果有上级领导支持就好了，可是上级领导顾不过来……"又若有所思地说，"我们是国营工厂，建厂时就说了，咱们这些人是全国人民的驻厂代表，要不要担点责任，为国分忧呢！？"说着说着，他好像想起来一件事："有个情况，同志们可能不知道，听说国家一直要花大量外汇从国外进口联合收割机，一九五三年进口就有九百五十多台，这得花多少钱啊？作为农业机械厂的人，想想就坐不住。"他说话有些激动："我知道干这件事不容易，不论困难有多大，什么好处不好处，比起要国家填上这个空白，就都算不了什么，同志们想一想，是不是？"

有人惊疑地站了起来，自言自语："真不知道，为了联合收割机，国家花这么多钱，农业生产这么急着用，比起来，咱们要干联合收割机还能有多大困难？"

余大地说："我也是想，怎么看这个困难。那年咱们要干最好的马拉犁，有七寸犁的基础，是为了好上加好，对原来犁上的问题很清楚，李总、陶总事前就提出了技术措施计划，现在要干联合收割机，是从无到有，困难当然大得多。有些问题表面能看到，也是没有经验，肯定还会有未知的问题，只有在干中才能发现。”他顿了一下，想了想说：“这也就是说，早干可以早发现问题，对试制工作还有利。”他这前后困难对比一说，引得讨论热烈起来，都说干联合收割机比干最好的马拉犁，肯定困难更大，但那时候“五龙八仙”的攻关方法同样有用，那时是克服了一个又一个困难，造出了最好的马拉犁，有那种“头拱地，一往无前”的精神，也一定能把联合收割机干出来。

厂党委听取了多方意见，研究认为，试制联合收割机有困难，但也有可能，只要有可能，就要努力去争取成功。一方面要在厂内深入宣传，结合国家大形势和农业机械化前景，讲明试制联合以割机填补国家农机产品空白的重要意义。同时，实事求是说明试制联合收割机存在的困难，特别强调要发扬艰苦奋斗、自力更生的精神和力量。党委号召全厂职工，有力出力，有计出计，齐心努力，争取联合收割机试制成功。对做好试制工作又提出三点具体要求：一、试制产品严格按照原设计，暂不作任何改动。二、精心制造保证质量，集中力量完成一台。三、将一九五五年向“七一”献礼作为全厂共同奋斗的目标。

厂内各处的标语表示了职工的心声：

联合收割机——帮助农民从“脸朝黄土背朝天”的劳动中解放出来！

联合收割机国产化，是农机工人的神圣责任！

把试制联合收割机的新压力，变成我们克服困难的新动力！

拼全力填空白

年关临近，全厂上下一片繁忙，要抓紧完成全年生产计划，做好年终总结奖评，同时还要为明年生产“开门红”做好准备。其实，在工厂里，从开春到立冬，庆“五一”、迎“十一”，总有自定的一个又一个工作目标催人奋进，始终为赶时间达到这一个个目的作不懈的努力。这不，厂党委做出“关于试制联合收割机的决定”以后，就成立了以李中功、陶百谦为正副组长的试制领导小组，对联合收割机两万五千多个零件，按其四个部分，即收割台、脱粒、集草车、粮仓的制造工艺，分别作了详细的分析研究，对其中的关键问题，组织了攻关小组。

在攻关动员大会上，鲁梓原说：“我们今天从这里起步，要试制联合收割机，手里除了已经测绘有的图纸，没有任何工艺资料和技术经验，缺少必要的设备和材料，但我们进攻的目标是必须拿下的国家农业生产急需的关键产品。所以，对付这个从来不认识的大家伙，我们只有把能用上的劲儿都使上去，拼上全力，才能把它从纸上变成真东西。”

这时，各攻关小组为明年“七一”献礼早已投入了战斗，即使元旦放假，也没有停步。接下来，就讲几件事，看他们是怎样尽力挖掘自身潜力、努力拼搏的。

大家知道，农机具零件的百分之七十左右是由铸件构成，铸件生产是手工劳动，白天一班人造型，晚间一班人浇注、清砂。厂房用于造型面积的每天只能利用一次。随着连年增产，厂房还是那么大造型面积严重不足，造成铸件供不上生产发展要求，成了全厂生产的“瓶颈”。人们想了不少办法，不是解决问题作用有限，就是远水解不了近渴。

吕振华等老工人提出一个办法：实行“四三四”生产作业制，即每天造型工人先上四个小时班以后，休息三小时，然后再上四个小时班。这样，浇注、清砂充分利用中间三个小时，把上午完成的砂型浇注清理完毕，为后四个小时造型做好准备。如此安排，厂房面积在一天内使用了两遍，等于增加一倍造型面积，为全厂不断提高产量创造了条件。工人们得意地说：这叫厂房是死的，人是活的，一块地里种两茬庄稼，收获两次。看起来，一个影响全厂生产的大问题解决了。可是这种违反常规的作息时间，打乱了人们的正常生活习惯，又要工人一天付出两天的劳动量。

鲁梓原与厂部同志一起研究，一定要采取根本解决问题的措施。他深情地说："工人同志为了生产发展，这是不怕牺牲、自找苦吃啊！"

李中功找到周耕有说："联合收割机要用很多薄钢板是国家统配材料，咱厂拿不到，这个问题只能由你来解决。"看着周耕有的疑惑，又说："厂里现在生产的摇臂收割机，它的收割台用的是薄钢板，年产量一千多部，你应该能从中给我们挤出联合收割机需要的材料来。"他说话态度坚决，像是不容商量。周耕有虽然争辩说，上面来的料都是严可沿儿可着数来的，上哪儿去找出那么多富裕来？但他也知道解决这个问题，厂里别无办法，就答应回车间找人研究一下。

李中功笑着说："不是研究一下，我祝你成功。"

周耕有在车间找来汪国山几个人，交代了这个任务，大家说，去年装配摇臂收割机，薄钢板是有边脚余料，可能都够不上联合收割机用。周耕有说："不是用现成的边脚余料，是要你们想办法从中找出够联合收割机用的料来。咱们下料，不是有合理套材、短头接长，小材拼大的功夫吗？"几个人还在思谋着这个活儿能不能干得出来。

周接着又说："大伙别犹豫了。汪师傅，你过去走街串巷，给家家户户锅盆配帮儿换底儿，有人都说你是铁皮活儿的巧裁缝，就别谦虚了，把看家的本事都拿出来吧。"

汪国山说："你别挖苦我，修补个盆儿锅的，怎么能和干这么大联合收割机比。"

说是说，干是干，几个人分着拿了一些车间办公室积存的报纸，要求每人剪裁出一个方案。大概一周的时间，几个人碰头，每个人把方案一亮，果然有妙招，经过择优合并，定下一个大家满意的剪裁方法，改进了原来摇臂收割机的下料方法，可以省出相当可用的一块薄钢板，不再只是边脚料，联合收割机用料，可以用它拼接完成。几个人公认汪国山技术最好，由他做出的拼接样板严丝合缝自不必说，扣咬处倍儿直一条线，摸着平整光滑。

原来看着没法解决的薄钢板问题解决了。

黑板上报道的大字标题赞扬说：看是走街串巷的小手艺，今日派上了大用场。

联合收割机上有一些零件，如链环、链轮、轴承盖等，虽然也都是铸件，但外表面已经具有粗加工的精度和半光表面的光洁度。

陶百谦说：“这不是木模砂箱制造的普通铸件，用的是一种先进的工艺新技术——壳型铸造。它从混合料制备到造型合箱工作都精炼简化，壳型本身精确，型壳的通气性和强度很好，因而可以大大减少废品率。由于它有了粗加工精度，也可减少清砂等辅助工时。”既然这么多优点，当然要采用壳型铸造，但是它必须用的一种混合料——粘结剂酚醛树脂，价格昂贵，不实用。经多种代用粘结剂做了多次试验，都达不到要求。因此就有意见说，这次的试制产品，就按普通铸体来做。

李中功坚决不同意，认为试制应当为正式投产提供好样品、好经验。

鲁梓原也表示试制出来的必须是完全合格的好产品：“我同意该用的钱就要用，不能只为省钱降低产品质量。”

文君生说：“现在问题不是省钱，是根本没有钱。你知道，试制联合收割机并没有列入国家计划，就没有试制费用，厂里有的只是生产流动资金，是不允许用于试制新产品的。”

鲁梓原肯定地说：“有钱先用，流动资金问题再想办法。咱们是用在该用的地方。你担心犯条是不是？上级知道了也会批准的。”

老刘同志说：“你这是先斩后奏，违反纪律，要被批评、处分的。”

文君生接过话来：“他这是只管要一个好的联合收割机，不想后果得失。”

鲁梓原想了一想说：“这矛盾搁你们身上，不是也得这么做吗？咱们在党委会上不是说好了，为了给国家填补上这个空白产品，不管有什么样的困难，一定要拼上全力，难道还会算计什么得失？”

二人报以微笑，想不出来还能说什么。鲁梓原也笑起来：“就这么定了，咱们是又一次说好了，要拼全力，试制中再遇到这类事，一律照此办理。”

联合收割机的往复式切割器上装有几十副刀片，就像几十把镰刀，在麦收时冲锋在前，关系着收获的产量和质量。刀片的表面光洁度不仅与使用性质有关，也影响外观。国产第一台联合收割机人们第一眼看到它的就是这一长排整齐平摆的刀片，必须是漂亮的。已经安排由青工梁光幼干这个活儿，可是没有为它加工用的平面磨床，巧妇难为无米之炊。但是，试制领导小组并没有为它担心，因为在陈贵海的机加工车间，多次遇有急难加工任务，总有技术革新能带来“柳暗花明”的转机，这次依然是。

老工人田景义帮助梁光幼把一台铣床改造成了平面磨床，干出了一批精度合格的刀片，光洁度达到六至七级。他们克服了什么困难，这里就不细说了。更为真正的难题是刀片的内在质量。刀片在收割时，一方面要受摩擦，同时又受冲击，没有相当的硬度和韧性就经不起反复摩擦和不间断的冲击，切割活动就不能顺利进行，以至要停工修理或更换刀片，这是造成联合收割机“趴窝”的主要原因。

这就要在热处理技术上搞好表面淬火工艺，做到表面淬硬了，内部保有韧性。但是现在用的淬火方法陈旧，设备简陋，加热不均匀，达不到质量要求。都知道“高频感应加热法”是最先进的方法，淬火质量好，生产效率也高，难就难在谁也没见过，当然也就没有任何经验。人们想到如果外购，因为需要专门特制，估计价格低不了。能不能在厂内自己想办法解决呢？

技术科要求纪雨先研究一下厂内解决的可能性。纪雨搜集资料，向人请教，学习了有关技术知识，与掌握刀片淬火要求的热处理工人和掌握高频感应加热原理的电气工程师一起，自己负责机械装置绘图，三人密切合作，敢想敢干，日思夜想，用了不到两周时间，竟然设计出了这项设备的初步方案。

李中功和试制领导小组看了，认为可以进行试用。他们立即动手，就地取材，共同制作，经过反复试验改进，终于制成一台高频感应加热的刀片淬火设备，用它进行生产，制造出了完全符合产品质量要求的刀片，攻下了试制联合收割机的又一关。常言道：“三个臭皮匠赛过诸葛亮。”如今有热、电、机三工匠，集体智慧放光芒。

前面讲关于刀片的事提到梁光幼、纪雨两个人，这里插说一段有关情况的回顾。大家回想记得，本故事开头，有个急切盼着解放军来厂接管的十七八岁青年工人，他就是纪雨。这话一说，时间过去五六年了。在这期间，围绕着艰苦建厂、积极生产的故事展开，一路走来，广大工人在奋斗中成长，在文化、技术、政治觉悟各方面都有了很大进步。当年大多还是文盲、半文盲的人，经过识字班、业余学校的学习，很多老工人已有了简单的读报书写能力，根据工作需要担起了生产车间领导的责任。一些青年人，在语文、数学知识上具备了小学初中水平，包括随着建厂招收的学徒工，如机加工车间梁光幼、铸工车间谢名杰等，如今已经成了车间生产骨干。纪雨则经过到农业机械专科学校学习，回厂后，分配在技术科任技术员。还有前面曾经说到的，创造了新仓库管理法的黄时普，被送到市委干部培训学校进修后，回厂后因在余大地担任副厂长而接任了生产科长任务。有人经过进一步学习和实践锻炼，担任了工厂有关领导工作，有人被评为劳动模范。更多的人成为技术革新能手，成为先进集体（班组）的带头人。这也是后话。

接着要说的是，有了好刀片不等于切割器就可以正常工作了，还必须搞好装配。试制联合收割机领导小组一开始就非常重视装配工作，早就组织了一个装配攻关小组，周耕有任组长。

李中功对他说：“过去咱们厂生产各种新农具，用你的话说，对它们的装配已经是手拿把攥的活儿了。这次的联合收割机可大不一样了，虽然都是安装零件，更要着重于‘配’的功夫，注意联合收割机本身零部件之间的关联配合，尤其要强调与用户的使用要求相配，使有关部件功能处于最佳技术状态，这些都是我们过去还不怎么涉及的问题。”他又笑着说：“以前不管什么任务，你都敢拍胸脯，这次你可要重视，别小看了。”

周耕有说：“我哪儿敢轻视啊，看着这又收割又脱粒又清理，不用马拉用拖拉机带动的结构复杂的大家伙，我正不知道从哪儿下手呢。”周耕有不止一次地跑到农场去，对着联合收割机详细观察，向驾驶员和机务人员请教使用中的要求和维修保养的经验。当联合收割机零件陆续生产出来的时候，他带领装配小组成员，选择切割器部件进行试装配。先由甄宇柱、冯治生给大家讲了联合收割机对这个部件的设计，以及它的装配工艺特点、零件装配顺序和技术要求。重点说明切割器的装配质量对联合收割机麦收效果的影响，搞不好，可能会出现切割不干净连根拔以至被茎秆、杂草塞住而堵刀，这也是造成联合收割机工作中“趴窝”的重要原因。因此要特别注意做好切割器技术状态的调整：对它的动刀片、定刀片间隙要进行检测和调整，一般顶部是0～0.5毫米，根部0.5毫米～1毫米。在割刀于极点位置时，动、定刀片中心线应该重合，偏差大应予调整，实现对中。还要检查全部护刃器是否在同一平面，应进行调整使之平直。

通过切割器试装配，周耕有和他的小组成员有了很大收获。认识到要把联合收割机装配好，有大量的东西要学，首先是产品图纸、工艺规程，还要掌握许多新的操作技能要求，包括技术状态调整标准及其工具量具的使用，如切割器刀片间隙调整使用塞尺，这些都是过去装配新农具时不曾严格要求的。大家决心，该学的东西多就勤学，该掌握的技能新就苦练，相信只要功夫深铁杵也能磨成针。

这一段时间，周耕有满脑子都是联合收割机装配，装过的环节有什么错漏没有？即将要装的环节、工艺规程是怎么规定的？有时在梦中也还在进行装配预习。在联合收割机即将结束总装配那一刻，鲁梓原、李中功和许多人都来到现场，一齐助力期待成功。当紧固最后一颗螺钉完成时，人们不约而同地热烈鼓掌欢呼。

鲁梓原、李中功上前与装配小组全体同志一一握手。听了周耕有对这段装配工作经历汇报和体会后，鲁梓原说：“你们辛苦了！你们的经历和体会说出了全厂职工要说的话，几个月来，为了联合收割机试制成功，大家同心协力，勤学苦练，全力拼搏。”最后，他用富于激情的声调说：“有志者事竟成！”

共青公园

看着矗立在厂院里这个高约四米、重约七吨、由两万五千多个零件组成的大机器，全厂职工来不及抒发兴奋的心情，随即转入新产品试制鉴定程序。经过严格技术检查，空运转及田间试验，又考查了联合收割机的性能和制造质量，最终通过了部级鉴定。后将该机送到农场进行田间麦收，考查实地的使用情况，连续十几天时间，包括夜间工作，一共收割了一千八百多亩小麦，每小时平均收割及脱粒三十三亩，籽粒纯洁度和破损率都符合规定指标，受到驾驶员和机务人员一致好评。

在纪念“七一”的时候，全厂职工给部里和市委写了报喜信，部长正在参加一个全国性会议，讨论我国发展国民经济计划，他在发言中高兴地宣布：“我国已能制造联合收割机了。”与会代表热烈鼓掌表示祝贺和鼓励。多家报纸作了报道：

北方农业机械厂全体职工发扬艰苦奋斗，自力更生精神，完成了这项国家非常需要的关键设备，填补了一项工业产品的空白，这是我国机械工业的一项重要成就。

上级在给予表扬奖励的同时，部里批准了小批量试制，要求北方农机厂积极为正式投产做好准备工作。这时，厂里有青年提出来，我厂生产发展了，建议利用厂区内东龙山湖的自然条件，修建一个公园，自己动手，美化生活。

方乡跟鲁梓原回忆说：“四九年来厂的第一天，您说过这儿有山有水修个工人花园，真是个好地方。那时您说不是时候，要先考虑建厂的大事，现在您看算不算到时候了？”

鲁梓原说：“是啊，咱们厂的人看个电影还得跑到城里。许多次说要给青年们解决个业余休息、能玩儿的去处，我总对你说，要先生产后生活。要说，早应该是时候了。问题是让谁来办这个事？你也知道，这联合收割机试制成功，投产的事又得马上抓紧了……”

方乡说：“只要党委支持，我们和各团支部商量过，这个事就由团委负责了，也是贯彻自力更生精神，完全用业余时间义务劳动。”

鲁梓原犹豫了一下，说：“那好，原则就这么定了，你们如果有什么困难，我来帮助解决。现在就向你报名，到时候义务劳动有我一个。”

于是，团委会上经过热烈地讨论，制订了计划，精心组织分工，动员团员青年利用星期日的时间，在东龙山湖就地建起了公园。

一九五七年四月的一天，夜间下起小雨，到清晨空气特别清新。纪雨早早就来到了工地上，望着山上杂草，湖底淤泥，想象着改变后的景象，青山绿水岸柳成行，深深地吸了一口新鲜的空气，自语道：嗯，春天来了。脑子里引起种种遐想。

方乡也提前来了，二人议论着今天义务劳动活动的安排。不一会儿，各车间、科室的团员青年们，扛着铁锹、锄头，推着小车，带着钳子等工具，陆续赶来，有的还打着红旗，排着整齐的队伍，分别进入了各自的劳动岗位。

陈贵海和于师傅、周师傅等老同志也来了，还有余大地、文君生等领导同志都来了。青年们高兴地用不同方式向他们问好。鲁梓原匆匆走来，方乡等人迎了过去，稍远照面的人们招手微笑表示欢迎。

纪雨说：“您还真的赶来了，电话里不是说好了，厂里工作忙，就不要来了，以后有的是机会。”

鲁梓原说：“那不一样，我今天来是还账的。”见周围的人表示诧异，就说：“你们问小方吧，她知道。”

方乡说：“我哪儿知道您欠谁的账？”

鲁梓原只好自己解释说：“小方多次跟我提，应该给青年解决个业余休息能玩儿的去处，我都说好，好！可又总以‘先生产后生活’为原则拖了下来，现在你们自己干起来了，我赶紧过来参加一下劳动，也算是个补偿。”

人们都笑起来。方乡说：“自己动手，丰衣足食。我们早就应当干的。”

纪雨找了一把铁锹递给了鲁梓原，说：“今天我也给厂长派一次活儿，参加种树行吗？”

众人见状，又是一阵大笑。

说话间，时间指向了七点半，纪雨见人已到齐，大声喊道：“同志们，准备好了，开工！”

有人拔除杂草，清除乱石，有人清理湖底淤泥，同时，培土码石修一条沿湖堤岸；有人平整土地，开出一条环山路和两条上山小路；有人在山顶和半山腰整理出两块平地，夯实做凉亭的基础；有人沿湖边路旁，等距直排挖坑栽植树苗；有人用竹竿编制篱笆围墙，入口处搭起一个拱形门。只见山上山下，湖底岸边，人们尽职尽责的劳动，欢声笑语不断，不时还传过哼唱的歌声。

正在山坡上平地修路的林静芸，仿佛发现了什么新奇，嚷道：“看这杂草盖着下面原来是有路的，像是有人走过。”

小谢不以为然地说：“别大惊小怪的，这里新中国成立前本来是有路。”转身向着旁边的于师傅求证：“是吧？于师傅。”

于师傅说：“那时候是有路，但摆着两个铁蒺藜架子，挡着不能随便走人。”

小谢说：“你看，对吧。那时山头上有碉堡，这条路是专给那里头当兵的人用的。你来厂晚，不知道。”

小林不服气地说：“怎么不知道。听纪雨说，陈师傅讲过这个东龙山的故事，还说，有一位常师傅，是大好人，可惜咱们见不到他了。”

小谢说：“好啦！你再说，又惹陈师傅伤心了。”

陈贵海在一旁说：“不是伤心，是一想到他们，总觉得他们最应该看到今天的好日子。如果真的忘了他们，好像这块地上从来什么事也不曾发生过，那你怎么会知道，今天享受的和平日子来得不容易啊！”

人们默默用力清理地面，只听见铁锹铲地拍土的声音。小林应声说：“我们不会忘，知道要爱护……”轻轻地由心底唱：“我爱和平，我爱这大树林。”歌声还是让别组劳动的人听到了。

有人喊：“大点声唱，让大伙儿都听听。”

方乡说："小林，你就正经地唱一个。"

林静芸说："这是一个小歌剧的插曲，何希竹也会。"她拉过小何来，说："别让我一个人唱，挺单调的，咱们俩一块儿给大家唱一遍。"

周围的人都说："欢迎欢迎。"两人对了对歌词儿唱起来：

树林是多么美丽
天气有多么好
打猎呀打猎呀
打猎我最爱好
我不管天冷天热
打猎我最有劲
我爱和平
我爱这大树林

树林是多么美丽
天气有多么好
打猎呀打猎呀
打猎我最爱好
我不打兔子山羊
专打狐狸和狼
我爱和平
我爱这大树林

工地上清除杂草乱石的活儿最忙，犄角旮旯的地方都要清理到，而且大多数野草根扎得深，拔着费劲，看着活儿简单，见效慢，只好从别处调整来加人。种树的活儿干得快，两三人一组，挖坑、栽树、浇水、培土，眼看着一棵棵树苗就立起来了。本来纪雨、余大地也跟着鲁梓原一起在这里种树，看着几十棵种树的任务很快就要完成了，两人说好奔向山头，看看岳廷的凉亭基础干得怎么样了。岳廷一见，故作严肃地说："工地总指挥同志、厂长同志亲临视察，请检查吧。我们这儿都是各车间选出来身强力壮的小伙子，干活儿又快又好……”又转向众人：“同志们说是不是啊？！”只见这里的青年们，个个只穿个背心光着膀子，有人额头上汗津津的。大家七嘴八舌地说：“看吧，地面平不平，经得起拿水平尺检验，夯得实不实，可以用大锤砸砸试试。”说话的人自己不好意思地先笑起来。

余大地蹲下特意用手抚摸着地面说：“好！大伙儿辛苦了。”又站起来望着大家说：“山上风大，同志们赶紧擦擦汗，穿上衣裳吧。”

几个人一起向远处望去，高高的水塔仍在那里静静地矗立着，现在有自来水接替了它，它已经完成了历史使命。纪雨想起当年为了尽快恢复全厂生产、生活供水，艰难地为水塔寻找电机、水泵的情景。拉近视线，他们看到从变电室伸出来的电线，纵横有序的引向各车间、办公室、食堂、宿舍。

岳廷说：“全厂生产得以正常运转起来，应当感谢于师傅，两次抢救变压器，还差点儿搭上了性命。”

近处，是装配车间门外广场，整整齐齐地摆放着一排排马拉摇臂收割机和十五六部联合收割机，显得十分拥挤。由于联合收割机体积大，今年产量增加以来，已经显出了停放面积不足的问题。余大地心里明白，扩大停放地点总归是有限的，根本的办法是要搞好均衡、有节奏的生产。

人们一起走下山来，看见大部分任务都已完成。清理湖底淤泥的工作比预想的要困难些。此时，已经完活儿的有不少人过来，纪雨等山上下来的人也赶来参加，大家七手八脚，结束了整修湖底湖岸的任务。纪雨一方面喊着收工了，一方面招呼人们向公园入口处聚拢，篱笆墙和拱形门都已结扎好。程志强把用铁皮剪好的“共青公园”四个大字用铁丝绑牢在拱形门上方。

鲁梓原说：“此时此刻你在这门上嵌上这个名字，很有意义，如果能照张相就好了。”

纪雨一旁说：“准备了，一会儿甄宇柱同志带相机来，人齐了就照。”

鲁梓原问：“这几个字写得好！是谁写的？”

纪雨说："小王，他的美术字一向是厂里黑板报上的'一把手'。"

鲁梓原又问杨成泰："此情此景应该有一首诗才好。"

杨成泰说："还没想好，不过，我对未来公园的样子，想了几句话。"

鲁梓原问道："怎么想的？说一说。"

杨成泰想了想，说："我想那时候公园应该是，湖中注入有循环水，碧波荡漾；小树长大了，绿树成荫；山上凉亭里，微风轻起……"

鲁梓原说："我加一句，青年们在小路上散步休息。"说完顿了一下："不，不了，我这句打乱了你的诗意，算了，算了，还是你自己做文章吧。"又说，"我还想问问，小方、小纪，你们为什么要起名共青公园呢？"

方乡说："当时开团委会，想到下个月全国团代会上，青年团就要改名中国共产主义青年团了，为了纪念。"

鲁梓原说："你们可知道，用共产主义这个名字有什么意义？世界上原来是没有这个词的。"

周围的人都在想。

冯治生说："我记得是马克思、恩格斯在《共产党宣言》里第一次说到共产主义，大概是一八四几年。"

鲁梓原说："是啊，一百多年了，共产主义在这个世界上就一直争议不断，反对的人甚至把它形容为洪水猛兽。你们如果是认定要做共产主义青年，就要担负起建设共产主义社会的任务。小方，这是你给我看的那本书《青年团的任务》里，列宁同志说的'真正建立共产主义社会的任务正是要由青年来担负'。"

几个青年工人不无疑问地说："社会发展史说，共产主义社会是各尽所能，各取所需，我们青年人能实现吗？"

方乡说："我们这一代人可能实现不了，也许要几十年，几百年才行。但是我们现在要建设社会主义，是共产主义社会的第一阶段。"

纪雨接着说："我们把现在工作做好了，每前进一步，就离共产主义近了一步，可以让后代人早一天过上共产主义社会的生活。"

小王一直仔细听着大家的议论，这时说："我知道，就是说要相信愚公移山的力量，知道自己看不到最后成功的那一天，但相信只要奋斗，那一天终究会到来。”

梁光幼说：“革命先烈们就是这么做的。”

鲁梓原说：“你们说的都很对，做共产主义青年，就不只是为自己，认识到了这个社会发展的必然规律，就自觉自愿地为这个事业奋斗牺牲。就像我们的红犁那样，头拱地，一往无前。”

这时，甄宇柱拿着相机走过来：“你们讨论什么呢？这么热闹。快，过来照相吧，这会儿太阳的光线正好。”所有的人排了三排，前两排有的人半蹲着，中间几个人席地而坐，照了一张：

纪念修建共青公园——东龙山湖义务劳动全体同志合影。

人们又自由结合，分头照了相。

随后，纪雨喊着：“请冯治生同志带着唱个歌，大家集中一下。”冯治生往人前站了站，说：“大家一块儿唱《红犁之歌》的群众合唱那一段：我们工农好兄弟。

随着他挥臂指挥的手势，人群中高声齐唱：

我们工农好兄弟
紧紧团结在一起
建设祖国多生产
你帮我来我帮你
今天创造新步犁
明天再造拖拉机
拖拉机千千万、千千万
咱们工人带头干、带头干
紧紧跟着毛主席
幸福生活多美丽

随着指挥逐渐压慢了挥动的手臂，众人更加有力地唱出来。

啊！更美丽

嘹亮的歌声响在空中，愉快的歌声响在每个人心里。

红犁

下篇

头拱地 一往无前

在厂里，刚刚从反动统治下得到解放的工人，正以“改造世界变呀变了样”的气魄，积极发展生产，要把农民使用了千百年没有变化的旧农具，换成工厂制造的新式农具，进一步用上农业机械，向社会主义前进。

在厂里，昨天满怀壮志却报国无门的知识分子，正以“莫等闲白了少年头”的志气，誓把知识变成创造性的力量，为实现中国人民百年来梦寐以求的国家工业化奋斗。

在厂里，才走出革命斗争的环境就走进了工厂的革命干部，正以“万里长征走完了第一步，以后的路程更长，工作更伟大、更艰苦”的精神，在实践中探求办好人民工厂的工作规律。

这时，工厂已经走出了作坊生产方式，正在向工厂现代化迈进。他们的这一段经历，为后来建成大规模生产的现代化工厂，为国家工业化、农业机械化做更大贡献，开了个头，打了基础，也是接下来要继续说的工厂故事的一个序曲。

第九章

跟着大跃进

一九五八年，党的八大二次会议制定了“鼓足干劲，力争上游，多快好省地建设社会主义”的总路线。

这个厂在大跃进形势的鼓舞下，破除迷信，解放思想，开展了热火朝天的技术革新、技术革命的群众运动。在刚刚试制成功的新产品尚未定型时，上级随即要求进一步扩大工厂建设的任务，虽然知道存在着难以克服的困难，但是他们把国家的需要放在了首位，毫不犹豫地投入了新扩建任务的战斗。

在这两年里

联合收割机试制成功后，经部里批准，当年即积极进行了正式投产的准备。一九五六年生产了二十二部，一九五七年生产了三百六十部。

在过去的两年里，一九五六年，党的“八大”召开，提出了在“一五”计划胜利完成的基础上，发展国民经济第二个五年计划（1958-1962）的建议。北方农机厂根据要“进一步发挥原有企业的生产潜力”和许多新建企业“还需要原有企业的协作和支援”的要求，提前一年超额完成了第一个五年计划。同时，支援拖拉机厂等新建企业干部，在一九五七年有十四人，如焦俊生（铸工车间主任），支援新建西北石油机械厂职工八人，如程志强、穆宜等，包括技术员和工人。

在这期间，党中央制定了《十二年科学技术发展远景规划》（1956-1967），发出向科学技术进军的伟大号召。在国家成立农业机械研究院时，工厂原设计科及其试制车间的大部分人员，划归该院领导。在成立农业机械化学院时，原工厂于一九四九年创办的农机专科学校的教职员工三十余人调入该院工作。同时，建厂时来厂工作的多位专家，如副总工程师陶百谦调到了有关科研机构工作。厂党委采取积极措施，做出了“关于加强职工教育的决定”。送青年职工到工农速成中学、大专院校学习，如方乡、梁光幼等。同时支持职工报名夜大或函大学习。在上述人员变动中，焦俊生的铸工车间主任职务由吕振华接任，方乡的团委工作由纪雨接任。

在这期间，工厂的联合收割机生产任务迅速增产，新农具产量逐年减少。部里确定将北方厂建成专业的联合收割机厂，按年产五千部联合收割机进行扩建。全厂职工兴奋之余更加自信，不满足已有成绩。一方面，针对国情需要，对联合收割机作了进一步改进：将4.9米割幅改为3米，以适应我国小麦密植的要求，又设计了多种附属装置，如大豆收割装置、拾禾器、集草车等，扩大了联合收割机的用途。另一方面，李中功总工程师随国家技术考察团赴苏联、东欧考察，考虑到现在厂里生产的联合收割机是机引式，干活时还要陪上一台拖拉机，因此他建议引进苏联的一种自走式联合收割机，已经得到部里批准，正在准备有关设计试制工作。在“一五”即将结束迎接第二个五年计划第一年的时候，全厂职工奋发图强，为自己提出了做更大贡献的奋斗目标。经厂党委研究，工厂管理委员会讨论，计划在一九五八年生产联合收割机一千二百部，已上报部里审批。这将是去年产量的三倍多。

《乘风破浪》

一九五八年一月一日人民日报发表题为《乘风破浪》的社论，指出“又多又快又好又省地进行各项建设工作，必须鼓足干劲，力争上游，充分发挥革命的积极性创造性。”后来作为主要内容形成了建设社会主义的总路线，在总路线引领下的“大跃进”实际从农业开始。

一九五七年冬，中央做出了《关于在今冬明春大规模开展兴修农田水利和积肥运动的决定》，各地以“四大”（大鸣大放大辩论大字报）的形式批判“右倾保守”落实部署，全国亿万人投入了水利建设高潮。“苦战三年改变农村面貌”、“人有多大胆地有多大产”、“一天等于二十年”等口号鼓舞人心。空前规模的农田水利建设运动，吹起了“大跃进”的号角。厂里根据市委安排，抽出六十多名干部，支援郊区兴修农田水利的群众运动。吃住在农村，参加开沟挖渠劳动和大辩论活动，厂里一些工人带头自觉用休息日义务为农民修理农具。

在党委会学习总路线时，鲁梓原说：“现在全国工农业生产都在大跃进，全国都在向科学技术进军，我们应当像农村兴修水利那样，在厂里开展一个技术革命革新的群众运动。”大家同意他的意见，具体讨论制订了计划，号召全厂职工破除迷信、解放思想。小窍门大建议，为超额完成今年的一千二百部联合收割机，为给农业生产提供更好的农业机械而奋斗。

党委的号召激发了全厂职工的积极性，时间不长，群众运动结出了累累硕果。其中，受到全厂普遍重视支持的是试制成功了万能底盘拖拉机。早在一九五六年，在联合收割机成功投产鼓舞下，洪希铭工程师等人认为，除了收割，农业生产中还有更多费体力、低效率的劳动，也可以用机械化代替。他们的设想是，我国农村不富裕，若设计一台多用途底盘的拖拉机，既可用于拖拉作业，又能用来发电、磨面、浇灌等，是适于农村使用的产品。后来虽被搁置，但他们一直在做着调查研究和构思设计方案的工作。这时重提此事，李中功非常重视支持，并组织人员加强设计力量，只用三个来月就完成了设计，额定功率二十八马力、四个前进速度、一个后退速度、可带动十多种农具的底盘，称作万能底盘拖拉机。

在试制过程中，由于它体现了全厂职工都想干拖拉机的心愿，因此得到了各方面的积极配合，需要哪个车间工种干的活儿，二话不说一路绿灯，打破了原来要经过生产科按零活安排计划的工作程序。开始也曾因发生矛盾而受阻，鲁梓原因为也想尽快促成这个项目，就向大家宣传农村兴修水利中的共产主义协作精神：“人家为了修一条水渠，跨队、跨乡，甚至跨县，不分地段归属，得利大小，有人力出人力，有工具出工具，水渠修成，成果共享，功劳属于大家。”

万能底盘拖拉机试制成功，对人们搞技术革新是个激励，半年多来共提出大小合理化建议二千九百多件，也更激起了一些人创造新产品的愿望。有人只要有一种设想就自己动手，不懈努力，有了“共产主义协作”这条路，就能制作出来，先后就有“九龙号人工降雨机”、“稻田用电动牵引机”、“饲料切割机”、“垛草机”等十余种新产品。

这里要说，开始要做这些东西，李中功并不完全同意，认为这样未经调查研究论证就动手的，做出来不实用，不可能投入生产，会造成浪费，鲁梓原也用建厂初期“退货事件”的教训想说服当事人，但拦也拦不住了。

所谓“共产主义协作”，起初是在农村大办农田水利基本建设中，把平均主义的无偿调用劳动力误以为是共产主义的，后来被称作“共产风”，与“浮夸风”“生产瞎指挥风”一起，形成了坏风气，严重破坏了社会生产力。这股风也影响了工业，虽然性质有所不同，但就这个厂来说，它打乱了工厂的正常生产秩序，也带来了不可估量的损害。

第一次看见他发火

这一天，鲁梓原在装配车间门外与周耕有谈论车间生产情况，正好汪师傅跟着一部刚完成总装的联合收割机走出来，汪国山现任成品检验员，他便主动对他们说：“质量不错，今天前面完成的两台，每个也都很好。”鲁梓原问现场情况怎么样。

汪国山答：“没问题，去年坚持贯彻装配工艺规程以来，都已成习惯了。就是有时候出现缺件，打乱工艺流程的事儿短不了发生。你看现正装配的第四台又停那了，说是拨禾轮的轮毂没有了。”

正说着，机加工车间陈贵海快步走来，顾不上打招呼，直奔问题说：“老周，答应给你送来的轮毂件不行了，本来铸件是有的，可是加工一个一个地崩刀，主要都是砂眼问题，没法加工，今早这批话已经退铸工了，也是真对不起。”

周耕有说：“别这么说，你估计什么时候能过来？”

陈贵海答道：“他们今天造型，我也得后天加工陆续给你送来。”

周耕有喃喃自语着：“这么一耽误，完成这月计划成问题了。”

鲁梓原忙问：“这批活儿现在在哪儿？不能挽救了吗？”也没等有人解释，他拉着陈贵海就去了铸工车间。

余大地、黄时普已在那里，许多人围着，面对一堆废品，检验员见厂长来了，又详细作了情况说明：“问题的原因比较简单，主要是夜班筛砂不干净造成的。”

有几位夜班尚未回宿舍的工人说：“那天筛砂量太大，快天亮了还没筛完，领导就催快点干，最后剩一堆小山头似的要求半小时筛完，所以……”

鲁梓原听着问题如此简单，就认为明显是不负责任，一股急火上来，不等工人继续说明情况，就说：“领导上？我是厂长，我叫你们这么蛮干了吗？这样能加工出好活儿送农民使用吗？要是给你们蒸半生不熟的窝头，你们能吃吗？不管是谁，这批活儿谁干的要写检讨，扣这月奖金。”

有人小声说，大跃进，政治挂帅，都不计报酬了。

“嗯！必须认真地检讨，要想一想。”鲁梓原想说说农业发展形势，农机厂的责任，而眼前问题是要批评那种只管快而不负责的问题，怎么说好呢？

正在犹豫，文君生来找他说：“部里领导同志来厂了，一是了解联合收割机生产情况，更好像主要是问万能底盘拖拉机试制成功后的情况，还问如果作为厂子新产品的一个品种，能不能大量生产？李总已经在会议室那里，正等你去呢。”

鲁梓原跟文君生走后，群众议论纷纷说，第一次看见鲁厂长发这么大火。

余大地和黄时普后来找到鲁梓原说：“你那天走后，大家认为出这样一大批废品不应该，你批评得对，但是没见过你发这么大脾气。你说给人蒸生窝头吃，就不服气。这段时间这么拼命干，好像你还说他们偷懒是的。”余大地补充解释说：“那天翻砂活儿下来的砂子量太大，几乎是平常的一倍半，为此吕主任白天下班，夜班又来亲自一块筛砂，干了一夜。他近来一直咳嗽，当时实在止不住，天也快亮了，大家都劝他回去休息，临走，对剩下的最后一堆砂子，他要求半小时筛完。说的领导上要求，那说的就是他的要求。”

鲁梓原听着，半天没有说话。于是，黄时普接着说：“去年岳廷他们在车间旁加盖了一个简易厂房，增加了厂房面积。随着产量提高，工人劳动量也是不断增加，特别是今年以来，技术革新的零活又多起来，开始我们生产科都尽量排队，有计划给安排，可是最近各车间之间都自己直接‘交易’了，还都说是你支持这么干的，叫‘共产主义协作’。这样随意加塞儿给车间布置活儿，不但是搞乱了生产能力平衡，人累得也受不了啊。就这个乱劲儿，很难不出事。这次的废品跟这就有很大关系。”

鲁梓原心里知道，这么个乱劲儿，也和自己工作有关系，只好说：“咱们抓紧研究一下，生产秩序不能再这样下去了。”又接着问：“知道吕师傅最近怎么样了么？”

余大地说：“还是老咳嗽，大夫说可能是肺病。”

鲁梓原说：“不行，赶紧去医院检查，该休息得休息，他从来都是干起活儿来不要命的人。那天，我又不问具体原因，错怪了他和工人师傅们，我得去向他们检讨道歉。”

先盖庙 后请神

六月过去，一年的时间已经过半，完成任务过半的目标没有实现，要提前完成全年增产计划的任务全压在了下半年。技术革新的群众运动涌现出大量小窍门大建议，对促进完成生产任务可以起到一定保障作用，但也不尽如人意，能够实现的项目还不及提出项目的四分之一。万能底盘的试制成功又给工厂带来了更新更重的任务。万能底盘拖拉机与联合收割机配合作了一次小麦收割的田间试验，性能基本上达到了设计要求。作为“七一”献礼产品，在向市委和部里报喜得同时，并送中南海受到中央首长的接见参观，人民日报作了具体报道，引来全国各地大量的意向订货。

接着的一件事让厂里的工作发生了重大变化。前面说到部领导同志曾经来厂要谈联合收割机生产情况和底盘的新产品问题，和那次谈话有关，这次是正式发文，对厂子扩建任务作的重新决定，原来确定工厂任务是年产联合收割机五千部，新的扩建任务书为年产联合收割机一万部，万能底盘拖拉机二万台。作为北京市重点工程之一，在国家计划投资未到之前，由财政借款三百万元，立即破土动工，市建筑公司施工队进了厂，很快在厂内出现了一个热气腾腾的基建高潮。

利用原试验农场，在建联合收割机和底盘车间的工地上，地基已经开挖，立柱拔地而起，形势发展之快，令人们的思想还没转过来，不免有些疑虑。在党委会上，根据新情况，将工作分为生产和基建两条战线。

新任命文君生为副厂长、岳廷任修建车间主任负责基建方面工作。既要组织好厂内相关力量，更要配合进厂的建筑设计和施工队伍，这是一项全新的工作。文君生说："眼看着建设厂房这么快，上月还没想过，现在就在眼前了。我是想，咱们联合收割机是需要扩大生产能力，但自走式的，还有底盘虽说都是试制成功，要正式投产还有许多工作待做，也不知上级是怎么想的，这大厂房盖起来后，如果一时用不上怎么办？"

鲁梓原说："怎么想的？就两个字：急需！你们想，'一五'计划的一百五十六项重点工程，只有一个拖拉机厂，哪儿够用？国家看我们有新产品，就看作是星星之火，就要把它点燃，烧出铸件、锻件，造出大量机械产品来，我们平常总想为国家做更大贡献，这正是大好机会啊。"

老刘同志说："可咱们这新产品，八字一撇刚拿起笔来，什么时候能投产，谁有把握。李总，您说有没有这个问题？"

同志们也都想听李中功的看法。

李中功说："我也是正考虑的确有些问题，还必须好好研究。"

鲁梓原说："有可研究的问题，就有希望，我们现在的任务叫先盖庙，后请神。请神就是新产品和培养人。"

老刘插话："对了，市里批准让咱们厂招收新徒工一千六百人，很快就要进厂了。"

鲁梓原说："还有部里答应分配来厂的大学生，也将陆续来厂，应该说是盖庙请神同时进行。总之，现在不是考虑有没有把握的问题，就是要努力去做好已经摆在眼前的工作。"

鲁梓原这种敢于担当的精神，给同志们增添了极大的勇气。

平山填湖

由于基建铺的摊子大，除了土建施工，水暖电照也必须相继开工，人员进厂来得多，各种工作相互交叉，进度又都要求急，常在现场出现扯皮现象，甚至发生争吵。文君生有时感到压力很大，鲁梓原看他好像有畏难情绪，一方面跟他一起分析原因：“你看，上级决定把咱厂扩建成两个新产品年产一万台、两万台的大工厂，但又不可能像‘一拖’那样有完整的计划、齐备的条件，所以工作头绪有点儿乱，这不就是因为国家急需嘛。”又一方面鼓励他：“工作中矛盾多，这就要看你的本事了，对自己也是锻炼。现在我们厂的工作，占有天时地利，就是国家重视，兄弟单位支持，现在就是要做好人和了。虽然我们和兄弟单位的工作都是完成国家给的任务，但基建在我们厂进行，我们应当更主动地把工作做在前头，取得互相信任，使大家心往一处想，劲儿往一处使。我们党的事业成功就是要团结一切可以团结的力量。”他又半正经半开玩笑地说：“再说你身边还有我这个力量，可以让你团结调动啊！”文君生也笑了：“好，以后少不了还得你出马出力了。”

自此，文君生与各单位领导约定工作碰头，彼此经常谈心。工作中本着“困难留己、方便让人”的态度。比如干土方活产值低，就主动揽过来，由厂内人来干。

按照工厂设计方案，新变电站要建在东龙山湖的位置上，必须平山填湖，这就是一个大量土方工程，无疑只能厂里组织人来干。谁来干？从现生产岗位上抽出这么多人，是不可能的，鲁梓原和文君生都想到，作为一项突击性任务，是不是可以由共青团来组织，新进厂的一千六百名青年徒工为平山填湖的主力军。鲁梓原马上想起来，这件事可不能当一般工作来布置。建厂以来，自己总是强调先生产、后生活，职工的业余活动一直没个去处，去年青年们自己动手美化生活，在这里依东龙山湖的自然条件，修建了这个共青公园，这刚过一年，就要把它平掉，恐怕谁都不会同意。

他找到纪雨，纪雨就说：“别说团委其他同志了，我就想不通。工厂扩建为什么要平山填湖？”

于是召开了一个团干部会。

鲁梓原把形势任务的需要详细地讲了一遍，并且说：“要把刚建的公园平了，我也是很不情愿的，但为了这新的扩建任务，要求我们又不得不做出牺牲。”

团干部们先是说就不能在另一个地方建变电站吗？就不能这样……就不能那样么……看看没有改变工厂设计的可能，大家七嘴八舌就问：“那么您说的先生产后生活的原则，这‘后’要后到什么时候呢？”

鲁梓原郑重地说：“这件事我一直记在心里，随着扩建任务完成，一定想办法。”

有人学苏联电影里列宁同志说“面包会有的”语调笑着说：“您一定又会说公园会有的，电影院会有的。”

鲁梓原也笑了：“肯定会有，不过现在这次平山填湖的劳动，还得你们共青团来组织。”

大家一起说：“党委交给的工作，该干的一定干好。但您厂长的话，可不能说了不算啊！”

纪雨说：“具体工作团委研究一下，也要文副厂长一起来安排的。”

鲁梓原点头说：“当然是啊。”

问题是不是就此解决了呢？没有。

原来这一千六百名青年徒工进厂的时候，厂里全部职工约两千人，可以想见，当初把这一大批人塞到车间里，如何安排的难度可想而知。车间主任们说这不是给车间生产添人，而是添乱。当时，鲁梓原是说尽了大道理，又说现在工厂扩建开始了，不同时培养人，将来的生产，上哪儿去要人？人无远虑必有近忧。说得大家只能把人领回去。

如今各车间千方百计，好不容易安排就绪，又要把人抽出去，一片埋怨声。

在会上，有人说："难道就没有别的办法了？"有人说："该谁的活儿谁干，建筑公司干不了，就让岳廷的修建车间干。"又有人说："让干部参加劳动……"有人提出折中意见："抽一半人行不行？"

余大地也表示："这样车间可能好安排一些。"多数人犹豫了一阵，大多都倾向附和这个意见。有人好像要替厂长拍板似的："行了，就这么办了，多数人都同意了。"

鲁梓原想了想坚决地说："不行！这是当前急待完成的一项突击任务，要的是集中力量打歼灭战，队伍都不能调动，还打什么仗。这不是开党委会，这是战前工作布置，不是多数人说了算，我抓什么什么第一。"当场决定："一千六百名青年徒工即日必须全部参加平山填湖劳动。"他又说："生产当然必须保证，抽出这批人能带来多大麻烦，我相信你们车间能解决好，也必须解决好。"

平山填湖就此拉开了大幕。除了一千六百名青年徒工是主力，团委又动员团员青年利用一切可能的时间参加义务劳动。全厂职工许多人下班后也积极参加。工地上，到处插红旗，歌声、号子声、欢笑声此起彼伏。临时架设的索道从山上往湖里填土，人们手持铁镐刨土，双手打起了血泡不停流血，双肩挑土磨红肿了不下山，硬是凭着人们的热情劳动，平了山，填了湖，为在这里建起新变电站等工程，铺出了一片平整的土地。

也大炼钢铁

一波刚平，一波又起，情况又有了新变化。经过那么多人努力，争抢时间平了山填了湖，但没有如鲁梓原跟青年们说的那样，这是一项急待变电站开工的任务。现在突击完成了，施工力量并没有按计划开到这里来，而是去干了更急、更新的任务。

十月初，厂里接到市里下达的大炼钢铁任务。一九五八年全国为了完成一千零七十万吨钢的生产指标，开展全民大炼钢铁的群众运动。《人民日报》社论号召有关部门“停车让路”，大炼钢铁压倒一切，在全国掀起了轰轰烈烈的夺钢保钢高潮。按照市委指示，厂里停了其他基建任务，集中全部施工力量，为炼钢先建铸造车间。两千多人开到施工现场，日夜奋战，仅用五十多天就基本上建成了两万三千平方米的铸造车间一期工程。在其内安装了市里调拨来的四台三吨转炉、四台十二吨冲天炉。厂里成立了炼纲总指挥部，鲁梓原任总指挥。一方面派出一批工人、技职人员前往北京钢厂接受培训，于十一月开炉，经过试验，开始炼钢。另一方面，带领全厂职工热火朝天地投入大炼钢铁的热潮中，进行土法炼钢，利用一切可能的时间和条件，一齐上阵，有的人白天上班晚上挖坑埋锅“炒钢”，即把废铁放在锅里炼成一块，通俗名叫菠萝密。昼夜奋战，炼出了一大批。转炉开始炼钢后，先后共炼钢三百三十多吨。次年，一九五九年初，根据上级指示，厂里停止了炼钢生产，随之全厂各处“炒钢”的火焰也逐渐熄灭了。

这一天，眼看着一台台转炉被吊装上车运出了厂，鲁梓原想起来几个月前，它进厂安装时的热闹情景。实际上，刚过去的一年，全厂始终都处于那种热火朝天的群众运动中。几经波折，一千二百部联合收割机的全年计划终于完成了。奋战的经历显示了全厂职工百折不挠的干劲，也包含了多少工人技术革新成果。万能底盘拖拉机试制成功，农村欢迎，国家重视，带来了工厂发展的扩建任务，留下有许多待做的工作，等着研究的问题。他来不及细想过去的一件件事，一个个人在眼前闪过，令他思绪万千。

全国都在大跃进，厂党委做了很多决定，发出一个个号召，全厂职工都是热烈响应，一直在忙，不是一般的忙，是超额的忙。他想起了干起活儿来不要命的吕师傅和他车间的工人同志，他们一直承受着成倍增加的工作量，时常自责自己怎么会不了解具体情况对他们瞎批评呢！他想到有机会就想创新的技术人员，他们设计试制了有些新产品不实用，没投产，会不会挫伤他们积极性，工厂生产发展的许多工作等着他们呢。他想起了几位车间主任，生产的担子已经很重了，还常有各种其他任务要求，都压在了他们身上。有时他们会发牢骚，但是回到车间，不管有多少困难，总是要把完成任务放在第一位。我为什么还要对他们下达强制命令呢。他眼前出现了那一群朝气蓬勃、充满活力的年轻面孔，想到自己又一次向他们强调要“先生产后生活”，还要求他们组织突击，自己平了自己刚修建的公园，这是我欠下的一定想办法要还的一笔账。他想起了许多人，也想到自己。这一年自己兴奋过，高兴过，也犯愁急躁过。那么多事情都是急匆匆地来了，又被另一件事急忙忙地盖过去，一个又一个成功是怎么取得的？一个又一个问题又是怎么解决的？黄时普说过这么个乱劲儿很难不出事儿。李中功说他正在考虑有些问题的确必须好好研究。是的，一定要实事求是地研究一下，接下来的工作应当怎么做。

第十章

上马发动机

国家扩建任务书在，但已通过鉴定的自走式联合收割机不会走，试制成功的万能底盘拖拉机不能动，都需要发动机，上哪儿去配？

如果想自己生产，从哪儿下手？

解决问题的钥匙拿在自己手里才好睡觉！

国营工厂做好了克服困难“干”的思想准备，做出了向真的生产发动机迈进的决定。

不管遇到什么艰难险阻，拼尽全力，进行搏斗。不入虎穴，焉得虎子？

两难中做出决定

近来厂里似乎很平静，但是人们经过了那种热火朝天的日子，一旦静下来，反倒感觉有些不习惯。对厂子形势的议论也开始多起来，对去年的工作说好说坏的认识各不相同，争执不下。有说得多失少的，有说得少失多的，两种观点有一个共同的说法，叫失的不论多少，是交学费长本事，气可鼓不可泄。大家都不是统计专家，就不去计算了，抓紧当前宝贵的生产时间，这就又都想到今年“十一”是国庆十周年，要以什么成绩来迎接？

今年联合收割机全年计划生产一千七百部，比去年提高了百分之四十，党委提出要把日产八台作为努力目标。但是年初以来，薄钢板等材料供应不足，断断续续。厂内因各种原因生产前松后紧，这使生产计划一直处于不稳定状态。

根据上级“关于调整一九五九年主要物资分配和基建计划的指示”，全厂特别在以下几方面做了工作布置：要提高产品质量，整顿生产秩序，力争增产，坚决压缩管理经费百分之二十以上，规规矩矩做好新产品试制工作。

在研究具体工作的党委扩大会上，文君生说：“不论今年的工作还有什么这问题那问题的，我觉得当前最要紧的是两个新产品怎样尽快落实。年产一万台联合收割机，要生产自走式的准备得怎么样了？年产底盘两万台，刚算试制成功，还没有正式鉴定，什么时候能投产？都还是未知数，可正在建的厂房，就是按这个要求盖的。”

大家议论来讨论去，问题是客观存在，没有捷径可走，抓紧干就是了，好像没什么可说的了。

待了一会儿周耕有说：“我有个想法，说出来大家看，是不是我想多了。我参加了万能底盘拖拉机的试制，成功了，可看着上面那个发动机是选配用的，就想，如果咱们真的大批生产了一千台一万台，上哪儿去配发动机呢？我和有的同志议论过，他们也是有这个想法，但又说那是将来的事。也跟李总说过，不知他认为是不是有这个问题。”

李中功说：“的确存在这个问题。这种发动机目前还没有工厂生产，特别是自走式联合收割机很快就可以鉴定投产了，配哪儿的发动机还没有定，要是咱们厂自己也生产发动机，这里存在的问题太多了，所以一直也没有想好，没有提出来。”

余大地说：“都知道发动机是拖拉机自走式联合收割机的‘心脏’，据听说一拖建厂过程中，产品设计、工艺、装备主要是由苏联帮助，其中进口设备有一千五百多台，里面就包括制造发动机必需的各种专用设备，这都是我们厂难以弄到的，还要有大量投资。这件事咱们厂党委决定不了。甄宇柱开始还说，他们设计科愿意试试，干联合收割机以前不是也都觉得困难不少吗？可是经大家分析一说，干发动机可不一样，专业上跨着行呢！”

讨论非常热烈，说来说去，无非是两难：如果就两个新产品干下去，成批大量干出来了，没有发动机，自走式联合收割机不会走，万能底盘不能动，怎么办？如果想自己来生产发动机，从哪儿下手都不知道，有可能吗？有些同志就说，算了吧！别自寻烦恼，干咱们现实该干的吧。

老刘同志安慰大家说：“有扩建任务书在，咱们把国家给的任务干好，发动机的事上级会考虑的，咱们一个工厂考虑不了那么多。”

有些同志还是不死心，首先就是鲁梓原，他坚持要讨论出个意见来。他是个发现问题就想动手解决的人，不愿意把问题往外推往上推，他说：“问题上级是要考虑的，但咱们国营工厂也不能等不能靠啊！知道干出了产品还用不上，心里不踏实。同志们再想一想，解决问题的钥匙拿在手里才好睡觉啊。”

经不住他一再动员，会议用业余、晚上、星期天，断断续续开了好几次，你一个想法，他一个主意，凑出的办法，都不现实、不可行，最后是李中功的一个意见比较具体可行。他说：“比较两个新产品，自走式联合收割机在设计时，就考虑过配用什么样的发动机，选用的是苏联CK–3自走式联合收割机配套的4115型柴油机，咱们可以申请引进并订购这种柴油机的一套产品图纸及相关技术资料，估计费用不会太多，上级领导可能会支持。咱们有了这些图纸资料，就可以具体研究试制的可能性，难点究竟在哪儿？能不能干、要不要去干发动机？”

大家听了都认为这个办法好，对上级领导要求不算高，有可能批准，对厂里的工作也是从实际出发，走一步进一步，试着脚步前进，具体可行，一致赞成。

鲁梓原也表示完全同意，但是他故意郑重其事地说：“虽说这个办法是试着脚步前进，可也不是试试水深就上岸了，要做克服困难‘干’的思想准备，还是要向真的生产发动机迈进，是明知山有虎，偏向虎山行。”

有压力互相鼓励

时间过得真快，人们感觉还没干多少事，新年就已经过去两个多月了，事不宜迟，立刻向部领导写报告，申请引进并订购苏联4115型柴油机图纸和技术资料。让人没想到的是这件事比预期的顺利，申请报告交上去，领导立即就批准了。据有关领导部门说这期间中国还向苏方催问了两次。结果，六月里，4115型柴油机产品图纸和技术资料就由苏联寄到工厂里，设计科和技术科的同志马上动手翻译。

几年来同志们下功夫学俄语，这时派上了用场。大家不分日夜，马不停蹄，八百八十多张产品图纸以及各种有关技术资料，九月全部译完，并描晒出图。事情进行到了这个份儿上已经没什么可再犹豫的了，厂党委召开了有关科室技术人员和车间工段长以上干部会，动员在完成正常生产任务同时，积极进行发动机的试制工作。

前面说了，就这个厂现有条件，试制发动机是要在极端困难的条件下进行的。最大的困难，首先不仅是物质条件的缺少、简陋，更在于面对图纸不知工作应该从哪里下手，感受具体压力最大的当属总工程师李中功。这些天，他对工作应当怎么做有这样那样的想法，又都觉得不理想，如果做不好也许会让同志们劳而无功。

一天，鲁梓原办公室来了一位女同志，他一见立刻起身迎接，边让座倒水边问：“怎么，刘青同志今天想起来回厂看看？自从去了农机化学院好像很少回厂来是不是？”来人是李中功的爱人，原来在厂附设的专科学校工作，专科学校前年随厂子上交国家要办农机化学院，她的工作跟着调了过去，家也搬过去了。

二人相互关心询问几句，刘青直接说明了来意：“我今天来厂有个事想请您帮忙，鲁厂长。”

鲁梓原认真地问：“什么事？你的事就是厂子的事，说吧。”

刘青欲说又止，下了下决心就说：“要个人。”

鲁梓原笑起来：“你们学校是出人才的地方，怎么倒向工厂要人？噢，我知道了，是不是中功同志又两个礼拜没回家，你是来找人了。”鲁梓原更是不好意思地笑道：“最近厂子要上发动机，中功同志没跟你说过吗？他可是大忙人，你应该理解，你必须支持。不过上星期六，他不是回去了吗？”

刘青说：“是回家了，也跟我说起厂子要上发动机的事，正是因为这个……我就直接跟您说吧，他对这次要转产的事，是既兴奋又思想矛盾，认为自己作为总工程师对这一行并不熟悉。年轻时学过，专攻农业机械，知道离不开发动机，但没搞过它的设计制造，担心胜任不了新工作。正好这次回家，碰上了学院领导，说起教学来，新中国建这个农机化学院，历史上从没有过，学生来得挺多，哪有那么多老师？希望他能到学校来当教授。他有点动心，又不好意思向您提，我这是替他操心。干不好，别硬撑着，您说是吧？您就成全了他这个愿望吧。”

鲁梓原一时无语，沉思，突然面向她说：“刘青同志，不对！我不客气地说，在这上头，我比你更了解中功同志，抛开工厂的工作绝对需要他不说，想离厂的要求，绝对不是他真心的愿望。”他又说起李中功对厂的工作情况多么重要，多么热爱，所以工作非常紧张……“当然，他不应该不顾家，不应该把家里的事都推给你一个人。”

刘青说：“我没有那个想法，也对他说过。他回国后就想在祖国农业机械化上干一番事业，现在他也不年轻了，他想干什么就让他干去，教书也好，干工业也好……”说着话，她眼里闪动着泪珠，不知是回忆起了夫妻间多少年来携手相助的真情，还是鲁梓原的话委屈了她。待了一小会儿她说：“如果您这么相信他，就让他好好干，就是担心他左思右想的不踏实，您得帮助他。”

鲁梓原说：“是！这些年厂子的发展中功同志作了重要贡献，也离不开你的支持，厂子得好好感谢你。”

刘青说：“谢我什么，都是国家任务。”

鲁梓原说：“对，这是咱们共同的认识。中功工作的事，就交给我了，还得说最近这段时间厂子工作是比较忙，但我也一定让他每周必须回家一次，争取两次……”

当天晚饭后，鲁梓原和李中功一起走出了食堂，二人步行在厂区大道上。话没说几句，鲁梓原就道出了心中的话题：“今天上午你爱人来了，说你有到学校去工作的想法，是怎么回事？”

李中功并没想做什么解释，只是说：“就是那个偶然机会那么一说。我不叫她来，她说看我一夜没睡好觉的样子，非要来找你说说。你说现在厂里工作正忙的时候，我能要求离厂吗？”

鲁梓原说：“是啊，我跟她说这是不可能的。不过，你是不是觉得最近压力很大？”

李中功似乎心里早有一堆话，这时自然而然地说了出来：“自从咱们提出来要做发动机，我是既兴奋又不安。咱们一直说为农业机械化奋斗，说具体了，就是农业生产的动力，用发动机代替人力畜力，减轻人的体力，提高劳动效率。没有发动机，农业机械化拿什么化？可是现在图纸资料来了，真的要搞发动机了，心里倒有些不安起来。”他稍微想了想又说：“你知道这些年咱们说干农业机械，主要是在农具与土壤、农作物的关系上研究问题，搞发动机则是要在如何使热能转变成动能、机械能的问题上下功夫，这是不同专业啊。俗话说，隔行如隔山，我在这方面应该说基本没有入门，留学时攻读农业工程，更多是关于拖拉机发动机的使用，而不是制造，想到自己现在是一个机械制造厂的总工程师，就应该让位，干不好的事，别逞能。”

鲁梓原边听边想，也在等着他说现在工作中遇到的问题，工作怎么不容易，但是他没有说，李中功不愿意去强调那些具体难处。鲁梓原说：“你的这些话让我加深了对搞发动机的认识，它是进入农业机械化的一个标志。我们这些想为农业机械化事业奋斗的人，上发动机则大有可为，不上则是半途而退。你刚才说怕自己干不好耽误工作，我想起来你说过刚回国那两年是想干什么都干不成，那的确是耽误了你年轻的大好时光，因为那时有人封锁我们、压制我们，这是你的故事告诉我们的。中国的工业发展被耽误得太久了，但这不应该成为我们的负担，我们已经下定决心要把失去的时间尽快追回来，不是吗？”

李中功转过身来说：“鲁厂长，你的这些话是激励我，还是说我害怕了？”

鲁梓原说：“不，我们不需要人来激励，也不会害怕。你说的是事实。我是想，就我们这些人，具体这个厂，在跨上这一步时究竟跨不跨得过去。你看一百五十六项重点工程，是有国家的大量投资，又有苏联的技术、设备帮助，比如‘一拖’，大概是用了四五年的时间，今年拖拉机才投产，咱们现在当然只是要搞一个发动机，但面对的只有发动机的一套图纸资料行不行？”

李中功听了一愣，顺口而说：“试制联合收割机开始时，连一张图纸都没有，还是甄宇柱他们冒着严寒在农场一个一个零件测绘，才弄到了一套图纸。”

鲁梓原好像被提醒，道：“你是说我们今天试制发动机比试制联合收割机时条件要好？！”

李中功说：“当然，但也不能完全这么看，毕竟是两件事，技术领域不同，要求不同。”

鲁梓原说：“你还是想说隔行如隔山，是吧？不过我记得有人说，只要肯登攀，人总比山高，孙悟空过了火焰山是神话，红军过了万水千山那应该是我们的榜样。总之，你的提醒很重要，要多想有利条件，再说，尽管今天和当年的问题性质不一样，试制联合收割机前，不是也有好多已知的、未知的困难吗？”

回忆起当年试制联合收割机，二人如数家珍，什么困难是怎么克服的，什么问题是怎么解决的，又想起了“红犁”的诞生，八项产品的标定，建厂以来闯过的种种难关。他们想起来不止一次在总结工作时的一句话：在实干中争取成功，光议论困难什么也干不成。

二人越说越有信心，李中功说：“我是被隔行给困住了思路，其实，什么发动机、联合收割机、马拉犁，都是机械这一‘大行’。工厂产品总是要进步，我们就要研究新产品里出现的新问题，在反复采取措施中找到解决办法，争取成功。今后可能技术要求更高、更精了，但是一样都要做工作，都必须一步一个脚印地认真去做工作。”

鲁梓原说：“咱们中国工业落后太多了，今后工厂产品要更新的工作还多着呢，我们今天这每一步还会和以前一样，从不会干起步走，努力去干。你，也算上我，全厂职工也许将来都会成为制造发动机的行家里手。”

精心组织　一丝不苟

发动机的试制活动开始了，李中功对鲁梓原说：“你说我们是明知山有虎偏向虎山行，现在可是已经闯进制造发动机这个虎窝了。”

鲁梓原说：“是！只有前进，不能后退。”二人边走边说，走近铸工车间时看到门外有些被砸的发动机零件，他们知道，这是已经生产的零件达不到要求作废了，说明试制遇到了问题。

车间里有一处聚集着一些人在研究什么，二人走过去，是人们正在分析一个缸体毛坯的质量问题。

车间主任吕振华师傅介绍说：“已经试着生产十来个缸体了，有的是明显不合格，有的是送加工后发现裂纹、砂眼什么的，都定了废品处理，砸了。这一个是在非加工面有点毛病，就想着舍不得再废了。”

技术科长冯治生补充解释说：“这还只是说外观检查，还没有做金相组织检查和压力试验呢。但这件缸体看似有一个小问题，为什么大家慎重研究呢？因为缸体内部有多处复杂的型腔，壁薄，最薄处只有三毫米，为此设计有较多加强筋。而这个缺陷虽小，却正好在加强筋近处，严格说是会影响缸体强度的。”

鲁梓原很有兴趣地问：“找出原因了吗？”

众人发言，每个人从不同角度去分析，有说砂子问题的，有说铁水温度或浇注速度问题的，也有说是造型操作问题的。

李中功对大家如此认真对待出现的问题给予肯定说：“就是要像你们这样一个一个零件的、一项一项要求的都认真检查，做到完全合格，那样试制发动机才有把握。我还想问问，这十来个缸体制作过程有记录吧？”

冯治生说：“有，小谢记的。”

鲁梓原看见小谢把记录递过来，就问：“你是叫谢名杰，陶总离厂时给你写过信，还送你一本书是吧？”

小谢自己不好意思地笑笑，答道：“是，听了陶总的鼓励，我不再把铸工造型看成玩砂子的了，他说好的翻砂工匠应该是个工艺美术师。”

鲁梓原说：“现在学习怎么样？”

小谢说：“上‘业大’两年多了。”

鲁梓原说：“那再有一年多就毕业了。”

小谢说：“不行，业余大学得六年呢。”

鲁梓原说："那可很辛苦啊。能坚持吗？"

小谢回答："坚持，一定坚持学好。"

说话间，李中功看了记录说："记录记得很规矩，过程步骤也清楚，问题是主要环节上采取的措施和检查结果的数据不够具体详细，而数据是分析问题原因、提出相应改进措施的主要依据，要尽可能准确一些，详细一些。"说到最后，这件缸体怎么处理？

吕师傅说："既然严格说影响缸体强度，当然要严格地办：废了，再做新的！一定能做出完全合格的缸体来。"多数人都赞同他的意见。也有同志提出，可以用焊补的办法，问李中功可不可以做个暂时过渡的要求，那样可以争取早做出一台发动机来。李中功笑笑问鲁梓原："那算发动机试制成功，还是说是过渡成功？"

说得大家都笑了。

离开铸工车间，李中功在想，发动机试制面临有各种困难，我们最需要的是什么？他把问题向鲁梓原提出来。

鲁梓原笑着说："你是不是想，有一百五十六项重点工程那样的帮助就好了。"

李中功很肯定地说："不，咱们不作那样的奢望，不是一起说过了吗？凡事自力更生为主，不能等、靠、要。"

鲁梓原说："那克服困难最需要的是坚强的意志，你是看刚才有人想搞什么暂时过渡，是吧？"

李中功说："不完全是，我认为最需要的是科学态度。你看，试制中有了问题，大家都积极分析原因，想办法，都想把自己的经验、思考贡献出来，可是对试验记录不够重视，尤其是记录缺乏具体详细数据，这样做，事倍功半，精力用不到点上。"

鲁梓原轻轻点了点头说："发动机是精密复杂的机器，没有科学的态度就掌握不了，可是人们的旧习惯还不适应。这就是说，你总工程师的工作不能只管就事论事解决具体技术问题，更要帮助同志们培养做技术工作的严谨作风和科学态度。"

李中功马上回答他说："这可不光是我的工作，书记、厂长不能只要求同志们敢于实践，还要学会善于实践。"

鲁梓原说："对，对，首先是我自己必须提高认识，端正态度。"

为了让全厂职工从一开始就参与并熟悉发动机的生产，也是更好体验发动机生产对人的思想、技术、工作作风有什么新要求，他们决定这次的发动机试制，不设专门的试制车间，按正常生产组织系统和工作程序进行，整个试制工作和正式生产一样，做到精心组织。为此，目前成立发动机车间，暂不搭机构架子，车间主任由生产科长黄时普兼任。具体试制的技术工作，同意总工程师李中功的意见，以柴油机五大零件的生产和装配为重点，成立三个小组：一是以缸体等为主的铸件组，二是以曲轴等为主的锻件组，三是装配试车组。明确要求必须以科学态度扎扎实实地做好每一步工作。同时做出了三项具体规定：一、严格按设计要求的各项技术指标去做，一丝不苟，精益求精。二、遇有物质条件困难，采取"三结合"方法解决，不强调客观原因。三是详细做好试制过程记录，为制订工艺积累经验。

不入虎穴　焉得虎子

说是成立了发动机车间，实际上只是有了厂房外壳，门窗都不全，二万四千平方米里面，东一台西一台摆放着一些机床，显得十分空旷。

余大地和黄时普在那里正和几名工人持风镐在凿地面、埋机床地脚螺钉。

鲁梓原和李中功二人走进来，黄时普迎上去就说："这么大厂房，才从加工车间调过来十几台床子，这得什么时候弄齐设备呀？"

李中功笑道："这得问你车间主任提出来都要什么设备啊。"

黄时普说："这不，余副厂长和技术科同志正在现场帮助研究呢。"

余大地说："我们的设想是整个车间南部依次从东到西排放五个大

件生产线和一个小件工段，车间北部是装配和试车两条生产线。”他说得极有兴致又极认真，感觉好像车间布置正在这样展开，不过他转过话来就说：“至于用什么具体的设备，按说成批大量生产发动机，应该主要采用组专机床，可明摆着现在大多还要用普通通用机床。”

黄时普引领着来看一台普通机床，旁边立着约十根曲轴毛坯，近处有一个画线平台，正在干活的人大家都认得，是老车工邢师傅和青工王新成，他是一九五一年进厂学徒，现在已经是车间骨干了，正在为平台上的一根曲轴画线。

鲁梓原俯身关心地问邢师傅：“这个工作的目的是什么？”

邢师傅说：“曲轴和平常的直线轴不一样，一是连杆轴颈（拐颈）和主轴颈不在一条中心线上，但必须绝对平行。二是加工拐颈时应确定曲轴的角向位置，要在曲轴臂上设定两个工艺面做基准，这里正在画线，就是在为加工画出它们的准确位置。”

黄时普补充说：“为了加工拐颈时能尽快找正它的位置，使它的轴心线与机床轴心线重合，陈师傅正在研究做一个偏心夹具要拿过来。”

余大地说：“锻工车间没有模锻锤，曲轴毛坯现在是经过大家多次研究试验，师傅们用自由锻辅以胎模锻打出来的。这样的毛坯形状不容易控制，加工余量不均，也必然给画线加工带来难度。”

李中功说：“目前条件只能靠大家发挥聪明才智，在技术革新上想办法解决问题了，但是你们在设计车间平面布置时，还是要从成批大量生产去考虑，曲轴应该是模锻的，加工要有专用机床。整个生产工艺都要按这样的思路去安排，这是现代化生产的必然要求。”

黄时普说：“还是得两条腿走路。周总理在人大会上强调说过，在现代化的洋法生产条件不具备时，目前的土法一定要搞好。”

鲁梓原自言自语：“问题是土办法不是现成就有的，用洋办法也还不知何时能具备条件。”

余大地又说：“凸轮轴现在也是用棒料直接加工，是用机械靠模方式改造的一台机床，以后也是应该上模锻，用专用机床加工。”

李中功说："目前试制工作里，工艺上这种矛盾还会不少。"

说话间，一阵冷风从大门洞吹过来，带着几片落叶让人感觉到秋末冬初的寒意，风把平台上的图纸吹起，小王捡起了图纸，顺便搓搓手暖和一下。鲁梓原问道："你们是不是戴副手套会好一些？"

邢师傅说："现在这个活儿公差要求得严，戴手套把握不准啊。"

余大地说："已经找好了汽油桶，伙房那边正在给盘炉子。"

鲁梓原说："让岳廷他们抓紧先把门窗配齐，这么大的现代厂房生产，怎么还靠汽油桶炉子取暖？"

余大地说："其实，不抢这个时间，等装好采暖设施再干晚不了什么。"

李中功说："鲁厂长说咱们是明知山有虎偏向虎山行，现在是已经上了虎山，像武松打虎，还不清楚真老虎都是什么样，所以一口气也不敢松啊。"

鲁梓原接过话来说："不管迎面扑过来的是什么艰难凶险，咱们一定会拼尽全力进行搏斗，打死老虎……"他故意停下话来，让大家且听下面一句："打死老虎，把发动机拿下来，这叫不入虎穴焉得虎子。"

人们都笑了起来，不觉身上涌起一股干劲儿，克服困难，夺取试制发动机胜利的勇气和信心倍增。

第十一章

压力加大

一九六〇年，党中央决定对国民经济实行“调整、巩固、充实、提高”的方针。

这个厂，在制造发动机的路上，担起了看似不可能完成的扩建任务。

初试顺利

全厂在精心组织、精心制作的奋斗中接近年底时，终于完成了所有零部件的生产，装配出一台完整的发动机，人们共同用力把它抬上了试车台架，这时候已经是一九五九年十二月三十一日午后，本来是安排在过年后来试车的，但是周耕有等人放心不下要求今晚就做试运转，厂部同意了，打破了年节放假前断电封门的惯例，并且听说鲁梓原等同志也要来。

晚饭后，周耕有、甄宇柱和青工佟来庆来到车间，赶忙做试前准备工作。周耕有自报曾在旧时汽车行修过车，环顾周围，他算是对发动机眼见过又动过手的人了。在这工厂要上发动机的重要关头，自己必须冲在前面，同时也改变一下同志们总认为自己只会拼命干的老印象，自己也是敢闯能干的。装配试车是试制发动机的一个关键环节，他被指定负责这项工作。

甄宇柱是一九四九年大学农业工程系毕业生，同届一个班的同学因为各种原因，新中国成立前大部分已经陆续流失，坚持到毕业的只有五个人，他是其中之一，也可说是难能可贵的人才了。来厂后分配在设计科，赶上新中国即将展开大规模经济建设，总觉得分给他的工作不够他干的。一九五五年那年，厂里要试制联合收割机他带一个三人小组在农场的一个棚子里，当时正值严寒冬天，他们坚持了两个多月，对苏制一部联合收割机测绘出了一套完整的图纸，为全厂试制工作打下了基础，受到了表扬。前两年，科里的几位专家因为有重要工作调走后，他被提为设计科长，这次厂里要干发动机，他决心深入试制全过程，诚心学，扎实干，既是个人志愿，更是职责在身。

佟来庆，一九五一年进厂学徒，肯干爱钻，从装配马拉犁、各种新式农具到联合收割机，一路下来，勤学苦练，已经成了装配工的一把好手。联合收割机上有几十副刀片，每副动刀片与定刀片的间隙要求不得大于0.5毫米，既要保证错动切割顺畅，又要防止茎秆杂草堵刀，必须用塞规严格检查调整，经他手安装的上万副刀片无一返工。周耕有正是看中他这种严细的技术素质，让他参与了试制发动机的装配试车工作，也是有意为以后发动机正式投产能担当这方面的重任。

这时，三人先是检查台架上发动机是否处于定位夹紧状态，机油、水、电气、燃油管是否接好，各项仪表是否处于正常状态，一系列检查合乎要求后，合上电闸启动运转。今天的试验是用电动机带动进行的冷磨合试验，按试车规范分步提高转速进行，第一轮600转／分钟。随着进行，来观战的人多了起来，新年之夜，知道今晚发动机要试车，人们都非常关心，怀着极大的兴趣纷纷赶来。接着，依次进行了第二轮850转／分钟的试验，当第三轮1200转／分钟结束试验时，已经是晚上过十一点了。整个试验过程除做了一些必要的调整处理，发动机运转顺利。

周耕有抚摸了一下发动机，转身面向在厂的二三十人高兴地笑着说："转了！转了！就这个事本不想惊动大家，这么晚，同志们都来了……"眼前的情景让他感动，人们来了，不管多晚，毕竟现在还是一九五九年，且是新中国成立十周年的年份。"这也是我们早就有的一份心愿，一定要赶在这个大庆的年里头，给咱们国家献上这份礼，我们自制的发动机转动了，时间是晚了点儿，礼也轻了点儿，但国家能谅解我们，相信我们一定会把能带动拖拉机、联合收割机的发动机制造出来。"

甄宇柱有些激动地说："只是完成了冷磨合，自己都觉得不满意。可是为这，全厂职工付出了太多的辛苦，紧赶慢赶地赶到了这时候。我总看见黄科长拿着发动机零件表、生产进度表，每天对照检查四面协调。"

周师傅说："如果今晚不转一下，明天过年同志们见面不好交代啊！”

黄时普接过话来，说出了这几个月自己的感受：“为了抢时间争试制的进度，只能这样勤着检查，总怕错漏了一件活儿误了时间。也是因为对这些零件都不太认识，工艺也不熟悉，只好拿着图纸去对照，就像相亲的，拿着相片去认人，这也就是边学边做吧。”本来这时有人正在小声议论，有人在跟余大地了解发动机知识，听黄时普这么一比喻，说得大伙都乐了。

李中功想了想说：“不要小看发动机这一‘转’，也是建厂十年来全厂职工知识能力积累和锻炼的结果。十年前谁能想到今天会有一台自制发动机在我们手里转动起来，还有，为什么这一试就做到了正常转动，这是因为大家做每一个零件、完成每一道工序时都精益求精，这是我们试制发动机一定能成功的重要保证。”

有些同志又就李中功的话畅谈了自己的感想。

鲁梓原说：“俗话说，十年磨一剑。我们为农业机械化奋斗经历了一次磨炼，虽然我们的发动机还在试制的路上，周师傅常说不怕慢就怕站。我们不会停下脚步，过了年咱们接着干。”他看着在场的人热烈议论的情绪，每个人都不愿离开这第一台发动机第一次转动的时刻，但是都该休息了，于是提议让大家一起鼓掌庆祝第一台发动机的诞生。

人们热情的掌声飞出了厂房，划过了夜空，与不远处传来的午夜钟声和鸣，那是新中国成立十周年北京十大建筑之一的北京站上空发出的优美和谐之声：“东方红，太阳升……”的乐曲给北方厂人带来的自豪与希望之声。

不能想得太容易

转过年来一九六〇年，按规定的试验步骤，发动机要进行六十小时的热磨合试验，周耕有他们早做好了准备：给发动机添加燃料——柴油，然后起动、燃烧、热能转变为机械能，驱动曲轴转动……三天下来，整个试验过程比较顺利，性能测试良好，说明发动机具备了自身工作的机能。甄宇柱在试验日记上写下了这样的话：

为准备进一步试验，发动机又制造有五台，接着要做的四百小时加载试验分两方面进行。台架上的试验，测试了额定转速、扭矩、功率和燃油消耗等，均可达到设计要求指标。另一方面进行了田间麦收试验，这里要插一段话：大家记得厂里的另一项新产品，即以这个发动机作动力的自走式联合收割机，此时它的机械部分的试制工作已经全部完成，正好两部分合装，可以进行收割作业。试验结果证明自走式联合收割机试制成功，也表明这个发动机作为动力机械具有了它的基本功能。

为什么对这段试验的评价加有个“基本上”的词呢？

在试制的小结工作会上，周耕有解释说：“试验过程中，曾经出现过漏油、漏水的现象，经过及时调整解决了，也反映过有些零件加工质量或装配质量的问题，从目前试验情形看，它不会从根本上影响发动机的性能，只是需要研究解决一下。”

甄宇柱补充说：“这一轮试验，只是进行的四百小时低速机型的试验，下一步按设计的要求还应该接受两千小时、65马力、1700转/分钟的试验，如果通过了，说明它完全实现了设计要求的应有功能，那时才算达到了试制这个发动机的根本目的。”

大家都认同他们俩的说明，这时有人就说：“基本上就基本上，都能下地干活了，就是胜利，接下来咱们集中力量把存在的什么加工装配质量问题解决了，赶快投产吧。”又有人说：“是啊，现在自走式联合收割机的发动机问题基本上解决了，利用这已有的经验，该抓紧研制万能底盘的发动机了。咱们不是要把两项扩建任务，一万收割机、两万底盘都做成带动力的全活儿吗？如果等一个特别完美了才去干另一个，那时间都耽误了。”

有这种意见的人还不少，主要意见是说可以边投产边改进，还举例说生产马拉犁时，还不是一边七寸犁供不应求，一边改进，最后造出了最好的马拉犁吗？！

甄宇柱说：“现在的问题和做马拉犁时不一样，不是想的那么容易。发动机做一次试验要两千小时不能少，否则就算不上一台完整的产品，何况现在是个试制品，做了两千小时试验还不知道会出现什么问题呢？别只看现在摆着的是一台一个零件也不少的发动机。”

鲁梓原想起来当年的“退货事件”，就说：“其实问题也有一样的地方，那年就是因为主观想的很容易，一下子做了一批各种新农具，调查研究不够，试验做得不到家，农民反映说的就是‘好看不好使’。这是个忘不了的经验教训啊。所以对下一步工作一定不能轻视，不过也一定要想办法加快，大家都希望尽早投产的心情可以理解，生产上也需要。”

李中功说：“同志们急于投产的心情可以理解，大家都一样。但是现在我们还谈不上什么已经有了制造发动机的经验，只是做了低速机型试验，看着能下地，可并没有发挥它应有的干活功能。台架上也只是做了四百小时试验，存在的问题还没有充分暴露，下地是要持续的长时间干活的，可靠性没有保证。如果就这样投产，去下地使用时联合收割机趴窝、停工，各种问题都有可能发生。下一步可能要做的工作还很多，的确不能小看。”

会上的情况，占上风的意见已经很明显了。陈贵海说：“那就接着该怎么干就怎么干吧。需要车间干什么，提出来我们一定积极配合。”

几个车间负责人也都说：“李总，您就说吧，发动机还要怎么试，咱们接着试。”

李中功这些日子一直就在考虑这件事，这时一边想一边说：“下一步的试制工作，我想重点有两个方面。一是继续按规范要求进行试验，着重注意发动机在高温、高压情形下的变化，这方面是可能会发生问题的，是需要处理问题的关键，不会那么顺利。二是在试制过程中，对零部件重新验证一遍，这是确保发动机技术过关的基础工作，做好了，试制成功就有把握了。”

余大地说：“李总这个意见，我们已经安排技术科和设计科一起，正在对五百一十八个自制件制定技术标准，下一步工作就是要求个个都要通过试验过关，同时也为制订工艺积累经验做准备。”

李中功又说：“也想听听大家的意见，鲁厂长要求要想办法加快，不知这样行不行？”

鲁梓原知道，李中功的做法是要打一场稳扎稳打有把握的胜仗，就笑笑说：“你一开始就宣布了，下一步工作继续按规范要求进行，我如果提不同意见，岂不是违背规范要求。”在同志们纷纷举手、点头的笑声中，他坚定地说：“我表示坚决支持，你们就研究具体工作计划，干起来吧。”其实在他内心，总还是希望加快试制进程，因为当前工厂太需要发动机早日投产了。

今年新农具产量又减了不少，部里要求集中力量生产联合收割机，一季度就要求五百台，可是薄钢板等材料供供停停，每月只生产一百来台，任务吃不饱，生产怎么安排，生产不稳定，发动机试制工作也不踏实。目前这是鲁梓原心中刻不容缓的大事、急事。

| 再扩建再加压

事情总是会出现变化。

这一天，部局领导同志到厂里来了，一来就走进车间，边走边听鲁梓原等人说情况。在联合收割机装配车间，得知曾因待料停工落下的生产进度正在赶上来，又在扩建工地上看到土建工程进展不错，新厂房骨架矗立在眼前都很高兴。来到会议室，首先听取了李中功关于发动机试制情况的汇报，非常满意，特别肯定了工厂同志们的工作成绩。接着就关心地问起工作还有什么困难。

鲁梓原说："目前最着急的是联合收割机统配材料不能按时供应，今年已经有两次'断粮'了，而且部里也曾多次要求增产，我们厂很愿意增产，也有能力多生产，但是……"

部长接过话来说："知道这个情况了，现在我国农业已经从小农生产走上集体经济的道路，国营农场也相继建立，旧式的收获工具靠镰刀，不能适应发展需要，你们知道国家年年要从国外进口联合收割机，急需国产的东西尽快跟上，所以才要求你的们增产，增产当然要给你们材料。不过，材料紧张也是实际问题，各行各业都争着大跃进，也许一时不能正常供应，你们也要做些预防问题的安排。"

领导上的话说到这儿，大家还能怎么强调困难呢？！

文君生一直为基建任务拖拉不能正常进行而着急，这时趁机说："您刚才看到了，扩建任务的土建工程进展比较快，列为了市里的重点工程项目，主要车间的厂房盖好了，可是计划里的投资拨款总是拖，已经影响工程的进度了。"

余大地补充说："最直接影响的就是必要的生产设备进不来，特别是有些关键设备。"

部长说："听你们说过，应该有模锻、曲轴的专用车床、磨床等，是不是？可以先让'一拖'帮助干嘛！"

鲁梓原说："现在试制的活儿就是他们帮助解决的，还有些专用设备，比如动平衡、磁力探伤机等，也是请有的科研单位、大学帮助干的。问题是要为正式批量投产做好准备啊！"

部长说："好啦，现在能干的事就照常干着，今天不具体谈了。今天要和你们说的是件比较大的事，大事干好了，这些具体问题好解决。"他停住话，看了一下所有在座的同志，希望引起注意。然后郑重地说："毛主席去年提出农业的根本出路在于机械化，要求'十年以内大解决'。部里为实现这个目标，编制了一九六〇年至一九六二年的农机工业发展规划。为尽快解决农业生产急需的机械动力，确定了基本建设投资安排的重点是以动力为纲。今天看见你们厂生产形势不错，全厂职工为国家农业机械化干劲很大。”他停了一下，好像要为自己的话作个解释，就说：“一九五六年因为你们制造出了我国第一台联合收割机，工厂经过改建，定下了年产五千台联合收割机的任务。一九五八年大跃进，你们又试制成功了万能底盘拖拉机，给你们确定下扩建的任务，目标是年产联合收割机一万台、万能底盘两万台。为了生产这两个产品，你们认为生产联合收割机不能自己走，万能底盘不能动，这不行，于是主动提出同时也要干发动机，而且说干就干，已经取得了试制的好成绩。”

鲁梓原说：“是部领导的支持，有了从苏联订购的一套产品图纸，试制工作才有了条件。”

“是啊，部里认为这条路走对了。”接下来，部长轻轻点了点头以加强肯定的意思，又慢慢喝了一口水。人们在想他下面的话一定是很重要的了，他继续说道：“为了贯彻全国农业机械化‘十年大解决’的要求，部里和有关部委确定，把你们这个厂扩建为大型企业之一。扩建目标是年生产纲领：每年4115柴油机三万台，自走式联合收割机五千台，万能底盘五千台，要求一九六二年投入生产，总投资初步估计为一点一亿元，已责成设计院据此编制工厂设计。”

鲁梓原和同志们听了部领导的一番话都很兴奋。农业机械化已经具体提到了全国工作日程上，建厂以来就以农业机械化为奋斗目标，今天接了个大任务。继而又一想，就觉得这可是个难以完成的任务，特别是发动机要生产三万台，现在可是试制的硬仗才刚开始。但不接这个新任务吗？叫苦吗？这里没有人会这么想。部领导同志看出了大家的反应，就说：“任务是很艰巨，困难不少，但是能在国家工业化、农业机械化的历史上写上这一笔，功不可没啊！为了帮助你们更好地建好这样一个工厂，部里安排近期由鲁梓原同志带队去苏联作一次学习考察，深入有关重点工厂，全面了解一下自走式联合收割机和4115型柴油机的制造和管理。另外，从今年毕业的大学生中，分配给你厂大约可以有四五十人，这可是咱们新中国自己培养的有生力量，你们一定要好好安排使用和培养啊。”

还能说什么呢？！

鲁梓原心里明白，任务是国家需要，困难领导上知道。他看了看李中功和同志们，他懂得此时大家的心情，于是他代表厂里同志们表示：“有部局和市委的正确领导，坚决努力完成新的扩建任务！”

能活到五十岁就行

当晚，听了部领导讲话的人心里都很不平静，脑子里充满了各种想象，也有问号，每个人都有些话想说说，和同志们交流交流，大家不约而同地陆续来到鲁梓原的办公室。也有人是听到了有新消息赶来凑热度。

余大地对事情的变化最敏感，说出了最先产生的想法：“我们厂由此将从生产畜力为主的农具厂转变成为农业生产提供机械动力的发动机工厂。一台发动机六十五马力，十台、百台……年产三万台，那在农村可真叫万马奔腾了。”他又反回来算了一笔账：“年产三万台，平均月产要两千五百台，每天应该出一百多台，生产出来放哪儿呢？又怎么运出厂去呢？”

文君生截住了他的话：“你别净想你还没生产出来的发动机怕没地儿放、没法运，先想想现在，地儿倒是准备好了，新厂房空着，生产发动机要用的设备却进不来，怎么办？”

老刘同志问：“是不是又是钱的问题，部领导讲扩建任务时说没说投资问题？”

鲁梓原说：“我注意听了，是说了一句，连先前的搁一块儿，是一点一亿。”

文君生说：“先不说还没见到批文，就是上次确定的拨款也没给够呢，所以购买设备的事就一直拖着，本来应跟土建一起干的。”

老刘同志说：“投资跟着任务，总会有的，咱们也不用着急，有多少钱办多少事，干好咱们自己应该干的事再说。”

黄时普说："这么大、这么急的任务，怎么能不着急。我觉得领导上定了的投资，也许说不定哪天一签字就批下来了。倒是咱们试制的发动机还有两年的时间，不知能不能完全过关投产。"

李中功说："你讲的问题，咱们可以算一笔账。我们现在的做法是从认真做好零件验证做起，不奢望捷径。你算算，每一轮试验要两千个小时，还要对试验情况进行分析，研究采取改进措施，然后再试，究竟要进行几番试验目前不能预定。假如每一番试验都是进一步，完全不走弯路，就是最快的了。这里还没说每番试验之间总会有需要加工的活儿，你生产要用多少时间。"

黄时普赶紧说："我们一定组织安排好，一路绿灯。"他想了想又说，"不过有的活儿需要外单位协作，这时间咱们就没有把握了，不好控制啊。"

文君生接上说："这又扯到厂里要自己干，缺少必要的专用设备，又是钱的问题。问题跟问题，互相牵扯，越说越多。"

鲁梓原对黄时普说："让你去管那个仓库的时候，开始不也是没把握吗？你的办法不就是有什么问题解决什么问题吗？要说平常的问题，谁都好解决，问题是遇到难题时，老办法不行了，就得想新办法去解决。后来为什么说你是创造了新仓库管理法呢？就是说靠的是创新。我们的眼睛不能只盯在眼前困难问题的'难'字上，对没把握的问题，要勇于面对，换个新思路、新方法。"

李中功接过话来说："总会有一些预见不到的主动权不在手里的问题，或是很难说有把握解决的问题。拿发动机技术过关来说，现在碰到的、想到的大都还是制造工艺上的问题，我有时也想，不排除我们会遇到原来设计上就存在问题的情况，试制中要发现和解决设计上的问题对咱们来说，理论上、实践上都是完全新的课题。"

鲁梓原想，新的扩建任务就是一个没有把握的全新课题，昨天还为生产任务吃不饱，试制的新产品出不来发愁，今天却高兴地接了扩建的新任务。新任务干得了吗？干得好吗？肯定是压力更加大了。他想跟同志们说，建厂以来，咱们一向就是自找压力，一直追求要干更新的任务，一心要为新中国建设做更大的贡献。这时，所有在场的人你一言我一语，都想说说当下最想说的话，对未来想得越具体，也就越兴奋，可对现实问题说得多了，感觉又复杂和难解。两种心情交织在一起，难以摆平。热烈发言的气氛中却掩盖着不易察觉的焦躁情绪。

鲁梓原听着同志们的议论，也在不断地思索：大家正在考虑的是什么？赶快行动么？犹豫的是什么呢？近忧与远虑都有吧。他突然从座位上站了起来，把手一挥说：“我看咱们无须为什么两年的三万台发愁，新扩建任务说的是，为了全国农业机械化‘十年大解决’，国家要把这个厂建成大型企业之一，大型企业就只会年产柴油机三万台吗？应当年产八万台、十万台，以至更大批大量的发动机源源不断地为农业生产提供更多的强大的动力。”他抑制不住激动的心情，强调说：“今天要造好4115柴油机，只是我们走出的第一步，在迈出这一步时我们要以科学的态度，用上最先进的技术，努力建设一个现代化的大工厂，为在‘十年大解决’中接受更大的任务而奋斗。”他以无比坚定的语气说：“再困难我们也能克服，再艰苦也要奋斗。只要能让我活到五十岁，我就要把剩下的日子全都拼在建成这个现代化大工厂的事业上。”

同志们被他这种强烈的事业心所感染，对眼前所碰到的困难感觉都是一种为事业奋斗的考验，不再是什么难不难的问题。逢山开路，遇水搭桥，有什么问题解决什么问题。发动机技术过关，该采取什么措施，必要的物质条件该怎样争取，他们想到了方方面面的问题，一一研究了要做的工作，事情虽多，大家谈论的兴致意犹未尽。夜已深，人们却毫无倦意。

话说到这儿，可能有人会问，这个厂的发动机刚刚试制，还存在许多不确定的因素，扩建任务要求用两年时间就正式投产，怎么就没有考虑它的可能性呢？但当时的情况是这样：大家在学习《中共中央关于建国以来的若干历史问题的决议》中知道，一九五八年党中央提出了社会主义建设总路线，激发了全国人民在生产建设中发挥高度的社会主义积极性和创造精神，并取得了一定的成果，但由于“大跃进”运动，忽视了客观的经济规律，使得高指标、浮夸风等严重泛滥，党中央曾经努力纠正已经觉察到的错误，可一九五九年的一次“反右倾”斗争，让人们的头脑又热了起来，争相要实现新的“跃进”。部里给工厂提出的新扩建任务，大概就是在这个时候产生的。

然而，鲁梓原和他的同志们并没有在意这个时间点，他们关注的只在于这个新的扩建任务是工厂为农业机械化事业奋斗的新起点，千万发动机的“马力”，将在广大农村创造万马奔腾的光明前景鼓舞着他们，他们也将决心为之拼搏，全力以赴，也就有了宁可牺牲寿命，也要实现理想的内心誓言。当然，担此光荣任务，有可能还会遇到这样那样的问题和困难，他们也许已有准备，也许准备不足，但考验都会在前方等待着他们。

第十二章

困难重重

“三年经济困难时期”，没有人把吃不饱挂在嘴上。

发动机五百一十八种零件要逐一验证技术过关，没有人因工作量之大而退缩。

度过暂时困难，工厂的人更是站在了前头。不等不靠，自力更生，经历了各种困难的考验，闯过了几乎关、停、并、转的生存危机。

人人减定量

接下了新的扩建任务要从继续做好当下工作做起。时间已经进入第四季度，今年要完成两千部联合收割机的生产计划，还差不少。鲁梓原和有关人员一起分析研究了存在的问题，针对统配材料只能分批的、不定时的供货情况，决定对均衡生产进度做出灵活安排，也做好必要时集中力量组织突击的工作准备，确保完成全年生产计划。

余大地提出："目前生产任务不饱满，可以安排一部分力量制作自走式联合收割机的零部件做储备。"

这时自走式联合收割机已通过鉴定，只待有了合格的发动机即可总装整机产品。根据生产情况的变化，要求黄时普的生产科对年前几个月的生产作个详细计划，注意精心调度。另一方面，自然要说4115柴油机的试制工作要加快进行，按照李中功的安排，目前最主要的工作是抓紧五百一十八种零件验证，工作量很大，明显是人手不够，进展缓慢。好在部里分配的大学毕业生已经陆续进厂，这带来了希望。但是他们目前基本上处于熟悉工厂环境、适应工作的练习阶段，如何让他们尽快进入实际工作是当务之急。当这些工作正在进行的时候，又一项要紧的事情摆在了面前。

这一天早上，鲁梓原刚走进办公室，文君生就跟进来，说起昨天夜里夜班工人跟食堂的人吵架的事。原因是往常夜班饭的肉包子变成了纯萝卜馅，面条汤里也没有了卧鸡蛋，只看见星星点点几滴油星儿。机工车间工人说是食堂瞧着夜班人少，凑合对付，食堂人说是肉蛋副食品不好买，前些日子还有议价的，最近连议价的都难买到。他看鲁梓原对他的话没什么反应，接着就说："其实，最近不断有人反映对食堂的饭菜不满意，还有人提出来要查账。"

鲁梓原随着就说："查账，可以，本来就有定期公布的规定，为什么不执行？不过，对食堂的饭菜不满意不是查一下账，平息一下吵架的问题。昨天我在市委开会，说到当前市场紧张，要向群众做好形势宣传，还要求具体动员节布节粮工作。你让办公室通知一下，下午开个会，这件事要马上布置。”

开会前，陈贵海早到，看会还没开，就问：“是不是要说夜班工人跟食堂吵架的事，我批评车间那几个人了，食堂有他们的难处，最近没几个上夜班的，还得让食堂派一班人应付着……”他这话题一开头，人们议论开了。

锻工车间杨成泰说：“这不是一个夜班的事，最近好多人都觉得食堂有问题，还是二两一个的馒头，看着暄腾腾的，但吃不饱。过去我自己八磅大锤抡一天，只是肩膀胳膊有点酸痛，现在好像举都举不起来了。”

铸工车间吕师傅说：“车间翻砂工人有的蹲着干一阵活儿，站起来头晕，腿上一按一个坑儿，都说是浮肿。”

鲁梓原在会一开始就说：“同志们议论的现象不是什么食堂工作问题，主要是目前市场供应紧张。由于我国近两年发生严重自然灾害，加上其他原因，国家经济生活遇到了暂时困难，粮棉减产，随之肉蛋副食品也跟着紧张。大家知道，副食品已经开始实行按户凭证供应。在市委开会时，要求一定要向职工做好宣传，讲明经济困难形势，也布置了各单位的节布节粮工作。”接着他讲：“据知，目前有的纺织厂因缺棉花已暂时停工，农村因口粮不足有的地方不得不以瓜菜代替，城镇商品粮供应紧张，不得不挖库存。这就要求我们工厂职工也要动员减少定量，与全国人民一道克服暂时困难。”

听说是国家暂时困难，会上的讨论形成了对形势的统一认识，人们没有更多的话，很快就进入了研究具体工作的状态。关于节约用布的事，大家都认为，一般人都还保留着新三年，旧三年，缝缝补补又三年的习惯，再就是这项工作只要求党团员带头，所以工作比较好做。后来的事实也说明，经过动员，党团员人人自觉，积极响应，也有部分群众自愿参加，全厂很快收回上交布票六千七百六十八点八尺。但对于要求节粮的工作，大家都认为比较困难，现在还有人感觉吃不饱呢。

在议论中，纪雨提议："估计如果讲清形势，群众是能够理解的。"他还讲了他自己，跟几个建厂时进厂的小王、小谢等人，那天在一块儿吃饭，虽然都说近来感觉饭菜油水少，但又都笑着说什么红烧肉会有的，木樨肉会有的，摊黄菜也会有的，大家乐观地说，这叫"精神会餐"。

老刘同志说："你别说得那么轻松，听说林静芸每月匀出两斤粮票，是不是给你了，这事有吧？"

纪雨一下子站了起来："老刘同志，您这话是哪儿来的，当着这么多同志的面，您得说清楚，这是谁造谣？"

老刘不慌不忙地说："这事当然有来源，让陈贵海陈师傅说说，加工车间里是不是有这回事？"

陈贵海并不正面回答，而是说："这事起因是车间里近来总有人感觉吃不饱，小林主动提出每月可捐出三斤粮票，后来几个女同志随着也有捐三斤两斤的，这么一来，经工会组织，群众评议，小林她们也同意，就分别帮助给了几个男小伙子了。"大家听了，都赞扬这种互助精神。

纪雨还追着让陈师傅说明白，小林的粮票给了谁？

鲁梓原笑着说："咱们开会研究大事，小林粮票给了谁，你和小林常见面，不是一问就知道了吗？"

大伙儿都知道他俩不是一般关系，也都跟着应和："对，对，开会，抓紧研究正事。"

在这里借这个话茬儿，再插一段话。

林静芸是一九五一年由职业学校毕业后来厂的，在机加工车间做统计员。她和纪雨同在一个车间工作，又一起参加工厂业余文化活动，在抗美援朝运动中，还参加过共同演出的节目，多年的共事，自然产生了相互的爱慕之情，这在厂里已经不是什么秘密。与职业学校分配来厂的部分女同志前后，工厂分批招收的学徒工中有了女车工、女铸工等，她们冲破了旧时认为机械这行属于重工业，不适合女性劳动的旧观念，积极参加生产，与当时广泛传扬的新中国第一个女拖拉机手、女火车司机一起，一时成为厂里劳动生活中的新鲜话题。

话转回来，就会上讨论的动员节粮工作大家分析了可能存在的问题，研究了应该进行的工作：一、讲清形势，正确认识克服暂时困难的意义，党团员带头减定量，自报公议。二、原则是干部多减，轻体力劳动者少减，重体力劳动者不减。三、做细微的工作，照顾体弱多病的人和平常饭量较大的人。

厂里的职工对党的号召一向都是充分信任、积极响应的，这次节粮动员进行顺利，后来通过自报公议核实定量，全厂总计每月压缩定量两万四千五百三十七点五斤。

鲁梓原在当时的会上说："同志们可能已经意识到节布节粮只是一个暂时措施。眼下，我们要更多关心群众生活，在现时条件下，尽力办好食堂，管好宿舍的休息环境，注意照顾有特殊困难的职工，生产工作中，要贯彻劳逸结合的原则。目前，国家实行了'调整、巩固、充实、提高'的方针，目的就是要尽快恢复国民经济，对我们工厂来说，搞好生产是克服经济困难的根本办法。"

说到生产，大家都知道联合收割机生产进度已经落后的问题不容忽视，发动机要加快试制投产的脚步，这都是大家最关心的。

鲁梓原说："任务就是再忙，工作方法也必须要改进，过去大家习惯一忙就加班，现在不行，今天我们集体做个决定：一切工作都必须在八小时内做好，不准加班，这作为一项纪律，同志们都要自觉遵守。任何情况下，工厂必须搞好生产的一贯传统永不变，但改变老习惯，一律不准加班，这困难时期的新要求也一定要遵守。"

一步一步踏实前进

厂里的发动机试制，联合收割机的生产，都在照常进行，没有人把吃不饱挂在嘴上，人们心里明白，这是暂时困难。过去"吃了这顿没下顿”的日子是怎样变成“一日三餐到点开饭”的？曾见过中国人民饥寒交迫、立志改造农业救国却“报国无门”，如今是怎样才有了今天为农业机械化奋斗的广阔天地？陈贵海们知道答案，李中功们知道答案。人们相信，有共产党领导，经济困难终将过去，社会主义建设一定会继续发展，而这一切要靠全国人民齐心协力，工厂的人更要站在前头。

这时，发动机试制工作经过冷热磨合、低速机型试验，已经开始了完全按设计标准要求的试验：两千小时，六十五马力，一千七百转／分钟。

根据此前李中功对工作的布置，要一步一个脚印从做好零件验证工作做起，同时，也为正式投产准备必要条件。这就要做好每一步试验，有的零件可能需要不止一次地改进工艺方法，反复试验，直至技术过关。再根据过关情况，拟定工艺规程，做好相关工装等技术准备工作。要对发动机五百一十八种零件完成这样的零件验证工作，工作量之大，可想而知。正好近来已经有新毕业大学生陆续进厂，也都立即投入了工作，他们虽然一时工作还不能上手，但都抱有建设社会主义祖国的伟大理想和改变国家工业落后面貌的雄心壮志，眼见工厂繁重的生产任务，内心非常兴奋，工作非常积极。

有的人早六点前起床，利用一个多小时学习，晚间还要跑到办公室，对日间遇到的问题查阅资料，思考求解。办公室距离宿舍一里多路，冬天他们冒着风雪寒冷去，夏天办公室蚊子乱飞，他们就穿好袜子绑上裤腿坚持。他们要利用一切机会，用各种方法充实自己，尽快提高适应工作的能力。

郑世言，铸造专业本科毕业。当分配他做缸套耐磨性试验时，他回忆起书本上讲过，铸铁件的机械性质是由不同化学成分配料来获得，但自己从未做过材料试验，预感到牵扯问题很多，好像无从下手。在老同志帮助下，明确了做缸套问题试验就要紧扣缸套生产的实际环节去进行，而不是泛泛地思考。于是，他从原材料选择，到制造加工装试，以及打硬度，看金相磨损试验，全过程跟踪，即使有的环节本来可以是别人做，他看结果即可，但他坚持每一步都亲自观察，甚至动手帮助干，了解具体情况，认真做好记录。在充分掌握了详细资料的情况下，他又参考学习有关理论，综合分析并研究，最终，写出了缸套试验报告，得到了零件技术过关的认可，他自己学会了做试验的方法，掌握了做试验的基本功。

崔建琪，机械制造专业本科毕业，来厂后曾经想在学校学了几十门课程，参加过生产实习，分配在技术科工作，专业对口，应该可以好好干一番。她接的第一个工作要求为一个零件加工设计一套夹具。她记起在学校教科书上说到过夹具，但只说它是实现工艺要求的一种手段，没有解释，更没展示任何实物，现在要做这个工作了，她从熟悉零件的图纸，到设计出夹具来，都是在科里老同志一步一教的情况下完成的。然而再接受新任务，她还是感觉不是有这样的就是有那样的问题，还是想问人，问出个解决办法来。

冯治生把参加夹具和辅助工具设计的几个人召集在一起，座谈交流经验。在大家都谈到深入车间生产实际的重要性也有不一样的心得体会时，他说：“在这里，关键是不要只当一个采访记者，应当做一个积极主动的技术工作参与者。”他打个比方说：“你就像已经上了山的武松，脑子里只想如果老虎出来了，自己怎么办？你不会去设想是别人遇上了老虎。我们这个小组的工作对象是发动机的中小零件，品种多、形状复杂、结构不同，为它们的加工设计夹具不可能有什么标准答案，一个零件有一个零件的情况，这就要学会思考，善于自己提出问题，研究解决问题。”他又说：“面对同一个零件，不同的人可能有不同的设计方案，这就要看哪个方案有最好的生产工艺效果。当然，工作中也需要有互助合作精神，但总是要有肯动脑筋、有创造性的人做出最佳贡献来，希望同志们都来做这样的优秀工程技术人员。”他的话在这些同志内心里激起了相信自己力量的冲动，跃跃欲试，决心在接下来的工作中做积极主动的参与者，争做优秀的工程技术人员。

在会上，崔建琪还说道：“那该问的还是得问，工作中有些问题有人指点一下，可以少走不少的弯路。”

冯治生说：“工作中的沟通交流当然必须要有。有些基本业务知识和技术工作经验的交流，老同志有义不容辞的责任。同志们曾经提过的有关设计基准、定位问题，还有尺寸、公差及尺寸链等问题我已经安排了，准备搞一两个专题讲座。”

大家又议论了一些互相关心的话题。

冯治生强调说：“每个人手底下项目规定的完成日期一定要抓紧，后面发动机试制中等着技术科干的工作还不少呢。”

几个人表态都说没问题。有人说：“科长放心，最后的保证还有‘挑灯夜战’呢。”

冯治生马上说：“那可不行啊！鲁厂长说了，困难时期，谁也不许加班。”

几十名新进厂大学生的迅速进步，给工厂增添了不可或缺的生力军。新老工程技术人员的共同努力，加快了零件验证工作。但这其中也发现了一些问题，有些零件经过验证，质量虽能达到技术过关要求，但其制造工艺方法并不理想，不能适应大批量生产要求，对此，他们一边试制一边也为改进工艺做准备，采取两条腿走路。总之，通过验证零件要为正式投产打下扎实可靠基础。

丨 精减职工回农村

工厂党委扩大会正在开，鲁梓原想，发动机已经在按两千小时规范要求进行了试验，为要确保过关成功，还可能发生什么问题呢？应该要采取什么措施？如果技术过关了，就能正式投产了吗？他要想一想还存在什么问题，需要做什么准备工作。会前他已把这些会上要讨论的内容通知了大家做准备。

会开始时，鲁梓原解释说：“今天会的议题之前已经通知了，是这样考虑的，现在全厂都在全力争取发动机过关成功，早日投入批量生产，如果把这个全厂的头等大事看作一次大战役，那么过去这一年多咱们干的是侦察，是试探对方情况，是组织自己进攻力量的阶段，从现在开始要从零件验证做起，按规范要求进行试验，这则是进入了直接交火的攻坚阶段。我们的态度是不管遇到什么困难，我们必须胜利，而且必须用正式投产来巩固胜利，也就是说，这是一场敢于斗争、敢于胜利的大战役。我们不打无把握之仗，就要对‘过关’‘投产’两方面工作早考虑、早谋划、早动手。”他又说道：“我和设计科长甄宇柱将要出国的事已经定下来了，近日就要出发，正好咱们今天这个会要讨论研究的东西，应该也就是我们要考察学习的内容，大家说到的问题，我们可以带去当面向苏联老大哥请教。”

试制发动机以来，每个人脑子陆续装进去的尽是发动机的事，当然会有各种问号，听说可以把问题拿到苏联去问，引起了大家的兴趣，你有一个疑，他提一个问，发言热烈。

不一会儿，看着是开了锣，但还没打出鼓点来，老刘同志就急抢着说：“我看发动机的事，一时半会儿也说不完，是不是先把精减职工的问题研究一下，也趁鲁厂长出国没走还在家。”

同志们听说要减人，都很关心，忙问：“为什么精减？怎行减法？”大家要老刘同志说是怎么回事。

老刘转身面向鲁梓原，征得同意就说：“前几天部里找各厂主管人事工作的同志开了个座谈会，说是给大家先透个气，商量一下，实际就是硬任务。说国家最近执行‘调整、巩固、充实、提高’八字方针，发觉这些年工矿企业从农村大量招工，造成城镇人口增长过快，为此，全国初步拟定要精减全民所有制职工五百万人。部属各厂都有责任、有义务，具体任务待正式工作起来再研究确定。回来我就向党委做了汇报，一直就排不上队研究。”

鲁梓原接过来说：“也好，那咱们就先把这个事说一下。为民同志跟我说了以后，我让他先把有关情况摸一下底，想想都应该做什么工作，这是关系到人的工作，不是突击一下能完成的事，需要慢功夫细致工作。”鲁梓原想说明这不是一般的人员增减调动。就又补充说道：“在市委开会时，要求认识到这是一项关系全局的重要工作，和节布节粮是一个问题。国家经济生活遇到严重困难，由于自然灾害等原因，一方面是主要农牧业减产，一方面是从农村大量招工，又造成城镇商品粮紧张，不得不采取高征购的办法，据说去年征购粮有一千三百多亿斤，约占总产量百分之三十九，仍不能保证城镇人口的需要，总靠挖库存也不是解决问题的办法啊，所以精减职工就和这些问题有关系了。”

同志们理解了这项工作的意义，要老刘同志说说具体工作。

老刘说：“我们厂一九五七年有近两千人，现在有四千多人，增加的人大多是由农村来的，看起来厂里精减任务不会轻松。”

人们听了，一阵沉默。其实这些人从来是不怕任务重的，而这件事却难住了他们。怎么向群众说明白呢？当年都是办了正规进厂手续的，是欢迎参加国家工业建设的，现在又动员人家回农村，这话不好说。有人就问老刘：“你这个工作打算怎么做呢？”

老刘说：“我也是琢磨这个话怎么说呢，过去在地方上，欢送过青年参军，欢迎过战士复员，没遇到过这样的矛盾。就觉得工厂像个蓄水池，能吸水、存水，也能放水，都是必须干的事，都不能推。”

文君生说：“从某种意义上，就是这样。比如，建厂时厂里聚集了各路人才，几年里也培养锻炼了一些同志，后来国家需要，支援调到别的单位了。当然这次精减不同。不过有人说，国营大工厂是咱们共和国的长子，大儿子，不仅经济上要能顶门立户，家里有大小事也都要担当一份。咱们厂说不上有多大贡献，但义务不能少。”

鲁梓原说：“君生说的是实际情况，我们应该自觉有这种义务的认识。我看这件事在群众里就照实说，过去同志们到工厂来，参加工业建设，是响应党和国家号召，现在国家经济生活有困难，特别是要把农业搞上去，是关系全国大局的事情，同志们回农村是支援农业生产第一线。这个大道理，实事求是地说清楚，相信群众是能够理解的。其他人说这件事都觉得不好说，那就实事求是该怎么说就怎么说。”

杨成泰显得有些着急，他把手向地上指了指说：“可这生产是要有人干活的，这些同志从农村来，三年了，现在车间里许多活儿都由他们顶岗了，如果人走了，生产怎么安排？……”

不等他说完，陈贵海说：“成泰，这问题不是就你一个车间，你就别提了，大局的事定了，咱们有什么难处，回车间自己想办法就是了，鲁厂长也帮不了你的忙。”

说得让人们都不自然地笑了，有这个问题的人也就不言语了。

铸工车间吕师傅说：“咱们有困难可以自己克服。我们车间从农村来的人比较多，据我知道，不少人从农村来厂后，村里生产生活都另有安排了，他们若是回去，也不会没有问题。”

老刘说：“这个问题我想到了，只能具体人具体解决，凡经过了解确有困难的，我建议厂里应当派人跟着去，到社里队里联系，帮助安排好，负责到家。”

鲁梓原说：“可以，如果厂里回去的人比较集中，在一个大队小队的，也可以把厂里更新下来的机床或工具在送人时一块带回去，他们已经有些技术，如果乡里村里同意搞个小作坊，为生产修个农具，干个杂活，也是件好事，总之，这个工作不是开个动员会就行的，要多想些办法，一个人一个人地办。”

在大家的热烈议论中，他又补充说：“同志们都知道，做好思想工作很重要，还要强调一下，这不只是对要回农村的人，而是要让全厂职工都关心支持这件事，把它看成全厂共同支援农业生产第一线的大事。”

后来的事实看到，去留双方既相互鼓励，又难舍难分，场面十分感人。三年来，人们朝夕相处，曾记得冬天宿舍炉火不旺，相互依偎取暖，曾经历过生产竞赛，你想争先我不甘落后，相互交手中结下难忘的友谊。即将分别时，姑娘们眼含泪花，小伙子笑中重复着一句话：“这份友情不会忘，忘不了。”

全厂精减工作如此进行，安排好一个人送一个人，安排好一拨人送一拨人，到这年底，一共送回农村七百一十六人，次年陆续又有一些人回到农村，这里面工作的酸辣甜咸就不一一细说了。

不等不靠

鲁梓原认识到发动机试制工作进入了攻坚阶段，他本认为应该把技术过关和正式投产可能遇到的问题全面研究一下，早动手，把准备工作做到问题出现之前，打一个有把握的胜利之仗。可是，最近有如精减职工回农村和各种大小现实问题摆在眼前，不得不暂时搁下了研究发动机攻坚的事。

出国的时间临近，他只能与厂部几个领导同志就抓紧完成今年生产任务的几件事商量了一下。

发动机第一轮试验结束了，检测结果还没有出来，如果问题比较多，怎么办？李中功看出了他的意思，笑着说：“你就放心吧，有了检测结果，我们会及时向你报告，写信、发电报。”

接下来的日子，李中功全身心投入到分析研究发动机试验结果上。

周耕有报告了这一轮试验过程，除中间有几次一般问题的调整处理，整体比较顺利。冷、热、装试三个试制技术小组按设计的技术标准，逐个零件进行了检验。

冯治生的技术科则着重鉴定其制造工艺的可行性，或写进工艺规程，或同时研究改进措施。

经过一番工作，综合验证结果：五百一十八种零件有三百一十五种达到了技术过关标准，占百分之六十点八，没有过关的还有二百零三种，特别是有十九个零件有不同程度的损坏。他们第一时间把结果发电报告知了正在苏联的鲁梓原和甄宇柱二人，又写信特别说明了十九个损坏零件的情况，希望他们能在那里了解到具体解决问题的方法。

对二百零三种未过关的零件分别经由三个试制技术小组研究，大部分零件的问题明显，采取措施，比较容易解决。一部分零件存在的问题，可能有多种原因，则由小组分工专人负责。新来厂的大学生按所学专业也都直接参与了工作。对十九个损坏零件，如缸盖裂纹、飞轮壳裂和风扇叶片断裂等，一时拿不出处理办法。

李中功和余大地商量决定：一方面搞一个十九个损坏零件实物展览，说明每个零件的技术要求，广泛征求全厂职工意见，等于是一个招贤榜；另一方面，请有关专家来厂指导。余大地记得有一次李中功在人大开会回来说过，有几位科技方面的同志曾关心询问过厂里正在试制发动机的情况，此时二人都认为何不正式邀请他们来厂参观指导呢？李中功第二天就去了人大机关，请求帮助联系，机关的同志非常热情积极，结果联系到多位科研院所和高校的专家教授，他们很有兴趣，接受了来厂的邀请。

这一天，厂里迎接了七位来厂专家，先是参观了厂区、车间，也看了十九个损坏零件的展台。专家座谈会开始，余大地简单介绍了这个厂的建厂过程，产品生产情况，对各位专家来厂指导工作表示热烈欢迎。

李中功具体介绍了工厂正在试制4115柴油机的情况："当初，因为工厂生产的自走式联合收割机在国内找不到可以匹配的动力产品，就下决心自己干，然后选定了仿制苏联的这一个机型——65马力、一千七百转／分钟的柴油机。由于厂里对制造发动机毫无经验，厂党委决定，仿制产品一定要先学会走，再说跑，实行忠实于原设计图纸的原则，精心制造，一丝不苟。在前一段试制工作的基础上，又进行了规范要求的试验，同时对所有自制零件重新验证一遍。现在第一轮试验有了结果，五百一十八种零件中有三百一十五种达到了技术过关标准，没有过关的还有二百零三种，其中有十九个零件有不同程度损坏，问题比较严重，也是我们当前工作的难点。"

专家中有人问："剩下的二百零三种零件可能问题会更复杂一些，打算怎么处理呢？计划什么时候可以完成试制？"

李中功说："办法就是一个一个零件试验研究，在所有零件验证过关的基础上造出完全符合设计标准的柴油机。有的零件可能要经过多次反复试验，因此要用多长时间完成试制也还没法预计。"

专家们议论认为，工厂在只有一套产品设计图纸而其他一无所有的情况下，下决心试制发动机，特别是打算把零件都重新验证一遍，这个做法好，不但保证了试制产品质量可靠，也有助于比较完整地掌握发动机的基本原理，原来没有经验的也有了经验，这一点特别宝贵。这当然就得多下艰苦功夫了。

有专家说：“内燃机，不论柴油发动机还是汽油发动机，都是拖拉机、汽车及多种机械的‘心脏’，在国家工业化中几乎是不可替代的唯一的可以移动的动力，必然要有成批大量的需要，你们做的正是这个工作，希望坚持做下去，拿出成果来。”

李中功说：“说到要下功夫，目前看到的最大难点就是那些被损坏了的零件，各位刚才看见了，就在十九个零件的展台上。”有人很认真提议，再去展台仔细察看了一遍。

回到会议室，大家又热烈讨论起来。李中功拿出一个出现了断裂现象的零件举例说：“我们分析了它的生产过程，现在看不出有什么工艺失当的原因，也就不清楚进一步的试验研究应当从哪里下手。”

专家中有人从理论上分析说零件损坏有几种可能性。

也有人说看不准什么原因，就是要从对可能性的试验中去寻找解决问题的办法。

这时就有人说，也不要局限于只在工艺上考虑问题，从零件损坏的情况看，应该想到柴油机设计本身可能就存在缺陷。

李中功说：“还没有这样去想，我们现在是一心一意地把仿制搞好。”

余大地补充说：“如果是设计上有问题，苏联那边承诺有改进时会告诉我们的，已经有过几次发来改图通知。”

专家里就有人说：“你看，这就说明他们知道这个机子的设计里存在有待改进的问题。”有人接过话来说：“内燃机问世虽然早，但真正走向实用也只有几十不到一百年，这期间一直都在不断改进。刚才介绍，现在这个4115柴油机是水冷涡流燃烧室，当今有的已开始采用涡流增压技术，可以大幅度提高内燃机功率，被认为是内燃机技术的一次突破。由此大家认为，内燃机技术如此迅速发展，如果咱们只是后面跟着，什么时候才能跟上？稳步走是对的，但不应该限制自己前进的脚步。”

联系到厂里的试制工作，又有人说：“在制造工艺上继续攻关的同时，发现问题也必须敢于在设计问题上找原因，不要自己画个圈，把孙悟空自己圈了进去。”

大家越说兴致越高，对祖国内燃机事业的发展，描绘出一幅美好前景。

鲁梓原和甄宇柱出国回来后，大家要交谈的话题很多，重点还是要说发动机试制的情况，特别讲到这次专家座谈会。

李中功说：“原来是想请他们帮助解决一些技术难题，实际上，任何一个难题都不是一说就可以手到病除的，但是他们的意见给了我们许多宝贵的启示：他们赞同我们把零件重新验证一遍的做法，有助于掌握发动机的基本原理，使制造发动机不仅知其然，也知其所以然。可以更好地自由运用制造工艺。他们还说内燃机作为可移动的动力在国家工业化里有不可替代的重要作用，鼓励我们一定做好4115柴油机，积累经验，也就为国家作更大贡献做了准备。在和他们讨论具体解决损坏零件问题时，他们认为也应当考虑设计本身存在缺陷的可能性，而且说现今世界上内燃机技术一直在不断改进，我们不能永远跟在别人后头，要敢于突破仿制的圈子。大家对专家们的意见认真议论了一番，都感到很受教育。坚定了干好4115柴油机的决心和信心，增强了干好柴油机—内燃机的志气和勇气。”

余大地说：“我和李总还想着也许苏联那边能有改进设计的新方案，就一起到资料室去查看最近是不是有改图通知寄来，谁知他们已经停止提供设计改图等技术资料了。”

甄宇柱说：“我和鲁厂长在苏联也是遇到了这个情况。一般说，在那里见到工厂里的车间职工都很热情，我们在那里看到了也学到现场技术、管理方面的不少东西，但当接到你们的信，想向他们了解那些损坏零件有没有改进设计时，都被婉言谢绝了，资料室已经借不出任何资料来了。”

鲁梓原说：“已经知道，这不是咱们一个厂遇到的问题，苏联政府已通知我国，他们撕毁合同，撤走专家，停供原定设备，一百五十六项国家重点工程里都是如此。”

大家都感叹，想不到形势会有如此变化。

李中功说：“那天专家们说，试制工作可能会碰到原设计有缺陷的问题我就感到，这将又是一个自己不熟悉的技术领域，仿佛有一种无名的压力。现在，我反而好像有一种跃跃欲试的感觉，非要碰这个更大难点不可。”

余大地说：“李总，您这是越挫败越奋斗的精神啊。可是我们不是说试制工作要先学会走再说跑吗？现在仿制还没搞好，我们有能力跑了吗？”

李中功说：“那时，我们靠着有苏联老大哥，只管搞自己的仿制就行了，设计上有问题，会有改图通知你。现在再有问题，等不来改图通知了，就只能靠自己，我们有经验，只要决心干的事，没能力也能逼出能力来，这才叫逼上梁山。”

文君生说：“其实，等和靠从来不是咱们的做法，建厂以来的事实说明，不等不靠是我们厂的老传统。”

鲁梓原说：“我们说过，按原设计，精心制造，一丝不苟。这个4115柴油机的原设计是一台完整的六十五马力柴油机，这是我们试制的最终目的。为了这个目的，不管外援有多少、有没有，都要依靠自力更生，这是我们的根本原则。我们说先学会走，再说跑，意思也是说学会走是为了跑。我就不信，离了他们的帮助还搞不成发动机了。”就此，鲁梓原抒发豪情壮志：“我们不但要参加百米赛跑，还要夺取冠军呢！”

“吃饭”问题怎么办

在鲁梓原出国期间，余大地有一次到部里开会，关于明年生产安排的事已向鲁梓原做了汇报。

这天在讨论了发动机试制工作之后，黄时普忙问：“关于今年生产和明年计划的事，什么时候研究一下？早就说鲁厂长回来后要讨论的。”鲁梓原想了一下说：“还说让你生产科准备个初步意见呢，前几天大地同志去部里开会，这次部里对明年生产安排没等厂里的报批意见就先有了意见，是要求厂里作明年计划时考虑。这个事说急也不能急。今个儿天也不好，好像要下雪，下班后大家早点休息，不细说了。一会儿让大地把部里的主要意见传达一下，同志们先都想一想，找时间咱们再认真研究。”

人们听说是部里指示讲明年的生产任务，都非常关心。

余大地先是传达了部领导关于经济形势和任务的讲话，接着他说：“部里对我厂明年生产安排的意见……”他故意停顿了一下，看人们都在专心注意听，他继续：“联合收割机不干了，转兄弟厂去生产，要求我们厂尽快把发动机试制成功，投产，按扩建确定的任务担负起发动机生产任务来。”

人们都不相信自己的耳朵，没听明白余大地这简单的两句话说的是什么？周耕有直奔主要问题：“你说了半天，到底明年部里要求咱厂干什么？”

余大地硬生生地回答：“就是把发动机试制成功，投产。”

黄时普更是急切地问：“别光说发动机的事，那试制也不是一句话就能成的。说实际的，明年联合收割机生产怎么计划的？要求咱们干多少？材料能不能保证？”

余大地更是不耐烦地说：“你没听清楚，还是我没说清楚？再说一遍，明年咱们厂一部联合收割机也不用生产了。”

黄时普和所有的人都眼看着余大地，好像仍在等待他的下一句话，但是……余大地没有再多说，他现在脑子里只想，事情就是这样了，对于明年的工作自己需要向党委提出些建议，却怎么也想不出来有什么好主意。

鲁梓原说：“一部联合收割机也不用生产，也就不用为材料供不上发愁了。”

李中功说：“不干联合收割机就可以集中力量全力以赴地试制发动机了，是不是？”

两位领导同志的话开始让人感觉对余大地说的事，不必那么紧张在意，也许是好事呢？继而一琢磨，回过味来，他们也是自我安慰的无奈之语。

周耕有也跟着学着说：“这么说我这个车间主任不用操心联合收割机生产了，兼职变成了专职，专职干我的发动机装试组长就行了。”

冯治生说：“抓住车间没有生产任务的有空时间，我们把发动机验证的零件里那些工艺比较成熟的，把它们的工艺装备干出来。”

会上的人都在想，明年工厂生产会是什么样，自己的工作要怎么干。

文君生不紧不慢地发了言：“你们想得倒是不错，如果联合收割机不干了，什么都不生产，全厂职工吃什么？没饭吃，哪来的时间干这又干那？”

此话一出，众人一怔。

杨成泰不解地问：“怎么，文副厂长，您说的没饭吃是指工资吗？不是说不管工厂生产多少、贡献多大，工资是国家按固定的照发吗？”

一些人对这个问题也是不清楚。

文君生解释说：“打个比方，我们搞增产、降成本，一方面是满足用户需要，为用户服务。同时有了利润上交国家存入银行。假如全厂职工工资总额是十万，这就是职工生活的饭钱，全厂维持生产流动资金需要一百万，这可以说就是厂里开工生产的饭钱，银行会在你存入银行的钱里，把这两项钱留给工厂，假如你工厂不生产了，也就没有利润上交存入银行了，银行也就没有这钱给你了。”

老刘同志好像对此知道一些道理，但又有疑问：“不是说职工工资是固定的么？和生产多少、上缴利润多少，在财务上是两条线吗？”

文君生说：“原则上是这样的，但这要看你这个工厂没利润上交，国家那里有没有富裕可以拨给你了。”一些人似乎是听明白了，如果你工厂自己没有上交钱，现在国家经济困难，哪来的富余，肯定没有钱拨给你工资了。甄宇柱和一些人有进一步的理解，形成了大家的共识：“再说了，国家建设用钱的地方很多。再从根本上说，工厂是生产单位，如果不上交钱，也从国家支，那国家的钱从哪儿来呢？”余大地说：“就是这样，所以在会上部领导同志特别强调，所有工厂都要想办法克服困难，不得亏损，这个要求不只是对我们一个工厂说的。我理解，工厂不得亏损，就是不要指望救济，要自己克服困难。

人们这就都明白了，还有什么问的么？大家一时都不再说什么了。

鲁梓原看看天色已晚，就说：“情况都清楚了，同志们都想一想，有什么话明天再说，该吃饭了。”

没有人站起来。

黄时普站了起来着急地说：“明年怎么干？我们起草的意见用不上了，事情不能这么悬着啊……”他这话好像又不容人反对。经过大家商议，决定饭后继续开会，谁有什么话都说说。

人们从食堂回来的时候天上开始飘落了雪花，每个人不由得都加快了脚步，但是直到走回室内，也没停止边走边议。

鲁梓原语气平和又显严肃地说了几句：“看起来我们厂明年的形势的确非常严峻。既然同志们都说不怕天晚，认为应该一起研究一下，其实我也是想，那今晚不在一块儿说说，恐怕就睡不了觉。”他表现出正在思考的样子，先是没有说什么，然后直接就说：“部里要求我们明年尽快把发动机试制成功，投产，那就先请李总说说情况吧。”

李中功不假思索地说：“前一段的试制工作，大家都知道了，我们是按规范要求进行两千小时的台架试验，为保证工作结果可靠，重新对所有零件又验证了一遍。第一轮试验结果，百分之六十零件过关了，未过关零件中包括十九个损坏了的零件，将是下一步工作的难点。不过三个试验小组都在积极进行工作，我们希望能有比较大的进展。”

有人急着想知道具体新的试验结果什么时候出来？部里要求的尽快成功投产，预计还得需要多长时间？有没有加快的办法？

李中功笑笑说：“加快的办法当然是有，大家不是正在做嘛。一是抓紧时间，一分钟也不浪费。二是开动脑筋，不放过任何一个可能的有效措施。也就是说试制中发现的任何一个问题，都立即分析原因，研究措施，再改进，再试验，争分夺秒，但也不是萝卜快了不洗泥。”

周耕有说：“李总说话讲科学，我冒一句大实话，只说那十九个损坏零件，我看了，要想找到彻底解决问题的办法，给个三月半年的不算多，这还不知道行不行？”

众人都笑他：“你这算什么大实话，实在还是一句问话，可这又是问谁呢？”

黄时普说：“甭管什么大实话问话，现实情况表明了发动机试制不可能说成功就成功，联合收割机转产，咱们也得服从安排，那就请示部里给个半年一年的过渡期，这要求总是合理的吧？”

没人说它不合理，认为可以请示一下试试，但又都不敢说能解决问题。

鲁梓原在想，人们思想上的症结在哪儿呢？就问到道：“大地，你应该把部领导的讲话再向同志们详细说一说。”

余大地承认自己开始只是急于向大家报告联合收割机停产了。其实，在讲生产安排以前，部领导讲了很大一段关于经济形势，说到国家实施调整经济的政策，已经开始露出了好转的苗头。继续的调整要不怕伤筋动骨，对现有工业要有计划地或保住，或缩小，或合并，甚至关掉一批工厂，改变一批工厂的生产任务，从而把力量集中起来，更好地完成今年国民经济计划，也为以后发展打下基础。他想了想补充说道：“当时我和同志们一样，顾不上想国家的经济形势，也曾要求在发动机投产前给联合收割机停产一个准备时间。但领导同志解释说，你们正常生产着联合收割机，一下子不让你们干了，似乎有点不近情理。但转去接受生产联合收割机的两个厂一个在吉林，一个在河南，都是我国粮食主产区，产品就近用户，布局更为合理。而你厂扩建的主产品又已经确定是发动机了。当然发动机要正式投产还有一定困难，但被转去生产联合收割机的两个厂也都会有困难，现在实行‘调整、巩固、充实、提高’的八字方针，克服困难正是充实、提高要做的工作啊。”

余大地的话停下来，人们意识到，部里对厂子明年生产产品的安排不是针对咱们一个工厂的事，是关系到国家经济调整的大局，于是大家就都表示执行国家计划，服从大局，没得说。但现实问题还是要面对，明年联合收割机停产了，工厂的“吃饭”问题怎么办？话题一打开，有些人又觉得想不通了。我们厂一向是服从大局，不仅是自觉，还都是特别主动，不等不靠。大家你一言我一语，就说起过去的好事来，工厂执着要做国家最需要的、最好的产品，本来稳稳当当地就可以完成任务，但甘冒风险，不怕困难上马新产品。但现在落到了个可能吃不上饭的地步。听得出来，这些议论中带有一种情绪。

鲁梓原从桌前站起来，摆摆手说：“中国有句古话，凡事要三思而后行。咱们不能只有一门心思。想一想，如果上级答应为联合收割机停产给半年一年的准备时间，那会怎么样？国家调整产品合理布局的效益必然要受到相应损失，咱们还算不算服从了大局的需要呢？”他接着又说，“如果因为联合收割机停产，我们非要给个准备时间才能生存，才能干发动机，那是不是我们服从大局是有条件的，我们的好传统‘不等不靠’是不是就打了折扣呢？”他似乎是陷入了深思，想一句说一句：“如果上级肯定不可能给这个停产准备时间，而我们这些人想尽了办法还是吃不上饭，发动机也没法干了，情况又会怎么样呢？”

李中功毫不犹豫地说：“我想到了，如果是这个情况，我们厂大概可以属于或关或停那一条政策下的，那么，我们建厂时立下的要为农业机械化、国家工业化而奋斗的事业，就会在将要能生产国家非常需要的现代产品—“发动机”的时候终止，到那时再说我们过去这十多年怎么努力了、怎么贡献过还有多少意义呢？那将半途而废，前功尽弃！我们绝不能让事情出现这种情况。”

室内一阵沉默。

余大地说：“鲁厂长的三思之后，我们可以有的行动，首先就是不要认为自己已经把办法想尽了。”

陈贵海若有所思地说：“现在的情况有点像刚建厂那会儿，也是因为开不了工就没饭吃，后来大家想办法解决了，我还记得党支部还总结了工作经验。”

文君生说：“您是不是又想起那会儿揽外活挣开工资的事？”

余大地马上说：“那个办法恐怕今天不行了。一是现在能干机械活儿的工厂多了，当年是咱厂恢复生产条件早，外面有活儿会找上门来；二是现在咱们厂房设备多了，又有上千的人，揽点儿活不够干的，也就不够吃的啊。”

这个听上去是个办法，但又好像不是个办法，不过这引起了众人的兴趣，有赞成的，也有说没用的，还有人虽不认为有多大作用但不反对的。

周耕有不无感慨地说：“现在有点条件了，怎么倒成了拖累。当年什么都没有，也就没那么多限制。那时候是一无所有就敢在废墟上建工厂。”

文君生说：“你说的是事实。我唱一句国际歌，跟你配合：莫要说我们一无所有，我们要做天下的主人。”他一边说自己先笑起来。大家的情绪跟着激动起来。

鲁梓原说：“无产阶级就是有这种敢于担当的精神。”他忽然想起了什么，就对着黄时普说：“现在厂子有了困难，你当时说过的那个不管遇到什么困难，有什么问题解决什么问题的勇气哪去了？怎么只听你说要求个过渡期，没听你说怎么个解决问题法儿了呢？”

黄时普不好意思地说：“我只是想联合收割机停产了，这么大个产品，就没去想有可代替的。”

鲁梓原说：“看起来，现在工厂大了，倒成了我们迈不开步的包袱了，难道说今天守着大厂房、上千台设备，倒没饭吃了吗？”

杨成泰说：“您这一问，我想起一件事。前几天，有个老乡来看我，我领他在厂里转了一圈，他问我厂里都生产什么产品，我说做联合收割机。他说这么大的工厂，只出一种东西？如果厂里的条件给他们百分之一，甭说乡里，县里的好多活儿都能解决了。我想咱们是不是别只盯着一个联合收割机，其他的办法也肯定会有的。”

黄时普说：“你说的对，换个说法，别只想用一个大办法就把当前这个大困难解决了，要多种措施，多方面下手。我原来只在生产联合收割机上想，就把路想窄了。”

鲁梓原说：“建厂初期的经验不能只看作是揽外活的故事，它体现了党的自力更生的精神。当时在党支部总结工作时就说，要把这种‘以厂养厂’的做法作为一条办厂方针，这是国营工厂应有的担当，我们一直是这样做的，今天也还要这样做。”

老刘同志故意刺激了一下杨成泰和黄时普二人说：“还是你们俩年轻，脑子转弯快，就看你们明年怎么干了。”他站起来走到窗前，一边推开窗户一边问：“开一下窗户，散散屋里的烟味，你们大伙不怕冷吧？”

没有人反对。

窗外纷纷雪花还在飘落，房顶上、树梢上，一片片、一朵朵的白雪让人看着仿佛进入了一个童话世界。厂区从东到西的主干大道上也全被白雪覆盖，显得更加笔直。清冷的空气吹进屋里，人们感到了一种清爽的凉意。头脑清醒了，把工厂发展的主动权掌控在了手中。自力更生，路就在脚下！

第十三章

背水一战

联合收割机转产，产品青黄不接。

大工厂干起了小商品，适应了社会需求，解决了经济来源，一颗心放了下来。

全厂职工大会战，“吃饭”“过关”两条战线、一个目标，一堂发动机专业课学了四年，大家一起迎接毕业考试。

天无绝人之路

转过年来。

一九六二年一月份，又是一个开门红。全厂职工似乎特别齐心努力，顺利地完成了超过平常日产量百分之十的联合收割机任务，也是即将转产前的最后一批产品。人们好像预感到生产将有什么变化。厂部布置各车间要进行一次环境清理、设备工具保养、清点登记剩余零件的工作，但是又想这也许只是二月初春节放假前的例行安排。

鲁梓原和他的同志们都不想过早地、仓促地把即将面临的形势公开宣布，应当把转产的具体情况和可能带来的问题先弄清楚再说，但是他们思想上并不得闲，紧张地思考着，注意一切机会，找到如何摆脱危机的出路。他们不能不想，因为他们深知这是关系到工厂是否能够生存发展的大事。

有一封农村来信，写信人直说，自己也认为是不可能的事，但抱着一线希望也要询问一下，是不是还能买到你们工厂生产的农具配件，犁铧犁镜、水车链环……这说明，过了这么多年，农民还想着我们，需要我们的产品。

黄时普在做好联合收割机收尾工作时，发现还存有不少毛坯和半成品，总不能都作废品处理吧！他萌生了一个利用起来的想法。

这一天，快下班时，传达室给生产科打来电话，说厂外来一位农村妇女，自说名叫谢桂萍，要找黄时普。科里同志知道是黄妻来探亲，黄时普一时毫无准备，同事们一方面帮他接下工作，催他快去接人；一方面帮助联系了厂里探亲房间，又一起到食堂吃了晚饭安顿下来。近年，厂里为了解决职工生活问题，在集体宿舍楼里辟出一层，有十几间房，一方面接待来厂探亲的，一方面为青年结婚暂住。

晚间，黄时普先是埋怨她不该这时候来厂：“最近厂子事情多，不是给家去信说明情况了吗？”

黄妻说：“马上要过年了，妈早就念叨你们回家的安排了，你却写信说不回去，妈不放心，非叫我过来看看你怎么回事，顺便叫你帮着在同仁堂买些药。还有家里要买个锅，乡里买不着，都没法儿吃饭了，你就写个信，就什么都不管了。”她越说越有气。黄时普自知理亏，只好细解释、做保证。

正说着话，只见岳廷和纪雨来了，纪雨忙上前问候：“哟，嫂子什么时候来的？这可有多少年没见你了。”

黄妻说：“是小纪吧，可能是你要去上学那年，一幌这有六、七年了。怎么样？听说是当干部了，也结婚了是吧？”转身不好意思地说：“你看，只顾跟你说话了，让你同来的师傅愣是空站着。时普，你也别光在那听说话儿呀。”黄时普忙让他俩一人坐凳子，一人床边上坐。

岳廷忙说：“没关系，和时普我们都是师兄弟。小纪去年刚结的婚，就在这排结婚暂住房度过的蜜月，他到时候就腾让别人了。”

黄妻不明就里，问住哪间房呢。岳廷只好又解释了一下暂住房的意思。“不过，他虽不住了，还惦记着给别人来住时配个像样的桌子，今儿个非拉我来看，说现在只有一张小课桌太不方便了，让我们木工车间接这个活儿。正巧了，我说这得让生产科下计划，这不，时普正在，让大科长说吧！可不可以干？”

其实，黄时普脑子里正在想，这倒也是一种可揽的活儿：“你们木工车间最近倒是活儿不多，你看除了正式产品你们还能干什么？”

岳廷说：“这你还不清楚，桌椅板凳是看家本事，凡是木工活儿什么都能干。”

黄妻打断他们的话：“这么说，小纪你是结了婚还没成家呢？”

纪雨一旁笑笑没说话。

岳廷接过话来：“可不是，时普你们夫妻是两地分居，一个城里一个乡下；小纪他是男女两宿舍分居。”又说，“五九年厂子扩建任务有一点七万平方米的建宿舍计划，六〇年压缩基建投资给暂停了。那天厂长见我问厂里自己能不能盖个简易楼房呢？”

纪雨说：“暂停了，经济好转了就有希望。其实，嫂子，一九五六年那年厂子分房有你们的。”

黄妻说：“那年不是舍不得家里还得种那几亩地嘛，后来厂子职工多了，需要房的人也多了。前年又是赶上城里工厂精减职工回农村，我怎么来得了？”

岳廷说：“说眼前吧，嫂子这次来多住两天吧，又赶上过春节。”

黄妻看一眼黄时普说：“不行，这人家（指黄时普）还埋怨我不该来呢，说还要加什么班。后天就是年三十了，明天在北京这儿买点东西，家里老人还等着呢！”

几个人又议论了一番，聊起来黄妻认识的几个当年的同志：方乡上学毕业后留校了，已经和杨成泰结婚了。梁光幼毕业后已经回厂工作，和肖小兰结婚了。又聊了一些相互关心的事，看着天色已晚，大家就此道别。

第二天，黄时普请了半天假，夫妻二人一早就进城去了。街上人群熙熙攘攘一派过年的景象，可两个人也无心观赏，先是在前门大栅栏同仁堂为黄时普的父亲抓了药，因为那年大跃进，村里闹了一段都吃公共食堂，又是土法炼钢需要，把仅有的一个炒菜锅也送去了，现在合用一个蒸锅，十分不方便。就说这次来还要买一个铁锅，他们来到天桥一家日杂商店，售货员告知目前无货，就介绍去崇文门外的一家看看。二人又来到花市日杂商店，这店门面开阔，二人感到也许能有希望，进得门来，货架上确有铁锅，拿起来一看，原来锅把儿歪了有十度左右。黄时普低声说：“这是什么人干的活儿？这厂子的活儿还好意思拿出来卖。”售货员听言忙过来说：“同志，您还别看它把儿歪，您不要有人要，仅这一个了。”黄妻想着买还是不买，正在犹豫。售货员又说了：“听您褒贬这活儿的话，好像也是工厂来的，你们工厂要是能生产点儿好锅拿来卖，那可是积大德了。”

黄时普被他这一激，也上了劲儿：“要干就不是生产点儿，你就说你这店能卖多少吧？”

售货员说：“只要是好锅，有多少都不愁卖，再说北京有几十家日杂店呢。”

黄时普说：“那咱不能只说炒菜锅，别的你们还能卖什么东西？”

售货员：“只就这铁活儿说吧，蒸锅、饼铛、煤球炉子、烟囱、煤铲子、捅条，现在都缺货。不过，我看你也就是跟我这儿瞎煽乎，还是说说这歪把儿锅你们要不要吧？”

黄妻表示只好买了这个锅。

黄时普还是继续说：“我可是当真的，不过我现在做不了主。”

售货员先是一愣，没想到他还认真，又有一搭无一搭地说：“那好，你回去跟领导请示请示，咱们好说。”夫妻二人付了钱，拿了锅走出日杂商店，找了一家饭馆，各来了一碗面条，算是吃了午饭，然后直接去了长途汽车站。黄时普一直提着东西，把谢桂萍送上车，似有愧意地说：“就过年了，你替我给爸妈拜个年吧。”她说：“那是当然了，你也别光嘴说，早点找时间回家一趟看看。”黄时普点头一再应声：“嗯，一定。”

春节期间，黄时普组织科里几名同志对联合收割机剩余零件进行了一次清点。余大地听了他对这次盘点的想法很支持，也来了。黄时普还把岳廷木工车间可以做家具，日杂商店大量需要商品的事都跟他说了，二人都觉得有些管理上的问题需要研究，毕竟是社会上需要的东西，应该是一种出路。

盘点是一个细致活儿，又是一个费体力的劳动。整整用了两天时间，终于弄清了，联合收割机停产后，毛坯和半成品积压不少，以几种关键件的最大存量说，可有四五百之多。两人合计，如果添平补齐，以不浪费存量为理由，申请部里再调配一定数量的统配材料，今年可以再生产四五百部联合收割机，将是解决青黄不接的又一个出路。两人想着很高兴，这个春节过得很有意义。

春节期间，鲁梓原到多位老职工家走访拜年，也有意把厂内的困难和当前的形势下下毛毛雨，让人们也有些思想准备。之前，有些人已经听说联合收割机要转产的消息，就预感有问题存在。当鲁梓原说到困难可能造成的各种影响时，不免都有些着急。不一会儿，周围几家老职工也都凑了过来，形成了一个小的座谈会。你言我语地对厂里生产产品青黄不接的情况十分担忧。话说得多了，思想在交流，情绪渐渐也平静下来。尽管疑虑还是不少，但大家也都认为国家经济建设在发展，不干联合收割机，需要干的活儿也有的是。左一个主意，右一个建议，有人站了起来："厂长，你就下命令吧，只要是机械活儿，咱们什么都能干。"

鲁梓原听大家议论，感动地说："我们都相信，这青黄不接是暂时的，我们一定要叫这'不接'的时间也活起来，创造条件，让发动机早一天过关、投产。"

在鲁梓原净是问号的脑子里，不知不觉地加进了希望，解决工厂"吃饭"问题肯定有办法。

迎着困难大会战

春节过后，一个搅乱人心的消息在厂里传开了：联合收割机转产了，厂里没活儿干了；厂子不出产品，别总讲给国家作更大贡献了，可能也发不了工资了呢。

有人知道的事多，抢着说："知道不知道，工厂没活儿干，听说还要关、停、并、转呢？"各种传言、疑虑以及猜想的不同意见，很快都反映到了厂党委。

经过研究，领导决定开个全厂职工大会，把当前形势讲清楚，联合收割机为什么转产？我们厂的任务是什么？又为什么觉得这一次的困难特别大？有没有办法克服？

大会由工会主席于占元主持，他说："这个大会的内容就是十六个字——澄清事实，说明形势，明确任务，齐心努力。安排有几个人发言，谁有什么意见可以写个条子上来。首先由书记厂长鲁梓原同志讲话。"

鲁梓原第一句话就说："我先纠正厂里流传的一个说法，说厂里没了产品，没活儿干了，这话不准确。"他转身指了指挂着的一条大横幅标语：为发动机试制成功早日投产而奋斗！"这是工厂扩建任务书上写明了的，国家给厂子的任务是年产柴油发动机三万台，怎么能说没了产品呢？"他放缓了口气说："联合收割机转产了是事实，转到河南、吉林的两个兄弟厂去生产，那里是国家的粮食主产区，产品就近用户，布局更合理、更有利，我们坚决服从国家大局安排。联合收割机不生产了，而发动机还没有过关，不能投产，造成了我们生产产品青黄不接。要是不生产了，那就别讲给国家作贡献了，还可能发不了工资，吃不上饭呢，那又怎么去支持发动机技术过关？奋斗目标又怎实现？想想这一连串的问题、困难，怎么能不让人着急！就这个情况说，同志们的担心是有道理的。但难道就真的无路可走了吗？"

会场静极了，人们都在等着听他说有什么解困的办法。

他却只是说："再一想，今天是我们建厂以来最有本事、能力最强的时候。厂房大了，设备多了，特别是有我们四千多经过考验锻炼、惯打胜仗的职工队伍，我相信，只要大家八仙过海各显神通，困难终将过去，'吃饭''过关'问题一定都会解决。"他又指了指挂着的大横幅标语："奋斗目标一定能够实现。"

接着，按于占元宣布的顺序，是由甄宇柱发言，他先是报告了发动机试制的一般情况，自一九五九年十二月三十一日第一台4115柴油机装配试车成功以后，试验、改进就一直没有停止。然后，他着重说明为了确保试制产品的质量，确认其制造工艺，又对所有零件进行的验证工作，已取得一定进展。目前，五百一十八种零件中有百分之六十点八达标，还有二百零三种零件已经在研究采取改进措施，做进一步试验，其中有十九个零件的问题比较大，是我们下一步工作的重点难点。

李中功接过话来说："大家如果光看数字，还有百分之四十的零件没有达标，也许会觉得很难，其实我觉得剩下这二百零三个零件，大部分很快就可以解决。原因是我们对制造发动机工艺已经摸到了一些门道，可以说，一条腿已经迈进了制造发动机的大门，不再是完全的门外汉。打个比方，比如看人骑自行车，道理上都知道是双手握稳车把，掌握住平衡，可是总不相信自己能驾驭这两个立着的车轮平安驮着人前行。直至骑上车去摔几个跟头后，才发现原来骑车也不是什么难事。”他想了一想又说：“制造发动机也是这样。一开始，我总是嘱咐大家，要注意发动机是个结构复杂、在高温高压下运转的产品，和我们熟悉的机械产品有很大不同。经过这段试验工作，我们逐渐弄懂了它的这个特点的技术要求，及其原因所在，也就可以在制造工艺上寻找采取相应的措施。换句话说，发动机现在虽然还不能过关，但我们大体上已经知道了为什么？尽管技术过关还有不少问题，但相信在进一步坚持试验改进中都会有办法解决。如果是两年前，我不敢说，现在可以向大家说，一定会找到让发动机早日投产的路，我们正在为此努力奋斗。”

他的信心感动了人们，会场上一阵热烈鼓掌。

这时，于占元拿着一张纸条念道：“请说一下，到底有活儿干没活儿干？”另一张条子问：“能不能保证发工资？”他说：“下面安排的发言说的就是这方面的事，让生产科黄时普来说说。”

黄时普走上前来就说：“解决产品青黄不接，现在看有三个办法。头一个，联合收割机停产后，我们清点了一下零件库存、毛坯和半成品，还有不少，如果以存量最多的零件为准，添平补齐，再申请部里拨给同样的统配材料，可以再生产四五百部联合收割机，虽不能彻底解决问题，也是一条出路。总之是天无绝人之路。正当咱们困难的时候，有农民给厂子来了一封信，问还能不能买到你们厂生产的农具配件，犁铧、犁镜等，说明农民兄弟还想着我们，需要我们的产品。厂里已经立即给他们还有一些老用户、特约用户发了回函，表示愿意为他们的需要继续服务。同时，还跟这几年用咱们联合收割机的农场联系了，想着他们一定会需要配附件。这就又是一条出路。第三，说来也巧……”

他把那天在日杂商店的一次巧遇绘声绘色地叙述了起来：“那个售货员说，你们要是能生产好锅拿来卖，那可是积大德了，还说什么蒸锅、饼铛、煤球炉子、烟囱等，都缺货。还给我留了地址和联系电话。我回厂向领导一汇报，都认为揽外活、小商品可能是有大量需求的一条出路。”

于占元手拿两三张条子说：“这几个意见我就不念了，准备开这个大会时，党委会上也想到了。一个是说，厂里的生产从来都是按国家计划，这要是什么活儿都干，能列入国家计划吗？鲁厂长说，这么干，一是社会上需要，二是符合部里要求，要想各种办法，保证不亏损。我们厂善于打阵地战，现在情况变化了，也要有灵活机动的战略战术。再一个意见是说，这么大厂干什么蒸锅、饼铛的，会让人笑话。有这个可能，咱们的人习惯了干活看图纸，有工艺规程，也许会轻视小商品，干活任性，大手大脚，质量差劲，肯定让人笑话。如果干活规规矩矩，物美价廉，还可能受人表扬夸奖呢！发工资也就有保证了。”

他看看手里另一张小纸条：“这个同志问，只说有这出路那出路，能不能真有活干？这个就不用解释了，谁都知道，有了路，还得人去走。困难面前，要求我们全厂职工团结一心，八仙过海各显神通。”

随着多方联系，积极揽活的活动推进，各种订货单陆续多起来，各车间的生产也一天天活跃起来。

这天一早，余大地就来到办公室，想把手头工作整理一下。看见鲁梓原的房门半掩着，轻推开看，人正在屋里收拾什么，原来是昨晚工作太晚，随便在办公室就睡了。

鲁梓原看见余大地进来，就拉着他说：“跟我一起出去活动活动。”

余大地说：“上哪去呀，上班时间还早着呢！”

鲁梓原说：“夜里没睡好，厂区走一走，看着大厂房，心里踏实。”

快走近铸工车间时，只见一处灯光亮着。二人加快了脚步，看见车间主任吕振华和几位工人围着几个铁锅在议论。大家见到鲁梓原和余大地二人就说：“这拨活儿总可以满足用户要求了。”

原来，他们日前做了十个炒菜锅、饼铛，拿到日杂商店去试卖，很快就卖光了。

吕振华说：“不过也提了意见，主要是嫌锅太沉重，要求该厚的地方不能太厚，该薄的地方要薄到恰好。大伙儿不服气，白天又做的，自己也不满意，所以谁也不走，连夜用小坩埚又干出来这些个。”工人拿起地上的一个炒菜锅，轻掂着：“大伙说，就这锅，可世界也找不到再好的了吧。”

鲁梓原看着几位既兴奋又疲惫的工人，说：“同志们辛苦了，一宿没睡，该回去休息了。”

吕振华又说：“还有这蒸锅，俗称钢种锅，从来没做过，也是试着几次才干成，还亏了技术员郑世言，帮助分析材料配比，掌控温度，要不也许还得多试几次呢！”

走出车间，鲁梓原跟余大地说：“看起来对小商品的技术也不能轻视。”

余大地说：“是，回头我跟冯治生研究一下，对每种小商品也要做到有图纸，有技术标准，认真研究工艺。”

正说着，文君生找来说：“刚上班，就接到部里一个电话，已经批准了再生产四百五十部联合收割机，批文随后就发来。”

鲁梓原立刻想，这是个好消息，利用库存零件，添平补齐，起码可以再干三个月，就说：“你告诉黄时普了吗？让他好好计划组织一下。”又说，“现在咱们就去他那儿看看。”

余大地说：“你们去吧，我先去找冯治生了。”

鲁梓原和文君生二人来到生产科，黄时普和几位车间主任正在认真讨论生产分工问题。一见面，黄时普就说：“鲁厂长，您还说干小商品活儿简单，别轻视。这我哪儿敢轻视啊？品种杂、批量小，投入产出时间不同，头绪多，怎么保证车间之间工序衔接，按时交货，这比联合收割机的计划管理一点都不简单。”他嘀里嘟噜说了一通。

鲁梓原笑笑说：“你不是有什么问题解决什么问题吗？”

黄时普并不示弱，态度肯定地说：“您还别说，经我们大家研究，采取一种‘订货生产单’的办法，对每一种每一批订货用交货期倒推的方法，规定出各工序的投入产出时间，把生产过程排列组织起来，保证按时交货。”

陈贵海说：“这是说生产有了计划。实际干起来，干农具的工装大都随着转送出去了，干小商品，批量再小，工卡量具也少不了。为了这些生产的准备，工时材料的耗费，若不算计好，造成浪费，可得注意啊。”

鲁梓原说：“这就要同志们多精心了，过去的一些节约措施应该还可以用吧。”

文君生说：“会计室正准备一个小商品用工用料核算办法，包括一个计算公式。”

鲁梓原说：“总之，小商品也要物美价廉。”

周耕有一脸正经地说：“要不然，吃不穷穿不穷，算计不到要受穷。本来是为了解决吃饭问题，弄不好闹个赔本赚吆喝。”这话引得大伙儿都笑起来，“咱们还是得开展增产节约的群众运动。”

面对新情况、新问题，问题一个又一个，人们是见一个问，解一个题，兴致不减，干劲更足。

文君生趁势把好消息告诉了大家：“部里批准了，可以再生产四百五十部联合收割机。”

众人听了都很高兴，趁联合收割机生产刚收摊，马上接手就能干。

黄时普立即和大家商量：“今天是十二号，用下半月时间干它五十部应该没问题。”

文君生拦着说：“这个月可能还干不了。”大家都感觉诧异，既然批准了，怎么又不让干？文君生说：“不是谁不让干，是统配材料薄钢板还进不了厂。”更让人不明白了，批准了生产怎么不给材料？文君生又说：“不是没给，是咱们厂在银行的钱不够了，付不了货款，提不了货。”听了这话，众人为之愕然，不知所以。

鲁梓原有点着急、生气：“银行是怎么回事？咱们厂明明还有一笔钱呐，为什么不能用？”

文君生赶忙解释：“刚才净顾听黄时普他们说话了，我正要跟你说呢。

那个钱我想必须先留着后天发工资，而且就发工资也还不够呢。”

鲁梓原没有说话，大家也都不言语，谁都没想到，工厂的情况竟然会是这样。鲁梓原好像在想什么事，忽然说：“你们都还记得吧，上个月开支前，锻工陈守瑞师傅家差点断顿儿的事，当时是邻居的一位大妈到饭点了，没听他家有做饭的动静，过去一看，他在那儿正翻抖面口袋想熬点粥呢。就赶忙从自己家盛了一斤多棒子面送过来。”

大家都说是忘不了的事。

杨成泰说：“这个月我们已经注意帮他安排了。”

鲁梓原说：“对，同志们回车间都看一下，对有些老工人家有困难的，一定要照顾好。”他拉着文君生说：“走，到陈师傅家看看去。”

他俩一进门，鲁梓原见面就说：“大嫂子，正忙什么哪？”陈守瑞的妻子接过话来说：“哎呀，我能忙什么？倒是你们二位厂长工作那么忙，还来……我知道你们这是怕我又吃不上饭是吧，从来没有的事。你看，前天杨成泰他们车间几个人凑了二十元钱送来，说是让我们接个短儿，先用着，其实不至于的。也就是孩子长大了，吃得多，家里老人看病抓药，一时算计不到，手头紧了一点儿。不像过去了，那会儿上午开了支，中午去粮店，一斤面的钱，给了半斤多。现在物价不涨，手里有粮票了，心里踏实，就是支钱晚点也没关系。”她热情地叙说一遍。

鲁梓原说：“话不能那么说，按时开支是工厂的责任。”

文君生也搭话说：“咱们这是国营工厂，说话算数。”

看她正要做饭，又聊了聊家里孩子上学等家务事，就告辞出来了。

文君生说：“厂长同志，按时开支，您这可是打保票了啊！”

鲁梓原也不给他留后路，眼睛看着他说：“你不是说国营工厂说话算数吗？！”

下午召开了党委会。鲁梓原说：“情况紧急，今天加开一次党委会。原来知道厂子形势严峻，没想到困难严重得这么快。有两个问题必须马上决定，中午我和君生同志商量了个意见，提出来同志们研究一下。”

文君生说：“问题简单地说，就是咱们厂在银行里的钱不够开一次工资的了，也是因为没钱了，急需的材料进不了厂，咱们急于生产却开不了工。”他解释了一下部里批准再干一批联合收割机的前后情况。“怎么办？我和鲁厂长研究打算：一、后天十四号是该开支的日子，每个人先发半个月的工资。二、为了让材料尽快进厂，马上生产，跟银行借钱。”

大家一听，都觉得难以接受，厂子历来都是多上交，今天怎么落个靠借债过日子，不免一番议论。

鲁梓原说：“你们别不愿意，银行还不愿意借呢。看咱们没有正经产品，怕咱们还不上啊。”感慨之余他又坚定地说：“现在我们只有下定决心背水一战，如果我们不想去跳河，就要想办法从困境中冲出去。”

有人说：“也许这两个措施能解决眼下暂时的难题，但会使群众感觉憋气，发不了工资，靠借钱过日子，工厂还有什么前途？”

大家都认识到，当前最重要的是让全厂职工树立信心。怎么样讲形势、讲前景才能让人人都有信心呢？

鲁梓原说：“不能光靠讲，要带领群众干起来。现在有同志看不起小商品，认为创造不了多少产值，这不行，不要想一口就咬住一个大馒头。”他想知道同志们是不是都这样认识，他想说不要还总是犹豫，干什么值，干什么不值，只有干才有前途。于是他说：“要积极主动多揽活儿，积少成多。更重要的是把活儿干好，活儿干得好，用户看着物美价廉，就抢着要，小商品供不应求，也能让厂里生产热火朝天，产值上去了，人就都越干越有劲儿了。”

众人被他这热火朝天的一番描述，心情也跟着热乎起来了。这时，他却话锋一转：“如果活儿干不好，炒菜锅干成歪把儿的，那就只有黄时普的一家愿意买，别人都不要，厂里生产可就热烈不起了。”

大家听了他说这些话，想笑又笑不起来，但也都知道他的意思，只有认真做好当前工作，在积极行动中增强信心。他和同志们一起分析了眼下生产与过去的不同，品种杂，批量小，工作必须适应这个新情况、新特点。小商品也要按工艺要求，干任何一件产品，再小，都要有技术标准，严格检验。小商品生产过程可能简单，但也要有计划、有组织地进行。用工用料及消耗物品坚持经济核算，订出适应商品特点的具体考核办法。

鲁梓原加了一句：“应该大力压缩非生产性开支，开源也要节流。”

文君生说：“主要是减少管理经费支出，可以由会计室考虑，提出个控制指标，把责任落实到单位、人。”

有同志提出来，把大家的意见建议整理形成一个决定，以便在实际工作中具体执行。这得到了与会同志一致赞成。

鲁梓原说：“对，这件事就请君生同志起草，列出几条措施，明确具体执行办法。”

经过讨论，文件名就叫：进一步深入开展增产节约运动，确保不亏损，为全厂经济好转若干措施的决定。名字也许和往常差不多，但内容体现的主要是针对生产小商品等新情况，是为克服青黄不接，解决“吃饭”问题。曾经有人说：“当年的渡江战役，是老百姓用小车推小船载着百万雄师过大江的。今天我们是用小商品推动为发动机过关的大会战。”

后来，有统计说明，经过全厂职工“八仙过海各显神通”的不懈努力，这次大会战，单是小商品，包括农具配件，共生产了五十八种二百二十七万件，这对克服工厂产品青黄不接、经济困难、支持专心致志让发动机“过关”起了重要的保证作用。

这堂课上了四年

参加发动机试制工作的人，原来看着厂里产品青黄不接，工资开支有了困难，担心试制工作是不是还能进行下去。近来，看着各车间的人一天天忙起来，为了解决“吃饭”问题开展了大会战，一颗心放了下来，手里的工作也加快了速度。

这一天，他们召开了一个阶段性总结会。

甄宇柱报告说：“发动机试制工作，从一开始，大家就本着厂党委的

‘精心制造、一丝不苟’的要求认真在进行。按照李总的布置，从打好基础做起，对所有零件验证一遍。在上一次开会时，说的是有百分之六十的零件达到了技术标准，到现在又有了新的进展，剩下有待技术过关的零件，大约还有五十多个，包括所说问题比较严重的那十九个零件。应该说这段时间工作进展是较快的，这主要是因为我们已经摸索到了发动机制造工艺的一些规律。今天的会就是要认真总结一下经验教训，统一对下一步工作的认识，展开专题研究。”

为了便于引起大家对前一段工作的思考，李中功建议先选了两个零件，就其验证的具体过程作个小结发言，然后一起讨论。一个是小钢件活塞销，一个是大铸件缸体。

发言的是两位青年技术员，他们大学毕业来厂，参加该项零件验证的实际工作时，工作已经进行有一段时间了。他们认真听取了老同志对前段情况和经验的讲解，仔细查看了试验记录，更直接参与了后期试验，经历了从不成功到过关的具体过程。经过他们整理的总结发言稿，得到该项工作集体讨论通过，比较全面地说明了这个零件验证的实际情况和结果。

夏莹，一个开朗大方的女青年。她上来就说：“让我参加活塞销的试验验证工作时，老同志们已经进行一段工作了，我是学机械制造专业的，虽然与发动机不算一个专业，但是这个零件无非是圆钢切料，车外圆内孔，有精度硬度要求。这在学校都学过，虽然没干过，但对怎样做全知道，没有什么难的。只是活塞销装在发动机上，上了测试台架，做了加载试验，出现了裂纹，这对发动机来说是绝对不允许的，我自己却不知如何是好。经过大家研究分析，理论上知道，活塞销处于活塞底部，空间狭小，尺寸有限制，单位面积受到的力有三百公斤以上／平方厘米，又是在高速运转情况下，还受到周期性冲力。再从实际上看，由于生产条件不同，这种压力冲击力对活塞销容易造成裂纹的原因有多种可能性。大家抓住几个认为主要的原因一一做了试验，并采取了相应的改进措施。一个原因是，连杆铜套与活塞销间隙大，经试验调整采取了适当尺寸，使其保持在0.015毫米~0.02毫米之间。另一个原因是对活塞销孔试用滚击技术加工，提高了它的精度、光洁度，改善了润滑不良问题。再有，活塞销的设计要求强度高、刚性好，虽经渗碳淬火提高了表面强度，但加热不均，也是产生裂纹的主要原因。经过研究自制设备，采取高频感应加热方式，保证表面强度均匀，同时内层又有韧性。活塞销裂纹问题就是这样经过多次试验研究，改进工艺措施解决了。我也从中实际中学到不少东西。”

潘立平，一个性格稳重的小伙子，大学本科，铸造专业毕业。分配他参加缸体的试验验证工作，担任记录，他很高兴，觉得这是给所学的知识一个“一试身手”的好机会。但待自己一细看图纸，缸体是一个结构复杂的薄壁型箱体，壁薄处只有3毫米~5毫米，内部却有好几个空腔，水道相连，油道纵横，还有曲柄、连杆机构在其中做高速运动。这样的铸件，在学校老师都没讲过，书本上没说过，生产实习中也没见过。

得知对缸体最重要的要求是必须有足够的强度。他在前一段试制过程中，对诸如缩孔、疏松、夹渣等易于降低缸体强度的问题，经过老同志们反复试验改进基本上解决了，他渴望知道它是怎么解决的，就一个劲儿地追着老同志请教，弄懂了许多技术细节，这也是缸体验证工作的一个阶段成果。

待到把发动机安装上台架做加载试验，尤其是逐步提升功率要求以后，发现缸体有变形、裂纹甚至拉断现象。大家分析原因认为，这是缸体受气体压力、曲柄连杆运动惯性力、连接件固紧力等影响，理论上是一种内应力的作用，对铸件强度会产生明显损害。

大家知道退火是消除内力的方法，但在对缸体作了退火处理时问题并没有解决。多次试验，调整退火的具体处理方法后得知，退火消除缸体内应力的最佳方法是对工件逐渐缓慢加热，加热到五百五十到六百摄氏度，热透以后，再缓慢冷却。而之前只是把退火当成了一个例行步骤，随意做了一下，所以不行。因为内应力产生有其自然规律，要消除它，就要对症下药，加热或冷却都不可过快，而且要掌握好度。

接着又有几个同志发言，就各自试验零件的验证工作讲了如何发现问题的体会，以及如何解决问题的经验。经过讨论，大家对前一段工作都觉得有很多收获，归纳了一下，大体说有三条经验教训。一、要充分认识静态下合格的零件进入高温高压工作环境中的变化，要下功夫具体抓住本零件变化的特点。二、对变化给零件带来损害的原因，要从理论到实际多方面考虑，综合研究，确定应采取的改进措施。三、实施技术改进措施，要获得理想的结果，要找到问题自身的规律，不可能一蹴而就，可能需要反复试验，才能找到对症的具体方法。

李中功的发言，从试制工作总体上看，讲了意见："几位同志的发言，说明了一个事实，我们的发动机试制工作完成了一个阶段任务，把一个理论上知道的东西，变成了可操作、可检测、可掌控其变化的活生生的一部机器。在五九年，我们决定要动手制造这台4115柴油机时，我们面对的只是一套苏联设计的图纸，知道按它做出来就是一台燃烧的热能可以转换成机械能，然后就能对外做功的动力装置——柴油机。我们下决心按照设计图纸一丝不苟地把它做出来，决定对所有零件验证一遍，让每一个零件都符合设计标准的要求。在制作过程中，首先让我们看到原来在燃烧的热能向机械能转换中，会使零件产生裂纹、变形、拉断以及强度受损、润滑不良等严重问题，这使得让转换形成有效动力成为不可能。这是为什么呢？经过研究分析知道，原来它在这个过程中产生有很大的气体压力、高速运转下的周期冲击力、连接件的固紧力，以及铸件内应力等。这些力对零件质量的损害作用显然和原来静态下普通机械零件的质量问题不同，因此处理解决的方法就不能一样。我们经过反复试验改进，对症下药，采取了一个个对应的工艺技术措施，现在百分之九十以上的零件都已经达到了设计技术标准。可以这样说，我们试制发动机的工作，已经开始脱离了盲目性，我们已经初步掌握了它的基本原理，在选择使用制造工艺上也有了更多的自觉性和自由度。我们的人聪明了，工作事半功倍了。"

李中功又讲道：“取得这样的成果，大家经过了四年的艰苦努力，一千多个日日夜夜，我们这一堂发动机的专业课一上就上了四年。但现在还不是骄傲的时候，还有百分之十左右的零件没有过关，量是少了，但难度肯定更大了。同时，我们曾邀请专家开过一次会，他们提醒说剩下零件的问题中，可能有的原因是设计本身就存在缺陷，这更是一个还不知会有多大的难题。不过，我们有信心。上了这四年学，我们还获得了一个解决技术问题的法宝，那就是不论遇到什么问题，要敢于试验、会试验、坚持试验，不达目的绝不罢休。实践出真知，我们将继续这样做。新的工作开始了，目标明确，就是要让发动机的技术完全过关、正式投产。让我们大家一起迎接这个毕业考试。”

所有的人都对李中功的小结讲话报以了热烈的掌声。

甄宇柱说：“下一步工作已经有了安排，我们两百多人，五十多个待验证的零件，分了三十二个‘三结合’专题小组，其中包括一个整机试验小组。”他正准备说几句会议结束的话，看见会场后面不知什么时候来了许多听众，同时发现鲁梓原也站在了那里，就高声喊道：“鲁厂长，您怎么站那儿了？您还有什么指示？”

鲁梓原快步来到前面，他说：“我没什么指示，同志们的发言和李总的小结，我都听了，很受教育，对发动机早日过关投产更有信心了。刚才我来迟了一会儿，是接了市委领导同志的一个电话，他很关心地问我们发动机试制得怎么样了，嘱咐我们一定要把它试制成功，别人能做出来的东西，我们一定能把它做好，将来还要创造别人没干出来的东西呢！”人群里一片笑声，他继续说：“咱们的小商品在社会上反映不错，得到各方面好评。这些日常生活用品，市场上非常需要，鼓励咱们在不影响发动机工作的同时，多生产一些，说这也是利民的一件大好事。我心里想，正好，也是帮助我们自己解决‘吃饭’问题的有力措施。我跟李总说了，让他带领你们安心、专心地搞好发动机过关，我和全厂职工一起正在进行大会战，保证同志们都吃饱吃好。咱们是“吃饭”“过关”两条战线、一个目标，为发动机早日投产努力奋斗。”

三步走要加油

“过关”—“吃饭”、“吃饭”—“过关”成了全厂职工的口号，也成了具体的工作任务。为了“吃饭”生小产商品的大会战已经顺利展开，为了“过关”的发动机试制工作也取得了阶段性成果。鲁梓原那天在发动机试制小结会上说，他对发动机早过关投产更有信心了。

可这一天，鲁梓原忽然对自己说过的话产生了怀疑。自己思索着：那天自己是面对“过关”有了成果，就增强了信心，但为什么随口就说是对过关投产更有信心了呢？多年的工作经验告诉他，一个新产品的投产，要做好许多前期准备工作，不打无把握之仗，这些工作做得怎么样了呢？

鲁梓原找到余大地，问他：“假如发动机试制今天过关了，咱们是不是明天就可以投产了？”

余大地笑笑说：“这不可能，您是想起什么来了，对投产这么着急呢？”

鲁梓原说：“是因为有人思想上认为随着过关，自然也就投产了。”

余大地说：“发动机过关只是有了一个可供生产的产品，怎么生产？要投入生产，还有一系列工作要做，怎么会是自然而然的事呢，谁也不会这么想吧。”

鲁梓原说：“我就有过这样的思想，当看到发动机过关有了希望，就说对发动机早日过关投产更有信心了，脑子里好像没把投产前要做的工作当回事。”

余大地说：“我知道，您现在是要检查一下咱们投产的准备工作做得怎样了，是吧？”

鲁梓原说：“首先是要自我检查，必须把投产工作重视起来。”

余大地说：“这里最主要的是工艺工作的准备。这些事一直都在进行。

目前的问题是，前一段编制的工艺文件是在验证合格零件的基础上，大都是在通用机床上单件生产方式干出来的，其工艺并不能适用于投产后的批量生产。”

鲁梓原警觉起来，问：“这样的问题多吗？”

余大地说：“占比当然不少。不过为了加快这项工作，我们确定了两条原则：一是循序渐进，不要求一下子工艺就搞得很先进；二是工装设计两条腿走路。”

鲁梓原说道：“对，这些工作要抓紧，不要到时手忙脚乱的。”

余大地说：“不会的。冯治生的技术科全班人马分工专责。再说，技术过关也不会那么快。”

鲁梓原说：“把问题想得严重一点有好处。这一点，你还记得双轮双铧犁上场那年的问题吧。大家一看新产品，急于投产，准备工作就打了折扣。”

余大地没有说话，鲁梓原沉吟了一会儿说：“我想只靠技术科的人一个一个零件去干，你计划没有，要用多长时间？每个把零件的工艺定下来，把工装设计出来，总是要找有关的人反复研究吧。我们可不可以来个全面动员，把有关人组织起来解决问题，一竿子插到底，搞一次工艺复查整顿，工作可能会更好更快。”正说着话，李中功走了进来。鲁梓原忙说：“中功同志，你来得正好，我们正在说，你也想想，还记得双轮双铧犁上场时的问题吧？”

李中功问道：“怎么这时候又说起双轮双铧犁来？”

余大地说：“鲁厂长是在提醒我，那年双轮双铧犁急忙着投产，许多工艺准备工作没做好。我知道后来投产后，生产上出现前松后紧，生产秩序紊乱，质量也受了影响。后来部里批评，不得不进行技术补课。”

李中功说：“哦，那是五三年的事了，双轮双铧犁一经投产，供不应求，我们为了扩大生产，上得急，干得快，许多该做的工作不彻底，部里派来专家工作组，帮助技术补课，我参加了工作，一方面进行生产情况调查，又做了产品工艺分析，提出了改进建议，整理制订了五十七项技术措施计划。”

鲁梓原说：“我记得技术补课效果非常好。当然这次我们不会再搞补课了，各种准备工作已经在进行，一定要抓紧在发动机投产前做好。”

余大地说：“问题是您说搞一次工艺复查整顿，动员面儿大，做好了很不容易啊。”

李中功想了想说：“我看这个工作可以和发动机零件验证工作结合起来做。现在验证工作是按零件分类组织了三十二个‘三结合’小组，工作是验证试制工艺，确保零件能达到设计标准。现在我们可以扩展一下它的工作内容，要求它也要负责研究，如何才能使这个工艺适应批量生产。”

鲁梓原高兴地说：“对，这样就把‘过关’和投产完全衔接起来了，省去了许多重复工作，肯定有利于加快准备工作的进程。”

余大地接着说：“是的，这样‘三结合’小组人员应有必要的增加或调整了，它的工作内容应能包括编制工艺文件的具体要求，如确认产品图纸、工艺规程、工序卡片、工装设计、工艺装备等。”

李中功说：“应该是这样，‘三结合’小组对工艺准备各方面统一研究，统一认识。”

鲁梓原说：“要做到五个统一。”他转身问李中功：“你刚才来时是不是要说什么事？”

李中功说：“我是有一个意见，你们看行不行？现在全厂上下都想要发动机早日投产，看起来，太快了不可能。从试验情况看，要达到65马力的设计标准，总是有一些零件或轻或重地被损坏，但是在试验中也发现，比如45—55马力的时候，随着功率转速降低，零件的机械负荷、热负荷也低的时候，零件会现出损坏少或基本无损坏现象。我想如果我们掌握了这其中的规律，搞一台45马力的发动机，有可能很快就可以技术过关。”

鲁梓原问：“如果这样做，联合收割机可以配用吗？”

李中功答：“这还要做好两个工作：一是按45马力要求再试验，予以确认；二是要研究解决配套使用要求。”

鲁梓原问余大地："大地，你有什么意见？"见余大地轻轻地点点头，就说："我看可以作为一个阶段性奋斗目标，李总，你就抓紧进行，我相信同志们都一定会支持。"鲁梓原又问："如果试验可行，预计什么时候能有结果？"

李中功说："顺利的话，可能用不了半年吧。"

余大地忽然感到有问题："这投产前的准备工作就越发要劲儿了。"

鲁梓原说："加油干，咱们的工作从来都是这样，把工作完成好了，就轻松了。这些工作都需要全厂职工的共同努力，回头咱们党委会上讨论决定一下。"

党委扩大会上，余大地报告了在发动机投产前，全面动员，进行一次工艺复查整顿工作的意见：工作要做到产品图纸、工艺规程，工序卡片、工装设计、工艺装备"五统一"。后经大家讨论又加上了毛坯图、检验卡片、工人实际操作三项要求。通过工艺整顿，做到"八统一"，为顺利投产做好充分准备。

李中功的报告提出了根据发动机试制情况建议分三步走的意见：45马力—55马力—65马力，逐步实现过关投产，保证发动机必须达到65马力的设计标准不改变。同时，为早日发挥发动机的作用，先满足一部分用户的需要，争取半年内完成45马力的技术过关投入生产。经过讨论，所有同志完全赞成，并且倡议在全厂开展一次"干什么学什么"的岗位练兵活动，每个人都要在自己的岗位上做好迎接发动机投产的准备。大家对两人报告中提出的两项工作讨论非常热烈，并且提出了有关具体实施的措施，一致同意做出了将这两个意见付诸实施的决定。

干什么学什么

厂团委会开会，学习讨论党委决定。

全厂职工要在自己的工作岗位上做好迎接发动机投产的准备，开展

“干什么学什么”的岗位练兵活动。大家认为，在这个活动中，青年职工应该是最先响应号召的积极分子，共青团员要起带头作用。

鉴于发动机投产后，生产一线的青年工人大多是在生产农机零件中成长起来的，所以要他们承担制造发动机的生产任务，就有了更高的技术要求，而且尤其需要学习、培训，这也是这次岗位练兵活动的重点。为此，团委安排了以下工作：一、做好宣传。认识岗位练兵活动的目的，保证发动机顺利走上批量生产的重要性，明确“干什么学什么”的具体要求。每个共青团员要积极参加，做到切实掌握本岗位工艺规程的要求。团支部根据本车间生产技术特点，可以组织相应的练兵、辅导和互助活动，保证不让一个青年职工掉队。二、鼓励青年积极参加全厂工艺复查整顿工作，完成本职工作要求，主动向老同志学习。同时，在技术革新上，要敢想敢干，发表意见，争取有所贡献，从中锻炼提高自身知识和技能。各级团组织要注意介绍这种“在干中学”的好经验，用好典型，推动工作。三、发两本书：《古今中外敢想敢干的人们》，北京出版社出版；《平凡的人伟大的创造》，中国青年出版社出版，以供团小组阅读。从历史中的木工祖师鲁班、著名工程师詹天佑，以及古今中外众多科学家、发明家故事的启示中，破除迷信，解放思想，增强奋发有为的斗志，争取在制造发动机的过程中，成为本行业里的行家里手、专家。青年们“干什么学什么”的练兵活动得到了各车间、科室领导的支持，工作很快就开展起来了。

锻工车间的尚大年，一九五八年进厂学徒，是个扎实健壮的小伙子，几年来的进步早已能在汽锤岗位上顶班，最近又新担任了团支部书记。纪雨最先想到要找他谈谈，看看新工作是不是有什么困难。

这一天，纪雨来到锻工车间的时候，正赶上尚大年正在掌钳的岗位上准备接司炉递过来的已经加热的坯料，看见纪雨到来二人目光相视会心一笑。在小尚的微笑中，显示出他对自己的工作充满自信，只见他手持铁钳夹紧通红的铁块，全神聚力，脚踩踏板，随着锤头沉重击打的咚咚声，翻转腾挪，很快就完成了一个零件的锻造过程，此情此景纪雨看似平常，但每每感受到机器作用的强力时，就更相信那个能像揉面一样摆弄钢铁的人，不论干什么，没有任何困难能难住他。纪雨转身去找杨成泰，想从那里了解一下小尚的情况，看见杨成泰正和很多人一起在研究生产问题，不便打扰。杨成泰却抽身出来，并跟他说："我知道你想了解小尚接手团支部工作的情况，没问题。昨天我参加了他开的支部会，和同志们合作得挺好。他们还研究了岗位练兵的事。我当时就在想，车间不止一个工种，人的技术水平参差不齐，不容易组织，谁知这个小尚早就真动了脑子，他提出来一个普遍要求与区别加强的办法。我这里拿着他写的一个东西，你先拿去看再给我，我正准备帮他研究一下时间安排、人和设备怎么组织的事。"

纪雨不好再多问，只说："好，那你赶紧去开你的会，人都等着你呢。"当他准备离开车间时，耳边响着机轮转动和钢铁击打声，眼前炉火燃烧着耀眼红光，声光交织，瞬间把他带进那忘不了的往日回忆中，这不正是那首人人会唱的老歌吗——

炉火通红
机轮转动
歌声响亮
我们愉快地劳动
不再受反动派的压迫
我们是新中国的主人翁

建厂时，全厂职工集体劳动的大合唱在纪雨心中激荡。他停下脚步环视周围，已经今非昔比，厂房大了，机器多了，当年写下这个歌词的那个轮大锤的人——团支部书记杨成泰，如今已是这个车间的主任，而现今的团支部书记是一个接班的掌握蒸汽锤的又一个青年工人。任务更重了，要掌握新的工艺技术，但是新中国主人翁的精神没有变，也不会变。纪雨意识到，相信尚大年对他应该做的事，他一定会努力去做，做好。纪雨走出车间，拿出尚大年写的"办法"——《青年锻工岗位练兵办法》来看。

应会部分：

（一）普遍练习自由锻基本变形工序的七种操作技能：镦粗、拔长、弯曲、扭转、错移、冲孔、剪切。结合典型零件进一步掌握它的合理搭配，每个人的情况不同，应有不同的重点要求。技能已较全面的人可作辅导员。在这一基础上，特别是在定岗后，根据工艺规程的工序要求，应加强进行有针对性的练习。

（二）练习掌握控制工件加热温度，区别钢件材料导热性的不同加热方式的差别，保证始锻温度，加热均匀，不产生过热过烧。学会使用仪表进行测温，鉴于目前客观可变因素多，要着力加强人工经验调控的练习。

应知部分：

（一）认识锻件图，这是生产质量的依据，懂得通常将零件图转化成锻件图的一般做法，及其表达内容。

（二）知道锻件检验内容，包括外观检验的一般要求，尺寸和形位是否超差，发现问题的处理方法。

纪雨看着小尚写的岗位练兵办法，知道他为了做好这个工作肯定是下了很大功夫。同时也想到，如果别的团支部还没有更好的办法，这确实是一个好经验，值得推广。纪雨正想着要到别的车间去，迎面碰上林静芸，她是来锻工车间商量生产计划安排的。两人已经多日未见，说来奇怪，往日上午见过，下午又能碰面，可是这些日子，是在厂区路上故意慢行，也等不来他。食堂吃饭有意细嚼慢咽，却等她不来。这时，无意之间见到了人，多日压抑的思念之情突然得以释放，然而在这厂区路边，又不知如何表达，二人相视而笑，笑这天赐的巧遇。

林静芸还是那个爽朗得意的样子，高兴地说：“你这个人碰上了我，算你有福气，我给你带来了好消息，就刚才，总务科的人找我说，三号楼有一间房，那家职工申请回四川老家了，按照排队可以分给咱们，不过是一间窗户朝北的十四平方米房间，三家一个单元的，他征求意见，我当即代表咱们俩，就表示同意了。你没意见吧？”

纪雨说："有一间房，当然是好事，不过……"

林静芸问："你还不过什么？"

纪雨想了想说："不是有好多人也在等着分房吗？"

林静芸不耐烦地说："行了，你就别一本正经了。你想让咱们俩分居到什么时候啊？再说了，要不是排上队，你想分房，还没有你的呢？！"

纪雨轻声说："是。"接着就问："你最近还好吧，还经常加班吗？"

林静芸半怨半笑地说："亏你还记得我，你看站在你面前，这不是挺好嘛。还告诉你一个你爱听的事，我们生产管理支部组织了认识发动机零件的岗位练兵活动。要求在一个半月里把发动机零件都认一遍，做到名称、零件号和实物三相符，每天抽空大家相互考问，热闹着呢！"

纪雨听后说："其实我也应该学……"

林静芸说："你赶不上了，我们都学半个多月了，这是我们编作业计划用得着的，你就别跟着凑热闹了。对了，倒是还有个学习机会，黄科长说了，认识发动机零件活动还要深入，下个月带大家学习五大件和装配的工艺流程，我看你倒是应该参加。"

纪雨说："行，到时候你别忘了通知我。"

林静芸愣了一下说："等我通知你？咱们还得约时间去看房子呢。"边说边笑着转身走进了锻工车间。

纪雨站着想了一下，自己计划应该是要去装配车间。那里工人的技能要求与零件加工不同，是零件组装，而且将要面对的是一个新产品，组装发动机，岗位练兵怎么进行？想到装配工序的工艺特点会有的问题，不知团支部是不是已有所考虑。不过尚大年的办法还是有些启发，可以借鉴。他正想着怎么和团支部同志研究这些事，路上看见技术科室团支部书记乔玉萱也正要去装配车间，二人边走边说，自然就说到了岗位练兵的事。

乔玉萱说："其实我们技术人员，一直都在'干什么学什么'，不学，别说迎接新任务，眼前工作也干不好啊。好多同志不论干什么事，有所收获，都习惯于记录下来，积累经验，这就是在干中学。参加试制工作的人，在验证零件‘三结合’小组里，一方面主动向老同志学习，也积极思考勇于建言，不是消极听喝，这就是在干中自觉锻炼提高啊。还有勤学苦练的，互助互学的，远近结合的，都是在岗位上‘干什么学什么’。”她思路不停，接着说：“我们支委们研究了，准备组织一次经验交流会。厂里正在搞工艺复查整顿，这样也可以促使大家带着学习的自觉性，积极进行工作。”她一口气把想法做法都说了，然后就问：“你看行吗？”

纪雨说：“你们打算开一次经验交流会，不错。技术人员要强调自觉地自学积极性，不能只就事论事，如你所说，也要远近结合，专业上看到发展，不是有许多同志都订有自学计划吗？这种经验也应该提倡。什么时候开经验交流会，告诉我。”

乔玉萱说：“说起开这个会，还有个问题，你同意学习远近结合，专业上看到发展，可往哪儿发展啊？现在有人问，咱们团委工作要求里说，不让一个青年掉队，争当行家里手，可后面又缀上‘专家’。这到底什么意思？”

纪雨听懂了她话里的疑问，刚想解释，她又说：“这不是一句话能说清楚的，有些不同的说法，我一个人也代表不了，我想找两个支委，到你那儿一块讨论讨论，你看行不行？”

纪雨马上表示：“好啊，什么时候？”二人当即约定就在今天晚上。

晚饭后，乔玉萱和崔建琪、潘立平一起来到团委办公室，纪雨为每人找了一把椅子坐下，不等人酝酿话题，乔玉萱直奔想讨论的问题：“在准备开经验交流会时，我们研究要推介一个‘远近结合’的自学经验。这方面，在不少人的自学体会里都说到，要学好外文，现在宣传它，是要在青年中提倡什么？总不能只是说要为学外文而学外文。”

崔建琪说：“直接说吧，学外文都知道是了解世界先进技术知识的前提，是成为本行专家必不可少的要求，但有人就说了，这么说容易让人理解成是引导青年成名成家。”

潘立平为其注解说：“一般人认为，这是资产阶级名利思想，可有人就说，团委工作要求里就提到要争取成为行家里手、专家的。”

乔玉萱说：“团委还发了两本书，书里头让人从历史上大科学家、大发明家的故事里找启示，这样要求，对不对？”

纪雨想了想说：“这样要求又有什么不对呢？咱们国家需要专家，个人有这个追求，这不是完全正当吗？”

乔玉萱说：“你这是把个人追求和国家需要连起来说，如果不是这样，只说争取当专家，就可能是个人奋斗，为名为利了，是不是？”

潘立平说：“资产阶级个人主义思想就是这样诱导青年，说什么‘吃得苦中苦，方为人上人’。”

纪雨似有所悟地说：“最近《人民日报》《红旗》杂志发表的‘九评’里说，赫鲁晓夫实行了一系列修正主义政策，其中就有一条：宣扬资产阶级的自由、平等、博爱和人性论，向苏联人民灌输资产阶级个人主义思想。这让我想到团委工作是有不全面的地方。”

乔玉萱说：“你是说应该强调为国家需要而奋斗。”

纪雨说道：“有这个意思。我是想党的十中全会提出来千万不要忘记阶级斗争，我们做了什么工作了？”

崔建琪说：“前些日子见报上宣传，我们去看了评剧《箭杆河边》，那个农村里的地主反攻倒算，阶级斗争还是挺厉害的，可咱们工厂和农村不一样啊。”

潘立平说：“我在铸工车间，常听老师傅们讲过去，讲他们在农村老家或是出来做工时，和地主资本家剥削压迫斗争的事。如果把他们的家史记录下来，不忘那些阶级斗争往事，是很有教育意义的。”

崔建琪说：“听说纪雨你小时候正是小日本侵略、国民党反动统治时期，也有过一段苦难的经历，也是不应该忘记的童年史吧。”

几个人都沉默不语，纪雨没有说话，也许是在回忆那时的孤儿生活。不一会儿，他说：“十中全会说，阶级斗争要年年讲、月月讲、天天讲，也不能只是讲过去啊？！”

大家都说：“过去要讲，什么时候也不过时，列宁同志讲：‘忘记过去就等于背叛。’具体说，编写家史、童年史的事，咱们共青团可以把这个事做起来。”

你一言我一语，大家认为工厂虽没有像《箭杆河边》里那样明显的现实阶级斗争，但在青年中存在有资产阶级个人主义思想也不容忽视。

纪雨说：“‘九评’里说了，兴无产阶级思想，灭资产阶级思想，也是长期的激烈的阶级斗争。”

乔玉萱说：“对了，这样说就全面了，兴无灭资，不能只从消极方面去看，既要反对、批判资产阶级思想，更从积极方面去工作。纪雨刚才你说，国家需要专家，个人有这个追求，完全正当。很多同志正是在这样做，这是无产阶级思想主流，我们就要大力宣传。”

崔建琪说：“毛主席说，任何事物都是一分为二，无产阶级思想多了，本身就也抵制了资产阶级思想的侵蚀。”

大家的话又回到了“干什么、学什么”的话题上。

潘立平说：“看起来，要根据干什么，来确定学什么，明确学习的方向、内容、目的。”

全厂职工正为发动机早日批量投产在奋斗。发动机（内燃机）作为用途广泛的可移动的动力，是多种农业机械、拖拉机、汽车的“心脏”，是我国社会主义建设非常需要的现代化工业新产品。

乔玉萱说：“这就是说我们的工作要引导青年职工在制造这个发动机的实践中，在干中学，勤学苦练，争取在掌握现代先进技术知识上不断进步，为我国社会主义建设事业做更大、更好的贡献，成为又红又专的工人阶级专家。”最后，她故意郑重其事地说：“纪雨同志，咱们今天晚上的讨论很有收获。”

纪雨肯定地说：“好！我们一定要把它落实在下一步工作中。”

第十四章

攻下 65 大战八百台

“45—55—65”三步走，实现年产柴油机八百台，开启柴油机批量生产新篇章。

“三结合”专题小组加快攻关的脚步，在解决一个个问题中，不失时机地抓住突破口，向着“攻下65”的最后目标前进！

偶尔的一段对话，引出“广交朋友”的一段佳话。

新起点再出发

由于贯彻执行调整国民经济的八字方针，我国社会主义建设逐步地重新出现欣欣向荣的景象。一九六四年底召开的第三届全国人民代表大会宣布整个国民经济将进入一个新的发展时期。

这段时间里，工厂在一次职工代表大会上，通过了李中功提出的发动机正式投产分45—55—65马力三步走的意见。随即45马力发动机通过鉴定，全厂奏响了发动机正式投产的进军号，一个从农业机械生产转型生产发动机的工厂新阶段开始了。

几年来，全厂职工为了这一天的到来经受了不断增加的压力，付出了不懈的努力。一方面，试制工作是在对发动机仅有一知半解中开始的，是在深一脚浅一脚一步步艰难过关摸索中前进的。同时，也是在国家经济困难时期，工厂产品青黄不接，以及财务上几近亏损、为“吃饭”发愁的时候，靠开源节流从艰难中走出来的。此时此刻，全厂职工精神振奋，到处是一派摩拳擦掌做投产准备的繁忙景象，又是谨慎地、精心地、反复查看自己担负的那份工作是不是还有什么欠缺，生怕耽误了发动机投产的全厂关注的大事。

鲁梓原态度坚定，但心里并不平静。他需要知道迎接发动机投产，现在算不算已经准备好了。他走进锻工车间，人们告诉他，经过岗位练兵，现在人——机都在岗位上了，只等您的出发令枪声一响，炉火点燃，锤头击打，砧面上通红的锻坯即刻成形。

杨成泰走近前关心地问道：“发动机投产后，厂里计划日产量是多少？”

鲁梓原笑笑未及回答，群众里争相猜测，有人说：“批量生产嘛，总得成百上千呗……”好像要多少不在话下。

鲁梓原来到铸工车间时，看见有人正在抡锤砸废铸件。吕主任主动跟鲁梓原说："马上要正式生产发动机，我这儿的铸件毛坯产量供活儿都没问题，担心的还是质量不稳定。"

鲁梓原问："主要是什么问题，困难在哪儿？"

吕主任说："关键是废品率降不下来。现在大家想起来，那年部里来人帮助贯彻实行大炉型砂工艺守则的经验，很快就解决了双铧犁的质量问题。技术员和师傅们一起，正从实施的发动机工艺规程上找原因，都很着急，就怕拖全厂后腿啊。"

鲁梓原鼓励地说："老吕啊，你得先沉住气，只要下了功夫，肯定能有办法解决问题。"

鲁梓原想着，一定要去发动机车间再看看，那里最能体现工厂扩建工作以来生产转型的变化。一边走着，他的脑海中一边回忆起工厂扩建的情况：先是一九五六年，工厂扩建任务按年产五千台联合收割机进行。一九五八年再一次扩建，生产纲领是年产一万台联合收割机、两万台万能底盘拖拉机。一九五九年提出的扩建任务，也就是现在正为之奋斗的目标，是年产发动机三万台、底盘五千台、联合收割机五千台。

几年来，随着扩建任务的进行，工厂的基建面貌有了改变。基建投资完成了百分之六十以上，新建厂房有发动机、底盘、铸、锻及辅助车间共十一点二万平方米，新增自制的和外购的设备一千零四十七台。未完成的主要是发动机生产必须要的专用设备等。

工厂的组织机构也随之有了改变，原加工车间、装配车间的通用设备随着人员的调整分别转入新车间了。底盘车间，由洪希铭任车间主任（当时万能底盘尚未定型生产，主要承担工具工装制造）；机修车间，由周耕有任车间主任，继续完成农机具的订货，另外还主要担负起自制设备和大修任务；发动机车间，由陈贵海任车间主任。车间已有的自制缸体、缸盖铣加工等几条生产流水线，多台组装机床，以及外购的龙门铣、卧式镗床等，其他大都使用的还是通用机床。

鲁梓原来到发动机车间，五大件加工及装试的生产区域分布清楚地展现在眼前。多年来，这个情形在他脑子里由模糊到今天如此清晰，他憧憬着成批大量的发动机即将在这里生产出去，一种盼望已久的成功预感在他的心底油然而生。他看见陈贵海与邢师傅二人正站在卧式镗床前谈论着什么，他走了过去。

陈贵海说：“邢师傅这儿正加工缸体主轴承孔，这个工件结构复杂，技术要求高，而且工艺过程长，有五十多道工序，我们就说起如何检验质量来。”

邢师傅说：“拿这主轴承孔来说，它的尺寸公差、光洁度、圆柱度都有严格的技术要求。同时，这个主轴孔轴线对缸孔轴线垂直度，主轴承孔与凸轮轴轴承孔的平行度，主轴承孔中心线对顶面及底面平面度的尺寸公差，后端面与主轴承孔轴线垂直度等，位置精度也都有很高的要求。”

陈贵海接着说：“加工主轴承孔这一项，就有这么多要检查的有关环节，在工件加工的五十多道工序上，只靠最终一次检验显然不行，我们必须设置多个中间检验点，规定检验内容，自制必要的检具。”

鲁梓原说：“在这些中间检验点上，都应该有专人定时检查，是不是？”

陈贵海说：“对，还要有自检、互检、专检相配合的制度。”

正说着，冯治生走来，接上话就说：“有资料介绍，国外有一种全自动生产线，在线上，中间检验成为一个工位，可自动测量。咱们现在还是要靠人的技能和工装精度保证。”

鲁梓原说：“你的意思是，全面工艺复查整顿说是基本完成，但还不能说先进，是吧？”

冯治生说：“主要还不是说不够先进。您看，在通用机床上，即使有适用的工装，工人操作时的夹紧力、切削进给量也会对生产效率和质量产生影响。”他想了想，该怎么说明自己的意思，又解释道：“我刚才从连杆工段那边过来，那儿连杆大小头孔的加工现在只有田师傅磨的刀质量稳定，别人的还都不行。”他转而面向陈贵海说：“我想磨刀的问题不只是连杆那儿有，而且也不是人一下子就能掌握的，是不是车间里组织几个人成立刀具组，由田师傅领头，既专门解决车间里的难题，也解决磨刀技能上的人才培养，您看行不行？”

陈贵海看看邢师傅没有不同的意见，就说：“好，咱们考虑一下。”

鲁梓原意识到，经过全面工艺复查整顿，并不能一劳永逸，投产后有投产后的问题。有些技术问题的解决，也牵扯到制度和组织管理的问题，必须让全厂职工特别是领导干部对此都要有思想准备，主动跟上措施。新的问题让他感觉到，应该召开一次党委或党委扩大会统一认识，做好迎接新情况下的工作。

鲁梓原在例行召开的生产会议上，听取了各车间投产准备的工作情况汇报，又与厂部几位同志多次交换意见，都认为对如何做好投产准备和投产初始的工作，以及对有些问题还应当进一步统一思想，确定一个共同工作目标。

在召开的党委扩大会上他说：“大家是不是感觉到，自从我们决定发动机生产分三步走，45马力发动机过关了，也鉴定了，即将投产了，一个可以让联合收割机以至拖拉机、汽车自动走起来的制造发动机的工厂就要在我们的手中建起来了，这是一件大事。”他停住话，想了想又说：“但咱们现在还不是自豪骄傲的时候，同志们都在为正式投产积极准备，今天的会就讨论研究两个问题：一是为保证正式投产顺利进行，还应该做好什么工作？二是为做好投产工作确定一个具体目标，比如第一个生产批量定多少是好？”

会上的发言都很积极，大都是说经过工艺复查整顿，岗位练兵，各方面生产条件已经做了准备，达到了正式投产的要求。有人甚至说，可以考虑开展一个新的增产节约运动了，说完后又笑着自我解释说：“这话是不是说的早了点啊，还没投产就说增产？”

鲁梓原说：“大家这么有信心，真的就那么顺利，就没什么问题了？”

还是铸工车间吕主任实话实说：“投产，肯定没问题，我担心的就是铸件废品率降不下来，到时候拖了全厂后腿。”

有人说尽管工艺复查时，都尽量想到了要适应批量生产的要求，但毕竟没经过批量生产的实际，难免会出问题。”

冯治生说：“对这种问题，我反复想过，拿工装准备来说，做了有一千几百套了，鲁厂长问是不是没什么问题了呢。但大量生产中，我还是不敢保证一点问题不出。”

几个人说：“有这种事，你是有什么想法？”

冯治生犹豫着说：“投产，可不可以有个试生产期？”

人们相互看着说着，都说不上来这是不是个办法。

余大地说：“你这个意见，听起来有一定道理，上一个新产品，都有个试制阶段，可那是有个技术标准的。投产的事就不一样了，怎么算达到了标准，也不可能把一个问题不出说成标准吧。关键还要看准备做好了没有？”

人们中议论开了：“这不是又回到原来问题上了吗？再说，试生产期要多长，怎么定？”

陈贵海说：“大地同志分析得对，不能自己给自己画圈儿。投产考验的是工艺，生产工艺还是会边生产边改进的，咱们的马拉犁、收割机还不都是在生产中不断搞技术革新。”

余大地说：“工艺不是一成不变的。”

会上取得了共识，投产前要一丝不苟地做好准备，只要把该做的准备工作做好，就有信心迎接正式投产。不能想象不出问题，但也不怕出问题，有问题该改进的改进。有人甚至说，即使不出问题，我们也还要采用更先进的技术呢！

鲁梓原说：“好，这样的话，投产的行动就可以开始了。我们的投产工作做好做不好，也不能是干到哪儿算哪儿啊，接下来，大家就研究一下，要确定一个具体工作目标。”

文君生像是早有准备要发言，就说：“会一开始你就问了，投产后第一个生产批量定多少？这应该是要定的目标之一。我有个具体建议，就以保质保量月产一百台发动机作为努力方向，这个说法没什么可靠的依据，就是在安排协作件生产时，外协兄弟厂都要求必须规定个供货批量，以便他们组织生产，我考虑这也是个合理要求，当时来不及商量，就冒口说了这么个数，大家看行不行？”

大家议论了一阵，都觉得正式投产也就是说不再是十台八台少批量试生产了，初期按产量一百台来计划，还算比较适中，再多？再少？也都没有什么科学依据，谁也没拿出更好的不同意见。

文君生就说了:“你们都同意了月产一百台，这个数虽是我提出来的，外协件能不能保质保量地完成，我可不敢保证。”他明显是把一个问题球抛出去的态度。

短暂的诧异，有人已经明白了他的意思，但是谁也不想主动把话说出来。还是老刘同志接过来把话挑明了：“去年成立协作科以来，根据厂里确定的原则，选点、布点做了大量工作，但是有关质量检验和技术服务的人一直配不齐，眼看就要投产了，文副厂长也是着急，我按要求调配人，过关的说过关重要，投产的说投产重要，外协件的事跟谁都没关系。要不就说，让鲁厂长拍板，要谁给谁。”

鲁梓原笑着，但又严肃地说：“我要真说要谁，可能又会给我摆出一个个难题。大家还是要有一盘棋的思想，外协件搞不好，发动机一台也出不去。道理同志们也都是知道的。”

甄宇柱鼓了鼓勇气说：“我不是不同意鲁厂长的意见，如果不影响‘过关’的事，人员当然应当统一安排。不过，我听有人说，45马力发动机投产了，技术过关的事可以缓一缓，这绝对不行。65马力发动机过关也是正在紧要关键的时候，一旦放松，再拾起来可就更难了，弄不好还会功亏一篑。”

几位身在生产一线的同志都不多说话了，刚刚讨论里都知道投产后的工艺技术工作，绝不是完事大吉。

这时，李中功说：“45马力机子投产了，不等于发动机试制成动了，我们已经奋斗了好几年，现在只待65马力的技术过关了，问题也已经不多了，但剩下个别几个件，却都是最难攻的，我们不能再等，必须集中精力，攻下这最后一关，夺取4115发动机的完全胜利，这一点，我想同志们也都是同意的。发动机技术过关，是为了生产发动机，不是为过关而过关。接下来的投产工作，包括外协件生产，肯定是带来了新的繁重任务，都要有人干，还要干好。这件事，是不是就由我和余副厂长一起研究一下，首先也是和文副厂长一起解决外协件工作用人的事。应该说咱们厂这些年锻炼培养的人才是有的，趁这一回工厂生产转型的时候，按鲁厂长'一盘棋'思想的要求，好好做个安排，把各项工作落实，人各得其所，各尽其能。"

余大地和文君生二人都表示同意。

大家赞成的同时，又对工厂当前的形势热议了一番，认识到这次发动机正式投产，不单是换新产品，还涉及工厂生产的产品和它的技术管理工作，是一次全面的进步，更是走上现代化道路的一次重大转变。所有同志的思想和工作必须跟上形势，适应转变带来的新要求。把这一转变的工作完全地、彻底地做好，不留遗憾。讨论逐渐具体起来，最终形成了一致：工厂的产品必须实现完全达标的65马力发动机，技术管理工作当前必须保证第一个生产批量的要求，即保质保量完成月产一百台发动机。

鲁梓原看讨论意见趋于一致，就说："还有一个多月就是'五一'劳动节了，从五月份算起到年底还有八个月，全年应该生产出八百台发动机，今年全厂中心工作就定为'攻下65，大战八百台'。大家看怎么样？"

大家同意，这样概括今年工厂的任务，简单明确，作为工厂从此走上现代化的第一个奋斗目标，鼓舞人心。

鲁梓原站起来，犹如发出作战命令似的说："黄时普黄科长，你们生产科的第一版发动机生产作业计划，一定要早点拿出来！"

| 管理也要过关

黄时普和他的生产科对发动机即将投产的生产管理工作早已有所准

备。科里所有的人也包括各车间搞计划统计的人组织起来，用一个多月时间，开展了一次认识发动机零件的活动，要求人人熟悉发动机零件，达到名称、零件号和实物三相符。

黄时普跟大家说："发动机结构复杂，零件多，一定要认识它，将来工作时才能得心应手。但是，光认识还不够，还必须知道它的工艺过程，这样才能参与它的生产管理。当下最主要的是把缸体等五个大件及装试的工艺过程弄明白。"黄时普请来技术科的同志拿着图纸对照着实物，在生产现场对逐个零件逐工序的工艺作了讲解。他要求每个人不明白就问，并且自由结合，组织复习。当全厂确定了月产一百台发动机的计划后，全科便忙着进行编制生产作业计划的工作。有人去做生产准备计划，着重落实原材料和外协件的供应。黄时普则主要带人为全厂组织生产，具体分解目前一百台的生产进度，进一步安排车间以至车间内部相应的生产任务。

他们开始编制作业计划，还是按照习惯的做法，以发动机总装的计划进度作为目标，组织各车间零件生产协调配合，安排工序有机衔接，保证全厂当月的生产任务能按期完成。但是编制工作并不顺利，无论是毛坯件还是加工件，它的投入与产出是按旬好还是按周好，又如何分出批量，以及有的零件加工工艺过程长工序多等问题，都使零件生产进度的安排难以协调配合衔接。

作业计划编不下去，余大地拿来在函授大学的教材，把关于生产计划管理特别是编制作业计划的知识作了比较具体的介绍和讲解，如编制生产作业计划的目的和要求，编制的依据和内容，还列举了几种不同生产类型的编制方法。

大家听了都说过去对生产作业计划没有这么全面的理解和认识，虽然也有多年的经验，但从来没有系统总结过。余大地结合自己的体会说："我们现在要生产的是现代化产品，管理也要讲究科学管理。"

大家说："看起来这次工作中的问题主要是脑子里纠结在过去的具体经验里跳不出来。"

大家就想把教材上介绍的编制方法拿过来用。有一种说是适用于大批量生产的叫“在制品定额法”，大家试着去做了，却套用不上。

黄时普悟出了其中的原因说：“咱们一直认为发动机正式投产就是要批量生产了，可这个‘在制品定额法’讲的是稳定的大批量生产，咱们月产一百台还只能算是小批量，而且刚投产，算不上稳定。”于是又一起分析研究了其他方法，有的适用于成批轮番生产，有的适用于一次性单件生产。

大家就觉得书上东西讲的有条有理，可是不实用。

余大地说：“同志们别着急，学习不能企图毫不费力地搬过来就用，要了解它讲的原理，结合实际动一番脑子才能为我所用。比如说‘在制品定额法’，虽然咱们用不上，但它指出编入作业计划的零件都应当有定额，是编作业计划的依据。”

几个人不约而同就说，其实过去马拉犁、联合收割机的计划，都离不开定额作基础资料。

由于发动机是初次批量生产，大家商定目前搞一个估工定额。由此大家认识到，不是过去的经验不行，也不是书上的东西不实用，问题是我们自己，只想把经验和书本上的东西拿过来就用，没有认真考虑现在的发动机生产有什么新特点和要求。

大家在热烈讨论中，逐渐明确了当下编制发动机生产作业计划要采取的方法。首先，一致认为不论发动机有多复杂，它和马拉犁、联合收割机一样，都是要把零件组装成成品，它的作业计划目的和内容基本上应该是相同的，以总装产量进度的共同目标来组织全厂生产，这一点过去的经验还是有用的。

说到编制作业计划的难点时林静芸说：“我记得计划编不下去的时候，常是因为缸体等五个大件加工工艺比较特别，虽然只是五个件，但总是安排不好它的进度和大多数零件的衔接配合，可它又是关键件，不能不优先考虑它。”

黄时普说：“过去我们是由厂部（生产科）集中编一本全厂的生产作

业计划，书上说作业计划可以有分工，既然五大件特别，干脆拿出来单做，由生产科直接具体负责，其他零件由厂部下达生产任务，由车间负责，你们看这样做行不行？”

大家都认同这样干，而且认为五大关键件由生产科直接负责也有它的好处，可以在全厂采取跟踪管理的办法，从原材料投入开始，直至完成总装，实行全程全时管理，有问题早预见，及时解决。这五大关键件得以顺利完成，也使得整个生产作业计划基本上有了保证。

关于由车间负责编制实施其他零件作业计划的事，鉴于目前缺少必要的依据，厂部下达的生产任务不具体要求与总装进度同步，在满足总装要求的零件数量（成套）时，规定供应期以周为单位，给车间以根据实际情况调整生产安排的机动条件。就这个思路，确定了编制作业计划的基本方法，经多方征求意见，又经车间主任科长参加的生产例会一致同意，第一次使用，编好了五月份的生产作业计划，并付诸了实施。

他们在向鲁梓原汇报这个计划编制过程时，余大地说：“生产科的同志为这事真是下了一番功夫，先是照过去的方法作行不通，后来听了教材说的有条有理，就想学照用，可是那些方法都是与讲课配合的特定生产类型所用，套不到现实情况上来。后来大家决定先研究一下编不好作业计划到底都有什么问题，一一列了出来，带着问题再参考教材上那些道理，也回想过去的经验，综合考虑解决问题适用的方法，于是人人出主意，提出了不同方案，这期间往往哪种方案最适用要反复研究，有几次都争论到了深夜。”

黄时普补充说：“作业计划是要保证厂里正常生产的，现在编的这个作业计划虽然在用，但已经看到并不理想，今后生产要发展，就得早点想办法。比如，怎么减少不确定因素对实施作业计划的影响，作业计划要细到以日进度为单位，所以定额工作必须跟上，在目前条件下，要保证总装的均衡生产，就需要尽快建立‘在制品管理制度’。”

鲁梓原说：“你说得对，做好你们这个工作，现在不是结束，或者说是更加感到迫切了，如刚才余副厂长为你们工作总结所说，为编出这个计划是走了几步？我把你们这段工作经历比喻为‘过关’，可以说是过了三关还是四关，如果加上时普你讲的还必须解决的那些问题，就是还要过更多的关。其实，厂里的产、供、销、人、财、物的管理都要过这种关。总起来说，过好管理这一大关，就是要在全厂建立一个好的正常生产秩序。”

过了“五一”，全厂发动机的生产开始按计划在进行，由于从去年复查整顿工艺以后，各项工作都早做了准备，现在看总体生产还算顺利。但是原来估计到的和不曾想到的问题还是陆续显露出来。发动机生产用上有新工艺技术、试制试验可行，投入批量生产后发现效果并不让人满意，连续性的生产需要衔接配合的中间环节增多，带来了新矛盾，措施跟不上，工作中出现推诿扯皮现象，还有些人把大战八百台，当成唯一追求产量指标，不重视其他工作要求，造成各种浪费和忽视质量的问题，反过来也影响了均衡生产。因为手里干上了现代化新产品，人们的心情是既兴奋又心急，为处理不时冒出来的一个个问题，似乎成了救火人员。

这时，根据市委和部领导的布置，厂里正在组织学习贯彻《国营工业企业工作条例》（七十条），进行企业全面整顿工作，厂党委结合发动机投产后的情况决定：为确保发动机技术过关，在完成八百台生产任务中，建立以正常生产秩序为中心，狠抓管理工作三个环节——责任制、工艺管理、经济核算，建立健全规章制度，开展优质、低耗、文明生产的群众运动。

在全厂干部大会上，鲁梓原传达了上级指示和厂党委的决定。他着重说：“随着发动机投产，加强管理工作的重要性提到日程上来了。”他列举了目前生产上出现的一些不正常现象说：“如果没有一个好的正常的生产秩序，即使发动机试制成功了，也不可能生产出好发动机来。”

时值酷暑七月，他看有人在脸上擦汗，好多人举着扇子或一块纸板不停地在扇风，就说：“大家也不用心急，我说的是如果我们工作搞不好，会生产不出好发动机来，问题的确很严重。但是，我们什么时候会搞不好工作啊？从来没有过！”他大声这么一说，引起一片笑声。“所以，大家静下心来，心静自然凉，静心地想一想，把最近工作里出现的没头绪的问题理一理，问题在哪儿清楚了，研究办法就容易有了。”他举了生产科怎么编作业计划的例子，先是凭经验凭书本都编不好，大家一赌气就研究把编不好到底有什么问题一一列出来，当然他们找问题，不是拉客观，强调困难，他们带着问题想办法，这时，书本的和经验的启发作用、借鉴作用也都发挥出来了，加上动动脑子，针对问题适用的办法就有了，这就是有的放矢。”他又说：“同志们还记得，开始‘一五’计划那年，我们说要走出作坊生产方式，还做了工作决定，这些年，我们的生产技术不断发展，但是我们还没有完全走进机械制造大规模生产的现代化的生产方式，这就要求我们都要自觉增强科学管理意识，还要继续努力。”

最后的攻关在行动

话分两头，45马力发动机投产了，今年计划生产八百台的工作已经在全厂展开。同时，以拿下65马力发动机为目标的攻关行动正在不分日夜地积极进行。去年的一次试制工作小结会表明，已有百分之九十以上的零件通过验证，达到了技术标准，剩下的不到百分之十，其中包括有十九个零件问题比较严重的，也就是说，问题零件少了，难度更大了，于是他们重新组织了力量，两百多人分别组成了三十二个“三结合”专题组，继续攻关。在那次会上，大家总结了几年来发动机试制工作的经验。

李中功说：“我们已经走出了盲目性，初步掌握了发动机制造工艺的基本规律，而且还有一个特别收获，就是学会了用试验解决技术难题，实践出真知。”

在接下来的半年多时间里，面对一个比一个难啃的硬骨头，各个“三结合”小组坚持用好试验手段，发现问题，研究试验，再有问题，再研究试验，就这样一个又一个零件验证过关。但还是有的零件，不论采用怎样的工艺技术措施，问题依然存在。大家质疑是不是设计上有问题，这些是曾经想到过的事。早在刚拿到苏联来的图纸那时候，党委就明确要求，必须严格按照原设计图纸一丝不苟地进行试制工作，所以人们一直都是全力在制造工艺上下功夫。

现在事情发展了，李中功说："我们的工作虽不能说已经穷尽了使用的工艺方法，但就目前情况看，对仅剩下的这几个零件，必须认真地再分析研究一下，是不是有应该从设计上解决的问题。我还是那个主意，敢于试验，让试验结果做决定。"

鲁梓原知道后，表示坚决支持李中功的意见，并且说："当年试制工作刚开始，严格按图纸办事，这是应当遵循的正常规矩。现在工作中出现了新的问题，当然就应当从实际出发。情况已经说明，有可能是设计上存在问题，就要毫不犹豫地从原设计考虑不到的地方去研究解决问题的办法。"

思想解放了，几个"三结合"专题小组的人们，加快了攻关的脚步，破除所谓设计禁区，在解决一个个问题中，向着最后目标前进——攻下65，取得试制发动机的完全成功。

首先是活塞的磨损过快问题。经多方采取措施，排除了活塞硬度不够，活塞与缸壁间隙不合适等问题。也曾怀疑是机油温度高，黏度降低，造成润滑不良，但是对相关因素的检查后均未见异常。这时有人想到，曾经设计的马拉犁，适用黏土地，为要在沙土地里也能适用，就做了改进。这说明有效发挥产品的功能，不能忽视它的使用环境。而我国平均气温高于苏联，这可能是原设计不曾考虑的因素。为此改进了机油散热器和冷却水箱，扩大了散热面积，加强了冷却作用，即使在联合收割机麦收时气温可达四十摄氏度左右，也能保持正常水温和油温，保证了发动机零件的正常运转。

还有轴瓦腐蚀剥落问题。原设计轴瓦材料是铜铅合金，而发动机使用的国产机油酸度较高，有腐蚀性。经过分析，选择使用铝锑镁材料，多次试验后发现它具有较好的耐酸能力，又有一定承压能力，决定改变原设计，轴瓦材料采用铝锑镁合金，经试用完全成功。

再有就是风扇风力不足问题。经过调整风扇皮带紧张力，改进风扇叶片倾斜角，但都是增强风量作用有限。也曾经想到如果把四个叶片增加为六片，也是一种办法，但一直未动手，主要是想这么简单的措施，难道人家原设计会不知道。这一回，实际把风扇改为六叶片，确实有效提高了风量。这些不大不小的问题的解决，让大家认识到，要尊重原设计，但不能完全照搬照抄，更不能盲目迷信。大家还进一步认识到试制发动机不能只停留在制造工艺上下功夫，还必须想到有关设计问题，并且勇于动手，学会实际解决设计问题。这是通过解决缸盖裂纹问题在实践中得到的切实体会。

说起缸盖裂纹，造成漏水混进机油，这也是一直困扰人们未解的大难题。最初发动机试验发现缸盖裂纹，大家认为它是铸件质量问题，与造型舂得过紧、合金成分不当、浇注速度慢等有关。也有人说，是因为装配汽缸垫没有对准孔位，影响冷却水正常流动导致机温升高造成的。谁也说不定准确意见，就一一做了试验，结果都没解决问题。

经过几轮试验，增加了对发动机的认识，就想到发动机工作时，缸盖处于高温高压燃气的交变作用下，承受的机械负荷和热负荷很高，它不同于普通铸件，它要求有较高的强度，所以加强缸盖的强度应该是解决裂纹问题的办法。对原因认识一致后，但对怎样加强缸盖强度的方法有不同的意见。正在争论中，缸体专题小组为解决裂纹、变形等问题采取消除内应力的措施，解决了问题。受此启发，大家相信同为发动机铸件，能解决缸体裂纹问题的方法，肯定也能解决缸盖裂纹问题，可是同样采取消除内应力的措施，缸盖裂纹问题依然没有解决。大家都在苦苦地思索。

李中功说：“我们做了不少工作，缸盖裂纹问题还是没有解决。但是我们的工作没有白做，每一次试验做出一个否定，都是让我们向着成功接近了一步。我们已经知道：缸盖裂纹的原因不同于普通铸件，现在看来，它和同在发动机工作环境下、同样承受高负荷的缸体也不一样。这就告诉我们，缸盖裂纹可能不是制造质量问题，很可能是设计上就存在问题。”他一边说一边想，忽然面向大家说：“你们都一块想一想，45马力发动机技术过关了，经过了两千小时试验，缸盖没有发生裂纹，65马力的发动机就不行，为什么？”

这好像是个明摆着的简单问题，立刻就有人说：“功率升高，负荷大了呗。”

李中功笑笑说：“你说的这个原因还只是说的功率负荷高低，现在我要问的是功率负荷升高，为什么会造成缸盖裂纹？”

人们都在想，也有人说些理由，似是又不是。

甄宇柱说：“我想起一个情况，大家看是不是可以解释这个问题。当我们做65马力的两千小时试验时，并不是机子启动运转初期缸盖就出现裂纹，也不是到两千小时的时候才出现，多次试验都是在一千三百小时后缸盖发生裂纹，然后逐渐加深。”

这时马上有人明白了个中缘由，抢着说：“一千三百小时应该是高负荷积累到了一定程度，因热应力而产生疲劳裂纹，一千三百小时是形成缸盖裂纹的一个节点。”

李中功点头说：“你说的应该是对的，发现一千三百小时这节点对我们是一个重要启示。去年，我们就很重视，认为65马力做两千小时试验，高负荷在一千三百小时以前缸盖可以不出现裂纹，由此推理，如果降低功率，高负荷就有可能在两千小时也不出现裂纹。后来我们循着这了道理去工作，就有了45马力发动机过关的成功。这个事大家都知道。”他慢慢地略带愧悔的意思继续说：“但是，我们忽略了还应该从另一方面做进一步的研究，应该研究在一千三百小时这个节点前后，缸盖身上的高负荷有了什么变化，是哪些因素促使这种变化产生了裂纹，找到了它的变化规律，就一定会发现裂纹的直接原因，也就可以有针对性地、有的放矢地采取有效解决问题的措施了。”

大家都十分同意李中功对问题因果的周密分析，认为就此认识进行工作是解决缸盖裂纹问题的一个突破口。

鲁梓原知道解决缸盖裂纹问题是实现党委决定“攻下65”的最后一关，不失时机地抓住这个突破口就是夺取试制发动机成功的最后一战。他把余大地和文君生等厂部有关同志找来，讨论这件事的下一步工作该如何尽快展开。

李中功说：“接下来的工作要通过一千三百小时现象给我们提出的问题，寻找高负荷下缸盖的变化因素，掌握它的规律，找到解决裂纹的办法，这个工作可能不是一两个回合的试验就能完成的，要做多方面的，也许要做大量的检查测试研究。”

于是，经过讨论决定，由李中功总工程师挂帅成立一个缸盖攻关组，集中全厂有关精干力量，只要这个攻关工作需要，不论谁，在何岗位，都要到攻关组报到，全力以赴。

最终，攻关组下设：研究、试验；模型、工艺；铸件、材料三个小组，一共四十二人。召开了动员会，即日开始行动。

广交朋友

故事说到这儿，在这个工厂里还有一件大事，就是发动机造出来用在哪儿的问题？

鲁梓原近来总是说：“工厂现在月产一百台，工厂扩建方案计划是年产三万台，如果只管生产，不管有用没用，等于是庄稼只管种不管收，咱们不会干傻事。引进试制这4115发动机时，目的是为自走式联合收割机配套，作它的动力，现在这件事可以说基本完成了，但是就全国联合收割机产量来说，怎么也用不了那么多。当然这个发动机作为可移动的动力，是多种机械的‘心脏’，有着广泛的用途。不同的用途，在性能和结构上有着不同的要求，这就要求生产发动机的同时必须做好相应的配套工作。”

这项工作，工厂里也早在做。他们走访农村、工地、交通部门，上山（矿山机械）、下海（近海渔船）、进林区，凡是想到可能用4115发动机的地方他们几乎都跑到了。经过他们的努力，克服了不少困难，已经有了一些确定的配套用户。除了可用于自走式联合收割机外，4115发动机配林业绞盘机已批准定型投产，用于集材40拖拉机，还有用于二十四千瓦发电机组等均已通过鉴定投入小批量生产。去年，45马力发动机也曾出口印尼三十台。

鲁梓原一直在督促有关部门抓紧做好产品配套工作，要下功夫扩大用户，广交朋友。他说现在全厂都在为每月交出一百台发动机努力，应该说那是在生产计划本上打了个勾，只有每台发动机都有人用上，才算是真的完成了任务。

最近他遇上了一个机会，有一个用户一年可以要他配套生产几千台发动机。他一方面觉得是个好事，但也知道要实现这个好事难度很大，他的心里在不断思考，必须在厂里统一思想认真研究。

这天一早，他习惯地到各车间巡回后正打算找人商量心里的事，路上碰见李中功和甄宇柱从设计科走出来。李中功主动说："原来为用于机引联合收割机的改装CA—10汽油机，几年里生产了一千三百六十七台，现在已经停止生产了。我和甄科长研究，决定把从事改装工作的力量全部用于做发动机的产品配套工作，当然是先留下搞缸盖攻关的人。"

鲁梓原说："我这儿还有个事正要跟你说，有一个配套大户的工作……"李中功顺着他这话说："对！是要有一个配套大户，用你的话说，要交一个大朋友。配套用户帮我们工厂消化了产品，能使工厂更好地发展，我们的发动机给他们提供动力，帮他们完成任务，提高工作效率，这是相互帮助，相互促进，当然就是相知相交的好朋友，而且有着共同为了国家建设的同一个目标。具体说咱们的4115发动机装拖拉机用途最广，应该是要交的一个大朋友。"

鲁梓原只好接过他的话说："不是林业拖拉机决定用咱们的发动机吗？再有，咱们自己的万能底盘拖拉机不是也考虑用吗？"

李中功说："首先林业拖拉机需要量不大，底盘要用还有待产品定型。"

甄宇柱抢过话来就说："我知道李总指的大朋友是农用拖拉机，去年就用技措费从工业展览会上买了一台津拖厂生产的金牛拖拉机，说是为了解决厂内拉活儿跑运输，实际醉翁之意不在酒，不多日子就拆下原装发动机，换上了咱们厂的4115发动机试验用，快一年了。"

李中功说："因为正好他们用的发动机和咱们现在投产的4115发动机一样都是45马力，我想通过试验证明一下咱们的发动机也可以用于拖拉机，只要咱们做好配套的技术准备产品就有了大出路。"

说话间，眼看不多远一辆装满零件的拖拉机从铸工车间向这边开来。看着拖拉机近了，李中功向开车者打招呼："齐师傅能停一停吗？你这是去……"

齐师傅怠速停下车来，笑着说："我这是去送毛坯件。怎么，李总您还是不放心这台发动机吗？"他跳下车来，指着发动机，又触摸一下挨近转动处："您听这里除了怠速声，没有任何噪音，手感温度也不大烫手，可以说一切正常，我今天已经跑了一大早上了。"

李中功问："一点毛病没有吗？"

齐师傅说："有了小毛病，我自己调整一下就解决了。"

李中功说："不管大毛病小毛病，我要听的就是有什么毛病。"

这边正说着，文君生带着一位同志向鲁梓原和李中功二人走来。甄宇柱忙过去跟齐师傅问明情况，把问题记了下来。

文君生介绍说："这位是计委谷越同志，专门来了解咱们厂扩建投资完成情况的。"

鲁梓原与谷越一边握手一边高兴地说："太好了，君生，你把情况都向谷同志汇报了吗？"不等文君生答话，他又紧着说："厂子扩建任务的基建工程完成得差不多了，您看，发动机、底盘、铸、锻等主要厂房都盖起来了，所差的是设备，特别是一些发动机生产的关键专用设备。现在说是发动机已经投产了，可一些关键工序也还用的是普通万能机床在干活儿，或是厂外请人帮忙干。君生，具体需要你都跟谷同志说了吧，这次国家投资能一块儿都解决了的话那就再好不过了。”

谷越忙解释说：“鲁厂长，我这次来只是了解情况，回去向领导汇报，能不能解决，我可不敢说。”他一边应付着说话，一边看着几个人围着一台拖拉机正在议论着什么事情，就借机说：“情况文副厂长已跟我说得很详细了，你们正忙着研究什么事，我就不打扰了。”

鲁梓原说：“也就是研究，看厂子的4115发动机在拖拉机上能不能用。”

谷越顺便看了看拖拉机，不无疑问地说：“这不是津拖厂的金牛拖拉机吗？”

李中功说：“正是，是我们从展览会上购买来的，试用已经有一年了，效果还不错。”

谷越更是不明白地问：“人家生产的拖拉机你们试什么？”

李中功解释说：“现在这台拖拉机上的发动机，已经换上我们厂生产的4115型发动机了，和金牛的一样，都是45马力。”

谷越说：“李总，您可谓是用心良苦。不过据我知道，津拖厂建厂方案是计委批准的年产两万台45马力拖拉机，是整套引进的产品，包括发动机和主要配附件，而且今年初，正由各方面组织集中力量进行建厂大会战呢！”

李中功说：“是这样，谷同志，我们试验是证明我们的发动机完全可以适用在拖拉机上，作为拖拉机的动力，津拖厂金牛拖拉机用不了，据知道各省市在建的有十来个拖拉机厂呢，其中会有待配发动机的，我们正在走访。同时，我们的发动机55马力很快就会技术过关，如果津拖的金牛要提升其功能，也可以试用我们的55马力发动机啊。”

谷越笑了笑说：“李总，您可真是未雨绸缪了。”

鲁梓原说：“我们李总工作一向严谨周到，他越是把工作都走在前面，也就越让我为早完成扩建任务着急啊。关于尽快完成剩余投资的事儿，就请计委领导尽早给予批准，谷同志你也一定要给使劲儿啊！”

谷越笑着说："一定尽力。"

他们就此握手告别，谁也没想到，那天偶尔的一小段对话，后来竟引出广交朋友中的一段大佳话。

谷越同志走后，鲁梓原笑着说："你看，我本来要说有一个配套大户的事，让你说'大朋友'的事给岔开了。"

李中功忙问："什么配套大户？现在就站这儿能说吗？"

鲁梓原说："先在这儿简单说一下，你们都先考虑考虑。你们还记得五八年咱们'红旗牌'万能底盘拖拉机试制成功了，去中南海报喜的事吧，我回来说过，那天碰上了跟咱们隔一条马路的汽车厂柯书记，他也带着他们制造成功的第一辆国产小轿车去报喜。昨天在市委开完会出来，我们两人说起会上布置'学解放军，学大庆'的事，就感到工厂工作又要有个新局面了，然后就说起了这几年工厂的大变化。咱们厂这几年集中力量干发动机，万能底盘拖拉机是有待定型。他们的小轿车也是搁下了，上级给了他们新任务，要上212越野车，可又不能全给投资，其中的492汽油机，要拿到外地一个厂去干，他不赞成，后来听说咱们发动机试制成功投产了，就建议咱们两个厂搭伙，既是相互又了解，生产协作也方便，问我怎么样？我说是个好主意啊！这不，要回来跟大家商量一下。"

李中功听后说："他这个492是汽油机，咱们的4115是柴油机，技术上有所区别，但工艺上干起来不会有什么大问题。"

文君生反应快，马上意识到："最大的好处是拿过来就干，不用去找用户了。"

鲁梓原说："所以我说是个好事，但困难和阻力都会有，今天不站这儿细说了，先都想想，比较一下利弊，这两天咱们就开会讨论。"

第十五章

国家利益至上

坚持“两论起家”，通过科学试验，依靠数据说话，突破设计禁区，发扬红犁艰苦创业精神，至此发动机试制工作完全“过关”。

工人们为新中国建设一个现代化大工厂，头拱地，一往无前。

专业化与拖拉机

月产一百台发动机的生产计划已经在全厂实际展开。鲁梓原似乎预见到年产千台万台的日子也不会太远了，他在想象这美好前景的时候，眼前出现一个画面：整齐排列的、摆满了成品库的发动机在问自己：用在哪儿？脑子里想到，装在万能底盘拖拉机上也许还不够，但底盘还有待定型，什么时候才能投产，又是一个问题。尽快给发动机找到一个“大朋友”是当务之急。眼下就有一个好事，如果与汽车厂协作，生产492汽油机，一年能要几千台，用不着为找配套用户发愁。但也有难题，厂里又让谁干、又叫哪个车间来干呢？人人身上都已经有了确定的任务。

他找到厂领导班子的几位同志商量，也征求了更多职工的意见，赞成干汽油机的都是说生产技术不会有大问题，好处是配套用户是现成的。几个生产车间主任的说法都差不多，试制发动机的时候所有零件都经过一个一个验证，45马力机子投产前又进行了一次全面工艺复查整顿，干汽油机，即使有什么不同要求，制造工艺上不会有能难住我们的大问题。

冯治生接着说：“你们几位大主任说得好，咱们能干汽油机没问题，我同意，可汽油机的整个工艺都得从头做起，总不能照抄一套柴油机就用吧？这些工作谁来干？我技术科的人现在开始逐步转向万能底盘拖拉机的任务了，这个事余副厂长和李总都知道啊。”他说这话显得有些着急的样子。

余大地说：“冯科长你先别急，这不是大家正在讨论吗？谁也没说24小时不让你睡觉啊。关于汽油机的事，也不是谁想干就能干的，就厂里现在的生产情况，随着65马力机子技术过关，厂里的力量正要向万能底盘拖拉机转移，工作量很大，如果再加上干汽油机，虽说我们都有信心，人力物力、厂房设备应该说都是问题，是个需要实事求是好好研究的事。

余大地的意见是关乎全厂生产能力安排的大事，如果干汽油机办法只有一个，不过谁也不愿意说出来。人们沉默了一会儿，还是老刘同志先站起来说话了："不论干什么，反正想再凑一班人是不可能的。我看大伙儿的态度，如果不想拒绝汽油机，干脆先把底盘的事搁下，别犹豫。"

有人故意找话问："如果要拒绝汽油机呢？"

老刘不肯输在话头上，立刻说："那就大家抓紧干底盘。"停了一会儿看看没人接话了，继续说："我听同志们的讨论，好像干底盘任务更重一点，上得慢，上汽油机容易些，似乎上得快，能早出活儿是不是？"人们见他好话歹话两头说，都一块儿笑起来。

鲁梓原跟着也笑了笑说："我知道这个问题不好说，矛盾在哪儿？不只是干哪个上得快上得慢的问题，咱们留点时间，同志们都再想想，然后开会再议。当然也不能拖着，要赶快决定，汽车厂的同志还等着答复呢？"鲁梓原认为，不能总是议而不决。于是又召开了一次党委扩大会，他想让各方面的意见充分表达出来，以便不同的理由可以在讨论中得到辨别，至少做到少数服从多数，尽快找出解决矛盾的最佳方案。

会议很快就进入问题的焦点，先发言的人都是说："无论干什么，绝不能不干万能底盘拖拉机。建厂那年鲁厂长就说过，苏联有个斯大林拖拉机城，我们也有这个雄心壮志。我们厂的歌里唱的就是'拖拉机千千万，咱们工人带头干'。这么多年，全厂职工就是奔着要干拖拉机这个目标的。"

洪希铭更是激动地说："万能底盘拖拉机从五八年试制成功那一天，我就和同志们一起，盼着能正式生产的一天。现在柴油机过关投产了，李总告诉我，厂里已经有力量，准备搞底盘定型生产的事了，我也已经在着手整理资料，准备为厂里起草一个工作计划，工作是不能再停下来的了。"

文君生说了说自己的想法："我是赞成干汽油机的，我也知道要放弃万能底盘拖拉机阻力不小，不但是要理解全厂职工多年的心愿，而且底盘车间的大厂房立在那儿了，是搬不走的。"

鲁梓原跟着说：“不是什么一般的阻力啊，厂子扩建任务书上有一条明确的规定，要年产五千台万能底盘拖拉机，国家任务是不能轻易改变的。”他沉思了一会儿：“本来咱们可以不必自找矛盾，国家任务怎么规定的咱们怎么干就是了，谁知又出来个汽油机的事，偏偏又都说它是个好事，弄得左右为难了。”他注意看了看会场上的人们，好像是在问怎么办。他说：“我看，如果还是认为干汽油机是好事，舍不得不干，只有两个办法可选择：一是摆出事实，说明我厂有能力同时干底盘和汽油机两个产品；二是拿出充分的理由，说明如果是两选一，只干汽油机或只干底盘哪个更有利。同志们发言不能总是各说各话，必须既要态度取舍分明，又要工作意见可行。”看看一时没人说话，他又说：“这的确是个难题。不过要说也不难，我们有经验。大家记得，五四年要干联合收割机的时候，部里曾经叫暂停，我们都知道如果自己硬要干肯定有许多无法克服的困难，但大家就是要为国家填补这个空白，还记得那些无法克服的困难是怎么克服的吗？后来就是成功了，干出了我国第一台联合收割机，我们的经验是——两难中不犹豫，坚定地站在国家利益一边，国家利益至上。”

大家都在思考他的话，李中功说：“前几天我是跟洪主任说过，该考虑底盘的工作了。鲁厂长说有个汽油机的事后我就有了犹豫，我也和全厂职工一样，干拖拉机一直是我的理想，从出国攻读农业工程，到这几年试制发动机，一直没忘拖拉机。这两天脑子里反复想，凭我厂这几年的经验，干汽油机肯定比底盘上得快，有利于工厂的发展，能早为国家贡献。反之，不但是咱们厂生产见效慢，汽车厂出车也可能要拖。这时我就想，干拖拉机固然是理想，但我们从来都是说为国家工业化而奋斗啊！干什么产品还是要看国家最需要什么，什么对国家最有利。鲁厂长要求两选一，这是我选干汽油机的想法。”

周耕有说：“李总的想法就是说，只从个人的对一个工厂的角度考虑问题好像很难取舍，但要从国家利益出发去想事情，就简单了。我不再去左思右想了，同意李总的意见。”

杨成泰对纪雨提起当年的建厂歌里有一句“百年的理想要实现，国家工业化是目的”。于是他就说：“实际上，中国人民一百多年来要实现国家工业化的奋斗目标，这就是我们的根本理想。”

几个人你一句我一句地说：“这个道理，李总是从根儿上分析了利弊，只要把问题讲透了，应该说群众是能够理解的。”

洪希铭表示：“道理上我能想通，就是心里放不下准备了多年的这万能底盘拖拉机。”

李中功说：“人人都有这种心理，愿意干一个完整的东西，拖拉机干出来就能下地干活了。我记得有一次我去部里汇报，说45马力的发动机投产后运转良好。主管技术的一位副部长就说，你不应该只满足干成了4115柴油机，内燃机作为一种可移动的动力，在国家工业化的发展中用途很广，有大量的需要，只说拖拉机、汽车，它的动力性能、功率、扭矩、寿命、油耗，这都是要靠内燃机来保证。它就像是人体的心脏，虽不露脸，只出力，但它是一切活动的力量来源，它在制造技术上，精度要求高，热加工工艺的难度不能小看，这需要有人为它知难而上。我理解这是希望我们在内燃机专业上多做些深入的研究，能有所贡献。”

会上的气氛渐渐趋于融合，各种意见走向一致。

鲁梓原说：“为了能够尽快地提供国家更需要的产品，更是为了内燃机事业的发展，我们认为搁置底盘，接下来汽油机的任务利大于弊，是不是？”

周耕有说：“对，符合党的多快好省建设社会主义总路线。”

几个人同时说：“都同意了，就决定吧。”会上的人们一齐鼓掌。

鲁梓原说：“那我们今天一致决定了，与汽车厂协作，生产212汽车的492汽油机。接下来，一是要大家在全厂职工中做好思想工作，统一认识；二是还要和汽车厂同志研究一起向市委、国家部委写请示建议报告，待批准后正式实行。”

李中功对此事很有信心，要求甄宇柱的设计科和洪主任的底盘车间早点做些技术准备。但是他发现多日不见有行动。原来是不少同志心存疑虑，认为柴油机和汽油机是农机部和一机部两个部分别主管的产品，估计也许很难解决，担心如果早做了准备，到时候又会白忙活。

鲁梓原对大家说：“首先要相信我们自己的决定是正确的，我们是中华人民共和国的国营工厂，不只是属于哪个部的工厂。建厂那天就说，我们是全国人民的驻厂代表，一切言行都要从全国人民的利益出发。同时，我们相信部领导是要从国家大局考虑问题决定事情的。最近还听说中央领导正在研究用社会主义经济的办法来管理企业，按照专业化和协作的原则组织生产呢。”原来改扩建任务是为生产万能底盘拖拉机，他的解释扫除了大家的疑虑，做好了同时制造柴油机和汽油机的准备，决心走上内燃机生产专业化的道路。

“社教运动”

前面讨论干不干汽油机的时候，余大地说：“这也不是想干就能干的……”文君生插话说：“还有，已经接到通知，上级要派一个工作队来厂，要开展‘社教运动’。”当时人们的注意力都在汽油机问题上，没人搭话。那么这是怎么回事呢？

所说的“社教运动”是一个全国性的运动。党的八届十中全会提出“千万不要忘记阶级斗争”，毛主席为了“反修防修”“防止和平演变”，决定在全国城乡发动一次普遍的社会主义教育运动。后来，对运动的内容一般说是“四清”，即政治、经济、组织、思想。这个厂的“社教运动”是在工作队进厂后开始的，但是此前有关部门“用阶级斗争观点看问题”，在厂里做调查，认为“厂里问题严重，必须彻底查清”。工作队一进厂也就这样宣布。

这时厂里正在热火朝天地进行着“攻下65 大战八百台”以及扩建任务的各项工作，时间接近年底，人们都在紧张地忙碌着。鲁梓原虽然略知“社教运动”一事，但并不知运动将如何具体进行。他担心如果以阶级斗争内容为主，将在厂内形成两台戏，怎样才能做到生产、运动两不误双丰收呢？

在工作队第一次召开的全厂职工大会上，肖队长做报告说：“社会主义教育运动已在全国分批分期进行，现在是第一批搞，带试点性质，必须要以革命精神把运动搞深透，搞彻底。”又说，“当然也不是把生产放一边不管，如果有人认为影响生产，是一种糊涂观念，是政治不挂帅的表现。”他最后强调说，“厂内工作以社会主义教育运动为纲压倒一切。明确地说，就是厂党委在工作队党委领导下工作。”

工作队做了具体安排：厂级干部和中层干部分别编组，学习文件，讨论肖队长的报告。起初，大家根据学习内容对运动的意义和要求，逐人发言。工作队认为不能只讲原则话，要联系实际，否则达不到运动目的。工作队指出问题说：“你们有个口号，‘攻下65’，意思是要攻下65马力发动机的技术关，所以希望你们每个人要以革命精神首先过好社会主义教育这一关。”于是布置了具体讨论题：“你对‘千万不要忘记阶级斗争’，开展‘社教运动’的重大意义是怎样认识的？怎样认识运动中要‘先教育干部’的要求，检查一下本厂工作做得如何？还有，为什么说一定要联系实际？一定要深挖思想根源？另一方面，要发动群众，大讲、大揭、大议厂内的问题。”

突破

工作队说，你们的口号是“攻下65”，要发动机技术过关，但首先要过好社会主义教育这一关。话不管怎么说，试验台架上发动机两千小时的试验正一小时一小时不停地运转着，人们的脑子也在跟着它的转动分秒不停地思考着——怎样加快实现攻关的目的。

前面的故事说到，最后的攻关在行动，问题都已经集中在如何解决缸盖裂纹上，而且已经发现，每次做两千小时试验，都是在一千三百小时后缸盖才出现裂纹，然后逐渐加深。对这个现象，大家觉察到，这是负荷积累的过程，循此变化的规律，研究采取措施，应该是能够找到解决问题的突破口。于是大家集思广益，邀请专家探讨，提出了多种改进建议，虽然都有利于降低缸盖热负荷，但都没能从根本上解决缸盖裂纹问题。

这时，传来大庆“两论起家”的经验。大家认真学习了《矛盾论》，毛主席说：唯物辩证法认为，外因是变化的条件，内因是变化的根据，外因通过内因而起作用。鸡蛋因得适当的温度而变化为鸡子。大家讨论认为，我们可以把缸盖比喻为鸡蛋，经过一千三百小时高温高压下积累的温度，就是缸盖得到的适当温度，因而由无裂纹变化为有裂纹。

李中功把人分别组成两组。一组人研究缸盖内部矛盾的规律性，也就是内因。先是经过测量，确认发动机运转至一千三百小时，未发现缸盖裂纹时的温度为四百二十摄氏度，又做了机械应力测量，找出它的最高点，测量其65马力机的底板温度比55马力的高四十摄氏度，由此得知缸盖裂纹是热应力疲劳引起的，而四百二十摄氏度是它的极限，超过四百二十摄氏度就可能出现裂纹。另一组人研究温度变化的条件，也就是外因。这项工作下了很大功夫，测量了缸盖三十多个点的冷却水流的方向和速度，取得了五千多个数据，发现原缸盖设计不合理，冷却水沿缸盖上板水量大，底板水量反而小；非热源部位水量大，底板燃烧室区域水量小，而且有死区等。

针对问题，大家提了多种改进水流方案，综合各方案的优点，重新组织水流，使大部分水沿底板流动，加强了燃烧室附近高热区的冷却，提高其水流流速。根据改进方案，重新修改了缸盖设计，通过试验，降低了缸盖底板温度，保持在四百二十摄氏度以下，最后，终于解决了缸盖裂纹问题。至此发动机试制工作在完全解决了制造工艺问题以后，又突破了原来自己设定的“设计禁区”，重新设计了一个新缸盖。

李中功高兴地说：“事实证明，我们不仅能够成功地制造发动机，也一定有能力设计出更适用的发动机，同时迈出了自己设计制造一个现代化产品的第一步。”

这一天，甄宇柱拿着试验记录，人们都在静静地听他读出的各项数据：4115柴油机，65马力，一千七百转／分钟，运转两千小时，各项技术经济指标，全部达到了设计标准。所有在场的人都非常高兴，五年多啊！一千八百多个日日夜夜。此时此刻，每个人心中充满了甜酸苦辣，感慨万千。

佟来庆想起来一九五九年除夕之夜，第一台发动机试运转成功时，大家听着北京站传来的午夜钟声，热情鼓掌祝贺成功的情景，他小声跟周耕有说：“咱们是不是庆祝一下。”

周耕有也有同感，立即大声说：“鲁厂长，李总和同志们都在，大家说咱们应当怎样庆祝一下这个胜利。”

有人说：“马上向全厂广播，开个大会。”

看着大伙儿的意见都是想热闹一番，文君生说：“工作队通知，今天下班召开全厂职工大会，这个事也许只能在会上宣布一下了。”

鲁梓原说：“庆祝的事不忙。”他招呼甄宇柱：“甄科长你先考虑一下，好好总结一下试制工作的经验，以后工作用得着。”

李中功说：“事实上，这几年好多同志随着各自负责的项目，总结技术过关经验，写了很多有价值的总结，比大学论文更有水平。不但有理论，而且都是经过实践验证的。”

鲁梓原说：“这些都是宝贵的啊，都把它整理出来，供人们互相交流嘛，对社会也是贡献。”接着他又说：“咱们不能学狗熊掰棒子是不是？！”说得大家都笑起来。

这天下班后，工作队召开了全厂职工大会，主要是听肖队长的报告。他说：“前一段的运动取得了一定成绩，经过学习文件，群众认识提高了，大揭、大议，看到厂里的情况，正如我在运动开始时做报告指出的，问题很严重，必须彻底查清。具体都存在什么问题呢？一是工厂产品屡变不定，造成青黄不接，这么大工厂造什么水桶、烟囱、蒸锅、炒菜锅，据说还干过烟袋锅……一个国营机械工厂，不务正业。第二是那个降低了功率的45马力发动机说是今年要干八百台，但是月月生产都是前松后紧，工人月初没活干，月底连轴转，管理混乱。第三就是试制一个65马力发动机，一干干了五年，刚听说是技术才过了关，但还没找定配套用户。底盘车间的大厂房已经盖好，空置了两年多了，至今底盘的定型生产工作还没有开始，工作严重背离了多快好省的总路线要求。第四，无论是基建方面，还是生产方面，浪费严重，只举一个例子，盲目采购、积压轴承两三千套，不知道何年何月才能用上。这里就不多举例了，职工同志们！”他提高了声调，严肃地说道：“大家想一想，把一个工厂搞成这样，搞成一个‘灯下黑’的厂子，什么人高兴？只能让资产阶级、帝国主义高兴，我们工人阶级不搞‘四清’行吗？”他要求全厂要进一步深挖存在的问题，把运动搞深搞透，特别是领导干部要端正态度，把问题提高到对阶级斗争的认识上进行分析批判，自觉革命，自觉公开检查。

工作队对厂里问题严重的认识和批判让很多人没有想到。为发动机试制完全成功开庆祝会的事自然是不能再提了，但是这一年，发动机经国家鉴定，正式颁发了证书，并且发通知说：“4115-65型柴油机自一九五九年开始样品试制，一九六零年小批量试制，再经过五年多的试制和改进，产品质量显著提高，主要性能指标均已达到或超过设计要求，稳定性良好，与国内当前生产的其他同类型柴油机比较，处于先进水平。”

虽然没有开成庆祝会，但这个新产品得到了国家的承认，这满足了全厂职工的最大心愿。

拉出来遛遛

鲁梓原一班人要做自我检查，开始一度没人发言，禁不住肖队长一再动员，要提高认识，要自觉革命，陆续有人对照肖队长在大会上提出的问题检查自己的工作。

黄时普还是一贯的态度，怎么想就怎么说：“月产发动机一百台以来，前松后紧管理工作跟不上，说混乱也可以。主要原因是思想上只追求总装一百台这个产量，中间环节哪儿出了问题抢着赶缺件，忙得像救火，别的什么都不顾。我们已经认识到这个问题，不是不能克服的事，正在想办法改进。”

周耕有说：“要说这也是老问题，新产品刚上，就像发动机一样，管理也有个磨合过程。当然也是不能只管功率一个指标，单挑不行，必须搞好产量和质量，节约各方面的关系。反过来，产量也才有保证，做到均衡生产。”

余大地说：“发动机投产后，原来的有些管理制度不适应，更重要的是执行责任制不严格，我就常常对问题采取下不为例的态度，小问题不严肃处理，是给管理添乱的重要原因。”

肖队长不满意地说：“做检查，不能只是就事论事，只讲原则话，要提高认识，不要光强调客观，要从主观上找原因。”

文君生说：“工作作风不深入是个问题，积压一批轴承是我的责任，当时只根据说是紧俏货，怕以后买不到，既没调查生产上何时用，用多少？也没和任何同志商量，给国家造成不可原谅的浪费，上个月的反浪费运动中，我做了检查，今天检查，再次提高了认识，意识了问题的严重性。”

李中功说：“65马力发动机的试制干了五年，说它用时间长了，也是因为我们从来没干过，可以说是从“上小学”开始的。从主观上检查，有应该抓住的机会没有及时抓住的问题，比如：发动机攻关的最后一个问题，就是发现试验在一千三百小时前后，是缸盖发生不发生裂纹的时间节点，还注意到功率高低对这个节点的影响，于是提出来试制可以分‘三步走’，45马力机可以早过关早投产。当时只是满足取得了这个成果，如果当时随即深入研究，找到形成这个节点的各个因素，研究掌握它的变化规律，及早采取措施，缸盖裂纹问题就有可能早一点解决了。当然这是前天才做到的，时间是拖长了。”

老刘同志接过话来说：“对于上发动机算快算慢，现在总算是过关了，而我是个扯后腿的人。当时我说，鲁厂长你没有金刚钻，就别揽那瓷器活儿，干不好，落埋怨。可是大家决心干了，今天为国家贡献了一个现代化产品，我今天应该检查保守思想。”

陈贵海想说话，欲言又止。肖队长说：“老陈师傅有话就说嘛。”

陈贵海说起建这厂的事，有很多想说的话：“几位同志发言作了检查，我的工作当然也有许多问题应该检查。这个厂，这些年干起了小商品，大房盖起来，定下的产品至今还没开工，原因都应该检查，是谁的责任就是谁的责任，但是我觉得主要还是前进中的问题，要检查，要改进。近来常听青年们唱一首歌，我们走在大路上，披荆斩棘走向前方，这就不可能是摸着黑干活，现在的产品精度高，谁能摸黑干活？甭说干出发动机来了，你一根曲轴也干不出来啊。”

肖队长看他的话头不对，打断他的话说：“你作为厂里老工人，从感情上关心爱护这个厂是可以的，但是你现在作为工厂党委委员，就要从国家形势大局看问题，毛主席说，千万不要忘记阶级斗争，看问题就要看对哪个阶级有利，联系思想实际，是不是脱离了无产阶级，脱离了社会主义的要求……”他看没人说话，就说：“鲁厂长，你应该说说了。”

鲁梓原说：“工厂的工作中有很多问题，肖队长报告中说到了一些事实，也还有没有说到的。凡属工作缺点错误，我作为厂长，都要负主要责任。多年来，工厂干什么产品，大都是工厂主动提出来的，看起来不太符合国家有计划按比例发展、上级给什么任务工厂就干什么的原则。虽然产品的上还是下，都是部里同意、支持的，但今天看，是不是应该干，需要不需要干，我不会推脱应负的责任。说到工厂管理工作，目前厂里在贯彻中央制定下发的《国营工业企业工作条例（七十条）》。条例所指，使我们看清了工厂问题所在。当前，积极学习认真贯彻《条例》是改进肖队长所说工厂管理混乱问题的最好的办法，我们正在这样做。我体会《条例》要求的是一个现代化工厂需要科学的管理，我在这方面学习得很不够，当初接受党组织交给的任务，工业支援农业，要建一个制造农业机械的工厂，那时知道苏联有了拖拉机城，就想一定也要建一个现代化的大工厂，可是自己……”

这时，肖队长不等他说下去就说：“群众里反映，你就是一心追求当大厂长，急功近利，才使工作不按国家计划办事，不按规矩办事，该干的工作干不好，干了一些不该干的事，给国家造成严重损失，你要深挖思想根源，检查一下是什么问题？”

鲁梓原觉得肖队长提的问题比较突然，尽力压平自己的语气说：“我要说的已经说了，不知道还应该深挖什么？”

肖队长态度严肃地说：“你应该站在工人阶级的立场上，认识工厂存在的问题。”

正在这时，厂部办公室来人说：“部里来电话，要求鲁厂长马上带着4115发动机生产的材料，到部里去，那里正开着一个什么会，等着听厂里的情况汇报。”于是，这里只好暂时休会。鲁梓原走出会议室，心里不能平静。他不明白工作队这是为什么？刚才说到阶级立场是什么意思？他回想起来那天肖队长在职工大会上的报告，说到了厂里问题严重的一些事，这些事怎么就联系上让资产阶级、帝国主义高兴了，笑话，不！他可是严肃着说的。

鲁梓原拿好发动机生产的材料，走在厂区大道上，走过了车间，听见机器的转动声，碰见发动机正在装车外运，他和工人们打过招呼。马上想起来部里如此急着来叫，可能是又有什么新任务。于是加快了脚步。

他是叫着余大地一起来部里的。两个人走进会议室，看见有国家计委、经委和津拖厂的领导同志在，大部分人都认得，相互寒暄后，部领导同志说：“我们正在研究津拖厂的建设问题，计委、经委领导同志都很关心，其中有个问题，想听听你们的意见，就是说津拖厂的‘金牛牌’拖拉机，能不能配套装用你们的4115发动机。”

鲁梓原等问话一说完就马上说：“这没问题啊！实际上，我们对这个事早就表态了，同是用45马力机子，4115发动机通过了鉴定，安装连接都合适。”

部领导说：“看起来这个问题就算解决了，大家是不是不用再讨论了？”他边说边笑朝向会上所有人，大家也都跟着笑。“这不是你表态的问题，津拖厂年产上千上万台拖拉机，是要你有一台一台实实在在的发动机来配的，你们敢保证吗？”

鲁梓原说：“您是要求立军令状吗？当然敢！”

余大地忙补充说：“现在我们已经至少月产一百台，通过这几个月的生产，对发现问题及时作了改进。同时对大批量生产需要的设备的技术改造也已经在进行。”

会上有人问：“质量怎么样，有把握吗？拖拉机要按进度计划生产，发动机能及时供应吗？”总之，人们认为发动机只是试制成功，开始批量生产还很不够，必须有切实措施保质保量及时供应。计委的同志还说：“津拖厂‘金牛牌’拖拉机是整套引进的，本来也是正在为建厂进行大会战，因国家政策调整工业布局，压缩基建投资，缩小建厂规模，想起利用你们的4115发动机，是个现成的产品，可以少建一个发动机车间。不是我们多虑，是如果你们的机子不落实，接下了这个任务，干着干着出了什么问题，又要投资，那可就不好办了。”

鲁梓原当场做了保证，多数人意见还是到厂里做一次考察。

部里到厂实地考察，先看了看有关车间的生产现场，又看了经过大战八百台的生产记录，了解到实际执行生产作业计划的情况，以及生产管理、工艺管理、质量管理等有关制度。在和工人、技术人员、管理人员分别座谈中，了解到职工们普遍对发动机生产具有很强的责任感和信心，并且对不断提高生产水平有准备。事情也许本来可以定下来了，但津拖厂的同志还是提出要求，对4115发动机的技术状况再做一下认真研究。于是专门又通知厂里总工程师李中功过来。根据会上人们提出的疑虑，李中功一一做了回答。对于4115发动机的各项技术、经济指标，不仅完全达到了金牛拖拉机的设计要求，功率还可以再提高十个马力，扭矩高于原设计要求，燃油消耗率已有措施，正在为进一步降低油耗努力。

有人问："实用情况如何，是否安全、可靠？"

李中功说："在厂内搬运零件已经跑过两年，也在田间试用过。"

领导继续问："拖拉机在农村使用是多种用途，不只是在平地里跑两圈的事。"这一问，问到了点子上。部领导说："李总，这个问题你有把握吗？"

李中功稍微想了想，立即说："哪个好使用哪个，是骡子是马可以拉出来遛遛。"

他这一回答，引得哄堂大笑。部领导笑问："一个技术专家，怎么连乡野农夫的话也会说出来？"

李中功解释说："这是那年在农村推广马拉犁，一位老农不相信，我就宣传我们厂这个新产品，保证深耕翻土好，多打粮食。他说，那好，是骡子是马拉出来遛遛，你敢不敢？这下将了我一军。今天部领导这么一问，也是将了我们一军啊，我们只能应战。"

部领导说："你们一个厂长敢立军令状，一个总工程师敢拿产品拉出来遛，大家说，这还能不相信吗？！"不过，经过一番讨论，大家一致认为还是要用事实说话。于是决定，由部里择时择地组织一次比试。

小配套大有利

大战八百台生产以来，管理工作跟不上的问题凸显了出来，为了实现均衡生产，这成了全厂职工人人关心的大事，大家一直都在想办法解决。质量管理、工艺准备、设备维护保养等各方面的工作都在针对问题进行改进，生产科更是首当其冲，加强调度和半成品管理自然不必多说，最大的责任是做好作业计划的制订和执行，然而就是在这件事里，其中一个设备能力不平衡的问题，成了他们月月都要碰到，却月月都解决不了的难题。发动机有部分零件工序的生产，因为本厂缺少必需的关键专业设备，如磁力探伤机、动平衡机、多砂轮磨床、十吨模锻锤等。在试制时，这不成为问题，是请兄弟单位协作生产的。现在月产一百台，批量生产了，要求所有零件都必须按照总体作业计划进度定时定量供应，这对兄弟协作单位来说是不可能的要求，毕竟人家也有自己工作任务的安排。因此常因这些零件不能按作业计划同步进行，而打乱了生产节奏，造成作业计划管理上的被动局面，这就成为经常发生的问题。

对这个问题，黄时普没少向余大地、鲁梓原诉说。鲁梓原也知道问题所在，并多次向部领导反映，请求尽快给予解决。原来扩建任务书里，设备购置费用是有安排的，现在总投资已经完成了百分之六十八点二，基建的土建工程大都完成了，未完成的投资，大都属于应购置设备，就包括那些专业的关键的设备费用，上级也曾派人来厂调查过，确认了这部分购置设备的投资是应当解决的，而且是生产急需解决的问题，但都因为国家压缩基建投资而被搁置了，当然这也不是这一个厂的问题。

在多方努力未果的情况下，余大地和黄时普想出来一个小配套的办法，即：不求完全解决应购置的所有设备，只要求与现有生产水平相适应，配齐必需的关键专业设备，达到设备生产能力平衡。两人还大致算了一笔账，实行这个措施，只需用剩下未完投资的四分之一。既节省了投资，又为扭转作业计划管理的被动局面、实现均衡生产创造了条件，估计容易得到上级批准。

文君生很敏感，立即说：“我听明白了，你们俩的意思是，用你们的小配套方案，代替国家投资尚待完成的内容。这可得想好了。放弃了既定的国家投资，想再要可就不容易了，据说有的企业是从外地专为跑北京来争取投资的，没听说给了投资主动提出来不要了的。”

周耕有马上配合文君生说：“问题还有，投资不要了，这年产三万台的目标还要不要，这投资和目标，可是大配套的啊。”

鲁梓原说：“你们说的净都是问题，我倒是挺欣赏他们这个小配套方案的，我们发动机生产可以放开腿走路了，不用总是要等别人扶一把，才能干出发动机来。”

黄时普赶快接上去说：“就是啊！而且这方案也省了国家投资，上级肯定批得快。不然，说是有定下来的投资，不是还得等吗？不如先把现在的生产干好了再说。”

周耕有不满意地说：“你就知道眼前有什么问题解决什么问题，我还是那个问题，三万台的目标还奔不奔了？”

黄时普说：“当然还要，只要生产好了，一步一步可以增产吗！”

冯治生以探讨的口气说：“这一次，如果小配套方案上去，能解决了专业关键的设备，三万台其余应该配有的设备也可以自制，五八年大跃进咱们自己干过，关键是要质量搞好。”

陈贵海说：“只要认真去干，没有干不好的活儿。要查清楚都还要什么设备，要多少？咱们能不能包得了。”

文君生好像悟到了什么，一扬手就说：“自制设备就是包不了，每年还有可提取的技改资金可以用。”

鲁梓原高兴地说：“对！生产搞得好，还可以多提。你们看这样一来，既省了国家投资，我们也不再靠帮扶，自己掌握了生产发展的主动权，能干多大事，就看我们自己的努力了。”

黄时普急着说：“这么说，这个小配套方案就能定下来了吧？”

鲁梓原说：“别忙，大家看看能不能定，还有什么问题。”

众人都说：“对国家有利的事，当然都赞成了。但是，要说明年产三万台还算不算奋斗目标？”

鲁梓原说：“奋斗目标的事，要本着鼓足干劲的精神，实事求是地研究一下。我说过，从咱们建现代化工厂的根本目标来说，也不只是三万台，十万八万台也不止。还要看咱们报告上去，上级领导批示的意见。”

小配套方案的请示报告送上去后，很快就批准下来了，同时还表扬了工厂为节省国家投资，保证早日正常生产，积极主动负责的工作精神。这批设备，年底年初实际陆续到了厂，为安排新一年的生产起到了有力的促进作用。

就在此时，本厂与京汽厂共同协作生产212越野汽车的建议报告，也得到了批准。同时批准这个厂扩建任务的生产纲领为：年产柴油机七千台、汽油机八千台。

为此，厂党委决定：成立“两机”生产准备室！

还得要脚踏实地

新年伊始，全厂照例是热气腾腾迎接开门红，去年这一年，攻下了65马力发动机的技术关，又是大战八百台发动机生产任务的圆满完成，这在厂子的历史上等于是开辟了一个新纪元，一个现代化的产品——发动机——可以连续生产批量供应社会了，这不再是试制成功，而是提供给人民实实在在使用的真正贡献。此时此刻，人人鼓足干劲，准备大干一番。

高兴归高兴，接下来，正当他们着手新工作时，一件说大不大说小不小的事，在人们之间的认识上发生了分歧。具体说，在鲁梓原的办公桌上有一张报表——《成品库的交库单》，上面写着：一九六四年十二月三十一日，发动机入库的全年合计数是七百九十六台。这是怎么回事？不是明明都说大战八百台发动机已经按时按量完成了吗？

这消息很快传遍了全厂，引发议论纷纷。

问题也很快就查明了，原来是当天装配下线的发动机的确是八百台，但在起运交库时，发现其中有四台是经台架试车后留待调整修理的，拉走入库的产品是七百九十六台。问题首先在生产科里就有了不同意见。一种意见认为，把四台机子调好再试，合格了交库，把交库单数改了就得了。

有人疑问说：“怎么改？把今年干的活儿，写在去年账上，不合适吧？”

“有什么不合适？”有人据理争辩：“本来就是去年装好的发动机。我看了那四台待修条上写的都是小毛病，属于正常调修，不用大惊小怪的。比如，有一台的问题是不易起动，原因是油箱内没有加入足够的柴油。”

于是就有些人嘀咕，难道就因为这点小事，算全厂没完成八百台的任务？可是要改交库单又是个原则问题。

林静芸这时说：“填写报表是我的工作，这是最基本的要求，就是要真实。要改交库单？反正我不改，让黄科长说吧。”

黄时普早前想过，在交库前加一个岗位的验收程序，埋怨自己拖拉未办，更感到这么大的事，自己为什么当天不亲自到现场查看一下，追悔不及。只是检查自己有责任，对如何处理造成现在两难的事，也是犹豫不定。

问题弄到了厂党委。一些特别关心这件事的人，赶来打听消息，发表看法，也积极提出处理意见。开始也是意见不一，争来争去，纠结的问题就是，谁都认为不许可改交库单，可谁也不愿意承认没完成八百台任务这个结果。

老刘同志故意斗气儿地说：“平常看你们一个个同志都挺有主意的，这会儿谁能拿出个两全其美的办法来啊？”

鲁梓原说：“我和大家一样，只说过去这一年，全厂职工不说千辛万苦，也是百分之百的努力了，经过十分艰苦的奋斗，若说是没完成国家任务，可真是于心不甘啊！”他想了想，又以缓和的口气说道：“但同志们、可我们是不是必须得面对现实啊。交库单摆在这儿了，让我们冷静想一想，既然大家那么努力，为什么就差这么四台，又是没什么大毛病的四台，却没能完整地完成八百台的任务呢？”

有人不假思索地就说：“合格的机子和待修的放混了呗。老虎还有打盹的时候呢。”

鲁梓原问：“是偶然的么？有没有点儿必然性呢？”

“有什么必然？全厂为这八百台干得好好的，就这四台的事，怎么能没人记着呢？”有人总觉得这档子事儿不会出、不应该出。可不管你怎么想，事实就是事实。

没有人说话，沉默了一会儿。余大地说：“要说这种把活儿放乱了的事，在生产线上也存在。零件乱码放，转运时点数不认真，上下工序有时也因此发生过矛盾。我们已经准备完善一下有关制度，加一些必要的工位器具，整顿一下生产环境。其实党委在做出大战八百台的决定时，就提出要优质、低耗，文明生产。问题是光说文明生产，没有跟上具体措施。”

陈贵海说：“如果说油箱没加够油，机子放混了，也许是偶然的，要问有四台待修的发动机为什么没人记着，我说这不奇怪。不知你们是不是都承认，实际上我们大家有一条不成文的共同认识，只要装配产量够数了，就是生产任务全都完成了，当那天最后一台发动机装配下线的时候，在人们的脑子里已经没有生产任务了，要说忘了那几台发动机，也就是很正常的事了。”他不紧不慢地边想边说：“在平常生产里，有时不管哪个生产环节上出了问题，造成缺件，大家最先想做的就是要采取一切办法，保证供上装配进度要求的缺件，至于发生的是什么问题，事后常常也是忘记了，那个问题可能要比今天四台机子放混了重要得多，可为什么没有人认真去追究？因为它在确保了装配产量这个大目标下被掩盖了。”

文君生接过话来说：“这次的事不一样了，是由装配和交库两个产量不一致，导致把算不算完成全厂全年任务的大问题暴露出来了。陈主任的分析对我们的工作是个提醒，我们需要认真考虑一下，看看从中该吸取什么经验教训。”

原来总为怎么会发生这样的事想不通的人，心情也渐渐平静了下来，感到此事并非突然。

周耕有说：“我同意说这个事也不应该看作是偶然发生，这和我们平常对生产的习惯思想有关系。昨天小佟跟我说，发生这个不该发生的事，给全厂造成了大麻烦，他这个工段长有责任，要在会上做检讨。我也是说，你主要应该想想，吸取经验教训，采取什么措施，避免此类事再发生。”

鲁梓原说：“小佟说他要检讨，最应该检讨的是我。八百台是全厂的任务，只完成七百九十六台，厂长必须承担没完成任务的责任，我的确要好好想一想发生这个事的原因，该怎么认识它的问题。”

余大地说：“刚才我说，出这个事是工作制度和措施没跟上，实际上也是反映了我们主管生产管理的人思想工作作风问题，只重视一时容易看见的成绩，不太在意那些成绩背后，人们不易看到的问题。”

老刘同志若有所思地说：“大地同志的意见……他要说的是我们做工作一定要实在，要把好事做到家，而且不管别人看见看不见。我觉得大家的讨论，这是最有意义的收获。”

鲁梓原说：“这也就是说我们的工作要自觉地对人民负责。”

老刘同志又说：“我想了想，咱们厂有些事也是这么做的。有的产品已经供不应求了，还要想办法改进做到最好，一旦成本降下来，就主动提出降价，这也算是咱们厂有的好传统啊。”

鲁梓原说：“有好传统就继续，过去的事不去说了。今天的事大家都不同意改交库单，都认为这件事反映出我们工作中的许多问题，要接受经验教训，那我们就共同做个决定，让七百九十六台发动机的交库单一直存在于我们厂一九六四年生产的历史上，做到警钟长鸣。”

一张交库单的问题引起的争论结束了，但鲁梓原的思考并没有停止，他在想这次的意见分歧是怎样取得共识的。本来是一个两难的问题，但是每个人都主动承担责任，自觉进行自我批评，以对人民负责的态度检查出工作中存在的种种问题。什么问题？那就是被完成了产量的成绩掩盖了的一些问题！不止如此，当然，同志们这样认识是对的。余大地说到的另一个问题更是触动了他的心。鲁梓原无疑知道，当时党委决定，在完成大战八百台生产任务同时，还要做到优质、低耗、文明生产。现在大家检查出来的问题，大都和这个决定没有被认真执行有关。鲁梓原沉思了很长时间，党委的决定执行不力，自己作为厂长和党委书记理应是第一责任人。什么责任？那就是只管提出任务，但工作不落实。抓工作落实才是真正的责任。什么东西只有抓得很紧，毫不放松，才能抓住。这些毛主席在“党委会的工作方法”中说过。

他想到要把今后的工作做好，自然联想到为之奋斗的事业。“做到优质、低耗、文明生产是不是工厂就现代化了，又还要怎么做呢？”他把问题提给了文君生和余大地，这样问了问他们。

文君生说：“要做到优质、低耗，就要看具体指标水平如何。至于文明生产，是个原则性要求，我想，至少应该有制度、有措施作保证，全厂生产活动有序进行。”然后他笑了笑说：“不得再发生像忘记四台机子这种丢三落四的乱现象。”

余大地说：“还有，车间、科室之间，以至生产工序之间应是有机地配合，不要存在相互扯皮的问题，这里特别要求管理部门，不应该只是起制约作用，更多的应该是为生产服务。”

鲁梓原说：“好！就照你们俩说的办，这就一定能建成现代化的工厂了，是吧？”

余大地说：“朝这些方面去做，还得看方法科学不科学，还有个先进不先进的问题。”

鲁梓原说：“看起来，这现代化工厂还有很多学问得学，还有很多工作得做啊，是不是？”

文君生说：“你这是故意想从我们俩这儿说出个捷径，结果没找到，对吧？”

鲁梓原说：“我是进一步看到了，建一个现代化工厂的路径，要走这条路，就要脚踏实地，浮在半空是不行的，接下来的担子还不轻呵！”

这时，工厂的“社教运动”进入了一个新阶段。工作队组织传达学习了有关社教运动中提出的一些问题的文件，文件说：绝大多数干部是要走社会主义道路的，对他们要采取严肃、积极、热情的态度，采取说服教育、洗手洗澡的方法，从团结的愿望出发，经过批评和自我批评达到新的团结。工作队对具体工作提出，运动生产两不误。工作队也要管生产，争取生产、运动双丰收。同时，召开“社教运动”职工代表大会，干部开始“洗手洗澡”（做自我批评）。

鲁梓原又认真检查了工作中的缺点错误、经济管理上存在的问题，以及主观工作方法简单等工作作风上的问题，作了自我批评。干部也都结合总结一年的工作，检查工作中的问题，进行自我批评，提出改进措施。之后，工作队党委和厂党委分开办公，不再是领导与被领导的关系。不久，工作队离厂，“社教运动”结束了。

厂党委根据对去年工作的总结和面临的新形势，对新一年的工作做了安排。一方面，决定这一年4115柴油机的产量比去年提高百分之二十，达到全年计划一千四百台，着重根据“优质、低耗、文明生产”的要求，远近结合，提出了明确的具体工作项目。另一方面，为新扩建任务“年生产纲领柴油机七千台、汽油机八千台”召开了动员大会，会上做出决定，当前要做好两项工作：一是组织人员积极参加两机，即4115柴油机与金牛拖拉机原装柴油机的对比性试验；二是成立汽油机车间，正式开始492汽油机的试生产工作。

第十六章

开启新征程

一九六四年，第三届全国人民代表大会宣布：要努力把我国逐步建设成为一个具有现代化工业、现代化农业、现代化国防和现代化科学技术的社会主义强国。

这个厂，一九六四年十二月柴油机投入批量生产，一九六五年汽油机投入批量生产，终于建成了一个专业化生产内燃机的国营现代化大型企业，正在向着大庆式企业进军。

友谊比试

前面的故事中曾经说到，为了证明津拖厂的金牛拖拉机可以装用4115柴油机代替原装发动机，在部领导召集的一次讨论会上，决定组织一次对比试验。津拖厂提供四台金牛拖拉机，其中的柴油发动机，两台用原装的，两台用4115型的。具体安排在了河南的一个国营农场进行，做两千小时田间试验，包括耕地、耙地、播种、运输等。实际工作年前已经开始，昼夜三班连续作业。厂里派出了二十多名技术人员和工人，甄宇柱任队长，成立临时党小组，指定周耕有为党小组长。行前，召开了参加柴油机比试工作动员会。

李中功说："咱们这个4115柴油机是大家五年多不断改进制造工艺，也突破了一些设计上的难题生产出来的，我们对它有十分的信心。但是在如何使用上的经验还不多，这次你们去，不只是为了取得比试成功，也要注意积累经验。这次比试要有三个多月的时间，连续进行多种田间劳动，是一次很好的机会，在精心比试同时，也要认真做好记录，为编写一本好说明书准备资料。我们为用户不只是提供一个好的发动机，也要把一个实用的使用方法和技术保养规程送给他们，这样我们为用户的服务才算是更完整的。"

鲁梓原说："再过几天就是冬至了，同志们这次去完成比试任务，正赶上数九寒天，生活和工作都会是很辛苦的，出发前再检点一下，御寒的东西要带够。如李总说的，这次的任务一是检验发动机是不是过硬，二是体验一次当用户的感受，也是代表全厂接受一次考验，厂党委相信你们在周主任和甄科长的领导下，团结一心，肯定能胜利地完成任务。我想重复一下强调李总说的，我们在产品田间试验方面的经验不够，而这正是津拖厂同志的长处，要注意向他们学习，也就是说友谊第一，比试第二，当然第二也要拿个一百分。"

大家都笑了，也纷纷发了言，表示了完成任务的决心和信心。

到了河南农场，农场的同志热情接待，吃住生活和工作条件都已给作了周到的安排，北方和津拖两厂人员一再表示感谢。随后，两厂各派二人在部里工程师主持下组成了比试工作小组，大家明确了早已确定的比试目的，又共同商定了比试规则，以及拖拉机操作规程和安全注意事项。北方厂的人作了具体分工，安排了拖拉机驾驶人员、维护保养人员、拖拉机运行记录，及柴油机技术状态整理分析人员、行政及后勤保障人员。从第一天工作开始，就严格执行各自岗位职责，并根据情况需要，自觉展开互助。工作进行总体比较顺利，但由于对田间特别是夜间作业不熟悉，也曾多次遇到有惊无险的困扰。

这一天，佟来庆、姚小兵正值夜班进行耕地作业。拖拉机行进中，只觉得犁铧不入土，停下车来，二人一通检查，发现是犁头固定螺栓松动，两人找来扳手，调整好犁头正常位置，紧固了螺栓，正待重新作业，发动机却不能起动，且排气管冒白色浓烟。凭经验二人都知道，排气管冒黑烟，多半是因超负荷，而今天并未加载，又是冒白烟，一时不知如何是好，忙让小姚回去搬“救兵”。

不一会儿，那边津拖厂的高师傅打着手电走来，就说：“听着好一会儿了，你们这边没动静，过来看看是不是有什么事？”佟来庆一见，因为多日在一起共同作业，他知道高师傅在拖拉机田间运行方面经验丰富，忙上前说明了情况。

高师傅说：“这是因为你刚才停车时间长了，发动机过冷，燃烧室温度过低，此时加大负荷，排气管就会冒白烟。”正说着小姚陪着齐师傅也来了，大家分析原因，取得了一致认识。于是，从缸体内放出冷水，又取来热水加注，当水温达到一定温度时，发动机已能正常起动。高师傅说：“如果还不行，也许机油也要加温。”齐师傅和佟姚二人一再表示感谢。高师傅说：“咱们不说客气话，都是一个目的，我知道你们的机子皮实，没问题。”

还有一次，也是两个人出勤。那是春节刚过，天气转暖。先是姚小兵坐在驾驶员位子上，眼看天空晴朗，大地一马平川，土地虽然还没有完全解冻，但僵硬的状态已在消融。拖拉机负载见轻，随转速升高，马力加大，跑得轻快，小姚心情也愈加舒畅。时间不长，已耕过近十亩多地。心里正想着今天能够创个什么新纪录，可拖拉机不知怎的，马力渐渐降下来，这是让他没有想到的情况，只好停下车来。佟姚二人想起曾经有过因超载和爬坡造成马力上不去的现象，可是这次情形完全不同，是不是……心里胡思乱想，眼看两千小时的试验一直都很顺利，可千万不能出什么问题啊。两人又是分析又是猜想，也找不出什么原因。难道在这里坐等，可又能等到什么呢？出来已经这么远了。无奈之时，佟来庆下意识地慢慢用手去启动发动机，竟然没有任何问题。两人小心谨慎地对各方面又仔细地检查了一遍，重新启动作业，一个班下来，工作一切正常。

当晚，他俩把白天发生的这个有惊无险的问题向周耕有和甄宇柱做了汇报，疑心地问：“会不会是发动机里存在什么毛病。”他们说出了自己的担心。

周耕有问：“出车前该做的检查准备都做了吗？”

小姚说：“肯定没问题，开出去一切正常，已经耕过十来亩地呢！”

甄宇柱想了想说：“你们这个情况，应该是一次正常会出现的问题。”

小姚忙问：“你这么说是什么意思？”

甄宇柱说：“都知道发动机马力大小和转速有很大关系。一般地说，转速快些，马力也大些，转速慢则马力小，但这个关系并不是一成不变的，也就是说，不可能用无限地加快转速的办法来加大马力，速度过快时马力反而会降低。”小姚关注地看着他说话时认真的样子。“原因是，转速渐高时，每次吸入的气体量减少，燃烧后产生的气压降低，有效压力变小，待到转速大大地超过额定转速以后，有效压力降低更加多，它的影响大过于转速的影响，马力便降低了。”

姚小兵恍然大悟似地说：“这就是说，开拖拉机必须按规定使用，不能随意干。”

甄宇柱说："对！你如果超过额定转速不加控制地干下去，还会发生事故。发动机的马力、转速、扭矩等规定，都是经过科学计算实践验证的结果，使用也必须有科学态度。"

周耕有说："咱们过去在车间里作台架试验，对这些问题不太注意，但我们要搞好用户服务，就必须知道有关使用知识。"

佟来庆说："这次来参加比试是工作，但也当了一回用户，获得了不少收获啊。"

拖拉机的田间试验，从六四年的十二月中旬到六五年的三月下旬，经过了三个多月，春节不休息，一天不少，昼夜三班的工作，4115柴油机经受了两千小时的考验，顺利取得成功。

比试结果出来了：4115柴油机各项技术、经济指标，不仅不低于原装发动机，而且比原装的45马力发动机还可以多十个马力，因为这时55马力的4115柴油机已经通过鉴定，正式投入生产，也等于金牛拖拉机又多了一个新产品。

部里发文正式通知：金牛拖拉机装用4115柴油机经使用试验鉴定合格，北方厂和津拖厂协作成功。同时，津拖厂部分发动机生产技术骨干人员以及部分有关专用设备调入北方厂。

四月初，春天到来之时，北方厂召开了欢迎会，共同表示一定要生产出优质的4115柴油机，为金牛拖拉机提供最好的动力。

再上新产品

就在周耕有、甄宇柱带队远赴河南参加柴油机比试期间，厂里为生产492汽油机的各项准备工作也在渐次展开。他们回厂的时候，工作已经在积极的进行中了。最先要说的是，汽油机生产车间的工厂设计是参照了柴油机生产工艺水平，改造了原底盘车间，五大件加工形成单一品种的流水线，其他零件采用多品种轮番式生产，基本上都是以通用设备加专用工装，夹具以手动为主，工序间运输是用人工手推方式进行。

生产准备组的洪希铭提出，利用这次新产品上马的机会，应该把生产工艺水平提高一步，他建议：一、普遍采用气动夹具；二、用半自动方式的转运零件；三、布置冷却液排屑过滤系统，用以改善劳动条件和车间生产环境。这一提议得到很多同志的赞同。

余大地开始认为，这些措施虽然不能直接提高生产效率，但确实是提高现代化生产水平所必要的，这也是发展趋势。但要实现起来会有许多问题，必然要有许多设计施工工作，涉及基建工程投资，也要影响492汽油机投产日期。可是大家都不死心，于是找到厂长鲁梓原，说："如果这些事现在不干，等正式投产以后会更麻烦，难道我们就只能总保持着低水平的生产方式么？希望领导能下个决心，争取办成这个好事。"

鲁梓原笑笑说："我已经听说你们在议论这个事，就没有理你们，免得自己又陷入两难的境地里。现在你们还是找来了。怎么办？咱们有难同当吧，大家说说看怎么办好？"鲁梓原和大家一起，对逐项问题一个一个作了可行性分析研究，要办成这个好事，不只是要增加人力、物力、财力的投入，最大问题是要拖长汽油机的产出日期。问题的焦点很清楚，是按既定的工厂设计把汽油机生产出来，还是不怕多花时间和精力，趁机会给厂里改善生产条件办个好事。鲁梓原又跟大家回想："你们说，汽油机这个任务上级为什么决定要让我们厂来干，就是相信我们厂有条件、有能力，能早日把汽油机生产出来，让212汽车早一天跑起来啊。"

人们不再说话，都表示再说别的话就多余了，现在必须全力以赴去把汽油机上马的工作做好。搞好汽油机生产的工装及非标设备，这是投产前最重要的准备工作，虽然有柴油机生产的经验，但那工作量仍然是很大的。为此李中功和余大地一方面对关键项目组织专门力量重点解决，另一方面对大量工作进行精心组织，在全厂实际开展了一次大会战，包括编制工艺路线、设计工艺工序卡和工装设计，制造、验证同时交叉进行。又因为这些时常与柴油机生产的正常作业计划活动发生矛盾，都需要周密的组织与有效的协调。这场大会战，让全厂各车间、各部门的人都动员起来了，白天争分夺秒，晚间挑灯夜战。关键项目之一的汽油机的缸体缸盖是铸铝件，与柴油机的铸铁件不同，用的是铝硅合金材料、金属铸型低压铸造的方法进行生产，厂里还不曾干过。

鲁梓原很关心这件事，这天来到铸工车间，看见冯治生、潘立平等人围着几个缸体缸盖铸件正在研究着什么。他没有看见吕振华，心里有一种不踏实的感觉，在他多年的印象里，在铸工车间只要看到有吕师傅在，就没有克服不了的困难。他来到人们跟前问："怎么样啦？"人们知道他要了解什么。

冯治生回答说："根据李总的要求，铸铝件低压铸造是第一次干，必须弄清它的原理，经过我们自己验证，对每个细节都没有疑问了才能投入生产。我们通过认真学习有关技术资料，反复多次试验，已经基本上掌握了它的工艺规律。"

潘立平解释说："这里有几个环节要掌握好：一个是充型过程升液压力不宜过大，以防金属液喷溅，充型压力也不能过小，否则浇不足。另一个就是保压时间如果不够，型腔中的金属液将部分流回坩埚造成欠铸，如果保压时间长了，又会使浇口残留加大、冻结，材料浪费，取活儿困难。还有，金属型工作温度和浇注温度也要掌握一定的要求。"

一旁的几个人补充：对这些压力、时间、温度目前正在通过试验，找出最佳控制范围，以便制作一个操作规程。

鲁梓原听着，轻轻点了点头称好，然后说："咱们的汽油机要尽早投入生产，你们还得下功夫抓紧啊！"他的心好像已经转移，直接问道："吕师傅最近来了吗？"众人无语。他很快自我解释说："你们看，我忘了，医院不是说让他好好休养一段时间嘛。"

冯治生说："恐怕吕主任一时半会儿是不能来的了。咱们知道他得的是矽肺病，还一直坚持上班，这次是发现并发有肺结核才让他必须卧床休养的。"

谢名杰说："看着吕师傅他不断咳嗽，上气不接下气地喘。他还说一定要到厂里来见您一面，有话想说……"话说到这儿，止不住泪流下来。

鲁梓原没等他说下去，拉起他的手就说：“走！小谢，跟我到他家去一下。”又说，“冯科长，你请上医务室赵大夫也一块儿去一趟。”

到了吕振华家，只见他在床上半倚靠背坐着，就要起身，鲁梓原忙过去扶住。吕师傅显得有些歉疚的样子说：“厂里那么多事您还来看我……我就是想当面跟您请个假。上汽油机这么大的事，铸铝件又是咱们厂头一回干，工艺还不熟，但也一定得把活儿干好。这时候，我不应该躲着。我还记着，那是一九五八年，您批评我们出废品，说不管什么时候都不能忽视质量。您看我这时候却在这儿……”他一边说，一边断断续续地气喘着。忽然面朝鲁梓原微微苦笑地说：“您看我是不是不应该躺在这儿？”他想笑，但是止不住一阵咳嗽。

鲁梓原忙拉住他的手说：“吕师傅，可不能这么说，那时该责备的是我，不了解情况瞎批评，今天我再次向您道歉，您千万别放在心上了，再说现在……”

吕师傅接过话去说：“是啊，现在跟那年不一样了，我正想和您说呢，车间里的老人这些年技术都长进不少，小谢那拨当年的徒弟，爱学习，爱钻研，都成了生产骨干，这两年来的几个大学生知道的新东西多，对问题总要问为什么，出个新主意……”鲁梓原等人耐心地听他说着，他又慢慢地稳定了一下气喘：“铸工车间的事交给他们，您可以完全放心。我就是想自己也一定要看见咱们的汽油机生产出来……也许……”他的话越说越慢，自动松了和鲁梓原握着的手，背向后靠去。人们顺势扶他躺好。

鲁梓原一字一句地说：“你的话我都知道了，记住了。”也不知他听见没有。大家走到外屋来，赵大夫说：“他是说话多了，累了，让他休息吧。”

吕师傅的妻子说：“这些日子，他是吃不好睡不好，一直念叨着要到厂子里去，要见鲁厂长，今天这是看见了您，说出了心里话，放了心，这才知道想睡觉了。”边说边忍不住哭了起来。

鲁梓原一边安慰她，一边又了解了一下家里的生活情况，知道有两个还在上初中的孩子，老吕这一病，自然是困难不少。鲁梓原对她说：“吕师傅为厂里生产累病了，你们家的事就是厂子的事，不管有什么困难，厂里一定会帮助解决。”吕师傅的妻子点点头，又说：“老吕总说，有病治病，别的问题不让给组织上添麻烦。”鲁梓原说这也是厂里应该做的。

出门后赵大夫说：“吕主任这矽肺病，是经常接触粉尘造成肺部感染的一种职业病，是尘肺病中最常见的进展快危害较严重的一种类型，目前还没有什么特效药，主要就是休息好，营养跟上。”

大家一起商量了一阵，要帮她家解决生活困难，也谈到了改善铸工车间劳动条件的问题，同时给厂里提了一些建议。就在厂里准备纪念建厂十六周年前夕，吕振华没有等到看见汽油机生产出来，终因病情恶化医治无效去世，终年四十六岁。

车间举行了追悼会，厂部和各车间、科室都派代表来参加，人们回忆起他从建厂之日起，一直为工厂生产发展兢兢业业地工作，做出的种种贡献。正当工厂即将走上内燃机专业化发展的新阶段时，却少了他，没有了他的一起共同奋斗，大家无不痛惜。

鲁梓原在追悼会上发言说：“吕振华同志是我厂的建厂元老，他在做造型工时，精心研究了手工造型过程的每个细节，创造了操作合理化规范化的先进造型工作法，提高生产效率一倍以上。他在工厂因造型生产面积明显不足，并严重阻碍生产时，建议实行‘四三四生产制’，提高了厂房面积利用率，解决了全厂生产发展‘瓶颈’的一大难题。他在焦俊生主任支援兄弟厂调走了以后，担任车间主任，大家知道，铸工车间担负着全厂百分之七十以上零件的毛坯生产，任务繁重，但他全身心地投入其中，贡献了自己的一切。”鲁梓原深情怀念地说：“吕振华同志走了，他是为工厂生产发展、为了农业机械化、国家工业化事业奋不顾身，积劳成疾过早地离开了我们，他给我们留下的‘艰苦奋斗，创新争先’精神，他永远是我们学习的榜样。”鲁梓原最后说：“吕振华同志临终前还念念不忘要看到自己的工厂生产出来的第一台汽油机，遗憾未能实现。我们全厂职工要以加倍的努力，早日把汽油机生产出来，进而使‘两机’生产走上正轨的大发展道路，为国家贡献一个社会主义的现代化的内燃机制造厂而奋斗！”

悼念会结束了，在人们心中燃起了以更大干劲再奋斗的决心！

“五一”劳动节前，部、市领导来厂检查工作，带来了好消息：“两机”扩建任务急需解决的动力能源问题进一步得到落实，增加供电、供水已在进行，不再说了；最近决定，安排从热电厂到厂里建一条热力管线，引进蒸气，可以满足模锻生产及新厂房采暖的全部需求；由焦化厂引进焦炉煤气，将结束厂里用煤炭作燃料的历史，在厂内扩建一个达到九百多平方米的空压站，可以向全厂输送每分钟三百六十立方米的压缩空气。

余大地心想，大量工装设计要采用气动夹具有了希望。

有了这“三气”网络在厂内形成的能力，鲁梓原、李中功等人都非常高兴，都表示一定要让“两机”早日形成大批量的生产能力，满足拖拉机、汽车生产的要求。

领导同志们说：“这一点我们都相信你们。实际上，你们是走上了内燃机专业化大生产的路了，出产的一台台发动机就是一匹匹的马，拉什么东西都行。不只可以是拖拉机、汽车的动力，也可以用到林业上、船舶上和各种工程机械上，到那时你们为国家工业化所起的作用可就更大了。”

鲁梓原说：“你们这一来，给我们鼓了劲，工作就得更加努力。”

说话议论间，一位领导同志说：“我们这次来，还有一个任务，传达一个上级指示：为适应国防建设需要，要求212越野汽车尽快投入批量生产。市里成立了以王副市长为组长的北京汽车工程建设领导小组，加强对京汽厂、北方厂及有关企业同步建设、协作生产的工作。这里就要求你们厂的492汽油机尽快从生产准备转入正式投产的各项工作，早一天拿出可以装车的汽油机来。”

李中功汇报了汽油机工作进展情况以后，各位领导同志来到现场，看了原底盘车间改造的情况，满意地说：“你们的动作够快，说改就改啊，眼看新汽油机五大件生产流水线已经显现出来了，不过，现在形势要求还得加快才行。”又笑着说：“祝你们汽油机上马早日成功。”

根据上级指示，厂党委决定，按492汽油机正式投产的工作要求，立即成立汽油机车间，同时对全厂有关组织机构和人员在现有基础上做了调整安排：汽油机车间洪希铭任车间主任，梁光幼任副主任；柴油机车间纪雨任车间主任，夏莹任副主任；锻工车间杨成泰任车间主任；铸工车间潘立平任车间主任，谢名杰副主任。“两机”大批量规模化生产方式已经明确，也预示了后方车间工作的重要：由陈贵海任工具车间主任；周耕有任机修车间主任。同时，因全厂生产管理工作日益繁重，应予以加强，决定由黄时普任生产科长，林静芸任副科长。纪雨调离团委工作，团委暂由何希竹主持工作，待正式选举。其他有关工作机构均将随“两机”生产走上正轨，逐步得到了加强。有全厂各方面工作统一组织调度的推动，汽油机车间的改造工作大会战加快了步伐。随着各个生产岗位人员调配到位，设备工装的安装调整也开始与零件加工试生产结合进行。每天都有一个接一个零件可以正式投产的报捷消息。

最后一个大工程，建总装配线和试车工部。人们都知道，绝不能让这项工作拖整个投产进度的后腿。李中功根据这条线设计制造的进展和线上工人岗位培训情况，提出向“十一”国庆节献礼的目标。

洪希铭、梁光幼和工人及技术人员一起，不分上下班时间、不分日夜连续作战，终于完成了安装，随即进行了调试。洪希铭看看调试工作顺利的进行，想着在这条装配线上即将诞生的汽油机在眼前出现的情景，他抑制不住兴奋的心情，但又总感觉美中不足。有意无意地还是要问：“李总，咱们为什么不搞一条更先进一点儿的装配线呢？”

李中功并未马上回答他，而是正在专注地想着什么，洪希铭好像是自问自答：“我们不会后悔，只有向前。”其实，他们都知道，决定完全采用柴油机的现成经验来建这条装配线，就是为了可以保证万无一失，绝对成功，确保早把汽油机生产出来。

这一天，各车间科室都来了人。装配线上所有零件已经布置到位，人员已经按定责站好岗位，一切准备就绪，洪希铭一声口令：“开工！”装配工人开始操作，按预定节拍有序进行。

按规定时间，第一台492汽油机装配下了线！

几名青年工人一起上前为它披红戴花，人们一起热烈鼓掌，庆祝这一胜利时刻。这一天是一九六五年九月十七日。

第二天，中国拖拉机内燃机工业公司给全厂职工发来贺信，热烈祝贺492汽油机试制成功，赞扬全体职工敢想敢干的革命精神，靠奋发图强和积极努力所取得的成果。

在迎接国庆十六周年的时候，厂党委号召全厂职工为年内完成三百二十台汽油机，全面完成和超额完成全年生产和扩建任务而奋斗！

向大庆式企业进军

国庆假期，鲁梓原习惯地要到厂里看看，他喜欢厂里热烈的生产环境，炉火的燃烧，机器的转动，这一切让他感到心里踏实。但他也愿意在这宁静的厂区里巡行，一物一景都能引起他任意的联想。如果遇上值勤人员，随意聊上几句，或工作，或生活，也许还会给他带来意想不到的收获。

这一天，他走进柴油机车间，看见有几位工人正在维修设备，相互打过招呼。

有两人年纪稍大，从建厂那时就熟悉，两人这时唱和着，一个说：“鲁厂长，今天看着跟往常不一样啊，难得的轻松啊。”另一个说：“那是啊，节前汽油机投产成功了，‘两机’正式一生产，哪能总有着急发愁的事，该歇歇了。”“这你就不了解了，这十几年，从干马拉犁到现在，鲁厂长从不歇着，干好一件事，不等不靠，又想着干另一个新任务了。”

鲁梓原说："国家需要，咱们国营工厂就应该干！不是吗？"

一个工人说："我知道，在早前你就说过，苏联有个拖拉机城，咱们也得建个大工厂。"他忽然想起"四清"运动中有一个传说，犹豫了一下，半正经半开玩笑地说："咱们就是只说要建个大工厂啊，不说想当大厂长，对吧！"

鲁梓原知道他的意思，借话转题笑着说："对！光想也不成啊，现在厂子比建厂时大了多少倍，都是靠全厂人员一人一双手干出来的。"

"哎，什么大了小了的，反正咱们工厂不搞虚的。说真的，鲁厂长，您总说要现代化，现在咱们厂算不算现代化了，还得怎么干才能现代化？"

"我知道，现代化就是洋人能干的咱们都能干，对不对？"

"咱还得比他们干得好。"

鲁梓原跟厂领导班子的同志说了和工人同志聊天的情形，大家都很有感触，职工群众时刻都在关心着厂子的发展，现在"两机"同时并行生产的局面形成了，就想到了建大工厂，搞现代化。新形势有了新任务，是应该有新的奋斗目标提出来。

鲁梓原跟大家说："这两年厂里学大庆，有成绩，市委也有进一步深入开展'学大庆'群众运动的指示，咱们可以把进一步'学大庆'，实现扩建任务的生产纲领作为奋斗目标。"

余大地说："现在正值四季度，为完成全年生产任务正忙，不如把这个问题放在年底具体讨论，如果到时候今年'两机'生产计划顺利完成了，也是研究长远目标意见的一个基础。"

大家同意他的说法，而且认为讨论奋斗目标，不能只是指出方向，还要有能鼓干劲、攀高峰的具体要求。

鲁梓原说："对，咱们把讨论奋斗目标的问题先交全厂职工来讨论，怎么样'学大庆'？扩建任务的生产纲领年产柴油机七千台、汽油机八千台，什么时候能实现？大家准备意见，年底讨论讨论，然后研究决定，这也是抛砖引玉啊。"

时间不等人，人人分秒必争。

进入十二月，全年生产完成情况一天一个变化，可以预见，年前完成柴油机一千四百台、汽油机三百二十台已不成问题，还可能略有超额。两个多月来，全厂职工一方面紧张生产，一方面积极参与新任务新奋斗目标的讨论。讨论最激烈的地方当属由各车间主任、各有关业务科室领导参加的每日生产例会。集中讨论的问题是，到底用多长时间能够达到年产柴油机七千台、汽油机八千台。经过激烈的争论，反复多次研究，生产科归纳整理，形成两种方案，一个是三年，一个是五年或更长一点时间。据说，国外一个新产品发动机投产，并形成规模，稳定生产，大概要个七、八年呢。

为学习大庆人，为建成现代化企业，在提高产品性能、工艺技术、生产管理水平上，各单位立足当下，贯彻去年厂党委提出的“优质、低耗、文明生产”要求，也都各自提出了目前的工作目标。

甄宇柱的设计科针对拖拉机厂和汽车厂的要求，为提高内燃机功率，降低油耗，已经研究确定了改进方案，试验正在进行。

冯治生的技术科拟订了“一九六六年生产技术组织措施计划”，重点内容是改进工艺，包括提高产品质量，节约工时、材料等。

会计科与有关管钱管物科室一起，在原来实行“小票制”的基础上，提出了“试行经济核算制”的工作意见。

为实现文明生产，生产科在生产环境整洁有序和在制品管理规范化上，正在完善有关工作制度，采取新的措施。

年关临近，厂党委召开了扩大会议，各车间、科室领导同志参加。重点研究“两机”同时并行生产之后，工厂新的奋斗目标问题。

鲁梓原说：“讨论奋斗目标，要学习大庆的革命精神、工作经验、工作作风，要努力建成大庆式企业，这是既定的要求。关于具体奋斗目标，大家准备了很好的意见。首先，我们来讨论，大家普遍关心的，也是关系到各方面工作的‘两机’年产量何时达标的问题，也就是扩建任务生产纲领的要求，年产柴油机七千台、汽油机八千台要用多长时间的问题。

对此，生产科归纳整理了两种方案，下面由黄时普黄科长讲讲，先来研究一下这个问题。”

黄时普说：“两个方案都是以柴油机已达到年产量一千四百台为基础的，汽油机虽然起步较晚，但咱们发动机的制造工艺比较成熟，今年四季度完成了三百二十台，也等于年产可达一千两百多台，因此预计‘两机’增长幅度不会有太大差距。第一个方案，也是多数人赞成的意见，用三年时间达到生产纲领要求。具体说，柴油机在今年完成一千四百台的基础上，明年，一九六六年两千八百台，到六七年五千六百台，六八年达到七千八百台，也就是头两年各是上一年的一倍，第三年比上一年增长百分之四十，这是参照了联合收割机的经验，联合收割机正式投产后，头三年的增长速度大体就是这样。”

赞成这个方案的人说，就凭我们厂现有这些人，这么多设备，既然能年产一千几百台，只要努力干，就能年产七千台、八千台，虽没有更多具体根据，但只要全厂的人都这样想，这样干，就有这个信心。

冯治生说：“也不能说一点根据没有，还是有一定的有利条件。试制投产以来，不断改进工艺、工装，应该还是有潜力没有充分发挥出来的。”

周耕有说：“不管什么情况，总得加上‘鼓足干劲、力争上游’这个条件。”

老刘同志说：“你们说得对，但总是有根有据打有把握之仗最好。黄科长，你那第二个方案什么样，是不是有把握的？”

黄时普说：“另一个方案是这样，柴油机今年完成一千四百台，从明年起，每年都按百分之四十递增，到一九七〇年可达年产七千五百台，是用了五年。这是一个稳步前进的方案。”

会上没有人对它发表意见。

陈贵海说：“大家对它不感兴趣，是不习惯干没嚼头的活儿吧？”

文君生说：“虽不能说它消极，但对咱们的扩建任务来说，是绝对不行的。今年以来部里和市委领导不止一次要求加快建厂速度呢！”

鲁梓原问黄时普："你说多数人都倾向第一方案，是怎么想的？"

黄时普说："也没更多想法，正如刚才冯科长说的有有利条件，只要有一分可能，就要努力去争取，有什么问题解决什么问题。"

于占元说："就是这样，这么多年咱们搞增产节约，号召技术革新，不都是提倡创新争先吗？从来没有说只干有现成办法的事。"

鲁梓原接过话来说："创新争先是厂子的好传统，就是要勇于去解决未知的问题。不管问题大小，如果只是按部就班，只干没有一点风险的事，那还能叫'学大庆'。现在看，三年达标的要求是可以定，'两机'都有年产一千多台的生产基础，也有一定的有利条件，更有大家满满的信心。现在需要的就是尽快拿出增产措施。"

余大地说："我同意就定三年达标。增产的办法一定会有，黄科长说有什么问题解决什么问题，现在就知道有什么问题，铸件生产效率上不去，铸铝件工艺不稳定，缸体、曲轴的加工设备问题等，我建议针对问题搞一个技术改造计划，我们有陈主任、周主任领导的工具和机修车间，强有力的后方生产能力，大部分技术措施需要制造的工具和设备也都能保证。"

李中功说："实现三年达标，我同意，把厂内的技术力量很好地组织起来，应该不成问题。另一方面，达标任务应该不只是看产量，去年党委就提出来，要产量同时必须实现优质、低耗、文明生产，产量才是更可靠的。我知道有同志在这方面做了准备。"

鲁梓原说："对，一开始说了，先说什么时候达标，然后当然要说做什么工作，现在大家说说准备的意见，为增产要采取什么措施。"

接着，设计科甄宇柱和几个业务科室的负责人，相继把各自单位讨论新任务、新目标的情况和各自提出的目前工作目标做了汇报。

余大地说："实际上，围绕优质、低耗、文明生产的要求做这些工作，也是为增产创造有利条件，提供良好的生产秩序和环境。"

李中功说："这样的工作坚持做下去，积累成效，提高工厂的产品和技术管理水平，是工厂走向现代化的一个路径，咱们要把这方面的工作做得更认真、更好。我觉得从目前情况看，即使实现了三年后的奋斗目标，大概也还算不上先进水平，还不能说就是大庆那样的现代化企业了。当然我们会努力在这个路上不断前进。”

人们想，建成大庆式企业，究竟还要怎么干？

鲁梓原站起来，手拍一下桌子挺起胸说：“看起来，建成大庆式企业要做的工作还很多，也不会一帆风顺，而是任重道远。但不管多重多远，我们的决心不变。如果大家都同意，我认为党委可以做这样的决定：学大庆人，走大庆路，用三年时间，以优质、低耗、文明生产的工作，达到扩建任务的要求，年产柴油机七千台，汽油机八千台，作为近期奋斗目标，同时创造条件继续前进。”

大家都表示同意，这样工厂的近期奋斗目标确定了下来。

鲁梓原说：“简单概括，我们近期奋斗目标的工作，就叫‘向大庆式企业进军第一战役’！”

会场上的人举手或鼓掌。

鲁梓原继续说：“同志们回去都做个准备，最近找个好天儿，全厂开一个誓师大会。”

在同志们的掌声中，又有人大声说：“开一个吹响进军号的大会。”

党委的决定在各单位传达后，经过酝酿准备，召开了“向大庆式企业进军第一战役”誓师大会。大会在平山填湖留下的一片空场上召开，天气虽然寒冷，但会场的气氛十分热烈。工会主席于占元简单地说明了会议主题后，即由鲁梓原发表了鼓舞人心的动员讲话：

同志们：我们厂现在已经形成了柴、汽两个发动机同时并行生产的新形势，新形势有新任务，怎么干？今天我们全厂职工集合起来，共同表达一个决心：学大庆人，走大庆路，为建成大庆式企业而奋斗。

大家知道，新中国经济建设，国家工业化，需要解决能源问题，急需石油，西方国家断言中国是个贫油的国家。我国地质工作者跋山涉水艰苦探矿找到了一个大油田，大庆人只用了三年时间，就建成了一个现代化的石油企业。大庆，为我们工厂树立了光辉的榜样。

同志们，国家需要石油，就需要内燃机，石油的热能通过内燃机转换成机械的动能。拖拉机、汽车靠它跑起来，各种工程机械靠它运转作业，边远山区电线接不到的地方，靠它可以组成发电机组，它是电力达不到的地方最好的可移动的动力。干好内燃机事业大有可为。

同志们，大庆人给国家提供了源源不断的石油，决心把我国贫油落后的帽子抛到太平洋里去！

那我们厂，为了农业机械化，从制造新农具红犁起家，直到今天制造内燃机，决心像红犁那样，头拱地，一往无前。

我们和大庆人一样，立志改变我国“一穷二白”的面貌，为使我国由落后的农业国转变为先进的工业国而努力奋斗！

大庆人发扬“天不怕地不怕”的大无畏革命精神，凭着大胆创造和严格的科学求实的工作态度，建起了一个世界一流的现代化石油企业，在我国工业战线上走出了一条“敢于斗争敢于胜利”的道路。

根据我们厂目前的新形势、新任务，年前经过全厂职工热烈讨论，厂党委决定，学大庆人，走大庆路，全厂用三年时间，以优质、低耗、文明生产的工作，创新争先的精神，达到扩建任务的要求，把年产柴油机七千台、汽油机八千台作为近期奋斗目标。

我们今天的大会就叫‘向大庆式企业进军第一战役誓师大会’。同志们，实现第一战役目标，不是奋斗的结束，我们将创造条件继续前进。

当今世界上内燃机发展很快，日新月异，内燃机制造业不断采用新工艺、新材料，推行先进的科学管理方式。在国内，有了大庆，他们生产多少石油，就需要有多少足够的内燃机。

我们年产七千、八千台显然太少了。我们有贡献几万台、几十万台，甚至上百万台的雄心壮志。

为了这样的光荣任务，我们誓言要更加发奋图强，为早日建成大庆式的现代化内燃机企业而奋斗。

鲁梓原讲话后，车间和科室代表陆续上前发言，一致表示，要向大庆学习，为完成全厂三年达标任务，为国家工业化，为农业机械化，努力作出更大的贡献。

锻工车间杨成泰和铸工车间潘立平以诗词朗诵的形式宣读了誓词，表达了全厂职工奋斗的意志和决心：

我们祖国国土多么辽阔
工业化道路又是多么宽广
大庆的石油源源不断
我们的内燃机又好又多
“石油”在燃烧
内燃机在运转
加油了
让拖拉机、汽车一路奔向前方
千千万万的“马力”
全力助你远行
冲天炉的炉火
光芒四射
照亮着我们向大庆式企业进军的路
十吨模锻锤
锤头高高升起，重重落下
一锤定音
一个现代化内燃机企业
必将在这里落地生根

一九六六年一月十二日

附 I：

讲述十七年之后的一些故事

一九六六年夏，形势突然变化，“文革”开始后，厂里来了一个所谓“权威”的工作组，气势汹汹，不由分说，宣布撤销鲁梓原等厂级干部多人，以及部分中层干部的党内外一切职务，重弹“四清运动”中已被否定的论调，说这个厂是“灯下黑”，“黑线”一直伸到班组，许多老工人被迫靠边站。不久，全厂知识分子集中办学习班，三个月后，大部分人下放车间劳动。在一段时间里，党组织生活停止，生产管理机构瘫痪。工厂生产依靠广大职工坚定的国营工厂主人翁责任感，人们意识到国家和人民的需要，工厂生产一刻也不能停，职工自觉劳动，艰难地前行。原定三年的奋斗目标，用了六年时间，于一九七一年实现了年产柴油机七千台、汽油机八千台。

大约是从一九七零年开始，经过“斗私批修”，逐步恢复了党组织生活和干部工作，经过“斗批改”，工厂生产管理活动渐渐地展开，这是一个缓慢进行的过程。

干部和群众中奋发图强的精神压抑不住。

一九七三年，鲁梓原恢复党委书记、厂长职务后，厂党委于当年三月和八月两次做出“抓革命，促生产”的决定，全面部署各项任务，力争全年工业总产值达到一亿元。

与此同时，接部领导通知，国家计委批准，工厂扩建任务的新生产纲领是年产柴油机两万台、汽油机三万台，是去年刚达到年产“两机”一万五千台的三点三倍。同时要求“本着自力更生艰苦奋斗的精神，充分发挥老厂潜力，大搞自制专用设备，提高机械化的水平”。国家的需要更加激发了全厂职工的干劲。

但是来自另一方面阻力和压力又接踵而至。

对于推动促进生产的一切工作，都被要求以大批判开路。思想上要批“唯生产力论”，工作上要批“管卡压”，搞所谓“政治考勤”，宣扬不做产量的奴隶。全厂职工与这种干扰和破坏的斗争直到一九七六年粉碎“四人帮”才结束。

一九七六年“文革”结束后，全厂职工狠批“四人帮”祸国殃民的罪行，同时肃清其在厂内的流毒。平反、落实政策的工作积极进行。彻底批判了所谓“灯下黑”的错误谬论，把被颠倒的历史纠正过来，还工厂在党的光辉照耀下，为国家工业化农业机械化奋斗的光荣历史。全厂职工精神振奋，厂党委按照大庆式企业的六条标准，重新制定了向大庆式企业进军的规划。

一九七八年党的十一届三中全会以后，工厂积极响应国家改革开放的号召，在国家有关部委的支持下，从德国引进6V912/913风冷柴油机，打破了产品二十年“一贯制”面貌，为开发新产品开了头。之后，又从日本引进了全面质量管理，为“两机”质量升级和企业科学化管理开启了一条新路。

一九七九年，这一年柴、汽两机年产共完成了五万多台，实现了新扩建任务的要求。这一年工厂被市委、市政府授予“大庆式企业”的称号。

进入80年代，鲁梓原和他的同志们，以及那时一起建厂的老职工们，已经有人陆续离休或退休，新一代年轻人陆续接力，在改革开放的大道上快步前进。

通过“六五”（一九八一年到一九八五年）工厂技术改造规划，“七五”再攀高峰。

一九八九年，在厂庆四十周年的厂史展览上可以看到：这个厂的内燃机产品已有六大系列一百多个品种，柴、汽两机获得了国家银质奖，新老产品均达到了80年代初的国际水平。全厂工艺技术水平大有提高，开始由机械化向自动化转变，工序转换已采用机械手，精密加工采用了数控机床等。

展厅内，一段段文字，一张张图片，一件件实物，说明这个厂为了我国工业化、农业机械化事业，从改革农民使用了千百年的旧农具起家，到此时已经建成了一个现代化的内燃机专业厂。

90年代初，在建厂当年的那一代人已完全退休的时候，这个厂内燃机的最高年产量达到二十二万多台，自一九六二年批量生产内燃机以来，共向社会提供内燃机二百多万台，为我国农机、军工、汽车、工程机械等行业提供了一亿一千多万千瓦的动力。

二零二一年冬至日

附II：

红犁之歌

新犁翻开新土壤（曲一）

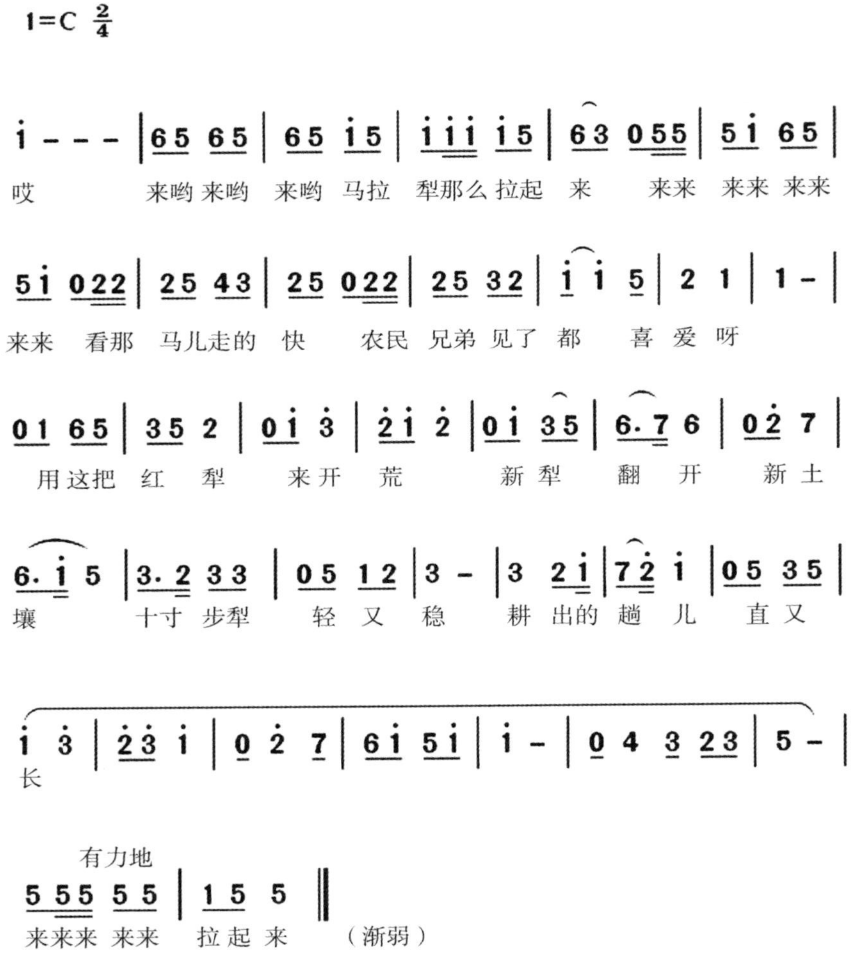

我们工农好兄弟（曲二）

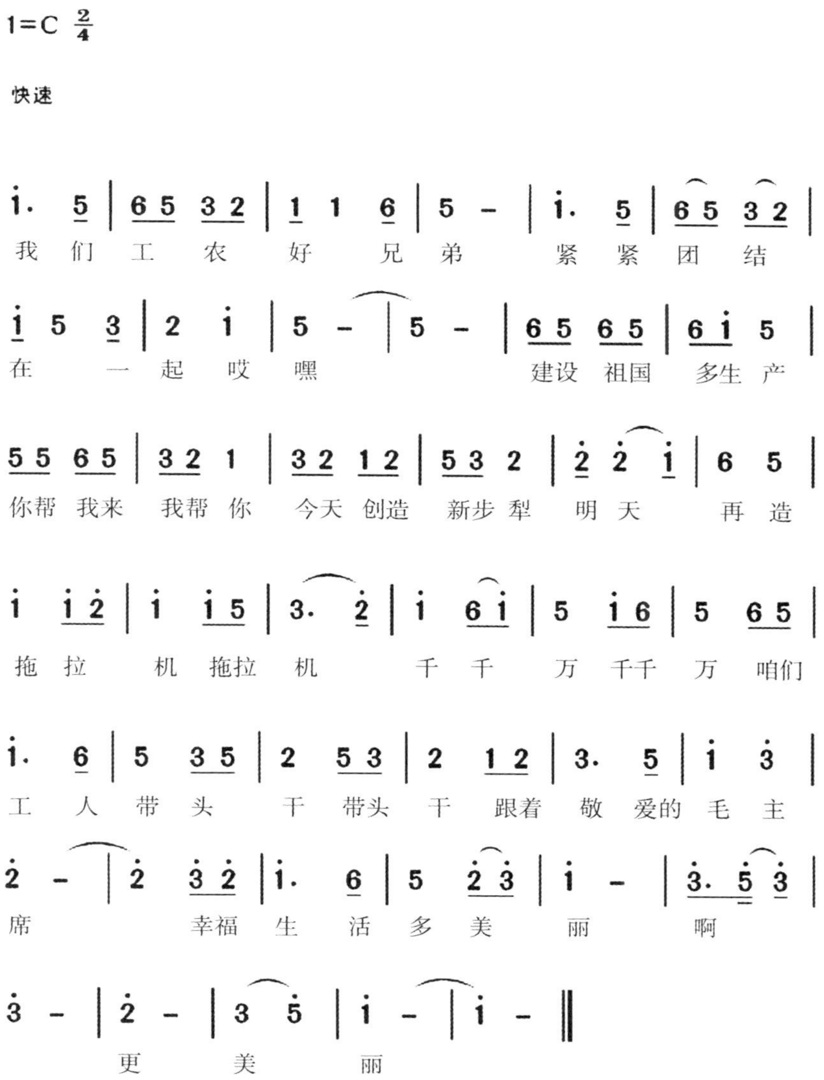
1=C 2/4
快速
我们工农好兄弟 紧紧团结
在一起哎嘿 建设祖国多生产
你帮我来我帮你 今天创造新步犁 明天再造
拖拉机拖拉机 千千万千千万咱们
工人带头干带头干 跟着敬爱的毛主
席 幸福生活多美丽 啊
更美丽

后记

《红犁》初版发行之后，听到一些意见，认为看到了工厂里的人们在那个激情燃烧岁月中的故事，但要说是农业机械厂的创业史，好像只是讲到了创业的开始。

应该说，我当时不是没有想过这个问题，只是考虑到续写接下来的故事会有一定难度，何况自己年纪大了，能不能坚持完成任务，没有信心。

但是，既然有人提出了故事中的缺陷，思之再三，也为了对那时的创业人尽一份责任，所以，不管力从心还是不从心，也不管写得好与不好，自己都要下定决心，尽最大努力，把这个任务担起来。

随着写作一步步深入，脑子里的一些回忆片段渐渐连贯起来，当年工厂里热火朝天的生产情景不断重现，人们燃烧的激情焕发出顽强的奋斗力量，身处在为国家工业化、农业机械化而奋斗之中，习以为常地认为一切的付出都是理所当然。今天读起当年这个厂的故事，能感受到他们那种甘愿付出一切，自觉奉献，忘我牺牲的精神。故事娓娓道来，可歌可泣，让人感动。

这里要说一说故事的另一方面。

这个厂生产了现代化产品，建成了现代化企业，这是党和政府领导及全厂职工努力的结果。但是，他们一定记得，成功中有拖拉机厂、汽车厂和配附件厂的贡献，也和兄弟厂密切合作分不开。他们不会忘记，曾得到有关建筑公司、高校、科研机构的支持协作。在工厂急于克服经济困难的时候，日杂商店给予的帮助不可或缺。在这些合作、支持、帮助中，大家总是有一句话："都是国家任务，咱们是一个共同目标。"这是具有那个年代特征的一句普通而真切的话语。

现在呈现在读者面前的是他们十七年的故事，可以说他们已经取得了一个大战役的胜利，他们为之奋斗的事业还在继续。

邓小平同志说：“新中国成立后头七年的成绩是大家一致公认的，很了不起，今天我们还需要从理论上加以阐述。”又说接下来的十年也“应当肯定”。

我做不了理论阐述，也许《红犁》一书能作为这个工厂没有辜负那个“很了不起”年代的见证，也希望未来能成为专家、学者从理论上对那个年代展开研究和阐述的一个素材。这促使了我的写作加倍努力，写不好就改，改好了再写。至于我编写故事，任务完成得如何，请大家尽情评说。

当书即将付印之际，特向中国广播影视出版社表示感谢。在完成书稿的过程中，喜蓝传媒给予了许多帮助。为了成书，一些同志付出了辛勤的劳动，在此一并表示谢意。

作者

二零二二年立春日

曾记得，农业机械厂里的职工最爱谈论我国农业机械化的美好前景。有设想、有理想，也有幻想。兴之所至，有的难以入眠。近日正因得一新闻，夜来辗转反侧，眼前出现一幕：

厂区里，人们奔走相告。原来，我国有了一个水稻无人农场，依靠远程控制就完成了农场所有的生产管理任务。

厂长站在一个高台阶上大声宣布：“同志们！这是我们的又一个新产品，无人农场的全套装备咱们厂全包下来啦！”

有人喊：“干！一定按质按量按期交货。”

突然有人说：“还有小麦的、油菜的，好多无人农场都得要装备，你们干得了吗？”

人群里的人们激动地嚷起来：“我们自打干了红犁，就没有完不成的任务。”

人们开始向厂长围拢过来……

醒来，心情不能平静，似实若虚，原来是农业机械厂和无人农场的人，在“中国梦”中相遇的一段佳话。

时代不同，精神相通。